親鸞（1）

叡山の巻

HumiO NIwa

丹羽文雄

P+D BOOKS
小学館

目次

今昔物語

年のころ三十ばかりの、背の高い、赤髭《あかひげ》の、見るからに岩乗《がんじよう》そうな男が、とある町を歩いていた。いかめしい築地《ついじ》の邸《やしき》がしばらくつづいたあと、土塀《どべい》の崩れた邸と変り、そのあたりから空地が多くなった。それから先には、低い板葺《いたぶき》の家が並んでいた。空地がぽつぽつあらわれるあたりは、人通りがなかった。夕暮どきであった。

ふと、鼠のように口を鳴らしたものがあった。男は声の方をふりかえった。はじめは崩れた土塀の中かと思った。土塀の中には、子供のあそんでいる気配があったが、鼠鳴きがそこからとはうけとれなかった。男は通りすぎようとした。すると、また鼠のようにだれかの口が鳴った。男は、立ちどまった。男が立ちどまったときに、土塀の崩れたわれ目から男の子の顔がのぞいた。五つぐらいの顔であった。目尻が裂けたように吊《つ》り上った、利口そうな顔であった。竹馬あそびの最中であった。葉のついた一本の生竹に手綱に擬した綱をつけて、それを小股《こまた》にはさんで走りまわっていたところである。子供は無心に、男を見た。男が立ちどまったので、子供はふと表を見る気になったようである。鼠鳴きは、この子供ではなかった。子供の声ではなかった。大人の、しかも女の声だったと思いかえしていると、また鳴った。

鼠鳴きは、男を相手にしていた。男の気をひくためであった。男はあたりを見た。となりの門のある崩れた土塀越しに、家屋がながめられた。そこの半蔀《はじとみ》に動くものがあった。それが手招きをしていた。男は門に近付いた。

「わしを呼んだのか」

若い女の声があった。

「お話したいことがあります。そこの戸はしめてありますが、押せば開きますから、そこを押してはいって来て下さい」

思いがけないことだった。男は戸を押してはいった。女がすがたをあらわした。

「その戸を閉めて下さい」

いわれるままに男は、戸に鍵《かぎ》をかけた。

「お上り下さい」

男はかくべつ用心をするふうもなく上った。簾《すだれ》の中にはいると、調度品はほどよくととのっていた。女は二十ぐらいで、目鼻立ちのはっきりとした顔であった。この家には、女がひとりでくらしているようすであった。女は鼠鳴きをしたときから男に関心をもっていたらしく、ほほ笑みながら男を見ていた。かくべつ世間話をするでもなかった。何故《なぜ》自分を呼んだのかと訊《き》くでもなかった。男は、そばににじり寄った。女がそういう雰囲気《ふんいき》をつくっていたからである。

男は、侍ふうであった。侍といえば、一種の無頼漢で、殺生《せっしょう》を何とも思っていない人種である。女はそういう男であることを承知の上であった。

大した語らいもなく、ふたりは感情のおもむくままに男女のまじわりを持った。

この家には、ほかにだれもいなかった。いったいこれはどういう家か。しかし、そのことを気に病むような男ではなかった。それよりもいったん結ばれてしまうと、女がいとしくてならなかった。女もまた、男が自分の思いどおりになってくれたので満足であった。ふたりは、日が暮れるのも気づかず、横になっていた。

日がとっぷりと暮れたころ、だれやら門を叩くものがあった。

ほかにだれもいないので、男がいって門をあけると、侍ふうの男がふたり、女房らしいのがひとり、それに下女をつれてはいって来た。かれらはあらためて男に挨拶をするようすもなく、勝手に蔀《しとみ》を下ろしたり、灯をともしたり、おいしそうな食物を銀の食器にいれて、男と女にすすめた。男は不思議に思った。自分の家のようにかれらは心やすく中にはいって来て、この自分にまで食事をすすめる。もしかしたら、れっきとした良人《おっと》があるのではないか、と気をまわしたが、はらもすいていたので、遠慮なく食べることにした。女は、それがあたりまえというふうに食べていた。男に対して、かれらのことを説明しようともせず、夫婦らしく食事をすることに気を奪われているようすであった。

食事が終ると、女房らしい女があと片づけをすませて、みんな出ていった。そのあとで、女は男に戸締りをさせて、寝ることになった。

夜が明けると、また門を叩くものがあった。男がいって開けてやると、昨夜の男女とは顔のちがった男女がはいって来た。蔀をあけたり、家の中の掃除をはじめた。しばらく経って、粥《かゆ》や蒸した飯などをはこんで来て、ふたりにすすめた。ひきつづき、昼の食事も持って来て、それが終ると、かれらはどこかへ消えさった。

こうして二、三日が過ぎた。

「どこかお出かけになりたいところがありますか」

女が訊いた。男は心をみすかされたように思ったが、

「ちょっと知ったひとのところに出かけてみたいと思ってたところだ」

まるまる心を許していたわけではなかった。

「それでは、早いとこお出かけなさい」

しばらく経って、水干《すいかん》をきた雑色《ぞうしき》が三人、みごとな馬にそれにふさわしい鞍《くら》を置き、馬の口取の小者をつれてあらわれた。家の裏手に壺屋《つぼや》(物置)めいた建物があって、女がその中から立派な装束を出して来たので、男はそれを着ることになった。男は馬にのり、従僕を従えて出かけたが、この男たちはよく気が利いて、手足のように動いてくれた。男は知人を訪ねたが、自分が現在置かれている夢のような事情を話すわけにいかなかった。雑色が話の聞えるところに控えていたからである。それにまた、身にさしせまって危険があるというのでもないので、男は本心でないことを語らい、帰途についた。知人は、雑色や馬の口取までかかえている男の境遇におどろいたが、わけを訊くひまがなかった。家にかえると、馬も従僕も、かくべつ女が指図したようすもなかったのに、消えてしまった。食事の支度など、いちいち女がいいつけているようすもないのに、その時間になると、どこからともなくはこばれるのであった。

こうして何不自由なく、二十日ばかりが経った。女が男にいった。

「思いもかけず、こうしてふたりでくらすようになったのも、前世からの定めごとであったと思います。こうなるからは、生きるも死ぬるも、いっしょでございます。私のいうことに否《いな》やはございますまい？」

「お前のいうとおりだ。生きるも死ぬるも、お前次第だ」

「うれしゅうございます」

女は頭を下げた。

男に食事をあたえ、女は奥のはなれに男をつれていった。昼のあいだはいつものことでだれもいなかった。

そこへいくと、にわかにやさしかった女の態度が一変して、高飛車になった。先《ま》ず、男の髪を縄でしばった。

「私のいうとおりにして下さい」

刑罰に使う機物《はたもの》にはりつけに縛りつけた。きれいな女の顔に、殺気がこもった。それが凛々《りり》しい美しさになった。女ははきはきとことをはこんだ。男の両足を曲げてくりつけ、背中をはだかにむいた。男は、おとなしくされるままになっていた。女は烏帽子《えぼし》をかぶり、水干袴《ばかま》をつけて、男のような格好になった。そして、笞《むち》を手にした。女の顔は、緊張した。女は笞をふりあげ、情け容赦なく、つづけさまに男の背中を打った。はなれの中で、やわらかで、皮鞭《かわむち》を鳴らすような、部厚い手ごたえの音がつづいた。女の顔は、紅潮した。女の目が兇暴《きようぼう》に光った。男ははじめの間、がまんをしていた。笞が肌にくいこんだ。たかが女の笞とも思われなかった。男は、うなった。苦痛にたえかねた悲鳴でなく、苦痛にたえしのぶ男らしいうめき声であった。

八十ほど、女は打った。

「痛かったかしら」

「なに、大したことはない」

男は負惜しみをいった。

「そういうお方と思ってました」

女は縄をといた。そして、窯《かま》の土を煎《せん》じて酢にまぜたものを飲ませて、土をよくはらい、そこに寝かせた。二時間ばかり経ってから起してやると、男はいつもの元気をとり戻していた。よく不死身に出来ていたようである。が、それからあとは、ふだんよりも滋養のある食事を男にすすめた。

こうして十分養生させると、笞で打ったあともほぼもとどおりに癒《なお》った。それから三日ほど経つと、また前とおなじようにはなれにつれていって、おなじ機物にしばりつけ、前とおなじように笞で打った。女は、すこしも手加減を加えなかった。打つにつれ、皮は裂け、血が流れた。前のときよりはこたえたはずであった。かまわず、八十回ほど打ちのめした。

「がまんが出来ますか」

女が訊いた。男は顔色も変えず、

「なんの、これしきのこと」

女は前のときよりもいっそう男のがまんの強さをほめた。女自身、これほどとは思っていなかったようである。女は、しごく満足であった。女は十分に男をいたわった。

さてまた、四、五日が経つと、おなじように笞で打った。それにもやはり、

「何の、これぐらいのこと」

といったので、今度は仰向《あおむ》けにして、腹のところを打ちのめした。笞のあとが、みみずばれとなり、たちまち血がにじみ、その上をたたきつけられるので、皮膚がひき裂けた。男は血まみれになった。それでも、

「何、大したことはない」

落着いた声で男はいった。女はたいそう男のがまん強いのをほめた。そのあとは、手厚く介抱をした。仲間にするための試煉《しれん》にしては、慎重なやり方であった。

ある夕方であった。女が黒い水干袴と、立派な弓、矢筒、脚絆《きやはん》、藁沓《わらぐつ》を出してくると、男に身支度をさせた。

「これから蓼中《たでなか》の御門のところにいって、そっと弓の弦《つる》を鳴らして下さい」と、女がいった。

「すると、それに答えて、おなじように弦を鳴らすものがあります。口笛を吹くと、やはり口笛で答えるものがあります。その方に歩みよると、だれかと訊かれるでしょう。あなたはただ、来たと答えればよいのです。そこでその男のあとからついていって、いわれたとおり、命じられたところで立番をして、中から人が出てきて邪魔をしたら、精いっぱい戦って下さい。仕事が終れば、一同は船岳《ふなだけ》の麓《ふもと》へいって、その日の獲物を分配することになるでしょう。だけど、分け前をくれるからといって、決して受け取ってはなりませんぞ」

ていねいな説明であったが、口調の中には有無をいわせないきびしいものがあった。

「そなたのいうとおりにするよ」

男はいわれたとおりに出かけていった。すると、説明にあったように男は門の中に呼び入れられた。見ると、似たような黒装束のものが二十人ばかり立っていた。無言である。その群れからすこしはなれたところに、背の低い、色白の男が立っていた。ほかの男たちが、その男には一目《いちもく》も二目もおいているようすが男に感じられた。頭目かと思えた。そのほかに、下人が二、三十人あまりもいるようであった。

かれらは手筈をととのえると、一団となって京の町中にはいった。大きな屋敷の前にくると、二十人ばかりの人数を二、三人ずつに分けて、その付近の手剛《てごわ》そうな家々の門に立番させた。のこり全部が一気に、めざす屋敷に乱入した。男の腕前をためそうと思ったのか、中でもとくに手剛そうな家の門に割りあてられた人数の中に、その男は加わっていた。乱入と同時に、屋敷の中から叫喚がおこり、建物がこわされるような物音がつづいた。夜盗と知って、隣家から援助にとび出してくる侍があった。侍たちは、先ず矢を射た。例の男は奮戦した。相手方を射とめ、またあたりで戦っている味方の働きにも目をくばった。

取れるだけのものを奪いとると、潮がひくように一団はひきあげた。あとには静寂と断末魔のうめき声がのこった。一団の行動は敏捷《びんしょう》だった。足音をたてなかった。風がとおりすぎたようであった。一団は、船岳の麓にたどりついた。そこで、獲物の分配が行われた。男にもくれようというのを、

「わしには獲物はいらない。こうしたことを習いおぼえるだけで、結構だ」

男が断わると、首領と思われる、すこしはなれて立っていた色の白い小男が、満足そうにうなずいた。

一団は分れ分れに、立ち去った。たがいに話合うこともなかった。獲物をかかえて、自分のうしろを歩いていたひとりは、男の気がつかない内に消えた。男は、家に戻った。

女は風呂をわかし、食事の支度をして待っていた。何ごともなかったように女は、平静な顔をしていた。さきほどの首領が女性であることを、男は見破っていた。目の前の女とどこか感じが似ていると思った。不可解なことばかりのこの家のことである。船岳の麓で別れたが、女が一ト足先にこの家に戻ることぐらいは、たやすい芸当であった。それとも、あの首領とは姉妹か。しかし、男はそんな疑問を顔にも出さなかった。ゆっくりくつろいでから、ふたりは寝た。盗賊の仲間にはいったとわかったが、女をうらみには思わなかった。

男の夜の出動が、七、八回に及んだ。あるときには、男は太刀をふりかざして、めざす屋敷に乱入した。そして、めざましい活躍をした。あるときには、弓矢をもって、外に立っていた。出動の前に女がいちいち指図をした。男はよく働いて、女の期待にこたえた。

「私の目に狂いはなかった」

女が満足そうにいった。

「わしはまだ十分力を出しきっていないぞ」

男は、ますます女がいとしくなった。

あるとき、女が一つの鍵を持ち出して、

「六角小路の北の方の、これこれのところにいくと、いくつかの蔵があります。その中の三番目の蔵を、この鍵で開けて、目ぼしい品物をよく荷造りして、近くに車を貸すものがありますから、それを呼んで積みこませた上で、ここにはこんで来て下さい」

いわれたところにいくと、なるほどいくつかの蔵が立っていた。命じられた蔵をあけてみると、ほしいと思うようなものは何でも揃《そろ》っていた。よくこれほど集めたものだと男は感心した。いわれたとおり車を呼んで、品物を積んで、わが家にもどった。これだけの財物があれば、すき放題に暮しても、四、五年は大丈夫であった。これだけの財物を一カ所にまとめておくのでは、盗賊の心配があった。

そして、二年が経った。

夜の出動もなく、安穏な日がつづいた。贅沢三昧《ぜいたくざんまい》に暮しているふたりは、仕合せであるべきはずであったが、いつからか妙に女が沈み勝ちになった。涙ぐんでいるときがあった。男の装束をつけて、自分を笞で八十回も打ちのめしたような精悍《せいかん》なところがなくなった。

「どうしたわけか。何か、心配なことでもあるのか」

男は訊いた。

「何でもありません」と、女は首をふったが、心配ごとのあるのはたしかであった。「ただ、思いがけなく別れるようなことになりはしないかと、それが気にかかります」

「こうしていっしょに暮しているではないか。そんなことは、取越し苦労というものだ、気の小さいことをいうものではない」

「はかない浮世のならいですもの」

この世をはかなく思うことでは、男も同感であった。末の見込みのある宮仕えをしているわけではなかった。いのちや暮しの保証をされているわけではない。しかも、自分らは盗賊である。

「はかないのは、自分らだけではない。世の中のみんながそうなんだ」

安穏すぎて、女らしく気が弱くなったのか。男は大して気にもとめず、聞きながした。

あるとき、男がいった。

「用を思いついたから、これから出かけていく」

「今日の内におかえりですか」

「もしかしたら、二、三日かかるかも知れない」

「そのように用意させましょう」

これまでのように男が外出するとなると、女はまめまめしく支度をととのえた。供のものも、乗馬も、いつもと変らなかった。この家には、男と女がふたりきりで暮しているのだが、どういう方法で女が外部と連絡をとるのか。まるで馬や供のものが、つねに主人の用に待機している工合であった。男はそのことを、あやしまなかった。女の働きというふうに片付けて、馴れっこになっていた。

男は、その晩旅先で泊ることになった。供のものも泊った。つぎの日の夕方になると、供のものが馬を引き出して、どこかに出かけていった。その内に戻ってくるだろうと思っていると、いつまで経ってもかえって来なかった。こんなことは、はじめてのことであった。明日は家にかえる予定であった。供のものは、それを承知のはずである。

「これは、いったいどうしたことか。みんな、どこへいったのか」

男もさがし、ひとにも頼んでさがしたが、行方がわからなかった。忽然《こつぜん》と消えたようであった。

しかし、夜をおかしてひとりでかえるのは、物騒であった。夜の明けるのを待ちかねて、男は馬を借り、大急ぎでかえった。妙に胸さわぎがした。戻ってみると、自分の家があと形もなく消えていた。男は、うろたえた。場所をまちがえたのではないかと怪しんだ。しかし、一昨日までたしかにそこに家のあった証拠が地上に残されていた。土台石がある。柱を引き抜いた穴が出来ていた。二年の余もそこに家屋があったので、そこだけ土の色がほかの土とかわっていた。風や雨や太陽にさらされなかったからである。

気も転倒して、男はいつかの蔵のあったところに駆けつけた。しかし、そこの蔵もあと形なく消えていた。夢のような気がした。夢のような出来事が、現実におこった。茫然自失の男は、再びもとの家のところに戻った。門だけが残されていた。男は、ふととなりの屋敷に気がついた。土塀の崩れた隣家は、二年前からそこにあった。男は女と暮していたあいだ、隣家には関心をもたなかった。貧乏公卿《くげ》の家と思っていたにすぎない。

男が無言で、隣家の門の前に立っていると、土塀の崩れ目に小さい顔がのぞいた。

男は、小さい顔を手招きした。小さい顔は、べつにおそれるふうもなく、土塀に近付いた。目尻のつり上った、清々《すがすが》しい顔立が印象的であった。

「知らないか。となりの家がどうなったか」

となりを指差した。小さい顔が、指差された方をふり向いた。一夜にして忽然と家屋が消えたのである。子供にとっても驚異であるはずであった。が、そのわりに子供は好奇心をつのらせているふうもなかった。

「昨日まで、となりに家があった」

子供が、うなずいた。

「信じられないことがおこった。どうしてなくなったのか、知っていたら教えてくれ」

「ゆうべ、大勢のひとがきて、家をこわしているような物音がきこえました。朝になると、となりの家がなくなっていました」

「やはりそうだったのか」

男は、建物のなくなったあとに立った。一夜にして、不意に建物が消えたことも、隣家にはそれほどの衝動もあたえていないふうであった。無関心のようであった。これほどの驚天動地のことがらも、間々あることとか。そんな世の中というのか。しかし、男にとってはひとごとではなかった。そのときになって、男には女が涙ぐんでいったことばが思い出された。

仲間入りした盗賊の団体が、大きな組織であることは男にわかっていた。一夜の内に、家も蔵も、一物もあまさず、こわして、持ち去ることの出来るのは、よほどの組織にちがいなかった。あの女が変化《へんげ》のたぐいであったなどとは思わない。女の思い出は、この肌にはっきり残されている。多くの財宝も、女房たちも、雑色も、下人も、みんな煙のように消えた。あとに何ものこさないそのやり方は、訓練のゆきとどいたあざやかさであった。ふたりで暮していたあいだ、女が外部と連絡をとっていたふうもなかった。しかし、その時間になると、女房や下人が食事をはこんできた。外出するといえば、水干を着た雑色や、馬の口取の小者まであらわれた。盗みにはいるときには、一糸みだれぬ統制ぶりであった。奇怪なことばかりであった。この家に二年の余も女と暮していながら、そのからくりを男はすこしも知ることがなかった。女がそれとなく組織のことを匂わすようすもなかった。自分が単に利用されていたとは思われない。女は献身的であった。男はもう十分に女の気に入られ、組織にも信用されていたはずであった。女はやはり、男に気をゆるさなかったのか。行動をともにした連中も、どこのだれかもわからなかった。ただひとつわかっていたのは、仲間のものがおそれうやまっている男が、男にしては女らしかったこと。その小男はいつもはなれたところで、指図をしていた。そのからだつきや、松明《たいまつ》の火に照らされた色白で、凜々しい顔が、同棲《どうせい》の女に似ていたということであった。それもいまでは、たしかでなくなった。

男は、隣家の子供のいる家をあやしいと思った。外部と連絡をとっていたとすれば、さしあたり隣家が怪しかった。

男は、隣家のことを調べはじめた。偶然よいひとをとらえることが出来た。すると、つぎのようなことがわかった。隣家は、日野範綱《ひののりつな》の邸であった。

「あそこは、学問の家です」

雑色ふうの男であった。

「学問の家？」

「文章生《もんじょうせい》ですよ」

しかし、なお男は一抹《いちまつ》の疑いを残した。雑色男は、日野家と何か関係があるのか、事情にくわしかった。

「兄弟の中には、文章博士《もんじようはかせ》がいられます。そのひとは、以仁王《もちひとおう》の学問の先生でした」

男はふと、自分がこうして町中で、消えた家の隣家のことをきき出しているところを、例の組織がどこかで監視しているような気がした。男は、あたりをふりかえった。

「あそこには、小さい男の子がいるな」

「ああ、あの方ですか。あの方は親戚《しんせき》のお子です。日野有範《ありのり》どののお子です。有範どのが亡くなられたので、いずれは範綱どのの養子となられます。松若麿《まつわかまろ》とおっしゃって、とても利発なお子です」

「貧乏公卿か」

「日野有範どのは、皇太后宮大進《だいしん》におなりでした。何しろその方の親御というのが、放埒《ほうらつ》な方だったので、おかげで一族はろくな官職にもありつけず、五位《ごい》どまりでした」

「五位鷺《ごいさぎ》か」

男は、声に出して笑った。

雑色男と別れると、男はもう一度消えた家のあとに戻った。隣家をあやしいと思ったが、学問の家では疑いのかけようがなかった。生活の不如意を感じさせるように、隣家はひっそりとしていた。

暮しのめどを失った赤髭の男は、昔の知合の家に厄介になったり、ときには盗みを働いた。鼠鳴きで自分を呼びよせたような僥倖《ぎょうこう》にありつけないものかと、町を歩くときには気をつけたが、果報は二度と来なかった。組織からはなれると、大きな獲物にありつく機会もなく、男には寝るところもなく、一日何も食べないことがあった。着ていたものは、とうに喰うものに換えた。男は、みすぼらしくなった。女に拾われた当時よりも、うす汚ない人間になった。空腹をつづけていると、気力はなくなり、動くのも大儀であった。人の世のはかなさを、男は身をもって演じているようであった。

背の高い、赤髭の男は、とある楼門《ろうもん》のかげにうずくまっていた。楼門は山のように巨大であった。人間がつくった楼門にはちがいないが、人間には関係がないように傲然《ごうぜん》と夕闇の空にそびえていた。朱雀門《すざくもん》の方にひとが歩いていくのを、男はぼんやりながめていた。男は、自分の近くに小男がうずくまっているのを気にとめなかった。

男はここをねぐらにするようになってから、夜になると一段と濃い悪臭が漂うのに気がついた。吐気をもよおすような、重たくて、どろどろとした悪臭であった。が、人間とかかわりのない臭いではなかった。男は、こんな匂いをはじめて嗅《か》ぐのではなかった。屍体《したい》の捨て場に漂っている匂いであった。赤髭の男は、楼門の二階を見上げた。

夜中に、目をさましたことがあった。二、三人の男が無言で、何かを二階に持ち上げようとしていた。よほど重いもののようであった。二階に上げてしまうと、男たちは夜陰にまぎれて走り去った。逃げていくような行動であった。死人をこの楼上に捨てるということを聞いていたが、男は二階に上ったこともなく、そんなことは世間の噂《うわさ》にすぎないと思っていた。屍骸《しがい》を楼門の二階にかつぎ上げるのは、大した骨折りであった。そのくらいなら町外れにある屍骸の捨て場に捨てた方がよかった。楼門の二階に捨てるには、それだけの理由があるのか。ここをねぐらにするようになって、男は世間の噂が事実であるのを知った。頭の上の二階には、いったいどれだけの屍骸が捨てられているのか。夜になると、屍体からながれ出る悪臭が下りてくる。ひとりやふたりの屍臭とは思えなかった。男は、いつか自分の肌からもそんな匂いがするのに気がついた。

近くで動く気配がおこった。男は、そのときになって小柄な男に気がついた。楼門が、闇にのまれてしまうころであった。小柄な男は、うずくまっている赤髭の男を無視して、階段の方に近寄った。男は無言で、ながめていた。楼の二階に通じる階段は、けたはずれに大きかった。一段ずつの間隔は、大の男にしてものぼりかねるほどであった。山のような楼門にふさわしい階段であった。小男はその階段にすがりつくようにしてのぼった。二階までは相当の高さであった。屍骸のころがっている二階に、何の用があるのか。男は、小男の行動を不思議に思った。やがて、二階にたどりついたようであった。赤髭の男は空腹から来る放心状態にもどった。風のない夜であった。

どれだけか経った。楼門をとりまく闇の色はいっそう濃くなった。

男は物音をきいて、顔をあげた。物音は、楼門の二階からきこえた。争っているような物音であった。女の声がした。楼の二階に、生きた女がいたのか。男は、立ち上った。女の悲鳴をきさつけたので、助けに立ち上ったのではなかった。そこに獲物があるとみてとった。

赤髭の男は、一段ずつの間隔のひろい階段を上りはじめた。途中で、ひと休みした。一気にかけのぼるだけの気力も体力もなかった。そのときには、二階の女の声が聞えなくなった。が、ひとがいるのはたしかであった。男は、ようやく二階の上り口に顔を出した。思いがけない光りであった。小さい蠟燭《ろうそく》の光りであった。男は最初、中のようすがよくわからなかった。近くにだれかが息をころして、自分をみつめている気配を感じた。小さい灯を背後にうけているので、それが何者か、赤髭にはわからなかった。が、脇に何かを抱えて、赤髭の不意の出現にぎょっとしているのが小男であるのに気がついた。赤髭は、二階に上った。小男は、すばやく下り口のところくまった。

「こいつめ」

襟首《えりくび》をつかむと、男には侍らしい気魄《きはく》がもどった。小男は、抵抗をしなかった。その場にうずくまった。男はあたりを見た。二階には、鼻をつく屍臭が瀰漫《びまん》していた。この匂いが、夜になると下りてきた。男は、眸《ひとみ》をこらした。七、八体の屍骸がころがっていた。腹部から内臓がながれ出して、蛆《うじ》のわいているらしいのがあった。皮膚が腐りはじめたならば、長い髪の毛は皮膚ぐるみ鬘《かつら》のように頭蓋《ずがい》から抜け落ちるが、まだ頭に残っているのもあった。むしろをかむったのもあった。男は、どの屍骸もはだかであるのに気がついた。赤髭は、小男がかくすように抱えているものに気がついた。

「きさまが剝《は》ぎとったな」

小男は無言で、身動きしなかった。赤髭は、弱い明りの中で動くものを見て、ぎょっとなった。そこにも、ひとりいた。それは、白髪《しらが》頭の老婆であった。はだかで横倒しになっていたので、屍骸と思った。死んで間のない屍骸と思った。が、老婆は生きていた。顔を横にして息をとめて、男のようすをうかがっていた。その眼が、灯を吸いこむように光った。

「きさま、この婆《ばば》からも剝ぎとったな」

襟首を押えつけると、

「へえ」

小男が両腕に抱えていたものを前に押し出した。

「いのちは助けてやる、早々に退散しろ」

小男は、敵《かな》わないとみたか、おとなしく階段の下り口に一ト足足をかけた。すると、老婆が喚いた。

「髪をもっとる。髪を置いてけ」

肋骨《ろっこつ》を浮き出した薄い上半身をふるわせて、老婆が指差した。

「きさま」

男も、いっしょにどなった。小男は、黒くてふさふさした一トかたまりのものを、男の足許《あしもと》にほうってよこした。そして、すべり落ちるように階段を下りた。素足が夜の中を走っていくのを、男は耳をすませて聞いた。

「婆、ここで何をしてたのだ」

白髪頭の老婆は、救いの神と思ったようである。とぼしい灯の中で、身ぶり手ぶりで話をはじめた。袴だけはつけているが、あとははだかであった。きものを剝ぎとられた屍骸が、あたりにころがっている。痩《や》せおとろえた老婆の哀れなすがたと屍骸は、それほど著しいちがいがなかった。「こちらは」と、老婆はそばに寝ている屍骸をふりかえり、「私の主人にあたるお方でございます。あと始末をするひともございませんので、私がここに宿をお借りしていたわけでございます」

その死体は、新しかった。ゆうべの内に、ここにはこばれたようであった。赤髭の男は、眸を凝らした。腐りはじめるには、まだ大分時間があった。しかし、すでに死臭は漂わせていた。若い女であった。胸の隆起や、四肢のふくらみや、肌の色合で、生前は魅力のある女性であったことがわかる。何で死んだのか、男は訊かなかった。男はふと、男でも上りかねる階段をこの老婆がどうして上って来たのか、不思議に思った。男は、死んだ女の頭部に気がついた。

「尼だったのか」

屍骸の頭に、髪の毛がなかった。屍骸が腐りはじめたならば、髪の毛は皮膚ぐるみ、一ト皮めくったように脱落するものであるが、腐りはじめていない皮膚から髪の毛が剃《そ》り落されていた。

老婆が申訳なさそうに、うすい上半身を縮めた。

「丈《たけ》にあまるほどのおみごとなお髪《ぐし》でございました。抜き取って、鬘に売ろうと思いまして……」

白髪の老婆は、弱い灯の下で死者の頭から一本ずつ、髪を抜き取っていたのである。

「きさまが仕えていた主人ではあるまい」

小男が逃げ出すとき、投げ出していった黒い、やわらかな、ひとかたまりのものに男は気がついた。

「いのちばかりはお許し下され」

老婆は両手を合わせた。小男は老婆のしていることを見て、ぎょっとしたことであろう。屍臭の瀰漫する中で、とぼしい灯の先で、顔を近付け、死者の頭から髪を一本一本抜きとっているのだ。それがこの世の人間とも思われない、年のほどもわからない白髪頭の老婆のしわざである。現実の出来事とは思われなかったろう。事情がわかると、男は屍骸の捨て場となっている二階を見まわした。ここにも、生きるためにはなりふりかまわぬ人間がいた。明日はこの二階に、息をしなくなった老婆が横たわるかも知れなかった。赤髭は、抜き取った長い髪のひと束を取り上げた。老婆が、両手を差し出した。その手を、男がはらいのけた。

「あの世へ送ってやろうか。ここで死ねば、屍骸を片付ける手間がはぶける。そのそっ首をひねり上げてやろうか」

老婆が怯《おび》えて、あと退《ずさ》りした。そして、若い女の屍骸にすがりついた。

男は、小男が死体や老婆から剝ぎとった衣類をまとめてかかえると、髪の毛もわすれず、下り口に向った。

「それをかえせ、鬼め、きものをかえせ、髪をかえせ」

老婆がわめいた。赤髭は、せせら笑った。男は、そこにあった屍骸をふみつけた。足の裏にぐにゃりと崩れた感じがのこった。男が階段を用心しながら下りていくあいだ、老婆は叫びつづけた。その叫びは、だんだん力がなくなった。わめきながら老婆は、息が絶えるかも知れなかった。

楼門の下に下り立った男は、動き出す前にしばらくあたりの気配をうかがった。それから獲物を抱えなおして、闇の中を町屋の方に歩き出した。男のすがたを、闇がのみこんだ。

痘瘡《とうそう》などの流行病で死ぬと、伝染をおそれ、処置に窮して、楼門の二階に捨て去るのかも知れなかった。そんなところに捨てるのを、検非違使《けびいし》がみとめているわけではなかった。役人には、そこまで目がとどかなかった。

京の町は、深い色調の闇の底に沈んでいた。ここに都がさだめられてから、四百年近い年月が経った。奈良の都よりはすこし規模が小さいが、理想的な王城《おうじょう》の地であった。唐《とう》の長安の地形に似ていることが、何ごとも先進国のまねをしたがる宮廷人には、ねがってもないことであったろう。

東は、比叡《ひえい》から東山にかけてなだらかな連峰がつづいていた。そのふもとを、賀茂川がながれた。北には大原口の横から、鞍馬《くらま》、愛宕《あたご》へつらなる北山連山があり、大堰川《おおい》（桂川）のながれを越えて、西には老坂《おいのさか》山塊や天王山への山があった。南には、大きな巨椋池《おぐら》がある。木津川と宇治川と桂川をあわせて、淀川《よどがわ》となり、難波《なにわ》の津（大阪）の方にながれていた。その南に、男山がそびえた。

盆地にひろがる京の闇は、東西四十六キロ、南北五十四キロの碁盤状で、北の中央に大内裏《だいだいり》があり、そこから中央に南北に朱雀大路が走っていた。その南端に羅城門《らしょうもん》があった。

夜が明けると、東市の町屋はよみがえったようににぎやかであった。はじめ東市は、南北に通ずる堀川通りと大宮通りの中間にある南市門通りと、東西に通ずる北小路通りの交叉点《こうさてん》を中心とした、十字形の十二区に限定されていた。が、商業地区は東市の東北にうつって、都大路の街路に店がせり出すようになった。

軒先には、槐《えんじゅ》などの樹木がしげり、街路は庶民の共有の場であった。町屋は、必ずしも軒をならべていたわけでなく、ところどころに空地をのこし、野菜が栽培されていた。赤髭男の獲物も、この町屋でさばかれたであろう。

町屋の一軒一軒はいずれも入口がせまくて、窓や土間に台をつくったり、棚を出して、店舗の体裁をつくった。板葺の屋根である。板や竹で細工した壁。商人共同の井戸は、街頭にあった。それが客や通行人の飲料水になった。むしろをのべて坐りこみ、鉦《かね》をたたきながら入口で経を唱えている男があった。水桶《みずおけ》を頭にのせた老婆や、烏帽子の男たちが通りかかる。むしろとふろしき包みを小脇にかかえて、急ぎ足で通りすぎる子供がある。神妙に合掌している坊主がいた。一軒の店先には、仏画を描いた紙片が貼《は》り出されている。野菜を桶に入れ、頭にのせて売り歩いている販女《ひさぎめ》が通りすぎる。魚のぶらさがった店内では、ふたりの市女《いちめ》が忙しそうに動いていた。頭上にものをのせた買物のひとがひっきりなしに往来する。

そうしたひとびとの中を、小袖に脛巾《はばき》をつけ、千駄櫃《せんだびつ》を背負った男が縫うように歩いていた。三十五、六歳の顔は、陽焼けして、精悍な面構えであった。油断のない眼差《まなざし》であった。千駄櫃の中には、よほどめずらしい商品がはいっているのか、先を急いでいるようであった。前を行くひととぶつかった。赤ん坊が泣き出した。

「おっと、ごめんよ」

つきあたられたのは、野菜を桶に入れて、頭にのせ、町に売り歩く販女であった。背中に赤ん坊をおぶっていた。販女は背中をゆすぶり、笑った。男の足は、五条京極の方向に向った。

それから三日目、陽焼けした、屈強な男は日野範綱の門をくぐった。最初に男を迎えたのは、地面に文字を書いてあそんでいた振分髪の松若麿であった。

「おお」といい、男は腰をかがめた。相手の背丈とおなじところに顔をすえると、

「和子《わこ》もお元気で……」

「五郎七は、いつ戻ったのか」

松若麿はうれしそうにいった。

「二、三日前に東国からかえってまいりました」

気をゆるしているのか、五郎七の眼差はおだやかであった。

「殿は？」

松若麿が、ふりかえった。範綱が屋形の中にいるというしぐさであった。

「さっそくご挨拶にまいります」

五郎七のうしろすがたを、松若麿は見送った。五郎七は、もと日野家の雑色であったが、雑色をやめた。やめてからもときどき顔を出した。五郎七は、話上手であった。めずらしい話をいくらも持っていた。昔のこともよく知っていた。

「あの男は、雑色で終るような人間ではない」

日野範綱もそういっていた。

松若麿が範綱の部屋に出向くと、五郎七の話はすでに佳境にはいっているようすであった。五郎七は、身ぶり手ぶりで話していた。

範綱の顔は緊張して、身をのり出すようにしていた。松若麿は静かに部屋の隅に坐った。

「……はじめは何ごとがおこったのか、ようすがわからないものですから、ぼんやりとしておりました。白い一団が、粟津《あわづ》の松並木の向うから、土けむりをあげて殺到してまいりました。手に薙刀《なぎなた》をふりかざし、喚きながら襲って来るのです。通行人は蜘蛛《くも》の子をちらしたように両側の松のある土堤《どて》に逃げました。襲いかかって来たのが、みんな荒法師《あらほうし》でした。私も逃げました。千駄櫃もろとも土堤下にころがり落ちましたが、一団は通りすぎました。何十人いたか、おびただしい数でした。土堤から顔を出すと、荒法師の一団はわめきながら、疾走をつづけておりましたが、その前方に、検非違使の一行に警固された牛車《ぎっしゃ》の一団がありました。通行人はすでに逃げておりましたので、その一行だけがぽつんと道のまん中にとりのこされた形になりました。その一行をめがけて、荒法師はわめきながら斬りかかりました。ひとたまりもありません。牛車は法師の手に奪いとられました。雑色や下人は、逃げてしまって、あとは五、六人の侍が地上に斬り殺されておりました。背負った矢筒をろくに使わない内に殺されました。牛は狂ったように駆けていきました。馬も倒れたのがありました。諸国を歩いておりますと、ずいぶんいろんな経験をいたしますが、都と目と鼻のところで、そんな騒ぎに出会おうとは思いもよらず、いやはや、度《ど》胆《ぎも》を抜かれました」

「前天台座主明雲上人《ざすめいうんしようにん》が、伊豆に流されることになっていた。それを知った延暦寺《えんりやくじ》の僧徒が、途中で奪いかえしたのであろう」

範綱が答えた。

「そういうことがございましたか。しばらく京の地をはなれておりますと、いろんなことがございます」

「どのくらい地方を歩いていたのか」

「今度は、一年と三ヵ月になります」

五郎七は同業者と仲間をつくり、諸国をまわって、珍しい品物や世間話を伝えるのであった。京の事情も吹聴《ふいちよう》した。地方のひとびとはかれらの下国を待ちわびていた。行商人の中には、鋳物師や木地屋《きじや》のように、道具や原料をたずさえ、農具や日用品、梵鐘《ぼんしよう》や刀剣類の注文に応じるのもいたが、五郎七たちは、各地の物産を仕入れて、地方や京に販売した。田舎わたらいであった。五郎七たちの行動は、地方の市《いち》を結びつける役目をもった。それがまた、自ずと地方の親市を形成させて、さらに京の市と結合させる役割をはたしていた。

「座主自らが、宗門の擁護のためでなく、政争の渦中に立たれるからだ」と、範綱が、嘆かわしげにいった。

「旅に出ておりますと、かえって都のことがいろいろと耳にはいります。噂をながす私どもが、逆に聞かされることも多いのですが、叡山がさわいでいることや、お上《かみ》のなさることよりも、やはり私どもには家族のことが気にかかります。今度もそのためすこし早目にかえってまいりました」

「留守中に何かあったのか」

範綱が訊いた。

「火事がございました」

「ああ、あの大火事か」と、範綱はその夜の火事を思いうかべた。

「一時は、こちらも家財をまとめて、避難の準備にとりかかったくらいだ」

四月の大火事であった。火もとは樋口富小路《ひぐちとみのこうじ》の病人を宿らせる仮屋であった。風の烈しい夜であった。朱雀門、大極殿《だいごくでん》、大学寮《だいがくりょう》、民部省《みんぶしょう》が焼けた。火は猛烈な勢いでひろがった。

「旅におりますと、京が全部焼けてしまったような評判でございました」

「幸い風向きが変ったので、こちらはたすかったが、五郎七の留守宅はどうだったか」

「三町ほど先で、風が変ったらしいのでございます。幸い、家族は無事でございました」

「火事が出たら、京の町は処置なしだ。お上は政争であけくれて、その上叡山とことをかまえていられるので、しもじものためを思って下さるゆとりがない。いったん火事が出たら、風次第で、ひとりでに消えるのを待つほかはない。しもじものものは、ただ火の中を逃げまわるばかりだ」

松若麿も、その夜の恐怖をおぼえていた。空が赤く焼けていた。夜なので煙はみえず、地上が赤くただれているふうにながめられた。ところどころに新しく火の手があがった。火の粉がとび散るのが見えた。あの火の下に阿鼻叫喚《あびきようかん》があるのだと、胸を痛めた。家財を背負い、子供の手をひき、夜が明けてもなお邸の前を大勢のひとが歩いていたのをおぼえている。

「焼跡を見てきました」

「犠牲者も多かったことだろう」

五郎七は、ちらりと松若麿をみた。はばかられたのであろうが、

「火の手のまわりが早かったとみえて、たくさんなひとが死にました。逃げる途中、女子供は踏み殺されたのが多かったようです。ある小路では、五、六十人のものが折り重なって、焼き殺されていました。一カ月も経つのに、屍骸はうちすててあります。だれがだれともわからず、骨に

なっているのもありました。ゆきづまりの小路に逃げこんで、うろうろしている内に周囲を火にかこまれ、背負っている家財道具に火がついて、あっという間にみんなが焼け死んだものと思われます。子供をかばって俯伏《うつぶせ》になって、もろとも死んでいる母親もありました。野良犬が喰いあらすままに捨てられてあります」

板葺の屋根、板や竹で細工された壁、町屋はわざわざ火を歓迎するように造られていた。町屋のものは、何よりも火事をおそれたが、いったん火が出てしまえば、処置なしであった。自警団《じけいだん》があるわけではなかった。消火の施設があるわけではなかった。火事で死ねば、死損であった。だれも、いのちを護ってくれなかった。

二年前の台風には、全壊半壊が多かった。ひとびとは、風の下を逃げまわった。たらいの中で水をかきまわすように、風が京の盆地を狂いまわった。ひとびとは、虫けらのように地上を這《は》いまわった。

「まったく虫けらのように私どもは毎日をくらしておりますが、それだけに雑草のように根強いところもございますよ。焼跡には、さっそく新しい町屋が出来かかっております」

「そういう京の町に、地方から流れこんでくるひとも多いときいているが……」

「都に出れば、何とかくらしていけると思っているのです。正直なところ、私どもは自分らが生きていくだけで精いっぱいでございますから、叡山がどのような動きをしていようと、そのため院がどのような工作をされていようと、いっこう関心がもてないのでございます」

「無理もないことだ。そういう点では、この範綱にしても、昨日今日の政治の状勢がどうなっているか、よくわからない」

「こちらにお伺いしますと、いろいろのことが教えていただけます」

「叡山方が、流人《るにん》の明雲上人を奪還した。このままでおさまろうとは思われない。いよいよ院は、叡山と正面衝突をなさるのではないか。心配だ」

「また僧兵に、町があらされるのでございますか」

「そういうことにならなければよいが……」

幼い松若麿は、叡山というものにあるあこがれをもっていた。叡山は神聖であり、学問の場所であった。五郎七が松若麿に語ってきかせた源信僧都《そうず》は、叡山で学をおさめ、ずうっと叡山に住まわれたひとであった。源信僧都の地獄極楽の話は、松若麿に強烈な印象をあたえた。源信は、二百年も前のひとである。聖地である叡山が荒法師の根拠地になっているのが、幼い心には大きな謎《なぞ》であった。

「どうしてまた明雲上人を奪いかえすような事件がおこったのでございますか」

「私のきき及んだところでは、この事件は去年の夏の、とるに足らない、地方の出来事からはじまったようだ。それが雪だるま式に発展し、複雑になり、大きくなった。そして、いまでは双方がひくにひけない状態になっている」

加賀の白山《はくさん》の中宮の末寺である涌泉寺《ゆうせんじ》の湯屋で、舎人《とねり》が馬をあらっていた。涌泉寺の僧がそれをみて、

「けしからん、ここをどこだと思ってるのか」

舎人は、ふり向きもしなかった。舎人は、加賀の目代《もくだい》藤原師経《もろつね》の家来であった。

「聞えないのか。寺の湯屋で馬を洗うとは、もってのほかだ」

舎人が、ゆっくりふりかえった。

「あとを清めて、すぐさま立ち去れ」

舎人が姿勢を正すと、

「国は、国司のものだ。御目代に向っては、だれも文句はいえないのだ」

威圧するようにいった。

「相手がだれだろうと、お寺で馬を洗ってもよいという法はない」

僧も負けていなかった。日ごろの敵意が、もえ上った。たがいに悪口雑言をあびせ合った。そ

の結果、腕力沙汰になった。寺の衆徒が鉈《なた》をふりあげ、馬の尻を斬りつけた。馬は悲鳴をあげてはねあがった。尻を叩きつけた拍子に、尻尾《しっぽ》が切れた。ひとりが、棒で馬の前脚を打った。こつんと大きな音がすると、あばれていた馬が膝《ひざ》をついた。足が折れた。舎人は青くなったり、赤くなったりして、湯屋から追いたてられた。湯屋では、馬の始末が大へんであった。

師経とその兄の国司師高《もろたか》が、臣下百人ばかりをつれて、涌泉寺に押し寄せた。話合うという手間をとらず、いきなり坊舎に火を放った。寺の衆徒の中には、血をながしたのもあった。

涌泉寺は、白山中宮にある八カ院の一つであった。八カ院の衆徒が集まって、中宮に告げた。その結果、別院、佐羅、中宮の三社の衆徒が武装して集まった。数百名に達した。

「国司師高を誅《ちゅう》すべし」

国司の邸に攻めこむことになった。師高はびっくりして、いそいで京に逃げかえった。

白山中宮はこのことを、叡山に訴えた。叡山としては、本社白山のことなればともかく、その末寺のことぐらいで動くわけにはいかなかった。白山の使者はやむなく国にかえったが、折返し使いを派して、叡山に再訴することになった。上洛《じょうらく》した白山の衆徒は、山上で越年すると、谷々や坊々を歴訪して訴え、協力をねがった。それでも叡山は白山の訴えをうけつけなかった。叡山は、院政派とことを構えることを欲しなかったからである。

藤原師高、師経の兄弟の父は、西光《さいこう》であった。西光といえば、後白河法皇の院政派の中心的実力者であった。

治承元年（一一七七）一月三十一日、白山の衆徒一千名が神輿《みこし》を擁して、甲冑《かっちゅう》に身をかためて京に上って来た。

「そら、また戦《いくさ》だ」

気の早い町屋のひとは、家財道具をまとめ、逃げ支度をはじめた。事情がどうなのか、ひとびとは知らない。しかし、自分らが災難をうけることはまちがいなかった。どちらの味方でもなければ、敵でもなかった。が、だれもいのちを守ってくれないので、めいめいでいのちを守るよりほかはなかった。危険を嗅ぎつけるのは、本能的であった。

叡山の天台座主である明雲に、院宣《いんぜん》が下された。明雲は一千名の衆徒を途中でくいとめて、敦《つる》賀《が》にまでさがらすことが出来た。衆徒は敦賀で裁許を待っていたが、かれらの要求がいれられないとわかると、敦賀を出て、坂本の日吉《ひえ》社に着いた。

白山中宮の八カ院の衆徒の訴えをうけて、それまで腰をあげなかった叡山の僧徒が起ち上った。そして、院に無理な訴えをすることになった。

「藤原師高の配流を要求する」

訴えるのではなく、脅迫であった。後白河法皇はやむをえず、弟の師経を備後《びんご》に流すことで、事件をおさめようとした。が、山徒は満足をしなかった。日吉社と白山社の神輿を京の中にかつぎこんだ。

「加賀守《かがのかみ》藤原師高と、その父の西光法師を遠流《おんる》にせよ」

かさにかかっての要求であった。

朝廷は、平重盛《しげもり》と源頼政《よりまさ》をして、衆徒の連合軍をふせぐように命じた。はじめは四、五百人ぐらいしか軍兵が集まらなかったが、追々と集まって、二千の余に達した。白山社、日吉社、山門僧徒は、神輿を先頭にして、陽明門に殺到した。

いっとき混戦状態をつづけた。双方に死傷者が出た。結局重盛の軍兵に射散らされて、二条の路地に神輿をすてて退却した。

このとき、神輿に矢があたった。昔から衆徒のさわぎは度々あったが、神輿に矢があたったのは、これが初めてであった。この騒ぎの方が、大きくなった。絶対的なものに、人間が手をかけたことになった。が、退却のどさくさ紛れに、神輿が重くて扱いかね、路上にほうり出して逃走したことは、神輿を汚したことにはならないようであった。両軍の戦いを、遠巻きにして眺めていた町屋のひとにも、このことは異様な衝動をあたえた。

「神罰が下る」

恐怖がひろがった。神罰のまき添えをくうのは、庶民であった。

事態がこういうことになっても、平清盛《きよもり》は自分の兵を動かさなかった。院のために自らいくさに立つことが、躊躇《ちゆうちよ》された。

年の若い高倉天皇は、この騒ぎで法住寺《ほうじゆうじ》に避難した。そこは、後白河法皇の御所《ごしよ》であった。

禁中は、騒ぎであった。流言蜚語《りゆうげんひご》にまどわされ、陽明門あたりからきこえてくる鬨《とき》の声におびえあがった。官兵は、御所の警備にあたるだけで、衆徒と四つに組んで戦うという意志に欠けていた。

叡山延暦寺座主の明雲のもとに、また院宣がおくられた。衆徒の乱行は古今未曽有《みぞう》の不祥事であるが、神輿に矢を射当てたことは、かえすがえすも畏《おそ》れ多いことである。軍兵の中から下手人《げしゆにん》を見付け出し、重い罪科を科するであろうという主旨であった。

高倉天皇は、車で禁裡《きんり》にかえられた。さらに明雲に、院宣が下された。賀茂の祭りのあとに、師高以下を罪科に処すべき由を申送って、山門の怒りをとこうとした。

ところが、加賀国司の師高に仔細《しさい》を聞いてみると、

「白山荘は、代々国領であって、寺領ではございません。かれらは横車を押しているのです。か

れらと対決して、十分話合いをしたいと考えます」

が、寺領でなくとも、坊舎を焼きはらったのはよろしくない。後白河法皇は、目代師経を流罪に処した。衆徒の怒りを鎮める目的もあった。

一方で法皇は、院宣に従わず、武装して洛中《らくちゅう》を騒ぎまわったのは、反逆であるときびしくきめつけた。しかし、衆徒は、なお師高の流罪を要求して、一歩もしりぞかなかった。

法皇は、衆徒の幹部少数と会見することを提案した。が、山門の僧綱《そうごう》所司代の幹部が会見に応じるのでなく、武装した衆徒が大勢押しかけた。かれらは官兵を押しのけて、内裏《だいり》に闖入《ちんにゅう》した。その勢いに押されて、神輿に矢をあてた官兵二名を獄に下し、加賀守師高を尾張に流すことを約束しないではいられなかった。

これで、事件が一段落したようにみえた。

「それでは、あまりに一方的な裁きではございませんか。それでは、朝廷の権威にもかかわります。院の近者ばかりを罰して、いくら叡山に気がねするからといって……？」

話をきいていた五郎七が、たまりかねて口をはさんだ。範綱はうなずいた。範綱は具体的なことを五郎七に聞かせながら、この事件の陰の人物には触れなかった。松若麿は熱心に聞いていた。陽明門からはじまったいくさのことは、松若麿も知っている。そのときも、邸の前は避難者でごったがえした。

五月五日になると、検非違使が突如叡山に来て、座主明雲をとらえた。山徒の気のゆるんだところをねらったようであった。直ちに明雲の法務の職を解いた。

西光が法皇に直訴《じきそ》した。

「この度の騒動も、座主明雲の謀略にちがいありません。明雲は、快修が座主であった当時、悪僧とはかって、快修の追い出しを企てました。また嘉応元年（一一六九）山門の所領である美濃比良野庄の民が訴訟をおこしましたとき、明雲は衆徒をして、禁裡に乱入させたことがございます」

明雲がこうした挙に出たのは、加賀の国にあった明雲の所領を、師高が国司であったときに侵略したことによる。それを根にもって憎み出したというのである。が、明雲は表面に出ず、三塔の衆徒を煽動《せんどう》した。外には、朝廷の制止のことばを構えて説得するようにみせかけながら、裏では騒動を企てたという。

明雲は三日三晩、食事をあたえられず、拷問をうけた。

これを知ると、山徒は再び蜂起《ほうき》することになった。神輿を講堂にかつぎこんで、騒いだ。騒ぐ場合、何かと旗印が必要であったが、神輿ほど適切なものはなかった。神輿さえかついでおれば、正義は自分らの方にあった。

叡山延暦寺の僧綱らが、法住寺殿にきて、明雲の放免を乞うた。天台座主たるものが、配流に処せられた例がないといい、公家《くげ》の御経師《きようじ》であり、法皇受戒の和尚《おしよう》であるからという理由であった。平清盛を経ての奏上であったが、法皇はきき入れなかった。

明雲は、伊豆流罪と決定した。法皇受戒の師であるため、明雲の名を剝奪《はくだつ》して、藤原松枝という俗人名があたえられた。いく度も清盛が諫《いさ》めたが、その甲斐《かい》がなかった。しまいに法皇は病気といって、清盛に会うことを断わられた。

明雲護送役には、源頼政が命ぜられたが、粟津の松並木で奪い返されたとき、郎党が一人か二人ついていただけで、手が出せなかった。このときの検非違使は、平兼隆であった。院宣によると、

「万一のことがあれば、直ちに明雲の首をはねよ」

と、いわれていた。

「草創以来、叡山は国家の権勢と結びついて、仏教界の中心として、多くのひとびとを集めていたが、このごろは大きく変った」

日野範綱は五郎七を相手に、自分の知っているかぎりの出来事を話してきかせたが、一段落す

ると、叡山批判に移った。

「叡山の上層部は、座主の地位をめぐって、みにくい争いをくりかえしている。これでは宗教的な理想が失われ、教学が衰微していくのもやむを得ない。なおその上、叡山内部では、教団本来の構成員である学生《がくしょう》と、堂衆《どうじゅ》が、それぞれの利益にしたがって行動し、反目しあっている。宗教的な集団としての性格は、もはや見られなくなっている。座主は、教団の統率者として、また現世的な力をもつようになった。院政となってから、門閥の争いがいっそうはげしくなった。叡山が政争の決定権を握るようになってから、座主の地位をめぐる争いは、直ちに政治の動きに反応するようになった。これでは山を下りる僧も多くなるはずだ。叡山ではあきたらなくなってくる……」

「大原あたりには、聖《ひじり》が多くあつまっております」

五郎七が答えた。

「みんな山を下りたひとびとだろう。天台教団の一部のものが、叡山にみきりをつけて、民間の布教に進出しているのだ。そして庶民とむすびつくようになっている。当然のなりゆきだ。大原のあたりの聖たちは、独特の説法で、庶民を教化しているときいている。勧進《かんじん》を行なったりしているそうだが……」

「そういえば、二、三年前から、吉水《よしみず》の法然房《ほうねん》というお方が、念仏だけを唱えたらよい、そのほかのことは一切無用だと、専修念仏《せんじゅ》を唱えはじめています」

「専修念仏?」

「やはり大原あたりの聖のひとりでしょう」

松若麿が法然の名をきいたのは、そのときが最初であった。叡山を下りた僧のひとりというほどの関心であった。

「麿に、大人の話がわかるか」

範綱が松若麿に笑いながら訊いた。

「はい、わかります」

松若麿は、五歳であった。

「それはお利口だ」と、範綱は五郎七の顔に戻った。

「日野家の猫のひたいほどの領地も、いつどうなるかわからない。強いものがあらわれて、奪うのは何でもないことだから。朝廷には、それを抑えるだけの力が失われている。幸い領地のひとは、忠実だから、私たちは食べていけるが……」

「あそこのひとは、みんなおとなしくて、まじめです。都に近いところの人間は、すれっからしが多いのですが」

毎年、馬にのせて米をはこんでくるのを松若麿は知っていた。領地は、京の近くにあった。

「それにしても、いまごろ法住寺殿では、合議に合議を重ねていられることだろう。明雲上人を奪還されて、だまっているわけにはいくまい」

範綱は苦々しくいった。

「明雲上人は、清盛殿とむすばれている。武士団の棟梁《とうりょう》とむすばれているかぎり、こわいものはありませんからね」

「私も、そう見ている。清盛殿は、明雲上人の味方だ」

五郎七が奥に挨拶をすませて、かえりかけると、松若麿が門のところまで送った。五郎七は旅からかえると、いつも珍しいものを日野家に持参した。

「五郎七」

「はい、何ですか、和子」

「伯父さまは、お山の学生が堂衆と仲が悪いとおっしゃった。学生とは、みんな立派なお坊さんであろう?」

「はい、一人前の学生となるには、うんと学問をしなければならず、修行もしなければなりません。そういう立派な学生は、あちこちの貴いお方のお屋敷に呼ばれていって、ありがたいお話をするのです」

「虚空蔵菩薩《こくうぞうぼさつ》が、学生をおたすけになった話を、私はよくおぼえている。いまのお山の学生は、虚空蔵菩薩におねがいしなくなったのかしら」

幼い松若麿には、時代のながれとか、叡山の変貌《へんぼう》がよくわからないようであった。かつて五郎七が話してきかせた、虚空蔵菩薩にたすけられた学生の話が、記憶に鮮明にのこっていた。伯父の話をききながら、松若麿は自分の頭の中にある学生のことを思った。

範綱が廊下を渡ってくるとき、門のところのふたりに気がついた。小さい松若麿が緊張した顔をまっすぐ挙げて、何か話していた。五郎七は、首を垂れるようにして、それに応じていた。話声はきこえなかった。範綱は気にとめず、部屋にはいった。五郎七の話を熱心にきいている松若麿を、範綱はたびたび見かけていた。松若麿にとって五郎七は、いわゆる世間であった。日野家の枠《わく》を出た世界であった。

「あのころの叡山は、神聖な、教学のお山でしたからね」

「源信僧都も、そこで修行をなされた」

「いまどきの学生は、まじめに虚空蔵菩薩にお祈りなどしていないでしょう。まじめなお坊さんは山を下りて、京の周囲に住まっていられます」

「そういう聖を、虚空蔵菩薩がたすけて下さるのだろうね」

「さようでございます」

五郎七のかえっていくのを、松若麿は門の外に出て、見送った。五郎七はこれから仲間と会って、つぎの旅に出る打ち合せがあった。かつて松若麿に話した虚空蔵菩薩のことは、筋もよくおぼえていなかった。

「比叡のお山に、年の若い僧がおりました。学問の志は大いにあったのですが、あそび好きで、気が散って、身を入れて学問をすることがなかったのです」

というふうに五郎七は、松若麿に話しはじめたものである。さわやかな風の吹く、秋の午後であった。五郎七はしゃがんでいたが、やがてそこの庭石に腰を下ろした。縁側に腰かけていた松若麿は、宙ぶらりんの足をじっとさせて、話にきき入った。

しかし、僧は学問の志まで失ったわけではなかったので、法輪寺《ほうりんじ》に詣《まい》って、虚空蔵菩薩にお祈りをした。が、思いたって学問する気がおこらないので、みんなから無学の僧と思われていた。

僧は、それを悲しんで、九月のある日、法輪寺にお詣りをした。そして、顔なじみのお坊さんたちと話をしている内に、日が暮れそうになった。あわてて帰路についたが、西の京までくると、日が暮れてしまった。夜のひとり歩きは、いのちを捨てに歩くようで、危険であった。僧は近くの知人をたずねた。が、折悪しく主人は外出で、下女が留守番をしていた。仕方なしに、どこかほかに泊るところをさがそうと、知合の家をさがして歩いている内、唐風《からふう》の門のあるところにさしかかった。その門のところに、衵《あこめ》を重ね着した、可愛い少女が立っていた。僧は近付いて、

「法輪寺におまいりしてのかえり道ですが、日が、暮れてしまったので、お山にかえることが出来なくなりました。どんなところでも結構ですから、今夜こちらに泊めていただくわけにはまいりませんか」

「しばらくお待ち下さい。伺ってまいりましょう」

少女は門内にはいった。間もなく戻って来ると、

「どうぞ、おはいり下さい」

案内に立った。

放出《はなちいで》の間《ま》に火がともされ、立派な四尺の屏風《びようぶ》が立てられて、高麗縁《こうらいべり》の畳が二、三枚敷いてあった。そこに坐ると、衵に袴をつけた例の少女が、高坏《たかつき》に食事をのせて、はこんで来た。それをいただいて、酒などのんで、満ち足りた気持で手など洗っていると、内から遣戸《やりど》がひらいた。見ると、すぐそばに几帳《きちよう》が立ててあり、その陰から、若々しい女の声で、

「どういうお方でしょうか」

僧は、少女に話したとおなじことをいった。几帳の陰の女は答えた。

「つねづね法輪寺におまいりなさるのなら、そのおかえりにいつでもお立ちより下さい」

遣戸が閉められた。が、遣戸に几帳の横の棒がつかえて、ぴったりとしまらなかった。そのままにされていた。

次第に夜も更《ふ》けた。が、僧は寝つかれないまま外に出た。南面《みなみおもて》の日よけの蔀《しとみ》の前をぶらぶらしていると、蔀に小さな穴があるのに気がついた。つい、そこからのぞいてみたくなった。すると、先ほどのこの家のあるじと思われる女がいた。短い燭台《しょくだい》をひきよせて、草紙を見ながら横になっていた。年のころ二十歳ばかりの、その肢体はたとえようもなく婀娜《あだ》っぽかった。

薄紫色の綾《あや》の衣をきて、髪は衣の裾に達するほどに長かった。そばに女房がふたり、几帳の陰のところに寝ていた。その先に女童《めのわらわ》がひとり寝ているが、先ほど食事をもってきてくれた少女であった。部屋の調度品は、どれひとつとして非の打ちようがないほど立派なものばかりで、二層の厨子棚《ずしだな》には蒔絵《まきえ》の櫛《くし》の箱や、硯箱《すずりばこ》が、さりげなく置かれていた。そらだきの香の匂いが、部屋の中におくゆかしくたちこめていた。

僧は、女主人をひと目見るなり、魂を吸いよせられるような衝動をおぼえた。この夜の偶然を、しみじみありがたいと思った。しばらくようすを伺っていたが、女主人の動く気配はなかった。みんなよく眠っているようすであった。僧は例の遣戸がぴったりしまっていなかったのを思い出した。部屋にもどり、そこから足音を殺して、遣戸をあけた。左右に開く遣戸は、音をたてなかった。僧は横になっている女のそばに添うようにしたが、相手はよく眠っているらしかった。

僧の胸は、早鐘のようにさわいだ。ほのかな香りは、僧をいっそう夢心地にした。気があせるばかりであった。思いのたけを打ち明けようと思ったが、さて相手が何と答えるやら。僧は心の中で、仏の御名を念じた。ふるえる手で、そっと衣をひらいて、ふところにさし入れようとすると、女が目をさました。

「どなた」

僧はうわずった声で、正直にささやいた。

「尊いお坊さまと思いましたので、お宿してさし上げたのでございますわ。こんなことをなさろうとは、口惜しゅうございます」

僧が行動に移ろうとしても、しっかり衣を身にまとって、許そうとしなかった。

僧は逆上気味になった。この期《ご》に及んで拒まれたことが、死ぬほどの苦しみであった。すぐそばに女房や女童がいる。目をさまさせてはならなかった。が、それ以上のふるまいに出れば、女は声を大きくするかも知れなかった。僧は世にもみじめな顔をして、形の上だけは、女を抱いている格好をつづけた。すると、女がいった。

「何もあなたのお心をうけないと申し上げているのではございません。私の良人《おっと》は、去年の春亡くなりました。その後、いいよる方もすくなくございませんでしたけど、何のとりえもない良人を持ちたくないと、こうしてひとりで暮してまいりました。あなたのようなお坊さまなら、ひとからもうらやまれましょうから、かえって良人にふさわしいかも知れません。あなたは、法華《ほけ》経《きょう》をそらでお読みになれますか。お声は、尊げでしょうか」

僧は、ひるんだ。すると、その隙に女は身を起した。

「それならば、ありがたいお経を尊んでいられるお方と思います。あなたといっしょになってもよろしゅうございます」

僧は、正直に答えた。

「法華経は習いましたが、まだそらで読めるほどには上達しておりません」

「それでは、とてもそらで読むようにはなれそうにありませんか」

「それは出来ます。ただ私の気性《きしょう》が、ひどく移り気なので、真剣に身を入れて修行する気になれないのです」

「では、急いでお山へ戻って、お経がそらで読めるようになってからいらして下さい。そのときには、あなたのお心のままになりましょう」

女は約束した。

一途《いちず》に思いつめていた僧の気持が、さめた。折から夜も明けようとしていた。

「約束して下さいますか」

「約束します」

「きっと？」

僧は、静かに臥床《ふしど》をはなれて、もとの部屋に戻った。

夜が明けると、女は女童に朝食を出させた。

僧は叡山に戻ったが、あでやかな女のようすや、ことばのふしぶしが思い出されて、夢の出来事としか思えなかった。が、法華経をそらで読めるようになることが約束であり、その約束には現実感があった。僧は、奮起した。修行にはげむようになって二十日間が経つと、そらで法華経が読めるようになった。そのあいだも、女のことがわすれられず、せっせと文を送った。女からはげましの返事があった。それといっしょに単衣《ひとえ》の布や、干飯《ほしいい》などを餌袋《えぶくろ》に入れて送ってよこした。女はその場のことば逃れをしたわけでもなく、自分のことを心だのみにしている証拠であった。

女の期待に答えられるようになったのがうれしくて、僧はいつものように法輪寺にまいり、かえり道に唐門のある家に寄った。おなじように夕食がだされ、あるじの女ともいろいろと物語をしている内に、夜も次第に更けた。

僧はひとりになったとき、手を洗い、法華経を唱えた。その声は朗々として、いかにも尊い感じをあたえた。しかし、僧の心はお経になく、女のあでやかなすがたを追っていた。

夜もすっかり更けて、ひとびとが寝静まったようであった。この前のとおり遣戸をあけて、抜足でしのんでいったが、だれも気がつかなかった。僧は女により添って、からだを横にした。そのとき、女が目をさました。自分を待っていてくれたかと思えば、うれしく、そのふところに手をすべりこませようとすると、女が衣をしっかと押えた。

「お聞きしたいことがございます」と、女は拒みながらいった。「それをきいた上のことにして下さいませ。たしかにあなたは、お経をそらでお読みになるようになりました。だからといって、このままふたりが契《ちぎ》りを結び、あなたも私もはなればなれで一日を生きていられないようになれば、世間のひとは何というでしょうか。あのふたりは情に溺《おぼ》れたと、うしろ指をさすことになりましょう。私も世間のひとの妻になるよりは、あなたのようなお坊さまの妻になりとうございます。それかといって、ただお経が上手に読めるだけの取り得の人にかしずくのは、情けないことですわ。せめてものことに、学問に精を出して、一人前の学生になって下さいませ。学生として、あちらこちらの貴いお方のお屋敷に出向いて、尊いお話をなさるあなたの後見をしていると思えば、私も満足でございます。それを、ただお経が上手に読めるというだけで、どこからもお招きがなく、家の中に閉じこもっているあなたを見るのは、淋しいことでございます。こうしてあなたと親しくしていただいたことは、うれしいのですが、もしかなえられることなら、そういうふうにしていっしょに暮したいと思います。まごころから私のことを思って下さるなら、三年ばかり山に籠《こも》って、日夜学問にはげみ、立派な学生になって下さいませ。そうでない限り、私は、たとえこの場で殺されるような目に遭っても、衣の紐《ひも》を解くわけにはまいりません。あなたが山籠りしていられるあいだ、お手紙を差し上げます。また何か不自由なことがありましたら、きっと御用立てもいたしましょう」

理路整然と説かれている内に、僧はなるほどと思うようになった。自分のためを思っての苦言であった。それを思うと、僧は情けないふるまいに出ることが出来なかった。身辺の不自由なことを、このひとがみてくれるというのである。僧は、納得した。女はくりかえし約束をした。僧は、女の臥床を出た。朝になると、食事をした上で、比叡の山にかえった。

僧は、一念発起した。夜も昼もおこたることなく学問をした。女に会いたい一心から、女との約束を果したい一心から、心魂を傾けて学問に精を出した。

二年あまりが経って、僧は学生となった。もともと賢い生れつきであったので、このように早く学生になれたのであろう。

三年が経つと、僧は押しも押されもしない立派な学生となった。正月十四日の御斎会結願《ごさいえけちがん》の日、大極殿で行われる御前《ごぜん》の経文の意義の論争では、水際立った答弁であった。三十講の講義もすばらしく、同年配の学生の中では、もっとも優れていると本山では噂をされた。

そして、また三年が経った。山に籠っている僧のもとには、絶えず女から便りがあった。それを心のたのみとして、僧はひたすら学問をした。

いまは立派な学生になれたので、僧は晴れて女に会うため、山を下りた。先《ま》ず例の如く法輪寺にまいった。そのかえり夕暮近く、唐門のある女の家についた。かねて今日の訪問がつたえてあったので、僧はいつもの部屋に通された。几帳越しに、女とつもる話をはじめたが、ふと女が、

「たびたびお越しになる方を、いつも几帳越しにお話をするのは、あまりにぶしつけでございますから、今日はお顔を見てお話をしましょう」

ひとを介していわせた。女あるじは、僧とこれほど親しい仲であることを、まだ使用人たちに

は知らせてなかったのである。これで、家中のものに知らせることになった。

「ありがたいことです」

僧はことばすくなに答えた。

「こちらにおはいり下さい」

うれしい胸さわぎをおぼえて南面《みなみおもて》にはいると、女の寝ている枕もとの几帳の外に、清潔な畳が敷いてあって、その上に円座が置かれてあった。屛風のうしろに、燭台が向う向きに立っていた。これまでまともに女の顔を見たことがなかった。女は、僧が長年心の中に描いていたとおりの顔をしていた。女房がひとり、臥床の足の方に控えていた。僧が円座にすわると、

「ながいあいだどうしていられるかと心配しておりましたが、無事に学生におなりになれましたか」

その声はやさしく、うっとりするようであった。僧は長年の思いで胸がふさがり、からだが震えた。

「大したこともありませんが、三十講や内論議《うちろんぎ》に出て、ひとに賛《ほ》められるようになりました」

「それは、うれしいことでございます」と、女は微笑《ほほえ》んだ。女はすこしためらっていたが、「私に、すこし不審な箇所がございますから、お訊《たず》ねしてもようございますか。私に納得がいくよう

にお答えして下されば、それこそ正真正銘尊いお坊さまにおなりになったことになりますわ。ただお経を読むだけではつまりませんものね」

女は、法華経の序品《じよぼん》から始めて、なかなか答えにくい疑問の箇所を質問した。僧は頭の中にたたみこんであることなので、すらすらと答えた。すると、女はいっそうむつかしい質問を出した。僧は慎重に考えてから答えた。古人の説を持ち出して、答えたりした。

女はよろこばしげに、僧の眸《ひとみ》をみつめた。修行の甲斐《かい》があった。

「ほんとうに立派な学生におなりです。五、六年の内に、よくもまあ、これほどにおなりになれたものですわ。きっと聡明なお生れつきだったのでしょう」

僧は内心、女の身でどうしてこれほど仏の道に精通しているのかと不思議に思った。いっしょに暮すようになったとき、夫婦のあいだで話が合うように、女はひそかに学問をしていたのだろうか。最初のときから、普通の女ではないと思っていたが、これほどとは思わなかった。それだけに女の気に入られたことが、うれしかった。

親しく語らっている内に、夜が更けた。僧がそっと几帳の裾をあげてはいっていくと、女はだまったまま臥床に横になった。僧は胸にあふれる思いで、そばに身をよせた。すると、女がいった。

「しばらくこうしていましょう」

手をとりにいくと、女はすなおに手を渡した。僧は、この世にこれほど貴重なものはないと感じた。やわらかくて、あたたかく、形がよい。僧は肘《ひじ》のあたりまでやさしく撫《な》でた。女は、されるままになっていた。そして、何かと話をした。僧はいそがなくともよい気持であった。このいっとき、いっときをしみじみ味わいたいと思った。おだやかな、低い調子の話声が、ふっと眠気を誘うようであった。山から法輪寺にまいり、いそいでここまで歩いてきた疲れもあった。僧は、ついうとうととした。ふたりは、とぎれとぎれに話をするようになっていたが、その内に僧がだまってしまった。僧は疲れと、安堵《あんど》のせいで、眠ってしまった。

不意に目がさめた。

——ああ、よく眠った。

女のことが、すぐ頭に来た。僧は手を動かした。香の匂いが漂っているはずであったが、妙に肌寒かった。手ごたえがなかった。僧は、愕然《がくぜん》となった。はっきり目がさめた。女と思い、抱いて寝ていたのは、生い茂った芒《すすき》であった。頭をもち上げて見まわすと、ひとっ子ひとりいない広々とした原っぱの中であった。どことも知れぬところに、自分がひとりでいた。思わず夜気が、身にしみた。起き上ってみると、自分が脱ぎすてた衣が、そばにあった。ぞくぞくするので、さっそく衣を着た。あたりを見まわすと、どうやら嵯峨野《さがの》の東の方の野原であった。有明《ありあけ》の月が、明るく照りわたっていた。時は、三月のころである。夜風が骨にもしみるようであった。身震いがとまらなかった。ここから法輪寺は、そう遠くないはずだと、僧は小走りに走り出した。芒の中を、走っていく僧のすがたがしばらく見えていた。

梅津まで来て、桂川をわたろうとすると、水が腰のあたりまであった。足をすべらせ、流されそうになるのを、やっとの思いで向う岸にたどりついた。唇を紫いろにして、がたがた震えながら、法輪寺に着いた。御堂にはいって、虚空蔵菩薩の前にひれ伏した。

「何故このように悲しい目にあわねばならないのでしょうか。私は何も悪いことはいたしません。それなのに、悲しい、おそろしい目にあいました。おたすけ下さい」

かきくどき、祈っている内に、仏の前という安心と、疲労から、僧はひき入れられるように眠った。

僧は、夢をみた。

御帳の間から、頭を青々と剃った美しい僧があらわれて、僧のそばに来ていった。

「今夜の出来事は、狐や狸《たぬき》にだまされたのではない。みんな、私がわざと謀《はか》ったことである。いったいお前は、賢い生れつきでありながら、あそび半分の気持が抜けきれず、身を入れて学問にはげむこともなく、いっこうに学生にもなれないでいた。しかも、お前はそういう自分を反省することもなく、しょっ中私のところに来て、もっと学才をつけて下さい、悟りをひらかせて下さいと頼んでいた。私も、どうしたものかと思案していたのだ。ところが、お前は大へん女好きであることがわかった。そこでお前のその気性を利用して、悟りをひらかせてやろうと考えついたのだ。私の謀りごとは、成功をしたようである。ただちにお山に戻り、いよいよ仏の道にはげみ、決して怠ってはなりませんぞ」

そこで、夢がさめた。

虚空蔵菩薩が女に変じて、自分を導き、たすけて下されたのかと僧は納得した。何ごとも不可能ということのない菩薩ゆえ、あのように魅惑にあふれた女体になることも出来たのである。僧は、ありがたいやら、恥ずかしいやら、悲しいやらで、涙をこぼした。

僧は比叡の山に籠ると、一心不乱に学問にはげんだ。ついには、最優秀の学生となることが出来た。

五郎七が幼い松若麿をとらえて、以上のようにくわしく物語ったわけではなかった。幼いものには、女のことはわからない。僧の女好きを利用して、美女に身を変じ、学問をさせたというのも、なかなか臨機応変の処置であった。粋《いき》な謀りごとであった。が、松若麿には、学生というものはそういうものかと理解が出来た。学生となることが、幼いもののあこがれとなった。

そのとき、五郎七は、虚空蔵経の中の一節をつけ加えた。

「私をたのむひとが、まさに命の終ろうという一期《いちご》にあたって、病気のために目が見えず、耳も聞えず、仏を念ずることが出来なくなったその時には、私がそのひとの父母妻子の代りとなって、そばにつき添って、念仏をすすめようと、お経に説かれています」

松若麿は、五郎七の作り話とはうけとらなかった。虚空蔵菩薩はお経のとおり、僧を導いたのである。

——どうしてそのように立派な学生たちが、おなじお山の中で、堂衆《どうじゅ》と仲が悪いのだろうか。

天台宗延暦寺の僧は、いわゆる僧綱《そうごう》階級であり、私度《しど》僧に対しての官僧であった。支配権力側に立つ人間であった。僧綱となるには、生れながらの身分を抜きにしては考えられなかった。叡山にのぼって僧の修行にはげむことは、庶民には望んでも得られない不文律があった。

叡山の衆徒は、学生と堂衆の二つに分けられていた。学生とは伝教《でんぎょう》の制定した山家学生式《さんげがくしょうしき》によって、受戒後十二年間籠山《ろうざん》して、止観遮那《しかんしゃな》の二行を修むるものであった。が、伝教の制定した学生式は叡山の堕落とともに空文になった。叡山の衆徒といえば、もともとこの学生であるべきはずであった。後に学生の外に堂衆というものが出来た。平安中期以後貴族が自衛上武人を養うようになり、貴族が出家するとき、その従者たる武人もまた出家するようになり、堂衆なるものが生れた。堂衆なるものは研学修行の目的を持つものではなかった。それが時代の風潮に動かされて武器を持つようになり、僧兵いわゆる山法師なるものがこの堂衆から発生した。「平家物語」の山門滅亡の条に、

「堂衆といふは学生の所従なりける童部《わらんべ》の法師になりたるや若《もし》は中間《ちゆうげん》法師原《ばら》にてもありけん、一年金剛寿院の座主覚尋《がくしん》権僧正治山の時、三塔に結番《けちばん》して夏衆《げしゆ》と号して仏に華《はな》まいらせし者共也」

とあるように、当初は学生につかえた法師が堂塔の荘厳などのことを司《つかさど》っていたものである。それが南都寺門や、ほかの寺との確執から武器を動かすようになり、堂衆は次第に勢いを得、学生を凌駕《りようが》するようになり、ついには学生と堂衆がたがいに闘うようになった。学生と堂衆の反目は、かなり以前からあったが、正しく戦争をはじめたのは治承二年（一一七八）からであった。従来は南都寺門などの外部に対して暴威をふるっていた堂衆は、叡山内部でも闘うようになり、そのため堂舎は頽廃《たいはい》し、恒例の行事は衰え、修行の道場は修羅場《しゆらじよう》と化した。

「源信僧都がお山で学問をされていたころは、お山には争いはなかったのであろう？」

松若麿が五郎七に訊《き》いた。

「はい、そのころは僧や従者が武器をもつことは禁じられていましたし、武士というものもござ

いません」

「源信僧都のお話を、もっときかせておくれ」

「地獄極楽のお話ですか」

松若麿は、目をかがやかせて五郎七の話をきく。いろいろなことを聞いて、頭の中にためておこうと考えているようであった。


範綱や五郎七が案じたとおり、明雲が奪還されたと知ると、法皇は東西坂本をかためて、叡山を攻略せよと厳命を下した。しかし、武家の棟梁《とうりょう》の平清盛は、福原（神戸）にいて、兵を動かそうとしなかった。法皇の近習のものだけで山門攻略をはかったが、山門の武力におよばないことは明らかであった。

法皇は、比叡山追討を清盛の弟の経盛《つねもり》に命じた。が、経盛は兄の意に添って、その命を拒んだのである。やむなく法皇は清盛を福原から上洛させて、比叡山を攻めるようにと、承諾させた。それはもはや命令ではなかった。手段をえらばず、山門を屈服させることを急ぐような印象をあたえたが、その裏には一石二鳥の謀りごとがかくされていた。平家の勢力を弱体化させるために、山門衆徒と闘わせようというのであった。

清盛は、治承元年五月二十八日に叡山攻略のはらをきめたが、翌日、多田の蔵人《くろうど》源行綱が院政派の清盛追討の陰謀のあることを内通した。事態は急転した。かねてから、このことのあるのは清盛の方でもわかっていたのである。世にいう鹿ヶ谷《ししがたに》事件が勃発《ぼっぱつ》した。

院政派には武力がないため、平家と闘いは生じなかった。陰謀の盟主《めいしゅ》は、いうまでもなく後白河法皇であった。藤原成親《なりちか》（平重盛の婿）、藤原成経（成親の子で、平教盛《のりもり》の婿）、西光、法勝寺執行《ほっしょうじしぎょう》俊寛、基仲法師、山城守中原基兼、検非違使左衛門惟宗信房《これむね》、同平佐行《すけゆき》、同平康頼等が主な顔であった。

陰謀荷担者は、根こそぎに捕えられた。事件の処理として、西光は斬殺《ざんさつ》された。その子師高、師経の兄弟は、配流《はいる》先で殺され、藤原成親は備前に流刑、のちに殺された。成経と俊寛と平康頼は、鬼界島《きかいがしま》に配流となった。西光の自白で法皇が陰謀の首謀者であったことはわかったが、清盛はことさら法皇を不問にした。

日野範綱の邸は、一度も平家から監視されることがなかった。政争の圏外におかれていたので、注意をうけなかった。邸には訪れるひともなく、いつもひっそりとしていた。

五郎七も、地方に出た。

年が改まると、後白河法皇は、三井寺で僧正公顕から秘密灌頂《かんじょう》をうけることが予定された。灌頂とは、如来の五智を象徴する五瓶《ごびょう》（壇上中央と四隅に安置された五箇の瓶《かめ》）の水を弟子の頂にそそぐ作法によって、仏の位を継承させることであった。宗教界の最高の権威を自負していた延暦寺山門がこれを知ると、激怒した。法皇は山門の怒りを和らげ、顔をたてるために、三井寺の沙弥《しやみ》を叡山に送って、天台戒をうけるように命じた。三井寺は承服して、山門に起請文を奉じた。が、山門はそのようなことでは承知せず、法皇の灌頂は自分のところでなすべきだと譲らなかった。山門の方では、法皇が三井寺で灌頂をうけるのは、後日三井寺が宿願であるところの戒壇を設けることに目的があると推測した。天台戒壇を唯一のものと考えている山門にとって、その権威からも許せず、三井寺を焼きはらえば解決がつくと考えたようであった。

「三井寺を焼きはらえ!」

日が経つとともに、山は騒がしくなった。法皇は僧綱《そうごう》を使いに出して、鎮まるようにさとすと同時に、一方、清盛に山徒を抑えるように命じた。が、清盛は動こうとしなかった。それでますます山徒は勢いを得た。法皇は、三井寺行を中止しなければならなくなった。

五月は毎年、院で最勝講《さいしようこう》が行われることになっていた。五日間清涼殿で金光明最勝王経を講説して、天下泰平を祈る法要であった。その最勝講も、いまではひろく仏事を修する儀式に変っていた。それには今年、延暦寺の僧が召されなかった。山門はそのことを根にもち、奏状をもって訴え出たところ、

「二月一日の三井寺における灌頂を妨げた罪科による」

勅答があった。

一方、法皇は三井寺に、天台戒をうけるようにといっておいたが、その後実行しないのは何故かと質《ただ》した。

「両門が不和の状態では、受戒は出来ません。両寺が和合出来ますならば、天台受戒を進んでうけます」

三井寺が答えた。

三井寺と延暦寺が不和のため、自分の灌頂さえままならぬを法皇は悲しまれた。

範綱は、ある日、家族のものに話した。

「鬼界島に流されていた藤原成経殿と、平康頼殿は許されて、京に戻られたそうだ」

その席に、松若麿もいた。延暦寺の堂衆がまた騒ぎをおこしたということに関心をもった。お山のこととなると、松若麿は自分のことのように聞いた。

「学生と堂衆の軋轢《あつれき》は、宿命といってもよいものかも知れない」

範綱は眉《まゆ》をひそめていった。

釈迦《しやか》堂の堂衆来乗房義慶の所領が越中にあったが、それが学生の叡俊によって横領されるという事件がおこった。義慶は越中国に下り、学生叡俊をこらしめた。叡俊は叡山に逃げかえって、学生たちに訴えた。義慶も叡山に戻って、堂衆を味方にした。学生と堂衆が、対立した。学生軍は先手を打って、堂衆軍の坊舎十三宇を破った。資財をうばって、西塔東谷に砦《とりで》をかまえた。

東西横川《よかわ》三塔を根城にする堂衆軍は、数百人に達した。軍勢をととのえて叡山を攻め、学生と闘った。この内乱で、学生叡俊は戦死をとげた。凱歌《がいか》をあげた堂衆軍は、日吉《ひえ》社にたてこもった。そして、近江《おうみ》三カ庄にわたってならずものをかり集めて、気勢をあげた。

堂衆軍は、盗賊や無頼の徒を加えて数千名になった。再び学生軍を襲って、大敗北をさせた。学生軍は奏状をもって、堂衆討伐を願訴した。

法皇は学生の訴えをとりあげて、清盛に堂衆討伐を命じた。清盛は、腰をあげた。堂衆軍がこれ以上勢力をもつことは、影響も大きかったからである。が、闘いは思ったようにはかどらず、その年が暮れた。

翌年の五月、祇園《ぎおん》社の僧と清水寺《きよみずでら》の僧が闘いをはじめて、八坂塔が焼失した。叡山の内乱が何かと影響したことであった。

叡山では、学生軍と堂衆軍が再び闘いをはじめていた。堂衆軍は、横川と無動寺に砦をかまえて、学生派は東塔と坂本に城をかまえた。各所領の荘園から兵をかり集め、双方でおびただしい死傷者を出した。

横川や無動寺の山谷にたてこもった堂衆軍は、ことのほか烈しい抵抗を示した。京ににげこんだ堂衆は、検非違使《けびいし》のきびしい探索で捕えられ、地方ににげたものは、国司に捕えられた。しかし、闘いはながびいた。一挙に堂衆軍を粉砕出来なかったのは、平家の武士もようやく弱体化していたせいであった。武士でありながら公卿となり、官職を得て、古い貴族社会の人間とおなじことをするようになったからであった。

あらたに平教盛が堂衆討伐の任にあたったが、依然として堂衆軍に致命的な打撃をあたえることが出来なかった。暮近くまで、戦闘状態がつづいた。

ある日、範綱が宮中より帰ってくると、

「中将藤原師家殿が、二位中将藤原基通殿をとび越えて、中納言におなりになった」

伯母に話しているのを、松若麿は聞いた。

「師家殿は、まだ幼い方でしょう?」

「八歳におなりだ。基通殿は白川殿盛子さまの義理のお子であり、清盛殿には義理の孫にあたるお方だ。この人事は、院がことさら清盛殿を無視されたやり方だ」

「また何か事件がおこらなければよいのですが」

いつも何かと事件をおこすのが、後白河法皇であった。

末法の世

釈迦《しやか》の入滅後、千年間は正法《しようぼう》の時代といわれた。つぎの千年間が像法《ぞうぼう》の時代であり、それ以後は末法の時代にはいるとされていた。正法の時代には、釈迦の教法、その教法の修行者、および修行の成果としての証（悟り）の三つが具《そな》わっていた。像法の時代になると、教法と修行者はあるが、証は望まれず、末法の時代となると、教法だけあって、修行者の行も証もなくなるといわれた。釈迦の在世をとおざかればとおざかるにしたがって、時代は悪化の方向をたどり、人間の機根もおとろえるのであった。釈迦の教法は力を喪失して、濁悪《じよくあく》の世を迎えねばならないのであった。

延暦寺を建て、天台宗をひらいた伝教大師最澄《さいちよう》は、末法の到来について警告を発し、門弟の自覚をうながしたものである。最澄以後の叡山では、時代の危機に対応する新しい教法の探求がつづけられた。

源信僧都《そうず》は、「往生要集」をあらわした。現世を穢土《えど》として、嫌悪し、西方浄土をねがい求めるようにすすめた。延暦寺が育てた秀《すぐ》れた学生のひとりであった。

日本が末法の時代にはいったのは、源信僧都が死んでから三十五年目の永承七年（一〇五二）にあたる。関白藤原頼通《よりみち》が、宇治の別荘を寺にして、平等院を創建した年であった。

それから百二十一年目に松若麿（後の親鸞《しんらん》）が生れたが、末法のただ中に生れたといってもよかった。興福寺と多武峯《とうのみね》が、その前年から死闘をくりかえしていた。仏法をわすれた僧と僧が、闘いに血道をあげていた。

前年、多武峯は同山に山王権現を祀《まつ》ることを朝廷にねがい出ていたが、許されて、九月に宝殿をつくった。その山王祭りのとき、多武峯の墓守の神人《しんじん》に、興福寺の衆徒が侮辱されたことを根にもって、多武峯方の住居を焼いたものである。それがきっかけとなって、両寺は睨《にら》み合うようになった。

承安三年（一一七三）、興福寺の衆徒が多武峯の墓守を打擲《ちようちやく》して、日ごろの鬱憤をはらした。多武峯は叡山の末寺であった。さっそく叡山に訴えた。叡山の衆徒が立ち上って、興福寺の荘園の一部を掠奪《りやくだつ》するということがおこった。今度は、興福寺の衆徒が、多武峯に攻め入った。多武峯南院の坊舎と坂上の在家を焼きはらった。その勢いに乗じて、多武峯を襲い、大織冠の御影堂及び開山定恵の塔らをことごとく焼いてしまった。

朝廷はこれをきいて、興福寺別当尋範以下を解官、または流罪に処し、僧綱以下の公請《くじよう》をとめるという処置に出た。

その使者に、関白藤原基房の家司《けいし》の光長が派遣された。すると、興福寺の僧綱、已講《いこう》、五師、得業者《とくごう》四十三人をはじめとして、大和各地の末寺の大衆や、東西金堂の堂衆《どうじゆ》三千名が甲冑《かつちゆう》に身をかため、金堂の前に集まって、光長の命に抗議した。

「そもそも興福寺と多武峯は、一つの国内にあったものである。多武峯が興福寺の支配下にあったことは、歴史を徴すれば、明らかなことである。叡山の実性僧都が庵《あん》をむすび、念仏をこととして以来、坊舎堂塔が漸次《ぜんじ》ふえて来たにすぎない。ことある場合は、興福寺の政所《まんどころ》の裁断を待って処置して来た。しかも、一度として、叡山の末寺であるという宣下はきいたことがない。したがって興福寺は習慣として多武峯の本山的な立場にある。叡山の威を借りて、興福寺を軽視するなど、許すべからざることである」

興福寺側の抗議には、筋がとおっていた。たかが墓守を殴打したことぐらいのことで、本山でもない叡山に訴えるなど、本末転倒である。

「その訴えをとりあげた叡山が、朝廷に訴えもせず、兵力をもって奈良の七大寺の寺々の荘園を掠領するなど、もってのほかの大罪である」

光長が怯《ひる》むところを、興福寺はいいつのった。

「興福寺は朝憲を重んじた。多武峯の墓守を襲った張本人をからめとって、朝廷につき出した。それにもかかわらず多武峯の悪徒が、奈良を襲撃するという風聞があったので、関を設け、道を固めていたところ、両三度襲いかかり、守護の兵士を殺し、寄宿の仮屋を焼いたりしたので、興福寺はやむなく多武峯付近の四郷を焼きはらった。しかし、坊舎堂宇には手をつけなかった。坊舎堂宇は多武峯僧徒が自ら火を放ったもので、興福寺のあずかり知らぬところである」

牽強付会《けんきょうふかい》ないい分を、人間の数で押しとおそうとした。

「かつて延暦寺は、三井寺を焼くこと再度におよんでいるのに、何らの罰もうけていない。にもかかわらず興福寺に限って大刑罰をうけねばならないというのは、あまりにも不公平な裁きである。もし多武峯在家を焼いた張本人を出せといわれるなら、衆徒三千名がすべて張本人であるから、命に従って、三千人で上洛することにする」

興福寺側は、法橋覚興の復官を求め、七大寺領の返還を要求し、さらに延暦寺座主の明雲の流罪を主張してやまなかった。

一方、興福寺は延暦寺に牒文《ちようもん》を送って、武力によって雌雄《しゆう》を決せんことを求めた。興福寺としては、一山をあげての背水の陣をしくことになった。

興福寺衆徒は、石清水八幡宮《いわしみずはちまんぐう》の神木を奉じて、木津まで進出した。朝廷は、平重盛に勅して、宇治橋をおとして防ぐことになった。

朝廷は、右大弁俊経を木津におくって、興福寺衆徒を慰撫《いぶ》しようとしたが、衆徒はうけつけなかった。俊経はむなしく京に戻った。

興福寺衆徒は、夜、重盛軍の隙をねらって、落ちた三間ほどの間に板をかけて、宇治橋をわたった。関白基房は再び俊経を使いに出したが、衆徒は承知しなかった。延暦寺の方でも、邀撃《ようげき》のため、宇治に向って出陣することになった。

吉野の衆徒が、興福寺に呼応して、駆けつけた。奈良対叡山の闘いが、全面的にはじまろうとした。村や道に動いているのは、戦闘員だけで、ほかの人間のすがたはなかった。

関白基房は、現地に左少弁兼光をおくった。兼光は、先《ま》ず延暦寺側に会った。

「法皇の熊野詣《もうで》をひかえて、関白殿もひどく困っていられる。法皇の熊野詣の道筋を乱すは、おそれ多いことである」と、諭《さと》すと同時に、「座主明雲には、何の咎《とが》もないのだから、遠流《おんる》などあり得ない。早く神木をかえして、軍を解いてもらいたい」といった。

また興福寺衆徒に対しても、兼光はおなじことを述べ、

「叡山の悪僧の張本人には、しかるべく沙汰があるように聞いている」

それで、興福寺衆徒の気もいくらか和んだようであった。兼光のとりなしが、一応効を奏して、両軍は対峙《たいじ》のままになった。

法皇は、興福寺の権別当覚珍を召して、衆徒を諭させることにした。十一日の法皇の熊野詣に障碍《しょうがい》があってはならないので、両軍は神木帰座ということになった。

ところが法皇は、奈良十五カ寺の荘園を没収してしまった。仏餉《ぶっしょう》燈油料は、国司から進済することになった。荘園寺領の没官は、前代未聞のことであった。

さっそく南都僧綱らが、十五カ寺の寺領の没官を免じてほしいと請うたが、法皇はききいれなかった。

しかし、翌承安四年になると、十五カ寺の寺領は復旧した。

朝令暮改は、そのころ日常茶飯事のようであった。

「和子《わこ》、庭に出なさい」

伯母の叫び声で、松若麿は立ち上ろうとしたが、両手をついて前にのめった。起き上ろうとす

るが、いつものように行動出来なかった。家屋がみしみしと鳴った。大きな地震であった。治承三年（一一七九）十一月のことであった。

松若麿は縁側からころげ落ちるようにして庭に出た。何ごとがおこったのか、松若麿にはよくわからなかった。気がついたとき、伯母の腕に抱かれていた。地の底からつき上げられたような衝撃があった。それから左右に大きくゆれた。家屋が悲鳴に似た音をたてた。そして、あたりは静まりかえった。異様な静けさであった。それはつぎの大きなゆれを迎えるために、自然が思わず息をつめているようであった。

松若麿は、屋根が傾いているのをみた。庭にころげ落ちたとき、土塀《どべい》が燃えているのをみた。煙が立つはずはなかった。土塀が崩れたときの砂ほこりが、煙のようにみえたのである。驚きの衝撃が大きくて、松若麿はおそろしさをそれほど感じなかった。

「壺屋《つぼや》が倒れました」

下人が地面を這《は》うように近付くと、伯母にいった。下人の顔は恐怖で、ひきつっていた。伯母も、青ざめていた。家中のものが、庭にあつまった。

松若麿は、崩れないで残った右側の土塀の上の空間がひろくなったのに気がついた。雲の多い十一月の空であったが、空には地震の影響もないのか、いつもの空のようであった。松若麿は、土塀の上の空間のひろいのにこだわった。やがて理解することが出来た。右側の土塀の上には、隣家の門がみえていた。それが消えたのである。それだけ空間がひろくなった。隣家といえば、いつかの夜、大勢のひとが来て、一ト夜の内に家屋をこわし、どこかにはこんだ。門だけがのこされていた。

ときどき余震があった。そのたびに樹木がさわぎ、建物が音をたてた。

「近来にない大きな地震だ。つぶれた家も多かろう。内裏《だいり》はどうか。建物が大きいだけに心配だ」

範綱は、庭石に腰かけていた。部屋の中には、器物が散乱していた。範綱は読書中であった。机上から書物がこぼれている。蔀《しとみ》の支えがはずれて、余震のたびに蔀がゆれて、音をたてた。どこかで幼い子供の泣き声がした。大人たちは騒ぎたてる時を待っているようであった。いまは下手に動けなかった。息をつめて、地震がおさまるのを待つほかはなかった。

「みんな無事か」

範綱は気がついたようにいった。伯母は松若麿を抱いたまま、顔を左右にまわした。良人《おっと》の目に、だまってうなずいた。

「煙が見えます」

下人がいった。白い煙であった。煙は近くのようにもみえたが、案外遠方かも知れなかった。

「この上火事を出しては、救われようがない」と、範綱がいった。

「朱雀《すざく》大路のあたりです」

そこには、町屋が密集していた。町屋は軒並みに倒壊したにちがいなかった。煙が、ひどく人間臭くながめられた。地震という自然の脅威に対して、ようやく人間が人間らしい合図をあげたようであった。

町屋では、騒ぎが変っていた。いのちからがら屋外にとび出したひとたちは、今度は火に追われることになった。こわれた家の中にはいって、家財をはこび出すと、それを背負って東西に逃げた。倒壊した家の柱の下で、呻《うめ》いている老女があった。つぶれた家の中から、救いをもとめる声があった。地震で驚愕《きようがく》した馬が、綱を切って、狂ったように通りを走っていた。馬はうしろ脚ではねながら、口から泡《あわ》を吐いた。馬に蹴《け》られて、声もたてず、地上にころがる子供のすがたがあった。ひとのことにかまっていられなかった。火事は、方々からおこった。はだかで走っている男があった。ひとびとは群がって、火事のない方向をめざした。町屋の中の通りは、人間で埋まった。町屋の大半が、潰《つぶ》れていた。大きな建物ほど、地震の被害が大きく、小さな、粗末な町屋には、被害が小さいはずだったが、小さいだけに耐久力に欠けているのか、かえってこちらの方が被害は大きいようであった。

火事は無人の境をいくようであった。火の中から、人間の断末魔の叫び声があった。逃げおくれたのではなかった。地震で倒壊した屋根のために、身動きがならなかったひとである。生きながら、焼きころされた。ひとびとが逃げ去ったあとには、猛火による旋風が音をたてた。地上には、逃げおくれた負傷者がいた。踏み殺された女が、裸体になっていた。火ははじめの内、左側の町筋を焼いていた。右側にはうつるまいと思われた。相当の距離があった。が、ある瞬間、左側の火が道路をとび越えて右側にうつった。それは、あっという瞬間であった。右側の家屋は、左側の火事の熱気で、発火寸前になっていたのであろう。

松若麿は、地震が一応おさまると、門のところで、逃避していくひとびとをながめていた。どの顔も、自分を失っているようであった。いったいどこへ逃げていくのか。火事となると、いのちからがら逃げまわる。闘いがはじまり、武士が京の町にはいってくると、ひとびとは家財をもって、右往左往した。

――もしわが家が焼けたなら……？

松若麿は、地震の災難から辛うじてたすかった家屋をふりかえった。倒れるか、焼けでもすれば、自分も、前の道を歩いていく避難民のひとりになるのだと思った。松若麿とおなじ年ごろの子供が、母に手をひかれて歩いていく。子供は大きな目をあけていた。が、その目は死んでいるようであった。門のところで見物している松若麿をみても、何の表情もみせなかった。

数千の騎馬の武士が京にのりこんでくれば、町屋のひとは家財道具を背負って、東西に逃げまどうばかりであるが、それがまた、現実におこった。

大地震から七日後のことであった。清盛が後白河法皇の人事に激怒して、数千の騎馬の武士をひきいて、入洛したのである。戦々兢々《きょうきょう》として、町屋は生きた心地がしなかった。流矢にあたって殺されることもある。馬の蹄《ひづめ》にかけられることもある。武士たちは、いつどこに火を放つか知れなかった。町屋のひとのいのちは保証されていなかった。虫けらのように殺された。

清盛は、院政派の高官三十九名を馘首《かくしゅ》した。そして、そのあとは平氏一門でうずめた。前僧正明雲を還任させ、天台の座主に補した。明雲の所領は、昔のとおりになった。こういうことが出来るのも、清盛の娘の徳子《とくし》が、現在の高倉天皇の后《きさき》であり、すでに東宮まで生れていたからであった。東宮が天皇になれば、清盛の多年の宿望である天皇の外祖父の地位が得られる。

明雲が叡山の座主に戻ると、山門の学生と堂衆の、二年にわたる闘いがやんだ。山徒のあいだの明雲の信望は、大きなものであった。

法皇は、清盛の荒療治にあわてたようであった。二度にわたって、法師静賢を清盛のもとに送

り、

「これからは世間沙汰（政治や人事）のことは、一切とりやめる」

陳弁させたが、清盛はとり合わなかった。

ついに清盛は、後白河法皇を鳥羽殿に幽閉することになった。清盛の女婿である藤原成範《なりのり》と、同修範《なかのり》、法師静賢と、二、三の女房以外は参入を禁じた。武士が鳥羽殿の門を警護することになった。

日野範綱の耳に、とき折以仁王《もちひとおう》の噂《うわさ》がはいるようになった。以仁王といえば、範綱の兄の日野宗業《むねなり》が文章博士《もんじよう》として、学問を教えた関係もあり、兄から以仁王の人柄もきいていた。

「父君に似て、血の気の多いお方だ」

伯父と伯母が以仁王の話をしているのを、幼い松若麿はたびたび聞いた。

以仁王は、後白河法皇の第二皇子であった。実母が身分の低いひとであったので、親王に列せられることがなかった。以仁王は、八条女院暲子《しようし》内親王の養子となっていた。八条女院は、鳥羽法皇と美福門院とのあいだに生れた皇女であり、広大な所領をもっていた。

「以仁王の背景には、大きな経済力がついている。王は長年不遇であった。それに清盛殿と不和である後白河法皇の皇子であるということに目をつけただれかが、以仁王をかつぎ出そうとたくらんだことにちがいない」

「お邸《やしき》に出入りするものが多くなれば、自然と相手方にもわかるでしょうに……」

「私には、何となく鹿ヶ谷事件のようなことがおこりそうな気がしてならない」

「うまく平家を倒せば、皇位におつきになることも出来ると、王はけしかけられていらっしゃるのではありませんか」

伯母が意見をのべた。

以仁王の噂が日野家の話題になるころには、事情は相当に進行していた。それでなければ、日野範綱の耳には、はいらなかったはずである。多田源氏の頼政が、源氏の復興を企図して、以仁王とはかって、平家追討の令旨はすでに出されていた。源頼朝は伊豆で、以仁王の令旨をうけとった。

令旨降下が暴露するのは、時間の問題であった。秘密工作があばかれたのは、わずか一カ月と経っていなかった。

清盛が兵をひきいて、福原(神戸)から上洛した。治承四年は、春から夏にかけて、ほとんど雨が降らなかった。農耕の大切な季節に雨がなくて、百姓は困っていた。

清盛を中心として、朝議が行われた。が、清盛は源頼政が謀議の指導的立場にいたことに気付かなかった。清盛は、頼政を信頼していたのである。頼政は清盛のはからいで、三位《さんみ》にとりたてられたのであった。朝議の結果、以仁王は源以光と改名させられて、土佐国に配流ときまった。以仁王は、いち早く園城寺《おんじようじ》に逃げこんでいた。園城寺は後白河法皇と関係がふかく、したがって反平家の立場にあった。園城寺僧徒は、延暦寺、興福寺はじめ、奈良十五カ寺に救援をもとめることになった。

朝廷側は、藤原基通をして、園城寺が以仁王を救援するのを中止させようとした。延暦寺の明雲も、召された。が、明雲と清盛の関係もあり、延暦寺は動かないことになった。

朝議は、園城寺討伐と決定した。平家一門と源頼政に、園城寺攻撃の命が下りた。

頼政は立場を明らかにしなければならなくなった。自邸に火を放った。そして、息子の仲綱といっしょに園城寺に投ずることになった。

翌五月二十三日、夜にはいって、頼政は以仁王と一千名の兵をひきいて、奈良の興福寺に向った。園城寺には、僧兵の数もすくなかったからである。それを平知盛《とももり》ら二万の騎が、追撃した。

頼政らは宇治平等院に布陣して、迎え討つことになった。

摂政基通が再び使者を奈良におくった。が、使者は衣類をはぎとられて、殺されるほどの目に遭い、追い返された。

農家は、日照りつづきに苦しめられている上に、各所に闘いがおこるので、おちおち田畑に出ていられなかった。そのため、農耕の時季を失った。このことは、秋の収穫にてきめんに現われることであった。

二十五日の夜明けごろから、宇治橋を中心にして戦闘がくりかえされた。数の上で、敵《かな》わなかった。源頼政は敗北と知ると、自殺をとげた。七十六歳であった。以仁王は逃亡中、光明山辺で流矢にあたって死亡した。三十歳であった。奈良の衆徒が駆けつけたが、間に合わなかった。先陣が木津に着いたころ、すでに以仁王は討死していた。

この宇治川の闘いのもようを、松若麿は伯父たちの話から知った。自分には関係のないことであった。

「お生れになったときから、悲しい宿命の持主であったのだ」

範綱は妻に話した。それ以外にいいようがなかった。松若麿は、こわれた土塀をながめていた。修理する力は、日野家になかった。大地震以来、屋根も傾いたままであった。つぶれた壷屋は下人が修復したが、以前の物置よりも貧弱になった。

母が病気で寝ていると聞いていたが、ひとりで出かけていくわけにはいかなかった。子供のひとり歩きは、危険であった。こんなとき五郎七がいてくれたらと、しきりと五郎七が思われた。

松若麿は八つになった。

園城寺は、荘園を没収された。

三井寺の長吏円恵法親王は、天王寺の検校《けんぎょう》を兼任していたが、罷免《ひめん》されて、代りに延暦寺の座主の明雲が天王寺別当となった。三井寺の僧綱十三人が検非違使にとらえられ、興福寺の僧綱覚憲以下は解任されて、所領は没収になった。

清盛の奏請によって、安徳天皇が、福原に移った。平家の一族であるかぎり、天皇も平家と行動を共にしなければならなかったようである。

この年は、いろんな地方で大きな事件がつぎつぎにおこったが、五郎七でも帰っているならともかく、日野家の耳にはいるのは、おそくて、不正確であった。

「清盛殿は、権力を掌中におさめてから、自分の思いどおりになされている。が、あの方の考え方には、納得の出来ることもあり、賛成したいと思われることもある」

あるとき、範綱がそんなことを妻にいった。

「仏法といい、王法といい、何かといえばすぐ神仏をふりかざして横暴をはたらく悪僧どもに、私たちは苦しめられてきた。数百年間も、上下の別なく、かれらをおそれ、屈服してきた。それを清盛殿がたたきのめされたのだ。清盛殿は、迷信を信じていない。五、六年の前のことだが、ひどい旱魃《かんばつ》があった。その折、最勝講で御祈りがあった。山門から座主澄憲が招かれた。すると、雨が三日三晩降りつづいた。澄憲は霊感あらたかな上人《しょうにん》ということになった。一躍澄憲は、有名になった。それをきいて、清盛殿は笑われた」

「何故《なぜ》でございますか」

妻が訊《き》いた。

「病気が自然となおる時分に、医者に診てもらい、薬をもらったようなものだといわれるのだ。春のころから日照りつづきであったが、ようやく五月雨《さみだれ》の季節になった。そのとき澄憲が雨が降るようにと祈りをあげたのだ。澄憲が祈ったから雨が降ったのではない。ちょうど時がよかったので、いかにも澄憲が祈ったから、雨が降り出したようにうけとれた。それだけのことである。澄憲は一躍名を売ることになったが、とんだもうけものをしたものである」

「でも澄憲上人は、ご自分の祈禱《きとう》の力と信じていられるでしょう」

「清盛殿は笑われた。だからいっそう始末に悪いのだと……」

この時代のだれもが信じていた祈雨の迷信を、清盛は信じなかった。

大和田の泊《とまり》の修築工事が、大へんな難工事となった。泊は、摂津の港で、行基《ぎようき》がつくったものである。応保三年（一一六二）のことであった。

「人柱をたてなければ、この工事は成功をしない」

それが圧倒的な意見となった。

「人柱など、断じて許せない。そのようなことは迷信にすぎない」

清盛が反対した。が、人柱の迷信を信じているほとんどすべてのものを納得させるには、人柱に変るものを考え出さねばならなかった。清盛は、経文を石に刻むことを勧進した。経石をつくり、それを捨石として築港の基礎をつくった。

「清盛殿は、人柱同様経石も信じてはいられなかったろう。清盛殿は、信仰というものを利用されたのだ」

「それだから、清盛殿の武士が、おそれずに神輿《みこし》に矢を射かけるのですか」

「清盛殿は、神木など信じてはいられないだろう。何かというと神輿をかついで騒ぎたてる悪僧どもに、しんからはらをたてていられるのだ。これは、清盛殿が、神仏をおそれない粗暴な人間ということではなくて、清盛殿の思想の進歩性を物語るものだろう」

そばで話をきいていた松若麿は、伯父の意見がよくわかった。平清盛とは、そういうひとかと思った。いくら祈っても雨が降らないことのあるのを、松若麿は知っていた。人柱が許せないのは、松若麿も清盛と同感であった。そんな心の中には、美女と変じて学生《がくしよう》を導いた虚空蔵菩薩《こくぞうぼさつ》の話が、何の矛盾もなく同居していた。一方には、源信僧都の地獄極楽の話も、松若麿には現実感をよびおこすのである。

松若麿は唐机《からづくえ》をへだてて、そのような範綱から漢籍の手ほどきをうけた。

頼朝挙兵の急報が京に届いたのは、半月おくれた治承四年（一一八〇）の九月の初めであった。このとき右大臣をつとめていた九条《くじょう》（藤原）兼実《かねざね》が、さっそく日記につぎのように書きしるした。

「謀反《むほん》の賊義朝の子で、長年伊豆国に流罪とされていたものが、最近悪事をことして、知行《ちぎょう》国主の使者を攻撃した上、伊豆、駿河《するが》両国を横領した。昔の平将門《まさかど》のような謀反をはかろうというのであろう」

後日、兼実は頼朝とあさからぬ因縁をむすぶことになったが、そのときは嫌悪の情からそう書いたものである。

この年は、以仁王や頼政の挙兵が一応鎮圧されたとはいえ、興福寺、延暦寺の衆徒の動向は依然として不穏であり、日照りや、大風の天災がつづいて、世間は何となくさわがしかった。それに、都が福原に移されたことも、京の不安をかきたてることになった。平家は強固な地盤である瀬戸内海一帯をうしろに控え、海上交通の要地にあたる福原を新都として、反対勢力と対抗しようとした。武士たちにかこまれて安徳天皇、大臣、貴族が新しい都にうつったが、日野範綱のところには何の沙汰もなかった。京の都は、日々に荒れるにまかせられた。公卿《くげ》の大邸宅は、つぎつぎととりこわされ、舟で淀川《よどがわ》を下り、福原にはこばれた。歯が抜けたような廃墟《はいきょ》が、京のあちらこちらに見られるようになった。

八月半ばに、紀伊国の熊野権《ごん》別当湛増《たんぞう》が謀反をおこした。不穏な情勢のなかで、頼朝挙兵の急報は、平氏に大きな衝撃をあたえた。

ただちに平維盛《これもり》、忠度《ただのり》らを大将とする頼朝追討軍の派遣がきめられた。それは九月五日のことであったが、実際に福原を出発したのは九月二十日であった。京に着いて、さて京を出る日について、維盛と参謀の平忠清のあいだで内輪もめがあった。そのため七日間が無駄にすぎた。

九条兼実は、十月二日の日記にこう書いた。

「およそ最近は在々所々、謀反を起さないところはない。武力だけで天下を治めようとしても、うまくいくものではない。まったく乱世というべきである」

維盛以下の東国追討軍は、近江《おうみ》国で武士の抵抗に遭った。それを排除して、東海道を東へ下るにしたがって、つぎつぎと新しい事実が判明した。木曽義仲が、信濃《しなの》国木曽谷《だに》で兵をあげたという。甲斐《かい》国では、甲斐源氏が謀反を起したというのである。さらに、すでに死んでいるはずの以仁王は逃れて、頼朝か甲斐源氏にかくまわれているという噂がひろまっていた。東海道筋には、こうした情報がみだれとんでいた。

平氏が行く先々での期待をかけていた兵の徴募も、思うようにいかなかった。この夏の旱魃で、西日本は凶作にみまわれて、糧食の調達も十分でなかった。地方武士は、追討軍への参加を拒んだ。せっかく参加しても、途中で逃亡したり、申訳程度の人数を出したり、形勢如何《いかん》によっては、いつ寝がえるかわからないような連中であった。それでも、ゆく先々で兵数を増して、平氏の追討軍は駿河国に着くことが出来た。

十月十八日の朝がけをねらって、平氏の軍勢は富士川の西に陣をとった。兵数は、四千余騎であった。が、その内の数百騎が、味方の見守っている目の前で、敵方に投降をした。その他は逃亡したりして、残るのは二千騎を欠けた。

甲斐源氏は、四万余騎と宣伝されていた。鎌倉の頼朝も大兵力をひきいて駆けつけるという。勝負は、闘わずしてわかっていた。後方の退路をたたれれば、全滅であった。夜になると、平忠清の主張がとおって、ひとまず富士川の陣から撤退することにきまった。その折富士川の沼沢地帯から、数万羽の水鳥が何かにおどろいて、一斉にとび立った。

「すわ、敵襲！」

ちょうど退却の命令が出ていたときなので、平氏の軍はわれ勝ちに逃げ出した。退却の途中、手越《てこし》の宿で源氏に内通するもののために放火されたりした。はじめは遠江国《とおとうみ》(静岡県西部)まで撤退して、陣をたてなおす予定であったが、それどころではなくなった。総大将の平維盛が京に逃げかえったとき、主従わずか十騎であった。

十一月になると、清盛は福原の新都に見きりをつけて、また京に戻ることになった。京への還都は、公卿の反対派への妥協でもあったが、山門の要請も強かったからである。京にかえると、清盛は興福寺、東大寺、三井寺の焼打を決行した。それは、清盛らしい弾圧の仕方であった。京にもっとも近いところに反平氏運動の拠点があり、それが南都の大寺院であった。

平清盛が三井寺を攻めて、わずかの房舎をのこすのみで、ほとんど焼きはらった。

おなじ月、平重衡《しげひら》が、東大寺と興福寺を攻めた。東大寺大仏殿、講堂、食堂《じきどう》、戒壇院、手向山《たむけやま》八幡、その他の僧房を焼きはらった。興福寺では、金堂、講堂、南円堂、食堂、堂舎二十四、宝塔三基、神社四ヵ所、宝蔵十、大湯屋、廻廊、大小門、諸院を徹底的に焼きはらった。

九条兼実が日記に、

「七大寺ことごとく灰燼《かいじん》に帰す。仏法も王法も滅びつくしたのか。およそ言語の及ぶところではない。筆に記すべきに非ず」

と、書いたほどである。

いくら清盛が勢力挽回《ばんかい》に躍起になろうと、蜂起《ほうき》と反乱は、全国的にひろがるばかりであった。九州には、大規模な反乱が起った。都に近い熊野山の衆徒は、掠奪、攻撃をほしいままにあばれまわった。伊予にも挙兵があり、近江、美濃《みの》地方の武士たちは、反抗の手をゆるめなかった。源行家が三河、尾張の兵をあつめて、京に迫ろうとしていた。

清盛は、後白河法皇に院政の再開を奏請することになった。それは、政権の返上を意味していた。それというのも、三日前に高倉上皇が二十一歳で亡くなり、清盛自身も病気になった。熱病であった。病気は悪くなるばかりであった。清盛は、宗盛を平氏の棟梁として、天下一の命令権を託すことを後白河法皇に上奏した。

しかし、法皇はそれに対して、答礼使さえ出さなかった。

その年の十月、松若麿の母が死んだ。弟の兼有《けんゆう》を生んでから、ずうっと病んでいた。もともとからだが丈夫な方ではなかったが、凶作のせいで、食べるものも十分に食べられなかったのが原因のようであった。母の屍体《したい》は、近くの草むらに埋められ、土が盛られた。松若麿は母の死を聞いて、母が世話になっている親戚《しんせき》の邸に駆けつけた。母は別人のように痩《や》せおとろえて、すでに冷たくなっていた。そのくせ、腹部が異様に大きかった。泣いている尋有《じんゆう》、兼有の二人の弟の手前、松若麿はめそめそしていられなかった。

母に十分食べものをあたえなかったからといって、親戚を責めるわけにいかなかった。病人どころではなかったのである。秋になっても、京の近郊からは何の物資も送られて来なかった。猫のひたいほどの日野範綱の邸でも、荘園からの年貢米はとだえていた。しかし、ひとは生きなければならなかった。

京の道ばたで、飢え死している人を見かけるのは珍しくなかった。それが次第に増えた。河原にすてられた屍体は、数知れぬくらいになった。町の中には、悪臭が漂った。庶民は無気力になり、無口となり、青ざめた顔をして、終日腰をおろしていた。

松若麿が九歳となった年、五月ごろから、雨が一滴も降らず、旱魃がつづき、淀川はひ上り、舟の航行は不可能となった。これは畿内《きない》だけでなく、全国的なようであった。雨乞い祈禱がいたるところで行われたが、神仏の加護もなかった。その上、内乱が全国的な規模で行われているので、田畑は荒され、耕作することが出来なかった。京は消費都市であった。が、闘いと野盗ばかりがはびこるので、地方からの物資がはいって来なかった。市も立たなくなった。

治承四年には、大飢饉《だいききん》となる前兆があった。初夏の晴天の日、突如雷鳴がとどろき、竜巻がおこった。

竜巻は、三条と四条のあたりに起った。多数の家屋が、倒壊した。同時に雷鳴があって、七条高倉辺に落雷した。白川あたりには、大粒の雹《ひょう》が降った。五月にはいっても、雨は降らず、旱魃の不安に庶民はおののくばかりであった。淀川には舟が浮ばず、いたるところに洲《す》が出来た。

養和と年号が変ったが、飢饉は深刻になった。各地の騒乱のため、百姓が農耕期を逸したということも原因のひとつにされたが、公卿や武士が、自分らの食糧を優先的に奪取したため、ひとびとは飢えるよりほかはなかったのである。

飢えたものが、巷《ちまた》にあふれた。疫病が流行《はや》った。病気にかかれば、死ぬものとされた。かれらの生活は、ふだんのときから非衛生的であり、不潔そのものであった。大小便は、戸外で垂れながしであった。家のまわりには、悪臭の絶えることがなかった。清筥《しのはこ》とか、虎子《おおつぼ》が用いられているのは、上流階級だけであった。

清筥というのは、大便をする筥のことである。色好みの平中が、恋をあきらめたいばっかりに、侍従の君の大便のはいっている清筥をささげて来る女童《めのわらわ》から奪いとったが、中身の尿《いばり》とみえたのは、丁子《ちょうじ》を煮出した汁であり、糞のようにみえたのは、とのこや合薫物《あわせたきもの》を甘葛《あまずら》の沸汁で煉《ね》り固めたものであった。いみじくも平中の心を見抜いた侍従の君の機知にたけたしわざであった。侍従の君の清筥の匂いを嗅《か》いでから、平中はどこへいっても色事に成功をせず、とうとうそれが原因となって、悩み死をしたという。

が、庶民のあいだでは、縁側から用便もした。病気が伝染しやすい状態にあった。かれらは、大便するときだけは、足駄をはいた。壺をほり、板をわたして、その上で用便をした。用便後は、木のうすくわったへら状の捨木が使われた。

清潔を保つためには、行水によってからだの垢《あか》を落としたものである。こうした生活の中では、伝染性の皮膚病患者が多かった。

病人が死にかかると、まず母屋から出して、付近の庵《いおり》のようなところに移した。死穢《しえ》が家につくことをおそれたからである。死ねば、菰《こも》まきにして捨てられた。死者は腐爛《ふらん》し、白骨化していった。野良犬が死屍を喰うままに任された。ひとびとは、死骸が埋められたり、遺棄されたところには死穢があり、餓鬼がうろつくものと信じて、近寄らなかった。死屍は鳥獣の餌《えさ》となり、白骨は風雨にさらされ、やがて消えていった。

ふだんのときが、そうであった。飢饉となると、いっそう病人が増えた。行路病者がごろごろしていた。野盗がふえた。支配者は戦闘のために余裕がなく、救恤《きゅうじゅつ》どころではなかった。

寺院や神社の多くが焼かれて、僧侶《そうりょ》や神官も、食をもとめて歩く浮浪者同然の被害者であった。

仁和寺《にんなじ》のある僧が、道ばたの死者を成仏させようとして、額に「阿」の字を書いてまわったところ、四月五月のあいだに四万二千三百あまりに達した。しかも、その数は、京の左京の町中だけであった。その中には、庶民だけでなく、諸院の蔵人《くろうど》や、僧綱有官の輩とその家族の多くがふくまれていた。

中には、金銀財宝を持ちながら、一ト握りの粟《あわ》、一粒の米も手にすることが出来ず、死んでいったものもあった。

夜になれば、蔵や邸を襲う強盗が横行した。組織的に徒党を組んで、計画的に掠奪をはたらくのは、時代おくれになった。京は無警察状態であった。一人二人で寺の宝物を盗み出した。何も獲物のないときは、はらだちまぎれに放火した。夜は、ひとり歩きが出来なかった。隣家へ顔出しすら危険であった。

そんなとき、行商人の五郎七が地方からかえって来た。おなじ飢饉とはいえ、他国他領に出れば、救われるかも知れないと考えるのか、京から出てくる難民に多く出会った。おぼつかない足取りで、かれらは歩いていた。ゆき倒れとなるのだ。現に、道ばたには十人、二十人と倒れ死んでいた。死人を見ても歩いている人間は無表情であった。その中で、幼い子が倒れている母親の乳房にとりついて、泣いているのがあった。五郎七はいったん通りすぎたが、ひきかえした。すでに、母親は死んでいた。泣き声は弱々しく、いまにも消えてしまいそうであった。三十ばかりの母親であった。その前の日、母親は子供を背負い、七つ八つのもうひとりの子の手をひいていた。飢え疲れているのをみかねて、あるひとがすこしの粥《かゆ》をあたえた、が、母親は食べず、子供に食べさせた。その子は母と別れて、どこかにいった。その母はつぎの朝餓死したのである。背の子供は這い出して、母の乳房にすがりついた。幼い児は泣きながら死んでいくにちがいなかった。五郎七は首をふりふり、千駄櫃《せんだびつ》をかつぎ直して、足早にそのそばをはなれた。地方の飢饉の状態はいくらも目にしてきたが、京の町のようすは五郎七の想像を越えていた。

――これで寒さが加われば、どういうことになるのか。

家族のことが気にかかった。いそいで歩いていると、突然家の中から火のつくような子供の叫び声がおこった。ぎょっとさせるような泣き方であった。思わず五郎七は、足をとめた。五郎七がそう感じただけではなかった。殺されるような異様な泣き声に、となり近所のものが家から出てきた。ひとりがその家の中にはいると、

「こやつ、気でも狂ったか」

その声も、異様であった。ひとびとが中になだれこんだ。五郎七が蔀《しとみ》に近付いて、のぞくと、ひとりの男が顔を血だらけにして、子供の腹に喰いついていた。生きている子供は、泣き叫んだ。

「きさま、それでも親か」

子供の腹に喰いついた男は、耳を貸さなかった。きこえなかったようである。気の狂った沙汰としかうけとれなかった。男の肩をつかんで、ひとびとは子供からひきはなそうとしたが、犬が人間の手首にかみついたように、なかなかはなれなかった。子供は叫びつづけ、失神しそうになった。叫び声が弱くなった。男は、撲《ぶ》たれた。男の顔に両手をかけて、ようやくひきはなすことが出来た。男は血だらけの顔をして、うつろな眸《ひとみ》であった。すでに、気が狂っていた。あまりの飢えのため、気が狂ったようである。ひとびとは、ぼんやりとして、この惨状をながめた。いつ自分らがこうなるか知れなかったからである。ひとびとは、男のまわりに尻を下ろした。子供の腹から血がながれて、失神していた。

五郎七は頭をふりふり、蔀の前をはなれた。五条京極に向けて、駆けるように歩いた。わが家のあたりに来てほっとして、あたりを見まわした。もともと丈夫な建物ではなかった。屋根押えの横木と縦木がこわれていた。地震にもつぶれず、嵐からものがれたようであった。

「いまかえったぞ」

叫ぶように、五郎七はわが家にはいった。網代壁《あじろ》のところに、だれかが横になっていた。すぐに返事がなかった。

「万助、おちよ、わしだ。わしがかえってきたのだ」

「お父《とう》」

叫び声がすると、五郎七めがけて人間がぶつかってきた。むしゃぶりつくようにして、

「お父、お父、お父がかえってきた」

万助が叫んでいる内に、涙声になった。五郎七は千駄櫃を肩から下ろすと、横になっている妻の枕許《まくらもと》に腰を下ろした。

「かえってきたぞ。えらい苦労をかけたな。もう大丈夫だ。わしがかえってきたのだ」

おちよは、口が利けないようであった。その目に、いっぱい涙がたまった。おちよは、弱々しく手を差し出した。その手を、五郎七がつかんだ。

「もう大丈夫だ。わしがかえってきた以上、だれも飢え死はさせはしない。どこが悪いのだ」

しかし、妻は病んでいるのではなかった。動けば、それだけひもじい思いがするからであった。無気力になっていた。病人のように寝ていると、ほんとうに病気になってしまったような気がする。

「藤三のおじさんがかえってきたので、お父もきっとかえってくると思ってた」

万助は話しながらも、父親の腕にさわった。父を確認することで、留守中の淋しさと、不安と絶望の思いをわすれてしまいたいようであった。十三歳になっていた。にわかに気力が出たとみ

えて、おちよが起き上ろうとした。ひどく憔《やつ》れていた。五郎七は、千駄櫃をあけた。

砂金でも取り出すように慎重に米をとり出すと、五郎七は粥をつくりはじめた。

「わしは地方をまわっているあいだに、飢饉にはどうすればよいか、いろいろと知ることが出来たよ。わしのような商売は、いつでもその覚悟でいなければならないが、地方よりも京がひどいのにはおどろいた。今度は西国まわりだったから、いのちが無事だったが、東国をまわってたら、商いどころではなかったろう。東国はいま、どこへいっても闘いばかりだ。わしらにとっては、平家の天下であろうと、源氏の天下になろうと、どちらだってかまわないのだ。安心して商いが出来るような世の中にしてもらうことだけを願っているのだ」

万助は、父親のそばをはなれなかった。

「お前さんの働きで、すこしは貯えがあったので、今日まで万助と生きて来られたけど、これで寒い時期を迎えたら、どうなることかと、生きた心地がしなかったよ」

おちよの小袖の襟《えり》もとからのぞく胸は、黄色を帯びて、板のようにうすかった。おちよは、小袖の上に色のあせたしびらをまいていた。

「もう大丈夫だ。明日から万助と山に出かけていく。いくらも食べるものがあるんだ」

「日野家のひとが来たよ」

万助が思い出したように口を出した。

「日野？　ああ、あそこのことも気にかかっていた。困っていられるだろう。ひもじい思いは、だれだっておなじだからな」

五郎七は松若麿を思い出した。

「日野家に何かおこったのではあるまいか。くわしいことは聞かなかったけど」

おちよがいった。

「育ちざかりの子に」と、五郎七は万助をふりかえった。「ひもじい思いをさせるのは、つらいことだ」

五郎七は、京への入口で、死んだ母親の乳房にすがって泣いていた幼児のことを話した。が、おちよも万助も、聞いているだけで、格別の感情もみせなかった。そんな例なら、この付近でいくらも見ているからだろう。人間が死んでいくことに、無感動になっていた。

「かえりの途中で、えらいお役人や、えらいお坊さんの家族も飢え死していくと聞かされたが、嘘でないことがわかったよ」

おちよと万助は、粥を一トロ口にしては、父親をみた。一トロたべては、父親をみた。五郎七は笑っていたが、だんだんとその顔が泣き笑いになった。妻も子供も、生きているよろこびを噛《か》みしめるのであった。

「お父、ひとの肉が喰えるのか」

万助が訊《き》いた。

「わしは食べたことがないが」と、五郎七は、子供の腹に喰いついた父親を思いだした。「それまでに、まだ食べられるものはあるのだ」

人肉は乾燥させたり、焼いたりして、小刀で切りながら食べるとされた。人間が喰われるまでには、犬や猫や鼠や、馬や牛が喰われた。草根木皮は、食べられるかぎりは食べた。

死臭は京中に漂い、死骸を片付けることもないので、牛車《ぎっしゃ》は死体の上を通らねばならなかった。

その夜、五郎七の家ではひさしぶりに親子三人で眠ることが出来た。五郎七をまん中にして寝た。真夜中に、五郎七が不意に頭をもたげた。屋外のようすをうかがっていたが、枕許の刀を手にすると、起き上った。

「隅にいるのだ」

と、目をさました妻と子供にいい、五郎七は入口の近くにしのび寄った。外の気配をうかがった。月のない夜であった。犬がとおくで吠えた。命びろいをした犬であろう。外の闇のふかさがわかるようであった。屋外の人間が、五郎七の家をうかがっていた。表には、三人の男が立っていた。その内のひとりが、戸のそばに近寄った。内部のようすをうかがっていたが、刀を抜くと、板戸につき差した。そこを破って、懸金《かけがね》を外す魂胆のようであった。五郎七は、板戸がつき破られても、だまっていた。手荒に板がむしり取られた。しのび入るというおだやかなやり方ではなかった。そこから手がさし出された。そのとき五郎七が、無言で、板戸めがけて刀をつき出した。五郎七は勢いあまって、板戸にからだをぶっつけた。

「ううッ！」

呻《うめ》き声がして、板戸にぶつかる重たい音がした。

「安芸《あき》！」

低い叫び声がした。板戸に倒れかかった男は、地上にうずくまり、呻きつづけた。ひとりが走り出す気配だった。

「安芸！　安芸！」

仲間の声がした。安芸と呼ばれた盗賊は、胸板をふかく抉《えぐ》られた。つづいて走り出す足音があった。が、五郎七はなおも表の気配をうかがっていた。ほかにだれもいないのをたしかめると、

「わしが旅からかえったのを見ていたやつらだ。獲物があると目をつけて押入ろうとしたのだ」

五郎七は、板戸をあけた。案の定、野盗のひとりがうつ伏した格好で倒れていた。五郎七はそ

の男の襟首《えりくび》をつかんだ。そして、ひきずりはじめた。太刀が落ちていた。これだけの騒ぎにも、となりの人間は出て来なかった。まき添えをくらうのをおそれたようである。

「重い奴だった。三町もひきずっていった。それ以上はやり切れなかった。油断も隙もない。万助、お前もすこしは太刀を使うことをおぼえとくのだ」

あとのことばは、笑顔であった。

盗賊を殺したところで、取調べをうけることはなかった。自分のいのちは自分の手で守れという教訓であった。

「あかねは、葉が食べられる。あかざも、葉だ。あけびは、若い葉っぱがいい。あまなは、根っこだ。いぬたでは、葉っぱ。うこぎは、若い葉っぱ。その根や皮は腹痛の薬になる。野ぶどうは、熟れた実だ。えんじゅは、若い葉が食べられる。おおばこも喰える」

五郎七は妻や万助に説明をした。

「お父、おみなえしも、かきどおしも、かたばみも食べられるよ」

「そうか、そういうものを食べていたのか」

「春のよめなは、おいしいよ」

おちよが笑った。

「たんぽぽ、のびる、いたどり、けいとう、しょうぶ、すぎな、はこべ、ひるがおも食べられる」

「へちまの実も食べられる」

万助がいった。

「ほうせんかの葉が食べられる。りゅうのひげ、わすれなぐさ、われもこうも、みんな食べられるのだ」

妻子のもっている知識は、せっぱつまって得たものであった。

地方の出来事を五郎七は思い出した。あるとき五郎七は歩きつかれて、ある一軒の、比較的大きな家にはいっていった。しばらく休ませてもらうつもりであった。老婆がひとりいた。

「どうしてこんな大きな家に、おばあさんひとりでいるのか」

「父も子も、嫁も娘も、今朝七ツ時からすみら掘りに出かけたんだよ」すみらとは、水仙に似た草であった。

「それはまた早いことだ」

「ここから八里山奥にはいらねえと、すみらとれねえんだ。浅い山々は、みんな掘りつくした。食べられる草は、一本ものこっていねえ」

「八里の余も奥深くはいれば、往復十六里だ」

「夜の四ツにならなければ帰って来ねえ。朝七ツでも、なおおそいくらいだ」そういって老婆は、自分にいいきかすようにいった。「みんな空腹をかかえてるから、はきはき歩けねえんだ」

「そして、そのすみらとやらは、どのくらい取れるのか」

「家族の二日分に足りねえよ」

しかも、すみらは鍋《なべ》に入れて、三日三夜煮なければならなかった。三日間煮ると、やわらかになり、すこし甘味が出た。

「それでもまだ喰えるものがあるのは、心丈夫だよ」

おちよが一応話をきいてからいった。

のびるを引き抜こうとして、草の根を引き抜く力もなく、草の先をつかんだまま息の絶えたのがあった。薪をもやそうとして、枯木のように痩せた手をのばしたまま、息の絶えたのが、この近所にあった。

「神も仏もないものか。わしらにとって、生きていることは地獄だ」と、おちよが怒ったようにいった。

五郎七が日野範綱の邸にいきつくまでに、おびただしい屍体の数をみた。死屍に対しては無感動になっていたが、いままさにいのちの消えようとしている人間をみると、思わず足がとまった。といって、五郎七には何も出来なかった。大して苦悶《くもん》もなく、蠟燭《ろうそく》が消えるようにいのちの絶える瞬間を見守らずにはいられなかった。地面にのびていた女が、口を動かした。五郎七は、その顔に自分のを近付けたが、声にならなかった。眸には、ものを見る力が失われていた。小袖は泥だらけであり、肌の色はすでに土気色であった。あぶらの抜けた髪はぼうぼうとなって、年齢もよくわからなかった。

「南無阿弥陀《あみだ》仏、南無阿弥陀仏」

五郎七は呟《つぶや》いた。すると、病人が口を動かしたのは、南無阿弥陀仏を唱えたのではなかったかという気がした。病人は、しばらく動かなかった。やがて、腹のあたりから弱々しい動きがおこった。ぴくっとしたようである。それきり女は動かなくなった。顔を地面につけて、口の中に泥がはいった。五郎七は両手を合わせた。死人のそばからは、早くはなれなければならなかった。死穢につかれてはならないからである。

日野家の前に立って、五郎七は無人ではないかといぶかった。土塀が大きく崩れていた。門は傾いていた。庭は荒れ放題であった。住居の柱が傾いていた。五郎七は空家にはいったように、あたりのようすをうかがっていると、

「五郎七」

小さい声がした。五郎七は、あたりを見まわした。大きな庭石のかげに松若麿がかくれるようにしゃがんでいた。

「ああ、和子《わこ》」

松若麿は、石のかげから動かなかった。小さい顔は、青白く、ひどく憔れていた。目ばかりが大きかった。

「そこで何をしているのですか」

松若麿は、答えなかった。が、立ち上った。子供らしい元気なところがなかった。五郎七は、理解することが出来た。食べるものもろくろく食べていないので、だるくてたまらないのであろう。何ということなしに松若麿は庭に出て、石のうしろにしゃがんでいたのであろう。あそぶだけの元気もないようであった。

「みなさん、お留守ですか」

松若麿が、首をふった。弱々しい動作であった。育ちざかりの松若麿がこのようでは、家族のようすは十分察せられた。

「五郎七は、西国からかえりました。私がかえってきました以上は、きっとお役に立ちます」と、快活にいった。

「先ず何よりも、範綱さまにお目にかかって……」

歩き出すと、松若麿がいった。

「五郎七、麿《まろ》は早う極楽とやらへいきとうなった」

「何をおっしゃいます？」

「伯父上や伯母上は、麿にすこしでも食べさせようと、すこししかない食べものを、無理に下さるのだ。それがつらい。ひもじいときには、みんなひもじいのだ。麿はわけへだてして下さる伯父上や伯母上を、かえってお恨みに思う。麿は大きくなろうとは思いませぬ。母上も、食べるものがなくて、亡くなられた。麿はこんな思いをして生きているのなら、母上のおそばに早ういきたい。極楽は、よいところと聞いている。極楽へいけば、このようなひもじい思いをしなくともすむだろう。麿は、いく人も死んでいくひとをみた。食べるものがなくて、死んでいくのだ。門のところで倒れたひとがあった。麿のみている前で、死んでいった。ああいうひとは、どこへいくのか、麿は死ぬことを、おそろしいとは思わない。早う死にたいと思っている。南無阿弥陀仏を唱えてたら、よいのだときいた。麿は生きていたくない」

「和子」

松若麿は、抑揚のない口調でそんなことをいった。庭石のかげにうずくまっていたあいだ、幼い頭の中には、そんな想念が湧《わ》いていたのであろう。松若麿は、両手を合わせた。

「南無阿弥陀仏、南無阿弥陀仏」

松若麿は、何も見ていなかった。が、目を大きく開けていた。その目は、現実にみえない、ある大いなるものを見ているようであった。

「今年のような飢饉は、そう毎年あるものではございません。お心をつよくお持ちになって下さい。心をつよく持ったひとだけが、勝ちのこるのです。自分の弱い心に負けてはなりません」

「伯父上も、そうおっしゃる」

幼い心ながら、他家に世話になっているのを苦にしているのか。五郎七は、この子を殺してはならないと思った。松若麿に対する気持は、わが子万助を思う気持に通じるものであった。

「和子は南無阿弥陀仏を、どなたに教えてもらったのですか」

すると、松若麿が笑った。泣き笑いの表情であった。

「五郎七が教えてくれたではないか」

「ああ、そうでしたな。源信僧都の地獄極楽のお話をきかせてあげたことがあった」

南無阿弥陀仏の意味がわからなくとも、松若麿には漠然と尊いあるものは感じられた。うまく説明することは出来ないが、精いっぱいの気持であった。

天台宗の法燈をうけついだ円仁が、承和十四年(八四七)唐から帰朝すると、常行三昧堂《じようぎようざんまいどう》を建てた。そして、支那五台山の念仏三昧の法を移した。円仁の遺命によって、不断念仏すなわち常行念仏が行われるようになった。それ以後叡山では念仏の修行がさかんになった。

先駆者たち

源信は、大和葛下郡《かつらしも》の生れで、幼少のころ叡山にのぼって、良源に師事した。良源は、秀《すぐ》れた念仏の学僧であった。源信は学問をおさめ、やがて立派な学生《がくしよう》となった。あるとき、三条の大《おお》后《きさい》の宮《みや》の御八講《みはこう》に召された。八講を終ったのち頂戴したものをすこし分けて、大和の国の母のもとに送った。

「后の宮の御八講でこのようなものを頂戴しました。初めてのことですので、先《ま》ず母上にお見せしようと思いました」

手紙が添えられていた。

母からの返事があった。

「おくってくれたものは、ありがたくいただきました。そのようにやんごとなき学生におなりになったことは、かぎりなく嬉しいと思います。しかし、御八講などに出かけていかれるようになるために、母がそなたを法師にしたのではありません。そなたは名誉なことと思っているかも知れないけど、母の心とはちがいます。女の子はいく人もいますが、男の子はそなたひとりです。それを元服もさせずに比叡の山に上らせたのは、学問をして才をみがき、多武峯《とうのみね》の聖人（増賀）のようにえらくなって、母の後世《ごせ》をとむらってもらいたいと思ったからです。それをひとかどの名僧のように、諸所の法会などに出かけていくのは、私の本意とちがいます。母も老いました。生きている内にそなたの聖人になったところを見て心安らかに死にたいと思っております」

源信は母の手紙を読んでいる内に、泣いた。

「源信は決して名僧になろうという気持はございません。ただ母上のご存命の内に、このようなやんごとなき宮さまの御八講にまいりましたということをお知らせしたいばかりでした。今後は仰せに従って、山にこもって、聖人になるべく努力いたします。母上の方から会いたいと仰せになるまでは山を出ますまい」

　また母から返事があった。

「いまこそ胸も落着いて、冥途《めいど》もやすらかにおぼえます。かえすがえすも嬉しいことです」

　源信はこの二通の手紙を法文の中に巻きこんでいて、ときどき取り出して見た。山にこもること、六年がすぎた。七年目に、源信は母のもとに手紙をおくった。

「六年がすぎました。ひさしくお目にかかりませんゆえ、母上も私に会いたいと思っていられることと思います。もしそうならば、源信はすぐにもまいります」

　その返事に、

「そなたを恋しく思うことはありますが、顔を見たからといって、罪障が滅するというものではないでしょう。山にこもって修行されていると聞くのが、この上もない喜びです。こちらからいってやらないかぎり、山から出てはなりませぬ」

　源信は母の手紙をみて、自分の母はただびとではないという気がした。世間の母なら、そうはいわないであろう。母子の情に溺《おぼ》れるところである。そして、九年目が経った。

　沙汰するまでは来るなといわれていたが、妙に母が恋しくなり、心細く思われるようになった。もしや母に死期が近付いているのではないか。源信は思いきって会いにいこうと決心した。大和の国にはいると、道中で自分あての手紙をもった使いのものと出会った。見れば、母の自筆でなく、代筆であった。胸さわぎがした。何事かあったと思い、馬上で、急いで読んだ。

「この二、三日何となく力なく思われます。沙汰するまで来るなと心強くいったものの、いま一度会いたい。恋しく思われてならない。早く早く来てほしい、といわれています」

源信は涙をながして、母子の契りは不思議なものだと思った。仏の道にはいることをつよくすすめた母であるからこそ、このように、心と心が切なく通じ合うのであろうか。源信は弟子の学生を三人つれていたが、ことの仔細をつげて、馬を早めた。日の暮に、わが家に着いた。さっそく母のそばに坐ると、母は衰弱して、いつとも知れない状態であった。源信は、声を大きくして、

「源信がまいりました」

母は目をあけて、

「どうしてこんなに早く来られたのですか。今朝使いのものを出したばかりなのに」

「御病気のことは知らなかったのですが、不思議とこの二、三日母上のことが思われてならなかったのです。そしてお許しもうけずに出かけてまいりました。途中、使いのものに会いました」

母は苦しい息の下から、

「それはうれしいことでした。いまわのときになっても、そなたに会えないのかと、悲しく思っ

ておりました。こうして会えたのも、前世からの契りが深いからです」

「念仏を申されますか」

「心の中では、念仏を唱えたいと思っても、そばですすめてくれる人もいないので……」

源信は、ありがたい説教をきかせて、念仏をすすめた。母はねんごろに道心をおこして、念仏を二百回ばかり唱えるうち、暁方近くになって、灯の消えるように亡くなった。

「もし私が来なかったら、母上はこのように安らかな臨終は迎えられなかったであろう。われわれ親子の機縁が深くて、いざというその時に私が来合せて念仏をおすすめ申した。母は念仏を唱えて、往生をされた。母上の往生は疑いようがない。私を仏の道に入れて下されたお志があったればこそ、めでたい最期をとげられたのだ。親は子のため、子は親のために、手をひかれて解脱《げだつ》を得るものである」

源信は法要をすませて、叡山の横川《よかわ》に戻った。

男の子がほしい、と母が葛下郡の高尾寺に願をかけて、生れたのが源信であった。早くから出家の志があったが、母がそのように源信を導いたせいもあった。はじめは、高尾寺にこもった。

あるとき、源信は夢をみた。

堂の中に蔵があって、その蔵の中にさまざまの鏡があった。大きいのや、小さいのや、明るいのや、暗いのがあった。そのときひとりの僧があらわれて、暗い鏡を手にとって、源信にあたえた。

「この鏡は小さくて、暗い」

源信がいった。すると、僧は大きくて、明るい鏡を源信にあたえた。

「この大きく明るい鏡は、お前にとっては身分不相応である。お前の鏡は、小さくて暗い方だ。それを比叡山の横川にもっていって、よく磨くがよい」

それで夢がさめた。

源信は、横川というところを知らなかった。夢のことは、その後わすれるともなくわすれていた。何年か経ってから、縁があって比叡山にのぼることになった。そのとき、横川の慈恵大僧正に会ったが、慈恵はもとから源信を知っているかのような態度で迎えた。源信は、顕密《けんみつ》の正教を教わることになった。

源信は天性聡明で、習うにしたがって、いよいよ博覧強記であった。自宗他宗の顕教《けんぎょう》を習い、真言の密教をうけた。また道心が深くて、いつも法華経を読んでいた。源信は、叡山の学生から尊敬された。前の一条院の天皇は、源信の評判をきいて、召されたことがあった。が、道心が深いので、官職をことわって、ひたすら山にこもった。

その後は法華経を読み、念仏を唱えて、ひとえに後世菩提《ぼだい》をとむらっていた。「一乗要訣《ようけつ》」という文をつくり、

「一切衆生皆成仏」

という心をあらわして、「往生要集」を著述することになった。寛和元年（九八五）のことである。それによって、極楽往生を願うべきであると教えたのであった。あるとき、夢の中に、観音があらわれて、微笑して金蓮花《こんれんげ》をさずけた。毘沙門《びしやもん》が天蓋《てんがい》をささげて、そばに立っている夢であった。

つねに法華経を読誦《とくしよう》したり、念仏を唱えていると、自然と無念の境地になれるものとみえる。夢で観音に会ったり、奇蹟《きせき》を経験するというのも、精神状態が一種の幻覚に似るようになるせいかも知れなかった。幻覚のようなことも、そのひとにとって何よりも真実であった。そういう雰《ふん》囲気《いき》の中に生きていたひとびとであった。

源信が老い、病気となり、死期が近付いたが、法華経と念仏を唱えることはやめなかった。源信の住居の近くの房に住んでいたある老僧が、こんな夢をみた。

「金色の僧が空から下りて来て、源信僧都にねんごろに語りかけられると、僧都は臥《ふ》せたなりで、その僧と話をしていられた」

またあるとき、源信に関しての夢をみたひとがあった。

「百千万の蓮花が、源信僧都のまわりに咲いていた。その花をみて、何の花かと訊《き》いたものがあった。すると、空に声があった。これは妙音菩薩の蓮花である。西に向っていくがよいという答えがあった」

源信が説く極楽往生の思想が、ひとびとの心に深くきざみこまれていたせいであろう。ひとびとは、そんな思いで、源信を見ていた。

最期のときが迫ると、それぞれ名のある学生や聖人たちを集めて、源信がいった。

「今生の対面は、ただいまかぎりである。もし法文の中に疑問があれば、その疑いを申されてみるがよい」

ひとびとは法文の要義を問うた。難読の箇所や、理解のゆかない点を訊いて、納得することが出来た。それにつけても、この僧都とやがて死別しなければならないことが、ひとびとを悲しませた。

ひとびとが去り、あとには慶祐阿闍梨《きようゆうあじやり》というのがひとり源信のそばに残った。

「年ごろ、私のつくるところの善根によって、ひとえに極楽に回向《えこう》して、上品下生《じようぼんげしよう》に生れることを願っていたが、私のところに二人の天童がやって来た。兜率天《とそつてん》の弥勒《みろく》のお使いであった。私がひとえに法華を持し、一乗のことわりを悟ったので、その功徳をもって、兜率天に生れることになったというのである。そのため天童は私を迎えに来たのであった。兜率天に生れて、私は慈尊を礼奉しようとお答えした。私が年ごろ願っていたことは、極楽世界に生れて、阿弥陀仏を礼し奉ることであった。どうぞ、私に力を下され、極楽世界に送って下さいといった。極楽世界へいって弥陀を拝みましょう。天童よ、すみやかにかえって、この由を慈尊に伝えて下さいとお願いした」

源信はひくい口調で、阿闍梨に語った。阿闍梨は、心を打たれた。

「ときどき観音がおいでになる」

阿闍梨は涙をながして、答えた。

「疑いもなく、僧都は極楽にお生まれになります」

源信の息が絶えたとき、空に紫雲がたなびき、空に妙《たえ》なる音楽がきこえたという。香ばしい匂いが室内に満ちた。寛仁元年（一〇一七）六月十日、源信は七十六歳であった。

まことに稀有《けう》なことと語り伝えられることになったが、紫色の雲を見て、妙音をきき、香ばしい匂いを嗅いだというひとが多かった。しかしそれは、そのひとの心の持ち方によるのであろう。

源信は「往生要集」を宋《そう》に贈った。仏教渡来以来およそ四百五十年、そのあいだに日本から仏書を中国に伝えたのは、聖徳太子の「三経義疏《さんぎようぎしよ》」の外、この「往生要集」だけであった。

「往生要集」は、上下に分れ、十章からなっていた。地獄のおそろしさと極楽の美しさ、愉しさを描き分けたものである。地獄を描くにも、九章に小分けして、たとえば、焦熱地獄之事のところでは、

「六に焦熱地獄といふは、大叫喚地獄の下にある。竪横《たてよこ》前とおなじ。獄卒罪人をとらへて、熱鉄の地の上にのべ臥して、或いは仰向け、或いは俯伏《うつぶ》せて、頭より足まで、或いは打ち、或いは突いて、ししむらを団子の如くにする事なり。或いは極めて熱き大なる黒鉄の焼棚の上に置きて、たけき炎にて是《これ》をあぶる。左右にまろばして、うら表を焼《やき》うすろがす。或いは大きなる黒鉄の串《くし》をもって、下より是をつらぬきて、頭までつき通し出して打ちかへし打ちかへし、よくあぶりて……」

上巻の引接結縁楽之事《いんじようけちえん》には、

「夫《それ》引接けちえん楽といへるは、人の世にすみてもとむる所、心の如くならず、植木は静かならんと思へども、風止《や》まず、子は養はんと思へども親またず、また親いませども家貧しければこころざし肝胆をうすづくといへども孝養に備へがたし……」

地獄をおそれ、極楽を求めるための念仏の大切なことを説いていた。そして、念仏の仕方や、浄土教学のいろいろな問題をのべていた。叙述が具体的であって、直接人生の問題に結びついて

いたので、念仏の指南書の役を果した。

文字を解するひとのあいだでは、大いに読まれた。とくに貴族階級では、多くの往生伝が編まれるようになった。権力闘争にあけくれ、おたがいに相手を落し入れようと呪詛《じゅそ》と怨霊《おんりょう》のみちみちたかれらの世界では、とくに浄土を願う心は熾《さか》んであった。浄土教に関する多くの書物が著わされただけでなく、往生極楽の機会を得ようとして阿弥陀堂の建立がさかんになった。白河法皇、鳥羽法皇の院政期には、阿弥陀堂が七十一も建立された。それは中央だけでなく、奥州平泉の金色堂、福島県の白水阿弥陀堂、大分県の富貴寺、真木大堂などが、ひろい範囲に建てられた。

一方、それに応じて、諸国の百姓が課役や租税をのがれるために、髪を落して僧となるものが続出した。

「天下の人民の三分の二は禿首《とくしゅ》である」

と、記されたほどであった。得度《とくど》をうけていないので、かれらは沙弥《しゃみ》と呼ばれた。まったく税や課役のがれの出家であったが、中には乞食同様の生活をして、修行に余念のないものもいた。

「往生要集」は、念仏以外のいろいろな行法も、極楽往生のための行法としてみとめていた。そのため、堂の建立をうながすことになった。如来の姿や極楽浄土のようすを心の中に描いてみるという方法が重んじられた。

空也《くうや》という市井の聖《ひじり》がいた。

天暦五年（九五一）京に悪疫が流行して、市中が死屍《しし》に満ちた。空也はそれらのとむらいをして、成仏を祈るために十一面観音をつくった。この観音は高さが一丈あって、賀茂川の東の寺に納めた。それが、六波羅蜜寺《ろくはらみつじ》である。空也は、民間に念仏をひろめて歩いた。称名念仏の先達であった。念仏にどういう功徳があるか、そのようなことは問う必要がない。念仏を唱えたら、必ずよい国に生れるのだと、日本国中をまわった。破れ衣で、金鼓《きんこ》をたたく念仏であった。十五、六歳から修行しながら諸国を回り、京にはいったのは、四十歳前後であった。市聖として尊敬された。

空也が念仏をすすめるまでは、念仏は一般の人びとから厭悪《えんお》されていた。空也がひとたび現われて、自らも称《とな》え、他にもすすめるので、初めてみなは念仏をよろこんで唱えるようになった。念仏を普及させた功績は、ひとえに空也にあると「日本往生極楽記」は誌《しる》している。

「南無阿弥陀仏とは、阿弥陀仏に命を帰すことである」

念仏をとなえることによって、即身成仏するという考え方であった。空也は自ら父母を顕《あら》わさず、出身郷土をいったことがなかった。叡山で学問をおさめ、正式に得度受戒をうけていたが、宗規に束縛されるのを嫌って、市聖として民間にあった。市中に住んで、仏事を行う空也の言動は、ひとびとの注目をひいた。空也の教えに従うものが、次第に多くなった。

悪疫や、洪水と凶作、頻々《ひんぴん》たる火難、群盗の跋扈《ばっこ》で、庶民には神も仏もなかった時代である。寺院や神社はあるが、庶民には縁がなかった。寺院や神社は、一ト握りの貴族階級のものであった。天台も真言の大寺院も、かれらのために修法を行なった。空也のもとに集まる庶民に、空也は念仏をとなえることをすすめた。

「本朝世紀」の中に、こんな見聞が記録された。

「近ごろ東西の両京の大小の路衢《ろく》に、木をきざんだ二神像をつくり、むきあわせて安置されている。その像には丈夫《ますらお》の面影があり、頭上に冠をのっけて、鬢《びん》のあたりに纓《えい》をたれている。丹《に》(赤)をもって身を塗り、緋衫《ひしん》の色というところである。それらには立像もあれば、坐像もある。顔貌もいろいろである。あるところではまた女形をつくり、丈夫と向き合せて立てている。臍《へそ》下の部分に陰陽を刻んで、彩っている。それらの男女の神像の前に机をかまえ、坏器《はいき》を並べてある。子供たちはそのまわりで騒ぎ、人々はていねいに二像を拝んでいる。これを岐神《みまたのかみ》とか、御霊《ごりょう》と称している」

男女神像の造立は、歓喜天の信仰から来たものであろうが、巷《ちまた》にうごめくひとびとの、何ものかにすがろうとする切実な心のあらわれであった。寺院や神社がたよりにならないとなれば、民衆は自分らの力で魔除《まよけ》をつくり出さねばならなかった。庶民の信仰のようすは、狂乱といってよかった。京の大小の路辺では、男女神像をめぐって、御霊会の狂乱が行われた。集団的に法悦境にひたるのであった。それで、しばしの心の安らぎを求めた。

空也の念仏も、この狂騒と闘わねばならなかった。次第に京のひとびとは、念仏を唱えるようになった。口称《くしょう》念仏が、町で、集団的な行動になって現われるようになった。

空也は、京の諸所に井戸を掘った。また卒都婆《そとば》をたてた。二神像のまわりにどよめいていた、本能的な庶民の狂騒は、漸《ようや》く空也によっておさまったようであった。それまでに三十年近い年月が経った。

空也が賀茂川の河原で供養の法会をひらいたとき、貴賤《きせん》をとわず、多くのひとびとが集まった。列席した僧は、六百人もあった。朝廷は、この日のために銭十貫文を出した。左大臣はじめ天下の諸人が結縁《けちえん》した。

昼は経王を講じ、夜になると万燈をともして、幾万の亡魂をとむらった。六波羅蜜寺では、奈良、京都の名僧が集まって、講師となったり、聴衆になったりした。念仏が民衆信仰の対象となったのは、仏教の新しい動向をかたるものであった。

空也のながれをくむ念仏宗門は、鉦《かね》や太鼓の楽器をつかって念仏を唱えた。

それをいっそう民衆に近付けたのが、良忍であった。良忍の教えは、わかりやすくて、庶民の心にふかい感銘をあたえた。念仏を唱えるときに声明《しようみよう》を用いたので、ひとびとは念仏を唱えることによろこびをおぼえた。それは、唄うような効果があった。それが、良忍の引声《いんじよう》念仏であった。

良忍は、尾張知多郡富田の生れであった（一〇七二）。比叡山に上り、良賀について天台宗の教学を学ぶこと二十余年になった。あるとき、夢をみた。

「教学を身につけただけでは往生はむずかしい。速疾往生のもとは、融通《ゆずう》念仏にある」

というお告げをうけた。

良忍は感ずるところがあり、山を下りて、麓《ふもと》の大原に来迎院《らいごういん》をたて、融通念仏をはじめた。融通念仏とは、わが唱うところの念仏を回して、衆人に融会し、衆人の唱える念仏が、また我に通ずる。一人の行を以《もつ》て、衆の行とし、衆人の行を以て一人の行とす。一人往生を遂ぐれば、衆人も往生を遂ぐというのであった。

良忍は、比叡山で声明を学んだ。声明とは、声をたて、節をつけて経文を読むことであった。良忍は、声明の名手であった。天台声明とも魚山声明ともいわれた。良忍の引声念仏には、琴、鉦、笛が楽器として用いられた。その引声念仏の節まわしには、哀婉《あいえん》雅亮《がりよう》のひびきがあった。聞くものをして極楽浄土にある思いをさせた。貴賤をとわず、阿弥陀堂に集まるひとびとは、中から聞えてくる良忍の声に魂を奪われたように聞きほれた。

良忍の弟子に、叡空がいた。師にまさる美声の持主であった。良忍は叡空とともに、引声念仏を僧俗合唱という形にもっていった。僧の唱導によって、ひとびとが口をそろえて唱えるのである。

念仏が斉唱となって、しかも琴や鉦や笛が加わるので、おのずと踊躍《ゆやく》という原始的な人間の本能が誘発された。

法然《ほうねん》は、長承二年（一一三三）美作《みまさか》国久米郡に生れた。幼名を勢至丸《せいしまる》と称した。父の漆間《うるま》時国は、押領使であった。母は土地の名族秦《はた》氏の出であった。勢至丸が九歳のとき、多年父と争いをつづけていた稲岡庄の預所《あずかりどころ》の明石定明の夜討をうけた。この夜襲で、父の時国は殺された。が、こうした出来事はべつに珍しい事件ではなかった。国衙《こくが》の官人と庄官との争いは、いたるところで見られたことであった。在地の豪族と、中央の権門をうしろだてにした領主のあいだは、うまくいかなかった。夜討の最中、勢至丸は戸の隙間から父が討たれるのを見た。勢至丸は小矢をもって明石定明を射た。矢は定明の眉間《みけん》にあたった。時国は死にのぞんで、勢至丸を誡《いまし》めて、出家となることをすすめた。勢至丸は、同国の菩提寺《ぼだいじ》にはいった。院主の観覚は、母の弟であった。観覚は勢至丸の器量の非凡なのを見て、母にすすめて、比叡山に上らせることにした。観覚も、また延暦寺の学生であった。

天養二年、勢至丸は十三歳で、叡山の西塔北谷の持宝坊の源光を訪ねた。後に源光は、功徳院の阿闍梨皇円のもとに勢至丸を入室させた。

勢至丸は十五歳で、剃髪《ていはつ》し受戒した。十六歳のときから天台の三大部を学び、三カ年にして業を終えた。

そして十八歳のとき、西塔黒谷の叡空のもとにおもむいて、隠遁《いんとん》の志をのべたのである。叡空は、年若くして出離の心をおこすのは、まことにこれ法然道理の聖《ひじり》であるといって、

「法然と号するがよい。実名は、源光の源と私の空をとって、源空と名づけるがよい」

房号と名をもらうことになった。

それから黒谷にこもること六年、一切経《いっさいきょう》を見ること、数回に及んだ。

二十四歳のとき、嵯峨《さが》の清涼寺に七日間参籠《さんろう》した。それから奈良に来て、法相寺の碩学《せきがく》蔵俊を訪ねた。

蔵俊は、因明《いんみょう》の大家であった。因明とは、理由をしめして論証を行う論理学のことである。

また、醍醐《だいご》の寛雅を訪ねて、真言の秘密を伝授された。寛雅は、三論の宗匠であった。

仁和寺の華厳の名匠慶雅から、法然は華厳の書類をさずけられた。

中ノ川の実範から許可灌頂《かんじょう》をうけた。

「源空は、智慧《ちえ》第一である」

評判をたてられるようになった。多聞広学であることで、有名になった。およそわが国にある聖教伝記の中で、目をとおさないものはないというほどであった。

「われ聖教を見ざる日なし。ただ木曽の冠者花洛に乱入のとき、一日だけ聖教を見なかった」

後日、法然が語ったことがあった。

法然が叡山を降りて、黒谷の叡空のもとに投じたのは、叡山のあり方にあきたらなくなったからである。叡山では座主の地位をめぐって、みにくい争いがつづけられていた。法然が叡山にはいって間もないころ、平氏の力を背景として明雲が座主についた。明雲はその後政治の動揺で座主を追われたが、また復帰した。そのような叡山にあきたりない僧は、いく人も山を下りた。

父の遺言によって出家した法然には、座主の争いは無縁であった。それに、天台の煩瑣《はんさ》な教学を学んだところで、自己の疑問を解くことは出来なかった。当時の叡山は、教学が衰微するにしたがって、宗門の奥旨《おうし》を秘密にして、ことごとしく伝授することがはやり、口伝《くでん》を重んじるようになっていた。そのようなことで人間が救われるとは、法然には考えられなかった。たまたま源信の「往生要集」を読んで、法然は目がさめたような気がした。

黒谷には、叡空を指導者として、「往生要集」による念仏を行う聖たちの集団があった。法然もまた、引声念仏を唱和するひとりになった。

法然は「往生要集」の浄土教史上の価値をみとめていた。これまでの浄土教は、念仏を唱えるものが、いずれも別に自己の本宗をもっていて、その立場から念仏を修した。たとえば、律宗の大徳中ノ川の実範も、浄土教を信じていた。三論の碩学東大寺の珍海も、浄土教を兼ね修めていた。諸宗の巨匠の多くが、みな浄土教を兼ねていた。いずれも念仏を観念的に考え、口称《くしょう》は単にこれを助成するための方便であった。しかし、源信は口称と観念を対立させて、智者には観念をすすめ、愚者には念仏口称をすすめた。従来助成の方便とされていたのにくらべると、大きな相違であった。

が、法然は「往生要集」に対して、次第に疑いを持ちはじめた。

その容貌からして、法然は早くから円満な人柄であった。その法然が師の叡空に向って、

「『往生要集』は、念仏以外のいろいろの行法も、極楽往生のための行法としてみとめております。そのため作善《さぜん》の数の多きを貴ぶという、信仰の形式化をもたらしました。堀河天皇の中宮篤

子内親王は、十四歳のお歳から崩御まで四十一年間、毎日阿弥陀経一巻を誦《ず》し、法華転読三千部におよんだときいております。また、尼妙法は、良人《おっと》にすてられたときが四十歳でしたが、それから以降四十二年間、毎日阿弥陀経六巻、法華経四要品、仁王経護国品各々一遍、観音経十巻を読誦し、さらに念仏一万遍を唱えられたと聞いております。このほか小豆を以て唱うるところの念仏は、およそ五十七石三斗に及んだと聞いております。これらはすべて作善の数を競っているからでございます。もしそのような作善の数をつみ重ねなければ、極楽往生が出来ないものなら、極楽往生の出来る人間はごくわずかな数に限られます。白河法皇は、法勝寺《ほっしょうじ》の金堂に山塔一万基を供養されました。一基の塔も供養出来ない人間は、どうなるのでしょうか。お経のよめない人間は、どうなりましょうか。念仏の衆生を摂取して下さる仏は、決してそのような作善の数をあてにしておいでにならないと思います」

叡空は顔いろを変えて、弟子を見た。「往生要集」を批判するなど、もってのほかであった。

「『往生要集』には、また仏の色身《しきしん》についてくわしいことが書かれています。が、衆生が救いを求める気持は、もっと切実なものであろうと思われます。源信僧都が描かれたという山越の弥陀を拝したことがございますが、たしかにその絵は立派なものでございました。しかし、それは絵画芸術であって、信仰とは関係がないように思いました」

源信のころから、截金《さいきん》が流行《はや》ったといわれた。金泥銀泥で彩色するのでなく、金銀の箔《はく》を切って置く技術であった。浄土教の思想を形の上で具象化しようという流行がはじまったのも、「往生要集」のせいであった。仏の坐っている台座は、六十万億那由他恒河沙由旬《なゆたごうがしやゆうじゆん》という。那由他恒河沙は、無量無限の大きさを示す数位であり、由旬とは里数である。その宏大無辺の座は、閻浮檀金《えんぶだごん》と称する純金で出来ているという。これに坐す仏身は、五須弥山《しゆみせん》の如き白毫《びやくごう》の相を備え、四大海水の如き仏眼をひらき、無数の毛孔からは熾然赫奕《しぜんかくえき》たる八万四千の光明を放って、念仏の衆生をその光りの中に摂取するというのである。そのようすを、衆生は心の中に観ぜよと「往生要集」はいう。「往生要集」は、読むものをして、雄大霊妙な感銘をあたえるように書かれていた。

「それは、法然房がいまだほんとうの悟りをひらいていない証拠である。修行が足りないから、そのような疑いが生じるのだ」

法然は叱られた。

「いいえ、たとえば、迎接会《ごうしようえ》にしても、愚かな真似ごとと思われます。救われたいのは、衆生のひとりひとりの心の問題でございます。あのようなものを見物しても、衆生が救われるとは考えられません」

迎接会とは、練供養《ねりくよう》であった。二十五人の僧が各々宝冠をいただき、香炉をささげ、また天蓋《てんがい》をもち、幢幡《とうはん》をひるがえし、あるいは笙《しょう》や笛を吹いて、二十五菩薩に擬した。そして、迎相の弥陀三尊が安置される輿《こし》をかこんで、講堂から本堂にまいり、梵唄《ぼんばい》、奏楽、誦経《ずきょう》、念仏を唱えて、観音菩薩所持の蓮台にのせてある十方衆生と記した位牌《いはい》を迎えて、講堂にかえる儀式であった。源信が横川《よかわ》花台院で創《はじ》めたものと伝えられていた。

迎接会は、その後大いに流行した。

丹波の国にひとりの聖人がいた。極楽往生を願うひとの多い中で、この僧はことのほか熱心であった。十二月の晦日《みそか》に、

「今日の内に必ず来《きた》れ」

という手紙を自分で書いた。それを童子に託して、

「朝になって私がまだ起きない内に、この手紙を私のところに持って来い。そして、戸を叩け。私が内から、戸を叩くのはたれかと訊く。そうしたらそなたは、極楽世界から阿弥陀仏の使いのものである。この手紙をお渡ししますというのだ」といった。

翌朝になった。童子はいいふくめられたことなので、柴《しば》の戸を叩いた。

「戸を叩くのは、たれか」

内から聖人がいった。

「極楽の阿弥陀仏の使いのものです。この手紙を届けにまいりました」

聖人は感激して、ころぶようにして現われた。

「いったいどういうことでございますか」

うやうやしく手紙を押しいただき、読んだ。そして、聖人は感きわまって泣き出した。

こういうことが毎年くりかえされるので、童子は慣れてしまった。

この国の守《かみ》に大江清定というのがいた。清定はあるひとりの聖人を貴び、帰依していた。聖人があるとき清定の館《やかた》に赴いたとき、

「この国に迎講《むかえこう》というのをはじめたいと思います。が、私ひとりの力ではどうにもなりません。是非あなたのお力を借りたいと思います」

国の守が答えた。

「結構です、いくらもお手伝いしましょう」

清定は京から、舞人や楽人を呼びよせた。聖人は大へんよろこんだ。

「その迎講の日、われ極楽の迎えを得たと思ったとき、私のいのちは終るでしょう」

しかし、清定は、聖人の言のようにうまくいくかどうか、疑問に思った。

さて、迎講の日になった。儀式がおごそかに始まった。聖人は香を焚《た》いて待った。すると、仏

があらわれた。観音が紫金の台をささげ、勢至菩薩《せいしぼさつ》が天蓋をさしかけて、菩薩衆が妙なる音楽を奏した。そのあいだ聖人が涙をながして念じていると、観音が紫金台をさし寄せた。そのとき聖人が、ありがたやと口にすると同時に息が絶えた。まわりのものは、舞人や楽人の動きや音楽の音にまぎれて、聖人の息が絶えたのを知らなかった。

その話を、かつて法然は聞いたことがあった。それで死ねた聖人は仕合せものだと思った。が、一般の人間にそのような死が迎えられるだろうか。

「弥陀のおすがたや、極楽浄土のもようを心の内に描いてみよという『往生要集』の要旨が、私には納得いかないのです。『往生要集』は、善導の釈義を指南としております。私もくりかえし善導のものを読んでおりますが……」

法然は師に叱られても、やめなかった。

「法然房は、『往生要集』の読み方が足りない」

叡空は、はらだたしげであった。

「師の房は、そのことをお疑いになったこともないのですか」

「法然房は、当代智慧第一の誉れがある。あまりいろいろなものを読んでいるから、かえって『往生要集』の心がわからなくなっているのではないか。法然房が念仏を唱えている、あの一途《いちず》

なようすを見ていると、とてもそのような大それた疑いを抱いている聖とは思われないのだが

……」

そういって叡空は眼を閉じ、声高らかに念仏を唱えはじめた。法然は、だまった。

法然は、唐宋二代の高僧伝の中でも、善導につづいて、曇鸞《どんらん》や道綽《どうしゃく》、懐感《えかん》、少康《しょうこう》のものに親しんでいた。法然はそれらの中から、自分が求めているものをさがした。極楽世界がどのようにすばらしかろうと、また弥陀の色身がどうであろうと、慈悲ぶかい相好であろうと、そんなことを問題にしているのではなかった。法然は、ただ救われたいのであった。人間はだれもが必ず一度は死ぬのである。その死に対して、生きている内に安心がほしかった。病気、災難、飢餓に対して、せめて心の上なりと救われたかった。

法然は唐の浄土教の善導が書いた「観経疏」を読んでいた。それは観無量寿経の註釈書であった。何度も読んでいたものである。その中のある一節に目をとめたとき、法然ははっとして、息がとまるほどの衝撃をうけた。とうとうめぐりあてたという気持であった。その一節がにわかに鮮烈な意義をもって法然に迫った。

読み方には、ときどきそういうことを経験する。かつて読んだ本を再びひらいてみて、前には発見の出来なかったことに気がつくということがある。おろそかには読んでいないのだが、心に

とまらなかったということがある。

「一心に弥陀の御名を念じ、行住《ぎようじゆう》坐臥《ざが》いかなる場合にも、時節をとわず、南無阿弥陀仏を念じることが、往生のための正しい道である。またそのことが、阿弥陀如来の願に従うことである」

観無量寿経の註釈書の「観経疏」にある一節であった。が、乱想の凡夫、称名の行《ぎよう》によって順次に浄土に生ずというのは、あまりに簡単であった。これまで心にとまらなかったとしても、無理もなかった。「往生要集」の念仏以外のさまざまの行法に疑いを抱きながら、法然の頭の中には、念仏以外の行法もまた大切だという考えが残っていたせいであろう。が、「観経疏」の一節に目がとまり、そのことを中心に追々思索を凝集することが出来たのは、法然の智慧であった。

黒谷の叡空のもとに集まる引声念仏の行者の中で、法然は次第に師に叛《そむ》き、「往生要集」を否定する念仏行者となっていった。安元元年（一一七五）、法然が四十三歳のときであった。頼朝が挙兵する五年前であった。

「年ごろ学習した知識は、往生のためには何の役にもたたなかった」

法然は叡空のもとを去った。

阿弥陀如来の名号を唱えさえすれば、極楽往生疑いなしという思想的立場に法然がたどりつくまでには、信仰の形式化はとどまるところを知らなかったようである。

平安朝の時代にはいって、仏教はまったく国民の生活に融合することになったが、その裏面では、仏教はようやく型にはまって、次第に形式化するようになった。その背景の一般文化も、そうであった。平安朝の文化は、表からみるといかにも美しいのだが、裏からみると、停滞の腐敗の空気が濃くなっていた。外国との交際がたえて、刺戟《しげき》をうけることがすくなくなったことも、一つの原因であった。たとえば、朝廷で行われるいろいろの行事も、すべて形式化して、先例故実がやかましくいわれた。先例のないことは行われないようになった。

「源氏物語」「栄華物語」「大鏡」の中には、極楽往生の浄土信仰が顕著であるが、それはあくまで表面的で、現世的には形式的なものが多かった。それらの物語や日記等にみられる信仰は、殊勝気にみられるが、その信仰にどれほどの内容があったかは疑わしい。すくなくとも、のたうちまわるような、血みどろの信仰ではなかった。

寺院に寝殿造りが現われるようになったのは、寺が享楽の場となったからであった。寺は仏法修行の場所ではなくなった。

源信の「往生要集」が出てから、弥陀の信仰がいちじるしく発展することになったが、弥陀信仰は、安養極楽に生れることを夢みつつ、なお現実の安穏栄華を祈るのであった。寺を造ることは、一種の綜合《そうごう》美術として、信者の耳目をよろこばしむるものとなった。寺院は劇場の要素をもった。信仰というよりは、むしろ享楽のために出向くのであった。絵画、彫刻、建築の粋《すい》は、ことごとく寺院にあつまった。寺院ではさまざまな儀式を行い、経を読み、歌を唱《うた》った。法会には舞楽があった。その音楽は、ひとびとに迦陵頻伽《かりょうびんが》の声を思わせ、綾錦《あやにしき》を着かざった僧侶《そうりょ》がねり歩くさまは極楽にあるかのように思わせた。

藤原道長の妻の倫子《りんし》が建てたものに、法成寺の中の西北院がある。その落成式のとき、三日三夜不断念仏が行われた。その僧は十二歳より十五歳と限定された。叡山の東塔、西塔、横川その他三井寺、興福寺、仁和寺からかり集められた。

「この僧どものまゐりあつまれる、いみじううつくしう、をかしげなることかぎりなし」

これらの小法師は、紫、濃紫、薄紫、うき紋、かた紋、唐綾の衣を着て、かしらに花をかざし、顔に白粉《おしろい》をつけた。

「あはれにうつくしう、たふときさま、ちひさき地蔵菩薩はかくやおはすらんとみえ……」

「あはれにらうたきこゑども、ひわかくほそく、うつくしげに、きかまほしきこと、かれうびんがのこゑもかくやときこえたり」

小法師たちが出演料をもらってかえっていくとき、ひとびとはひどく別れを惜しんだというのである。

宇治平等院の鳳凰堂《ほうおう》の如きも、その構造は鳳凰が翼をひろげた形に似ているが、寝殿造りの変形であり、寺院の住宅化のあらわれであった。そこにはもはや仏法修行のきびしさは失われていた。藤原一族は、代々寺を建てているが、その多くは住居であり、別荘であった。

無常といい、浮世といい、この世を露《つゆ》にたとえたり、うたかたに比したり、また厭離穢土欣求《おんりえどごんぐ》浄土というが、いずれもことばの上のあやにすぎなかったようである。信仰といったところで、一種の習慣儀礼のようなもので、深い根をもったものでなく、型を逐《お》うているにすぎなかったようである。

形式化した一つの例に、糸引来迎の弥陀ということが流行した。藤原道長は、自分のつくった法成寺の阿弥陀堂で臨終を迎えたが、その堂の阿弥陀の手から糸を引いて、自分の手にかけ、その導きによって極楽往生を信じて、息をひきとった。立て屏風の西面をあけて、九体の阿弥陀仏を拝し、北枕に西向きに臥していた。

黒谷の叡空のもとをとび出して以来、仏教の形式化に対する法然の否定の気持は、死ぬときまでつづいた。

法華経の薬王品《やくおうぼん》の中には、喜見菩薩《きけんぼさつ》が供養のため、おのが身を焼くという故事が出ている。熊野那智山の住職広照は、法華を転誦するたびに、薬王品のくだりに来ると、喜見菩薩の焼身が骨髄に銘するのであった。とうとう自分でもその気になって、この身を焼いて、諸仏を供養しようと発心《ほっしん》した。穀を絶ち、塩をとらず、甘味を食べず、松葉を食べることにした。内外の不浄を浄《きよ》めてから、いよいよ身を焼くとき、新紙法服を着け、手に香炉をもち、薪の上に結跏趺坐《けっかふざ》した。顔は西方浄土の方に向けて、口に妙法を誦し、すこしも散乱のようすがなかった。

これが日本ではじめての焼身自殺であった。薩摩《さつま》国のある沙門は、出家して山にこもること三年、千部法華を読誦したあげく、焼身自殺をとげた。その理由は、もし山を下りたならば、人間と交わり、世習にそまって、悪いことをしたり、よこしまな考えにとらわれるであろう。自身はいのちを大切に思っていない。ただ一途に極楽に生れることを願うばかりであるというのであった。

越後の鍬取《くわとり》上人も、薪をつんで、その上にのぼり、火をつけて焼身自殺をとげた。

康保年中(九六四―九六八)に、釈長明というものがいた。年齢は二十五歳であった。戸隠山《とがくしやま》にいた。

「われここに来たり身を焼くこと三度、いまいのち尽きて兜率《とそつ》に上る」

薪をつんで、その中にはいって自殺をとげた。

長徳元年(九九五)、六波羅蜜寺の住職覚信が、菩提寺の北の辺で焼身自殺をした。花山法皇が、焼身の僧を見に来た。公卿たちも多くついて来て、死体を拝した。

すると、つぎの日、阿弥陀峯《みね》で焼身自殺をとげた上人があった。多くのひとがあとを見に集まった。これが流行のようになって、諸国で焼身自殺をするものが十一人も出た。

尼が、鳥部野《とりべの》で、焼身自殺をした。世間は、薬王品尼と称した。

伊予国の釈円観は、康平五年(一〇六二)中秋の夜、自分の庵を焼いて、焼身自殺を全うした。

治暦二年(一〇六六)の五月、四条釈迦堂の文豪が、鳥部野で柴をつんで身を焼いたとき、たくさんな庶民が見物をした。

船岡野で、ある上人が身を焼いたときも、大勢の見物人があった。

その内に、自らを土に埋めるという自殺の方法が考え出された。永暦元年(一一六〇)、六十余歳の僧が、東山禅林寺の東南隅に墓をきずき、西方に開けて、その中に板をたて、西方に妻戸をつくり、中のひろさはひとりが坐れるほどであった。その中にこもって戸をしめ、その上を土で埋めさせた。道俗男女《なんにょ》が、それを見物した。

「この世はながく生きていたところで、しようがない。首をくくって死のうと思う」

と、ある上人がいい出した。

そのことが評判になると、京の名僧たちが集まって、七日間別時念仏を唱えることになった。

それを聞いて、またひとびとが集まった。七日目になって、

「いよいよ臨終のときが迫ったが、何かいいのこすことがあるならば、いまの内にいっておいた方がよかろう」

同法のひとりがいった。

「はじめの内は非常な勇猛心をもっていたが、いまとなってみると、気がゆるんで、死のうとは思わぬ」

正直に答えた。上人の弟子や同法たちは、

「これほどやかましくさわぎたて、世間にすでに披露してしまったことなのに、どうしたことか。日も時もさだまっているいまになって、そんなことをいい出すなど、おそらく天魔がみいったのであろう。あさましいことだ。情けないことだ」

それで仕方なしに上人は、庭の榎《えのき》に縄をかけて、首をくくった。その上人の怨霊《おんりょう》が、座主僧の弟子にとりついた。

「死ぬのはいやだった。死ぬのを思いとどまったとき、どうしてみなはそうさせてくれなかったのか。由ない名聞《みょうもん》のために首をくくって死ぬなんて、魔道にはいってしまったからだ。悲しいことだ」

怨霊がそういった。

つぎに、入水《じゅすい》して往生が出来ると信じて投身するものがあらわれた。仁平二年(一一五二)、賀茂川六角のあたりで、ひとりの僧が入水して、死んだ。また蓮華浄上人というのが発起して、十一人で入水自殺をとげた。

中には、名聞のためにするものもあり、自殺失敗もあった。

桂川に身を投じて往生しようとした聖《ひじり》が、西に向って川にはいったところ、舟端の縄に足をひっかけて、逆さ吊《づ》りになったのを、見ていた男が川にはいって救《たす》けあげると、

「いのちの恩人だ」

両手を合わせて礼をのべた。

またある僧は、道心ふかく、浮世に心をとめず、いそぎ極楽にまいろうとして、入水を考え、舟にのって漕《こ》ぎ出した。

「臨終は、一期《いちご》の大事である。水にはいってから、どのような妄念《もうねん》執心がおこるかも知れない。いのちが惜しくなるかも知れない。もしそういうときは縄をひいて合図をするから、引きあげてくれ」

からだに縄をつけて海にとびこんだ。すると、たちまち合図があった。妄念がおきたからであ

った。舟にひきあげると、僧は自分を疑った。あれほど極楽にいきたがっていた自分であった。

「もう一度」

からだに縄をむすび直して、海にとびこんだ。がすぐ、合図があった。僧は、舟の上にひきあげられた。僧は、自分を疑った。

「もう一度」

海に投じた。すると今度は、ひきあげてくれという合図がなかった。

形式に堕した念仏の迷いの道に陥《お》ちた出来事であったが、ひとびとは入水を殊勝なことと思った。舟の上では、しばらく念仏の声がたえなかった。

薩摩の国府の旅僧が、海にとびこんで死んだ。近江の三津浦に入水した僧は、

「われ往生せば、からだはこわれず、西の岸に上るであろう」

後日琵琶湖《びわこ》の西の岸に打ちあげられた。合掌の形も破れず、結跏なお存すといいたいところだったが、水ぶくれして、ほとんど裸体となって岸にうつ伏していた。

叡山の僧行範は、七日間断食して、浄衣をつけて、海中に身を投じた。

沙弥《しゃみ》西念は、天王寺に詣《まい》って、西方海上に舟を出して、投身入水したが、成功をしなかった。

そのころ、天王寺の西門は、極楽の東門に通ずると信じられていた。天王寺の西門は、海辺に近

かった。

得度式をあげることは、昔は一宗に年二人ぐらいの少数であった。が、このごろは得度者の数を多くして、その数によって功徳を祈るというふうになった。一万人の得度者が出た。功徳が計算的になった。

寺に参詣《さんけい》するその度数の多きを貴ぶようになった。

念仏を唱えるにも、毎日五万遍から六万遍ということが流行した。九条兼実は、その日記の中に、しばしば念仏三十万遍とか、百万遍と書きこんだ。

播磨《はりま》の極楽寺の禅慧は、作善のために瓦経《かわらぎよう》の願をおこした。精進潔斎して清浄な瓦をつくり、それを焼く前に錐《きり》をとって経文を写し、刻写ののち薪をつんで焼いた。

天王寺の西海から海にはいって死ねなかった西念は、以後四十一年間、一日一体毘沙門天《びしやもんてん》画像を摺写《しようしや》した。

卒塔婆《そとば》を数多く建てることが流行した。宜秋門院が、百万本の卒塔婆を供養した。

写経も流行的になった。信仰心からでなく、写経にさまざまの意匠をこらすようになった。

写経の文字を、一字ごと彩色のある蓮華の台に載せて書いたのがあった。また薄墨色の料紙に雲母《うんも》をもって宝塔を摺《す》り、その堂内に一字ずつ書写したのもあった。それらは美術工芸品であり、趣味的なものであり、作善にはちがいないが、信仰には縁どおいものであった。瓦経。石に一切経を写す経石。銅板経。柿《こけら》に経を写した柿経。木の葉に経を写す木の葉経。蛤《こう》貝経《ばいきょう》は、九条兼実が、寿永元年にこれを行なって供養した。

読経も、形式にながれて感興本位のものとなった。それは、一種の芸能といってもよかった。

それにしても、弥陀浄土の信仰は、源信が「往生要集」をあらわしてから、顕著になったが、それまでは弥勒《みろく》と観音と弥陀の信仰が、並び行われていた。

元来弥勒は、釈迦の弟子で、現在は兜率天《とそつてん》という天に住し、菩薩らに説法しているが、五十六億七千万年後、この世の仏法滅尽のときにあたって、第二の釈迦としてあらわれ、法を説くと信じられていた。兜率天の一昼夜は、人間界の四百年にあたるというのである。

兜率上生信仰は、西方極楽往生の思想よりも、わが国では早くから発達していた。

弥勒信仰は、敏達《びだつ》天皇のころ（五八四）百済《くだら》から弥勒の石像が送られて来て、馬子がそれを仏殿にまつったことから始まる。

空海も、兜率上生を願った。空海は弥勒の化身であると信じられていた。

観音の信仰も、早くからあらわれていた。飛鳥《あすか》時代には、法隆寺の夢殿観音、百済観音をはじめ、中宮寺や広隆寺の如意輪観音の彫像が造られた。

観音には、不思議と霊験がつきものであった。観世音とは、衆生が救いを求めると聞くと、ただちに救済する意味であるからだろう。観音は阿弥陀仏の脇侍《わきじ》である。

堀河天皇のころ、彦根西寺に霊験あらたかな観音があった。参詣するものが多かった。摂津吹《すい》田《た》の郡石良里に沙門徳満というものがあった。二十歳にして、両眼が突然盲になった。鞍馬《くらま》寺にまいって祈禱《きとう》したが、験がなかった。ついで長谷寺に参籠し、祈請七日目に夢のお告げがあった。

「汝《なんじ》、近江国犬上郡彦根西寺にいたり祈願すべし。三日の内に心験あるべし」

徳満は彦根西寺に来て、祈願をすると、三日目に両眼があいて、はじめて仏前の燈明をみることが出来た。

そのことが大へんな評判になった。

内大臣藤原師通《もろみち》も、彦根西寺の観音に詣《もう》でた。師通は耳に故障があったからである。観音の霊験無双であることを聞いていたので、参詣したのである。すると、たちまち全快した。感激をした内大臣は、翌日かさねてここに来て、三日間参籠した。

その月の内に、摂政師実や左大臣源俊房も詣《まい》った。下旬には、白河上皇が公卿衆をつれて参詣をした。すると洛中の男も女も、年寄りも子供も寒さをものともせず、軽車をとばしたり、雪の上を馬を走らせたりして参拝した。

「観音の霊験は、今年かぎりだ」

という評判が立った。年があらたまると、参詣人がぱったり絶えた。

観音の浄土が補陀落《ふだらく》山にあるという伝説は、やがてその補陀落をもって紀伊熊野に擬すようになった。平安末期から熊野に対する信仰が、さかんになった。これは熊野の本地が救世《くぜ》観音であることにも因《よ》るのであろう。那智が三十三番の札所の一番となったのも、そのせいであった。

熊野信仰がさかんになり、後白河法皇もしばしば熊野に御幸になった。が、後に今熊野というのが京に出来て、後白河法皇がそこに参籠されることも度々であった。

信仰ということでは、奈良、平安とつづいている陰陽《おんみよう》道を無視するわけにいかないのである。

陰陽道は、陰陽五行の説によって成り立っていた。陰陽と五行は、支那上代の思想において万有の原素とみとめられたもので、五行とは水、火、木、金、土の五つで、造化万有は或いは五行に帰し、或いは陰陽二気に帰し、五行と二気との交配変化によって、人事にもその応験があるというのであった。わが国の陰陽家は、隋唐《ずいとう》時代の説をそのままうけついでいた。

地震、水旱《すいかん》、凶荒、飢饉、疫癘《えきれい》、火事の災異があると、年号が改められた。辛酉《かのととり》の年と甲子《きのえね》の年に改元するというのも、陰陽道によるものであった。天変地異や怪異があると、陰陽家をしてこれを占わさせ、神社に奉幣使をたて、仏寺では経を転読させて、その災害をのぞこうとするのが常であった。

このため一般社会が、どれだけ迷信にとらわれたか知れなかった。

怨霊の思想は、古くからあらわれていたが、承和のころからことにもののけは著しくなったようである。死霊または生霊が、人間にたたりをなすというのである。村上天皇のころになると、もののけはますますはげしくなった。およそ妖怪変化の類であったが、そのたたりは一般のひとにも影響した。または疫病の流行、天変地異の類で、国家の災になるものもあった。もののけはある一人につき、またその近親や子孫などにたたり、悩ますようになった。そういうことがまことと信じられていた。もののけは怨霊のせいではあったが、また一種の病的現象であった。清少納言は、それをやまいの中に数えた。

もののけにかかったものは、加持祈禱をもって退散させるのであった。高名にして、効験あらたかな僧侶が招かれた。その僧侶は、験者とよばれた。ときには、験者の効験もなく、もののけは容易にさらず、困憊《こんぱい》して、眠りを催すものもあった。

仏教は、加持祈禱が主な仕事であった。大は朝敵降伏から、祈雨、止雨、天変地異の祈禱、疾《しっ》病平癒《へいへいゆ》の祈禱等、各種方面に僧侶は重く用いられた。

このころの社会は、すべて閥をもって固められていたので、閥内にはいらないものは出世が出来ず、立身出世を求めるものは、僧侶という階級にはいるより他はなかったのである。世に不平のあるもの、蹉跌《さてつ》したもの、または初めから閥と縁故のないものは、この社会にはいって、その功名心を満足させるのであった。

出家とは、遁世を意味するが、世を捨てるのでなく、世間における欲望を達するための早道であった。遁世した僧が、さらに遁世するという事態も起った。遁世は、改めて、貪世《とんせい》と書くべしという皮肉もいわれた。

諸宗の学生たちが朝廷から公請《くじょう》に召され、仏事をはじめる前にたがいにいろんな話を交わす習慣であった。一条天皇のころまでは、かれらの話は後世のことや、顕密の法文について談じあったものである。出離生死のために法門に学んでいるためである。が、白河天皇のころから学生たちの談話は、もっぱら世間の話になった。

僧侶の社会でも、その出身のもとの家の地位如何《いかん》によって、出世に遅速があった。三位以上の、いわゆる良家の出は、早く地位を上ることが出来た。閥に縁故のない人間は、せめて僧侶の社会にはいって立身を求めるより他はなかったのであるが、そこにもやはり閥が出来ていた。

藤原道隆の子の隆円は、十五歳で少僧都《そうず》になった。これは隆円が皇后定子と同腹の子であったからである。

僧綱《そうごう》の濫出もはなはだしくなり、僧正が一度に五人も任ぜられたり、従前のと合わせると十三人となり、前僧正が十余人となり、律師にいたっては百五、六十人に及んだ。官はただ名誉の称号にすぎないものとなった。

僧侶は一種の准貴族となり、その仲間には多くの階級が設けられた。叡山、三井寺、東大寺、興福寺をはじめ諸大寺の僧徒は、みなその閥をもって特権を争うようになり、利益のある地位を競うようになった。その弊のきわまるところ、ついに武力に訴えるということになり、僧兵なるものが出現するようになった。

「お父《とう》、薙刀《なぎなた》と太刀とどちらが強いか」

万助が、父の五郎七に訊いたことがあった。

「そりゃ薙刀だ。九人の内六人は薙刀の掻楯《かいだて》のきわで斬り伏せられる」

「山法師は強いなあ」と、万助は感心した。

僧兵は僧侶であって、武事にたずさわるものであった。ふだんの服装は、下級の僧と同様で、白または黒の法衣を着け、頭をつつんでいた。学生も僧兵となって活躍するが、それはまた別の事情であった。

僧兵は、大五条で頭をつつんだ。五幅の布にて作った五条袈裟《けさ》である。そのつつむ法は、五条袈裟をかむって、袈裟についている平絎《ひらくけ》の紐《ひも》をまげて、それを頭のうしろにかけ、頭に密着させた。しかし、普通は長絹《ちようけん》か、袈裟の破れたものでつつんだ。直垂《ひたたれ》でつつむものもあった。草履か下駄をはいているが、戦場とか、入洛嗷訴《ごうそ》のときには薙刀をもった。

かつて太政官符をもって、僧綱の従者の数が制限されたことがあった。僧正は従僧六人、童児十人。僧都は従僧五人、童児八人。律師は従僧四人、童児六人。凡僧は沙弥二人、童児四人ときめられた。従者は、いざというときにただちに兵器をとって立つものであった。ひきいる従者の多きをもって誇り、すくないのを恥とする風習があった。かれらには放逸の行いが多く、好んで奇服を着けて、兵器を携え、威武をひけらかし、ときには刃傷沙汰《にんじようさた》におよんだりした。しかし、太政官符も、いつか権威をうしなった。

醍醐寺の如きは、寺領の荘園から兵士を徴用して、宿直《とのい》させていた。円通寺の武者は、戦場で、赤皮の具足の上に金襴《きんらん》の袈裟をまきつけ、兜《かぶと》の上を白布でつつみ、三尺五寸の太刀を帯び、一丈ばかりの穂の短い手鑓《てやり》を持っていた。

円通寺にしろ、三井寺、叡山、興福寺という大寺にしろ、僧兵に対して、きびしく統制がとられていたわけではなかった。まるで兇暴《きようぼう》なけだものを飼っている工合であった。

かれらは党を組み、群れをなして、刀剣を携えて僧房に出入りしたり、弓箭《ゆみや》を帯びて町をのし歩いた。叡山では、日が暮れると、念仏の堂や、講法の席に、頭を包んだ僧兵がその庭に集まり、下駄ばきで堂の中にはいって来たりした。注意をあたえると、暴言を吐いた。その上、刀を鳴らして脅迫した。

延暦寺の良源が、天延三年（九七五）僧兵を始めたといわれていたが、その理由は、「文殊菩薩《もんじゅぼさつ》の本誓をあらわすものは、一には利剣であり、二には経巻である。剣は智の用をあらわし、経は智の徳をあらわす。われら僧徒たるもの、文殊の八不中道の利剣をもって諸々の戯論を截《き》る如く、中道の徳に利剣の用を加え、もって法を守るべし。これを活文殊というべし」

それから弓剣を帯びるようになったといわれる。が、これは良源の主張ではなく、古くからあった伝説によるものであった。僧兵の醸成と起因は、古くからの社会的な事情によるものであった。

良源については、いろいろなことがいわれた。良源のときまでは、叡山に酒ははいらなかったといわれたが、これもあてにならない。良源のとき、叡山には二千七百人の山徒がいた。良源は年少子弟を誡めることがきびしかった。良源はたびたび、僧兵を押えようとしたが、効果はあがらなかったようである。

叡山の良源が僧兵をはじめたのでなく、僧兵の濫觴《らんしょう》は、古く奈良時代からあった。

天平宝字八年（七六四）、恵美押勝《えみのおしかつ》の乱のとき、近江国の僧沙弥や錦部寺、蒿園寺の檀徒《だんと》や、諸寺の衆徒が官軍をたすけたので、賞を賜わったことがあった。

明詮《みようせん》僧都が、文徳天皇のころ、僧綱に任ぜられようとしたとき、これを嫉《ねた》むものが明詮を陥れようとして、

「明詮は兜率上生の業を修せんがために、元興寺の南に一院を建てた。その身元興寺の別当でありながら、私《ひそか》に道場を建てるとは何ごとか」

東大寺、興福寺、大安寺等の雑色強力《ぞうしきごうりき》が六十人ばかり兵器を帯び、使者とともに元興寺にのりこみ、悪口雑言のはて喧嘩《けんか》におよんだことがある。

かれらは僧兵のはしりであったが、僧兵出現のひとつの起因は、得度の制度の紊乱《びんらん》にあった。得度の制度がゆるむと、僧侶になる手続きが容易になり、みだりに得度が出来るようになった。

清和天皇のころには、得度受戒の制がはなはだしく乱れた。受戒という日にのぞんで、いそいで頭を剃《そ》るものがあった。はじめて袈裟を着けるものがあった。十四歳以下のものが、名をむさぼるために得度をうけた。かれらは、一度も仏の道を思ったことがなく、僧侶らしい行《ぎよう》を経験したこともなかった。そのため戒にのぞんで、懺悔《ざんげ》したくとも、何ともいえないのであった。かれらは順番によって戒壇に上ることになっていたが、うしろのものが前の列の中にわりこもうとし

て、つき出され、またわりこもうとして争いをおこした。なぐり合いがはじまった。それを叱り、とめようとした有司に、罵言《ばげん》をあびせかけた。

「おうい、そこにえらそうにかまえている坊さんよ、早くやってくれないか。こんな調子じゃ、日が暮れてしまうよ」

戒師にまで悪態をついた。

得度受戒の制度の紊乱から、みだりに僧籍にはいるものが多くなり、ついに僧兵の起る基礎をつくりあげた。

諸国の百姓は、徴用や課税をのがれるために髪を剃り、みだりに法服を着るようになった。そうした人間が、年とともに多くなった。天下の人民の三分の二が、みなこれ禿首《とくしゅ》であるとまでいわれるくらいであった。かれらは、家に妻子を擁し、なまぐさをくらい、形は僧侶に似ているが、心の中は無頼の徒であった。中には、貧困のために流浪するものもあった。そうした遊民が次第に増えた。荘園にかくれて、余命を全うするものもあれば、集まって群盗となるものもあった。ひそかに銭貨を鋳造したりした。

あるところに、阿弥陀の聖というのがいた。諸国を歩きまわる法師であった。頭部に鹿の角を、尻に鉄のついた杖《つえ》をつき、手に鉦《かね》を持ち、阿弥陀仏をすすめて歩く念仏の僧であった。山道を歩いているとき、荷物を背負った男と道づれになった。

しばらくいく内に、連れの男が道ばたに休んで、昼の弁当をひらいた。法師がゆきすぎようとすると、呼びとめられた。

「いっしょに食べなさい」

弁当を分けてくれたので、法師はよろこんで食べた。食事を終えて、連れの男が荷物を背負う段になると、このあたりは人の通らぬところである、この男を打ち殺して、荷物と着てるきものを奪ったところで、たれにも知れないであろうと、法師は思いついた。何の懸念もない相手が荷物を背負おうとしたところを、不意に金杖の先で首を突いた。

「これは、何をなさるのだ」

と、男は手を合わせて拝むのを、法師は生れつきの強力にまかせて、耳もかさず、打ち殺した。荷物と着ていたものをはぎとり、飛ぶように逃げた。

山を越えて、ようやく人里へ出た。もう大丈夫であろうと、とある人家に立ち寄って、

「私は、阿弥陀仏をすすめて歩く法師でございます。日も暮れましたので、何とぞ一夜の宿をお願い申します」

その家の女主人があらわれて、

「主人は旅に出ていますが、よろしければ一晩お泊めいたしましょう」

身分の低いものの家なので、別に部屋があるわけでなく、法師を窯《かま》の前の座にすわらせた。女主人が法師の前にすわって、ふと目をやると、法師の着ている衣の袖口が見えた。それが、良人の着ていた、袖に色革をつけた狩衣《かりぎぬ》にそっくりであった。まさかそんなはずはないと心の中で打ち消しながら、どうにも法師の衣の袖口が不思議でならなかった。さりげなく何度も見るが、どう見ても紛れもなく良人のものであった。

女主人はあまりの不思議な符合にこわくなり、こっそり隣家にいって、

「こういう次第なんですよ。いったいどういうわけでしょうか」

隣の人が答えた。

「それは、おかしい。ひょっとしたら盗人《ぬすっと》かも知れない。どちらにしても合点のいかぬことだ。もしもそれが主人のものにまちがいないと思うのなら、その坊さんに問うてみたらいい」

「盗んだかどうかは知りません。でも、あの衣の袖口は決して見損いではありません」

「それじゃ法師の逃げ出さない内に、早いところ問いただしてみよう」

と、村の若い男たち、力の強い四、五人を集めて、わけを話して、夜も更けたころ、法師がたらふく喰って油断して眠っているところを押えつけた。

「何をなさるのだ」

騒ぎたてるのを、がんじがらめに縛り上げた。わけを訊いたが、知らぬ存ぜぬで埒《らち》があかないので、足挾《あしばさ》みの拷問にかけた。

「そんなおぼえはない」

「坊主のもってる荷物をしらべたらよい。この家の主人のものがはいってたら、こいつが盗《と》ったのだ」

荷物をほどいてみると、主人が持って出た品物がそっくりあらわれた。

「それみろ」

法師の頭の上に、火をいれた土器を押しつけたので、法師は熱さにたまりかね、

「実は山の中で、これこれこういう男を殺して、奪いとった」と白状したが、「それにしても、どうしてこんなに早く露顕《ろけん》したのか」

「お前が殺したのは、この家の主人だ」

「だれも知らないと思ったが、これが天罰というものか」

夜が明けて、法師を先頭にたててその場所にいってみると、この家の主人が殺されていた。山犬にも喰われず、そのまま残っていたので、妻はとりすがって泣き悲しんだ。

「こやつ、つれてかえったところで仕様がない」

その場所にはりつけにして、射殺した。貎は桑門に似て、情は奸盗《かんとう》を挾むといわれても仕方がなかった。

そのような人間の多い僧兵であった。

僧兵蜂起《ほうき》の動機は、権勢利益の争いであった。僧位僧官の叙位とか、荘園の問題という名誉か利益に関することがらであった。南都北嶺《ほくれい》といわれた中で、もっとも兇暴なのは興福寺の僧兵であった。いわゆる山階《やましな》道理と称して、無理を通して暴威をふるった。

永保二年（一〇八二）、熊野山の衆徒が、神輿を奉じて入洛し、嗷訴《ごうそ》した。これが、神輿入洛のはじめであった。

春日《かすが》神木の入洛は、この熊野山の神輿入洛を真似たのであった。春日神社は藤原氏の氏神なので、神木の入洛ときくと、藤原氏一族は謹慎して、朝廷に出なかった。すると、政治機関が停止することになった。そのため、大抵の無理が通された。

叡山の僧侶は、日吉《ひえ》の神輿をかつぎ出して、その神威を借りて目的を達しようとした。祇園《ぎおん》の神輿を奉じて、禁裡《きんり》に嗷訴したこともあった。ここ八十年のあいだに、日吉の神輿を奉じて入洛したのが、九回に及んでいる。

伯耆大山《ほうきだいせん》には、僧兵が三千人もいた。それもまた自然の勢いであった。
百姓たちが徴用や税の負担にたえかねて、僧侶になった。それらの私度《しど》僧が増えるにつれて、
風紀がみだれるようになり、弓剣を帯びて暴行をはたらくようになった。
一方、大寺院は寺領の保護のため、僧兵の発達をうながした。僧兵が発達するにしたがって、
野心家がそれを利用するようになった。
嘉承元年(一一〇六)、証仁なる法眼《ほうげん》が、延暦寺の僧徒を煽動《せんどう》して、故太政大臣信長の室である
九条堂に乱入した。証仁は、信長の別の女に出来た息子であった。
信長は生存中に一堂を九条に建てたが、康和五年(一一〇三)信長の室が、この堂を白河法皇の
御願寺として献上した。
「この堂は、父から自分がもらったものだ」
と、証仁は信長の室を追い出した。その上、悪僧どもをけしかけて、信長の室の居所である二
条邸を襲った。
「法皇の御願寺を取り消せ」
と、迫った。そのとき僧兵は女房たちのいる部屋に乱入した。手あたり次第にそこらにあるも
のを奪った。悲鳴をあげて逃げまどう女房の垂髪《たれがみ》をつかんで、仰向けにひき倒した。袿《うちぎ》をむしり

とった。袴《はかま》をひきむいた。板戸に背をつけ肩を寄せ合い、震えあがっている女房たちは、かえって僧兵を兇暴にかりたてる刺戟となった。袿をはぎとられ、袴をひきおろされたひとりの女房は、失神したように倒れていた。ひとりの僧兵は、女房のうしろから乳房をつかんでげらげら笑っていた。垂髪と五条袈裟でつつんだ頭がもつれあっているのもあった。女房の匂いは、僧兵たちに日ごろの飢えを思い出させた。中には太刀をつきつけられて、震えながら袴の紐を解いている若い女房もいた。邸《やしき》の内外に女の悲鳴と、けだもののような僧兵の声がきこえた。証仁は僧兵の行為を見物に来たが、笑っていた。

証仁は、九条堂の荘園を横領した。が、信長の室が、このことを白河法皇に訴えたので、法皇は証仁の法眼和尚位をとりあげた。

延暦寺と興福寺が闘いをはじめようとしたことがあった。そのとき朝廷は、東寺の寛助に命じて、大威徳法を修して、僧兵の鎮静を祈った。

「何という腑甲斐《ふがい》なき朝臣どもか。祈禱ぐらいで、この騒ぎが鎮められると思っているのか。祈禱にどれだけのききめがあるのか」と、僧兵どもはあざ嗤《わら》った。

「南都北嶺よりも、朝廷の方がはるかに時代おくれだ」

「末法澆季《ぎょうき》の世には、武力によって仏法を護らざるべからずだ」

「法力よりも武力だ」

興福寺が僧兵を徴発して、春日、薬師寺、東大寺、八幡の神輿を奉じて入洛するという噂がながれると、朝廷はあわてて、伊勢、石清水《いわしみず》、賀茂、春日、日吉、祇園、北野の七社に奉幣して、鎮圧を祈った。その宣命状に、どれほど激越痛切な文を並べたところで、現実的な効果はあがらなかった。兵力を伴わない政権のみじめさであり、僧兵の侮蔑《ぶべつ》を招くだけであった。

が、こんなこともあった。

興福寺の僧兵の入洛をとめようとして、数回にわたって交渉が行われたが、とうとう僧兵団は上洛をした。朝廷側のわずかな武力とのあいだに、すぐに闘いははじまらなかった。両軍は対峙《たいじ》する形になった。そのとき、春日神社の神輿のあいだから、一頭の鹿がとび出した。僧兵は神の使いの出現とみて、あわて、おそれをなした。すると、朝廷側からひとりの武士が出て、無造作に鹿を射殺そうとした。武士は、鹿を神の使いと思っていなかった。僧兵たちは、神をおそれざるふるまいに胆《きも》をつぶし、騒ぎたてた。朝廷側はそのようすをみて、好機とばかり僧兵めがけて矢を放った。僧兵団は動揺し、ひと先ず退却することになった。僧兵団は朝廷方を圧迫するのが目的であって、闘うことは本意でなかった。

後日、興福寺の僧正永縁が、中御門《なかみかど》宗忠に書を送り、

「あのとき鹿があらわれたのは、稀有《けう》のことで、つらつら思えば大明神のふかき思召《おぼしめし》によるものであろうと思う。凡智のおよぶところではない」

闘いが大きく発展しなかったのは、鹿のおかげであると書いていた。すると、中御門宗忠が恐懼《きょうく》して、天を仰ぎ地に伏して、春日の神の使いに深謝した。宗忠といえば、公卿の中では思慮ぶかいとされていたが、神の使いとして鹿をしんから懼《おそ》れていた。僧兵はひとりのこらず、鹿の出現で狼狽《ろうばい》をした。

それを、朝廷方のひとりの武士が、鹿を射殺そうとした。かれは、何も意に介していなかった。鹿は、あくまで鹿だけのものであった。

僧兵三千を擁した伯耆大山では、嘉保元年（一〇九四）、三百の僧兵が京に上った。山崎のあたりでせきとめられたが、閼伽井《あかい》房永命というのが、強引に京にはいった。途中で関白の軍と出合うと、前駆《さきがけ》のものと闘いをはじめた。が、あとの処罰がきびしいと聞かされると、僧兵は神輿をすてて退散した。

彦山にも、僧兵がいた。嘉保元年、大宰大弐《だざいのだいに》藤長房が僧兵と争い、着任間もなかったが、敗れて、京に逃げかえった。世間はかれのことを、半大弐と呼んだ。

白河上皇は、仏法信仰があつくて、僧侶の言を聴きすぎたため、その勢力が長じ、驕傲《きょうごう》になったといわれたが、そうではなかった。

僧兵のさかんになったのは、白河上皇以前のことであった。むしろ白河上皇は、強硬に取締りをつけた方であった。ただ当局の取締りに方針がたたず、主義が一貫せず、朝《あした》に山徒のいうことを聴き、夕《ゆうべ》には南都衆徒の訴えを入れるというやり方であった。

「賀茂川の水、双六《すごろく》の賽《さい》、山法師、これが朕《ちん》が心に随《そ》わぬもの」

白河上皇がそういったが、それは取締りに方針がたたなかったためであった。

賽の目が思うように出ないのは致し方がないとしても、賀茂川の洪水禍は宿命的なものであった。賀茂川の水路を京城の東側にかえたことに、無理があったようである。その上、諸院や、公卿の権門が、林泉の美のために賀茂川の水を自分のところの庭園にひきこんでいたのも、洪水禍をまねくひとつの原因であった。洪水のたびに、賀茂川はじめ桂川の諸川があふれて、濁流が街《がい》巷《こう》に氾濫《はんらん》した。官舎や、邸宅や、庶民の住居、橋梁《きょうりょう》を破壊した。梅雨期の出水は、西京の低湿地にながらく汚水を溜《た》めた。そこから疫病が発生し、蔓延《まんえん》した。官人や地方人の出入りがはげしいので、流行病は京にはこばれることもあるが、京から諸国に伝播《でんぱ》した。悪疫の淵源《えんげん》は、京ということになった。

天暦元年（九四七）京では天然痘が流行した。防ぎようがなく、庶民はあやしげな御霊会《ごりょうえ》に集まった。朱雀上皇、天皇とともに疱瘡《ほうそう》にかかった。十五歳の女御藤原述子《じゅつし》は、疱瘡にかかって出産したので、亡くなった。

西京の大半の地域は、年ごとにさびれていった。防鴨河使《ぼうかもかわし》という役所があったが、賀茂川の水禍はふせぎきれなかった。

京はその上、台風、地震、火事、兵禍、飢饉で、いためつけられる限りいためつけられた。

五郎七が西国の旅からかえって来てから、日野家はすこしずつ立ち直ることが出来た。五郎七が四、五人の男をつれて来て、地震の被害箇所を修理してくれた。ゆたかではなかったが、松若麿も、毎日何かを口にすることが出来るようになった。

ある日、日野範綱が唐机を前にして松若麿にいった。

「日野家について、そなたに話しておきたいことがある」

松若麿は、両手を膝《ひざ》において、伯父をみつめた。その目許《めもと》が、すずしげであった。

「わが日野家は、藤原氏の一族である。そのことはそなたも知っていたであろう。藤原真夏の血統に属している。真夏は、内麻呂の子であった。冬嗣と真夏は兄弟であった。藤原氏は代々朝廷とともに栄えてきた。摂政、関白は、ことごとく藤原一族でかためて来たといってもよい。しかし、それは冬嗣の系統の人間にかぎられたことで、藤原真夏の系統のものは、おなじ藤原一族でありながら、つねに陽のあたらない道を歩いてきた。真夏から出た藤原一族は、氏の長者にもなれず、冬嗣の系統の藤原一族の下にあまんじていなければならなかった」

範綱は感情をまじえず、ことばをつづけた。

「そなたの父の有範も、皇太后権大進、位は正五位下でとどまった。それ以上の昇進はのぞめなかった。それがまた、日野一族の運命である。こういう事実を、そなたに知らせるのは、残念なことでもある。しかし、もはや日野家の人間は、公卿の世界における将来の栄達からは見はなされているのだ。しかも、時代はここ数年に大きく動いている。平氏、源氏というあたらしい武士階級が生れた。藤原一族にしても、昔のように栄達に与《あずか》っていることが許されなくなった。真夏の系統に属する日野家の運命は、朝露のようにはかないものだ。私のいうことが、そなたに理解出来るか」

「はい」

何ものかにさからうように松若麿は、小さいからだをしゃんと正していた。

「奥とも、たびたび話をしたことだ。そなたをこの家にとどめておくことが、はたしてよいことか。私のあとを継ぐかぎり、そなたの運命は見えている。それでは、しのびないのだ。私も奥も、そなたの将来のことを真剣に考えた。幸いそなたは、利発な子だ。そなたの聡明さを、このまま朽ちさせたいとは思わない。このことでは、五郎七の意見もきいた。あの男は、世の中のことをよく知っている。私は、そなたに得度受戒をさせたいのだ」

「叡山の学生《がくしょう》になるのですか」

範綱が苦笑した。

「僧侶になることは、出世の早道という。そのためばかりではない。私はそなたに、亡き父母の菩提をとむらってもらいたいのだ。僧の世界にはいれば、そなたの聡明さが実を結ぶことになるのではないか。そう考えている。学生となって、出世することばかりをのぞんでいるのではない。僧の世界にも、序列がある。解放された世界ではない。学生の中でも、早く出世していくのは、三位以上の出でないとのぞめないといわれている。僧侶の世界にも、階級がある。貴族をはじめ、摂政、関白、左右大臣家の子弟が多くはいっている。正五位下のそなたの家柄では、立身出世はのぞめない。これから伸びていこうというそなたにとっては、残酷な現実である。そういうことを承知で、なおそなたに得度受戒をさせたいのだ。貧乏公卿《くげ》では食べていけないから、僧侶になれというのではない。そなたの人間、そなたの才能をのばしてやるには、その世界のほかに考えられないからだ。私は、そなたにこの家を継いでもらうつもりでいた。が、おのれの感情によって、そなたの人生を束縛するのは、罪ふかいことだとあきらめるようになった。私は、そなたに偉くなってもらいたいのだ。世間的な偉さの意味ではない。ここのところをよくわかってもらいたい」

平安朝末期における貴族の出家は、ほとんど当時の常習であった。法師となった子を持たないことが、当時の人びとには不幸と考えられた。皇室もその例外ではなかった。白河天皇の八人の皇子の六人までが出家し、摂関の家としては、九条兼実の兄弟十人のうち六人までが、そしてそれぞれの子九人のうちの五人までが出家している。皇室や貴族がそのありさまであるので、私度の僧尼はきわめて多かった。群集の中には一般の人よりも僧尼が多いくらいであった。出家の中には、まれに真摯《しんし》な求道からのものもあったが、多くは一子出家九族生天という思想から来たものであり、生活経済から来たものもあった。寺院は荘園を領しているので、出家すれば一生生活の安泰が得られるからであった。

松若麿は、伯父の顔から目をはなさなかった。その頰は熱を帯びたように、すこし赤かった。

「私は現在の仏法がこのままでよいとはすこしも思っていない」

そういって範綱は、いいづらいことをいったというふうに顔付を和めた。

「しかし、明日にもそなたに得度受戒をさせようと考えているのではない。何といっても、そなたはまだ幼い。あと二、三年は待たねばならない。大勢の、知らないひととの中にはいって暮すことになるのだ。食べることも、自分でしなければならない。だれもそなたの世話はしてくれないのだ。それに、得度受戒とあれば、それだけの用意も必要である。沙弥の行も、知っていなければならない。戒にのぞんで、懺悔の作法も心得ていなければならない」

利発といったところで、まだ子供であった。松若麿の夢は、立派な学生になることであった。学生となるには、どういう手続きをとればよいのか。得度受戒がどういうことか、何も知らなかった。松若麿の心の中には、虚空蔵菩薩がいた。学生の迷いをさまし、僧としての行に専念出来るように、虚空蔵菩薩は女に変じてはげましてくれた。五郎七の話が、現実のように信じられていた。伯父の話で、松若麿の胸はふくらんだ。

「五郎七、私はお坊さんになることになった」

五郎七があらわれたとき、松若麿はさっそく報告した。

「おめでたいことでございます。殿からお話をうけたまわっておりました。受戒の日には、是非この五郎七もお供させてもらいます」

「お山にのぼるのだろうか」

「大原や横川には、お山から下りてきたお坊さんが、いく人か布教につとめておいでになりますが、僧侶としての修行をなさるには、やはりお山の方がよいのではないかと考えられます。殿も、さようお考えになっていられるように聞きました」

五郎七も範綱とおなじ意見で、いますぐ松若麿に得度受戒させたいとは思わなかった。十歳にもならないような子供が寺院にいるのを五郎七は知っていた。頭を剃って、一人前に法衣を着て、仔犬《こいぬ》が親犬のそばをはなれないように、大人の用を足しているのを見かけた。幼い内にその道にはいることは、将来のためによいことかも知れなかった。しかし、それは泰平の時代のことであった。叡山には、座主明雲がいる。流罪となるところを途中で僧兵に奪いかえされた明雲がいる。叡山は、政争のただ中にあった。そんなところへ、幼い松若麿をつれていくことは、危険も伴う。得度受戒はお山にかぎるといいながら、五郎七にはそのことが不安であった。二、三年を待つというのも、松若麿の年齢のためだけではなかった。二、三年が経てば、世の中は変るのではないか。平清盛が病気になったと聞いた。平氏の中心人物が、病で倒れた。聞くところによると、ひどい熱病であるという。諸国の源氏が、立ちあがったと聞いている。京が大きな戦場となるのは、わかっていた。

「松若麿にはまだくわしく話してないが、私は慈円房のことを考えている。慈円房は、横川の検《けん》校《ぎょう》におなりになった」

範綱が五郎七にいった。

「慈円房とおっしゃいますと？」

「慈円房は、九条兼実殿のいちばん下の弟にあたる方だ。十一歳のとき、延暦寺で得度受戒をされた。無動寺で、千日入堂という荒行をされたこともきいている。大原の江文寺におられたことがある。西山の善峯寺にもおられたことがある。京にかえられてから、葛川の明王院で、七日間の断食修行をされたのも、ついこのあいだのように覚えている。今度はまた、横川の検校におなりになった。松若麿をお願いするには、その方を措《お》いてはほかにないと思っている」

「兄君が九条兼実さまなら、まだこれからいくらも出世をなさるお方でしょう」

五郎七も賛成であった。

「いずれは延暦寺の座主となられる方だが、政争の渦中にあるような叡山に慈円房がおはいりになるのは、賛成したくない。慈円房はそういう方ではないからだ」それから範綱は思い出したようにいった。「慈円房は、和歌に秀でていられる。拝見したことがある。すなおな、なだらかな歌い方で、技巧を弄《ろう》さない歌だった。それに、あの方は多作である。一度に数十首もおよみになるのだ。将来は仏教界の最高の地位におつきになる方だが、現在のお山の座主のような方とは、人間がちがう。私はこのひとにこそ、松若麿をお任せしたい」

「新古今集」が編纂《へんさん》されたとき、慈円は西行についで多数の歌を採られることになった。

「うちの隣の夫婦ものが、このごろしきりと吉水《よしみず》通いをしております。しょっ中夫婦して念仏を唱えています」

あるとき、五郎七が世間話をもち出した。

「吉水？」

「そこに、法然房というえらいお坊さんがいます。そのお坊さんは、念仏以外に何もいらないと、専修念仏をすすめているそうでございます」

「ああ、いつかそなたがいっていた、専修念仏の僧侶のことか」

「隣の夫婦のいうことですから、よくはわからないのですが、いま、大へんな評判で、たくさんなひとが毎日つめかけているそうでございます。板敷や縁側や、庭にまでひとがあふれているということです。隣の夫婦は、それほど利口な人間とは思えないのですが、吉水からかえってくると、熱心に夫婦で語りあっております。どういう話をきいてくるのか、このごろは夫婦の顔つきまで変ってきたように思われます。何かしら新しく心がひらけて来たみたいで、気持をたかぶらせております。歌のように念仏を唱えているのではございません。鉦《しょう》や笛の引声《いんじょう》念仏とは、ちがっております。仏教の中には、聖道《しょうどう》門と浄土門というのがあるのだそうでございます」

このとき、そばに松若麿はいなかった。範綱はだまって聞いていた。

「聖道門は、自力成仏の教えであって、ですから、それを難行というのだそうでございます。浄土門は、他力往生だから、易行《いぎょう》というのだそうでございます。そして、その易行が、末法の時代にはもっともふさわしい教えだというのです。吉水の法然房は、末法のいま、もっともむつかしい難行によって成仏をすることが出来ないということを、考えに考えたあげく、聖道門をすてられたのだそうでございます」

法然は、黒谷の叡空のもとで修行していたことや、観無量寿経の註訳書の「観経疏」をよんで、年来の疑問が氷解し、師のもとを出ることになったおのれの体験を、集まるひとびとに説ききかせていたようである。

「一文不知の庶民にもわかるように話をされるその法然房という方は、よほど説得力のある方と思われる」

範綱はすなおに感心した。

「これも、またうけ売りでございますが、その浄土門にもいろんな行があって、それを正行《しょうぎょう》と雑《ぞう》行《ぎょう》に分けられるのだそうでございます。どんなひとにも行えるのを、正行というのであって、堂塔を建てたり、仏像をつくったり、写経をしたり、摺仏をつくったり、お経を数多く読んだり、戒律を守ったりすることは、どんなひとにも出来ることではありません。そういうことを雑行というのだそうでございます。そして、どんなひとも救われるというのなら、当然雑行はすてられてよいというのだそうでございます」

範綱は考えふかげに聞いていた。

「法然房という方は、その正行をもっと分けて、五つの種類に分けていられるといいます。ほかのことは、おぼえておりませんが、その中の一つに易行中の易行というのがあって、それが称《しよう》名《みよう》念仏ということになるのでございます。それがいちばん大切であって、五つの中のほかの四つは、助業ということで、捨てても差支えないそうでございます」

「徹底的に自力的な聖道門を捨て去るのだな。残るのは、称名念仏だけになる」

「法然房にいわせると、それは自分がそうしたのではなく、阿弥陀如来によってそうされていたのだと仰せになっているそうです」

「如来によってなされている……?」

「自力聖道門の教えでは、救われない多くのひとがいる。その多くのひとびとを救うことこそ、仏の道であると仰せになっているそうです。聖道門をはなれて、早く浄土門に来いと、集まるひとびとに熱心にお話になるときいてます。私も一度、吉水へいって、お話をきいてみたいと思います。隣家の夫婦は、吉水に通うようになってから、人間が変りました。それだけでも私は、一度吉水へいってみなければなりません」

「法然房というのは、よほどの方のようだ」

しかし、松若麿をそういうひとの弟子にしたいという気持は、また別であった。

「私には、よくわからないのですが、ただ南無阿弥陀仏と唱えれば救われるというのが、あんまり簡単で、かえって心もとない気がいたします」

五郎七が正直にいった。

「法然房は、余行をつぎつぎに捨て去って、最後にただひとつ念仏を選ばれたのであろう。つぎつぎに捨てられていったその過程が、意義ふかいのではないのか。簡単に気にいらないから捨てたというのではあるまい。法然房は、その余行のひとつひとつを熱心に修せられたにちがいない。そしてその結果、捨てないわけにはいかなくなったのではないか」

「称名念仏は、どんなひとでも行える、易行中の易行であるとお考えになったからでございます」

「どのような人間の上にも、あまねく平等な慈悲を及ぼそうとされる阿弥陀如来からすれば、だれにも平等に行える称名念仏こそ、正しい仏行でなければならないということになる。そなたが心もとなく思うのも、人情だ。大へん単純な教えだ。しかし、それは法然房のふかい思索の結果、生み出されたものにちがいがない。そういう思想は、これまでになかった。おそらく法然房独自の見解ではあるまいか」

「お経にそう書いてあるとのことです」

宗教的な心の動きは、きわめて個性的なものであると範綱は考えるのであった。個人の心の奥に密着したものである。法然はおのれの修行の結果、ひとびとにはその結果だけを伝えているようであった。法然の到達した思索にたどりつくには、だれもが法然のように修行しなければ不可能なことかも知れなかった。それでは、第三者に伝えることはほとんど不可能といってよい。法然の説得力は、ひとびとの心にひとつのきっかけを与え、無駄なことを排除して、新しく心がひらけていくような助言をするのであろう。精神の昂揚《こうよう》は、ひとそれぞれに深浅や強弱の差別がある。法然はおのれの体験を語りきかせることによって、ひとびとの胸の中に何かを植えつけ、それを反芻《はんすう》させることで、ひとつの思想を定着させていく方法を採っているらしい。布教とは、そういうものであろう。

範綱の言は、正しかった。法然の考え方は、法然独自のものであった。法然は善導の「観経疏」によって、新しい立場をひらいたが、それはひとつのきっかけにすぎなかった。称名念仏だけでよろしいと、善導がいっていたわけではなかった。称名念仏だけを選択したのは、法然の叡《えい》智《ち》であった。称名念仏だけを選択するという立場が、善導の中にあったのではない。幼くして叡山に上り、その叡山にあきたらず山を下り、黒谷の叡空のもとで二十五年の修行を経た。法然の心の中に次第に疑問が大きくなった。それが偶然善導の「観経疏」によって、神秘的な交感をもった。解決の糸口は、すでに法然自身の中にあったようである。

法然の専修念仏の新しい立場は、四十三歳の春までに準備をされ、あらわれる機会を待っていた。

その後、範綱は五郎七の口から法然のことを聞くことがなかった。五郎七はまだ吉水を訪ねていないようであった。五郎七が隣家の夫婦のことから法然のことを噂したが、世間にはまだそれほど吉水の法然のことは知られていなかった。

範綱は、ときどき法然のことを思い出すようになった。称名念仏だけで救われるというのは、大胆不敵な思想であった。五郎七の説明による雑行や余行の中にこそ、救われる具体的な要素がふくまれているように思われた。法然の新しい立場は、驚異であった。

そもそも仏教は印度《インド》に生れたものである。釈迦《しやか》の教えが、一字一句あやまたず伝えられているとは思われないというのも、仏教団が生れたのが釈迦の死後五百年も経っているからであった。その期間に、釈迦の教えがどういい伝えられてきたか。当然別な解釈も加わったことは想像に難くない。三蔵法師《さんぞうほっし》が、印度仏典を中国に持ちかえり、長安の翻経院《ほんきょういん》で十九年間もかかって、仏典漢訳の大事業を行なった。が、はたして釈迦の教えをあやまたず、すべてを訳すことが出来たであろうか。中国の経典が日本にもたらされた。日本人は一字一句を日本流に咀嚼《そしゃく》した。それが果して正しく釈迦の教えを伝えたことになったであろうか。疑いは残るはずである。法然の教えは画期的な立場にあった。

それにしても、これまで日本の学僧が読みつくせなかったということはあるまいか。法然はこれまでの学僧たちが読んだのとはちがった方法によって、もしかしたらあやまちの多い翻訳経典の中から、直ちに釈迦の心に達する読み方をしたのではないか。それとも、法然は逐字訳的な在来の仏教家と異なり、仏法を日本人の血肉にとけこますような受けとり方を発見したのか。そのようなことを考えさせるほど、範綱には、法然の称名念仏だけでよいという新しい宗教上の立場が、新鮮な、強烈な印象をあたえた。

「松若麿」

範綱は心をあらためて、唐机をへだてて甥《おい》と向き合うようになった。

「これからのそなたの勉強の相手は、経典になる。お経の読み方も知っておかなければならない。いわゆるお経読みでは、経文のふかい意味はわからない。私は専門家ではないが、初歩的な手ほどきぐらいのことは出来る」

松若麿の勉強がはじまった。

「伯父君、質問がございます」

「何か」

「神と仏は、おなじ方でございますか」

範綱は、とっさに返事が出来なかった。範綱は、幼い顔をみつめている内に、自分らの日常生活の中にふかく滲《し》みわたっている仏教のことが、いまさらに思われた。

「仏教がはじめてわが国に渡来したのは、いまから約六百五十年前のことだ。そのときはじめて日本人は、仏というものを知った」

百済《くだら》の聖明王が、欽明天皇十三年（五五二）、仏像と経論を献上した。

「それまでの日本には、太陽を拝んだり、火を拝んだり、道路の神を拝んだり、水の神をおそれたり、鹿や猿を拝んだりする信仰があった。火の神や、水の神や、道路の神たちに、私たちは支配されていたのだ。仏教がはいって来てから、私たちのものの考え方が一変した。六百五十年が経つと、仏教は私たちの日常生活の中にとけこんだ。私たちは知らず識《し》らずの内に、仏教文化にひたって来た。ところが、はじめて仏教がもたらされたとき、その仏を拝むか拝まないかということで争いがおこった。蘇我《そが》氏は、仏を拝む方になり、物部《もののべ》氏は拝まない側となって、争うことになった。もちろんそこには政治的な争いもふくまれていたのだ。仏を排斥する物部氏を抑えて、仏教を保護されたのが、用明天皇であり、推古天皇であった。それでわかるように、仏教はわが国では朝廷をあげてのものになった。つまり、国家的に扱われたということだ。その後、聖徳太子が出られて、仏教は一段とさかえるようになった。太子が自ら仏教を研究され、まったくご自分のものとしてひろめられたので、枯野に火がひろがるように、国中にひろがり、私たちの心と同化することが出来たのだ」

松若麿は、息をつめるようにして聞いていた。

「仏教がはいってきたおかげで、日本人は漢字をおぼえた。漢訳経典の読誦《とくしよう》講話や、その註疏の研究がさかんになって、どれだけ学問文化の水準が高められたか知れないのだ。卑近な例だが、そなたが日常つかっていることばの中からも、仏教語はいくらも拾い出せるのだよ」

そういって範綱は微笑をまじえ、ゆっくり一つ一つ数えるようにあげた。

「因果なこと。縁起でもない。我慢をする。この餓鬼。愚痴っぽい。根性が悪い。金輪際《こんりんざい》。四苦八苦。邪魔になる。随分。世間。絶体絶命。不思議。分別盛り。無我夢中。護魔かす。迷惑……」

松若麿が、目をまるくした。その意味を別のことばで表現するとなると、わからなかった。

「まだある。有頂天というのは、仏説では最上の天の意味だが、それが、好むところにおもむいて、他事にはうわのそらになる意味に使用されるようになった」

範綱は松若麿が知識に触れて目をかがやかせているのを見ると、調子づいて、

「挨拶というのがある。門下の僧に推問答をして、その悟りや知識の深いあさいを試みるということから転じて、うけ答えの答礼返礼に使われるようになった。がたぴしと、よく私たちは使う。我他彼此と書く。我と他、彼と此と対立して、葛藤の絶えないことをいう。板戸ががたぴしするというだろう」

松若麿は伯父の豊富な知識に感心した。

「わが国の仏教は、朝廷が先頭に立ってひろめたという国家的であったという特色と、現実的、実際的であるということが特色である。これは何も仏教だけに限ったことではなく、私たち日本人は、あらゆることに現実的であるのだ。思想というものも、空理空論でなく、実用化し、実際的にするのが特色である。このことをよくおぼえておくがよい」

本来出世間的であるべき仏教が、日本的仏教となってから世間的となった。造寺、造仏、写経、読経、祈禱にも、現世的色彩が濃厚になった。仏教によって、国利民福を計るようになり、個人

の場合は息災延命を願うようになった。仏に祈れば、現世のことも万事思うようになると考えるのであった。仏は、人間の禍福を左右したり、病苦を癒《いや》すことも出来ると信じられるようになった。

「六百五十年も経つと、日本の仏教はすっかり形式仏教になってしまった。宗教というものは、もっと信と行が重んじられなければならないものだ。そなたにも、追々と日本の仏教の相がわかってくるだろう」

仏教渡来によって、範綱の学問の世界でも、精神的限界がひろまった。元来純朴な現世的、現実的、自然主義的であった思想が、過去、現在、未来の三世にわたる思想を加えるようになった。輪廻《りんね》転生の思想を知った。また浄土思想によって、来世という観念を養うことにもなった。

「しかし、日本的になったということで、その悪い面も知っておかなければならないのだよ。元来われわれの先祖は天真爛漫《てんしんらんまん》で、明朗で、楽天的であった。それが仏教のおかげで憂鬱的になった。ことに末法思想のおかげで、この世の終りがいまにも出来《しゆつたい》するかと思うようになった」

「だれかが仏さまを歪《ゆが》めたからですか」

そんなところで反問されるとは、範綱は思っていなかった。範綱は、頼もしげに松若麿をみた。

「聖徳太子の昔にかえらなければならないのかも知れない。今日の形式仏教からはなれ、もっと実践的にならねばならないのだろう」

松若麿は、聖徳太子のことをもっと知りたいと思った。得度をすれば、太子のことを知る機会はあるだろう。伯父の室には、漢籍が多かった、詩や孟子《もうし》、左伝、尚書《しょうしょ》、春秋の書があった。その割に、宗教に関した本はすくなかった。聖徳太子は、伯父の専門外のことかも知れなかった。

「そなたは、仏と神はおなじかと質問したが、神はまだ悟りをひらかない、解脱《げだつ》をしない衆生なのだ。進んで悟りをひらけば、菩薩となる。それがもうひとつ進めば、仏となるのだ」

範綱の時代には、ようやく本地垂迹《ほんじすいじゃく》説が形成されようとしていた。本地垂迹説は、絶対的な仏陀が、衆生を済度せんがために、迹《あと》を諸所に垂れて、神となって種々の形であらわれたというのである。わが国の神祇《じんぎ》もその本源をたずねると、みな仏菩薩であって、仏も神も帰するところは一つであるというのであった。この起りは、法華寿量品《ほっけじゅりようほん》の中にあった。もとは、久遠実成《くおんじつじょう》の釈迦すなわち絶対的理想的の仏陀を本地として、現実的の歴史上の釈迦を、その垂迹とするのであった。

松若麿が疑いを提出したのも、無理もなかった。神仏習合の現象が、それほど顕著であったからである。伊勢大神宮で丈六の仏像を造ったり、八幡大神神宮寺が建立されたりした。神宮寺なるものが、いたるところに建てられたのも、神仏習合のせいであった。叡山の僧兵が、日吉神社の神輿や神木をかつぎ出すのも、神仏習合の観念からであった。
神は仏法を悦び、仏法を擁護するといわれた。なぜ神が仏法を悦び、これを護るのか。それは神も衆生のひとりと考えられていたからであった。神は仏教でいうところの諸天善神であって、人間とおなじく、迷界の中のひとりであり、なお煩悩を脱せぬものとされていた。
「神は、仏の化身である」
範綱は松若麿の疑問にとどめをさすようにいった。
承安二年（一一七二）、平清盛が厳島《いつくしま》へ一族書写の法華経を奉納したが、その願文の中に、
「相伝へていふ、当社はこれ観世音菩薩の化現也云々《うんぬん》、本より迹を垂れ、現はれて神となる。之《これ》を当社といふ。本迹異りといへども利益惟《こ》れ同じ」
とある。
春日神社の、
一宮　鹿島武雷神　不空羂索菩薩《ふくうけんさくぼさつ》
二宮　香取斎主命　薬師如来
三宮　平岡天児屋根命《あめのこやねのみこと》　地蔵菩薩
何々の神の本地が、何々の仏であるということは、漸くこのころから定められるようになった。

源平闘争

養和元年（一一八一）から寿永元年（一一八二）における飢饉《ききん》は、京はもとより、全国的に苛酷無惨なものであった。平氏にとっては台頭してきた源氏をたたくには、戦略的にももっとも好条件にめぐまれていながら、飢饉のために出来なかった。

京の市は、完全にすがたを消した。摂津の難波《なにわ》の市や、播磨の飾磨《しかま》の市が繁栄するようになった。

養和元年の一年間に、三月、六月、八月、九月、十月と戦闘が行われたり、戦闘の用意がされたが、寿永元年になると、二月と十月の二度の闘いがあっただけである。三月から九月までは、休戦状態であった。寿永二年になって、源平の闘いは本格化されたが、それも京畿《けいき》付近での合戦は見られなかった。このことは、北陸地方をのぞいて、双方が飢饉のために動きがとれなかったからであった。

以仁王《もちひとおう》の反逆がきっかけとなって、東国の頼朝、信濃の木曽義仲、熊野、筑紫、甲斐源氏武田義信、美濃源氏、近江の山本義経、柏木義兼、叡山の反抗とくびすを接して起った。治承四年（一一八〇）には、安徳天皇即位という清盛の宿願が達せられたが、平家は四面楚歌《そか》の立場に追いやられた。反平家の声は、全国的な風潮であった。しかし、統一的な戦線というのではなかった。したがってこの時期の平氏の実力には、まだまだあなどりがたいものがあった。

養和元年二月五日、平清盛が病死した。病気は、頭風とか動熱悶絶《もんぜつ》といわれたが、感冒から急性肺炎をおこしたようであった。九条兼実は、清盛の死をきくと、

「本来ならば戦場で骸《むくろ》をさらす人間であるが、弓矢の難をのがれて、病床で死んだのは、運のよいことである。神罰冥罰《みようばつ》は、これからこそ起るのであろう」

所業極悪により、閻魔《えんま》の庁から迎えが来たとか、十六丈の盧遮那仏《るしやなぶつ》焼亡の罪で、無間《むげん》地獄に落ちたとか、巷間《こうかん》ではさまざまに取り沙汰されたが、清盛は死にのぞみ、

「身は位人身をきわめ、太政大臣にもなったのだから、何も思いのこすことはない。ただひとつ心のこりは、頼朝の首を見ることが出来なかったことだ。われ亡きあとは、仏事供養は一切必要としない。堂塔建立などもってのほかである。われの供養には、頼朝の首を墓前に供えること

だ」

源氏の棟梁《とうりよう》となるべき頼朝を伊豆に流し放しにした手ぬかりは、無念でならなかったのであろう。頼朝は、安徳天皇をみとめなかった。養和の年号すら、みとめなかった。頼朝は、養和元年を治承五年として処理した。

後白河法皇は、清盛の奏請で、院政を再開したが、二月に法住寺殿に御幸になった。それまで法住寺殿は、空家同然で、あれるにまかせられていたが、修繕も早々に行われた。院政派のひとびとや、女官が大勢ひき移った。車から下りる女性の中で、ひときわ目立つ四十前後の女性がいた。法皇の寵姫《ちようき》、丹後局高階栄子《たんごのつぼねたかしなえいし》であった。

もとは、ある院近臣の未亡人であった。法皇とのあいだには、皇女宣陽門院覲子《きんし》内親王が生れていた。栄子は院中をきりまわす、政界の中心的人物であった。栄子は、院政派の一方の実力者である九条兼実と対抗していた。栄子はすでに、法皇の遺領として、長講堂領をゆずりうける約束が出来ていた。長講堂領といえば、百十二カ所にのぼる厖大《ほうだい》な荘園であった。法皇は、宣陽門院を寵愛した。法皇の寵姫であるばかりでなく、宣陽門院を擁しているので、栄子の勢力は九条兼実を圧した。

その宣陽門院の院司《いんじ》をつとめているのに、源通親《みちちか》というのがいた。何となく気のゆるせない印象をあたえる男であった。

通親は、平氏一門の勃興《ぼっこう》をみると、はじめの妻を捨てて、清盛の姪《めい》をめとり、その庇護《ひご》のもとに政界に進出した男であった。平氏の全盛時代は、その忠実な追従者であった。平氏の旗いろが悪くなってきた今日このごろ、通親には妻がうとましく思われてならなかった。宣陽門院の院司をつとめている関係から、栄子と顔を合わせることもたびたびであった。

「妻と別れたいのです」

何かの折に、通親は栄子に一身上の問題をもち出した。

「私は、法皇に忠誠を誓っております。宣陽門院の院司を、心からおつとめ申し上げておりますが、妻の問題から、痛くもないはらをさぐられるのは、まことに心苦しいのです」

「あなたの立場は、微妙ですね」

「どうしたらよいか、局《つぼね》のお智慧を拝借出来たらと思いまして……」

激動する政界をおよぎぬこうとする男の、不安と、焦燥《しようそう》が、栄子によくわかるのであった。栄子は以前から、通親の性格を見抜いていた。通親は、徹底した現実家であった。鉄面皮《てつめんぴ》な男だとかげ口をきかれていた。

「あなたが宣陽門院に忠誠をはげんでいて下さることを、ありがたいと思っております」

栄子は、こうした人間の使いみちを心得ていた。

「ありがたき仕合せにございます」

通親は、くるくるとよく動く、小さい、油断のならない眼をもっていた。

後日、通親は平家一族が西国に走るとみるや、清盛の姪である妻を離縁した。そして、後白河法皇派の態度を明らかにした。

「高倉範子《はんし》を妻に迎えなさい」

丹後局高階栄子が、通親にささやいた。範子の良人《おっと》は、平氏にしたがって都落ちした。かれは後白河法皇の近臣でもあった。都落ちをすすめる良人にしたがわなかったので、範子は離縁となった。通親に異存はなかった。栄子のお声がかりとあれば、これからのおのれの立場が保証されたも同然であった。範子には、娘があった。

——あの娘を役立たせることも出来る。

通親は野心をもったが、後年、後鳥羽天皇の後宮に入れることに成功した。それには栄子のうしろだてがあった。世間が何をいおうと、これまで通親は鉄面皮に生きてきた。これからも鉄面皮に生きることであった。

養和元年一月、平宗盛が五畿内の総官となった。それは、近江、伊賀、丹波の諸国の平氏につながる有力武士にかぎって国宰《こくさい》に補し、かれらを統管する管領の役柄であった。政治的な意味よりも、徴兵、年貢収納という経済的な大きな意味があった。平氏軍兵の餓死寸前の状態に対処する強引な政策であった。

清盛が生きていたならば、宣旨を強引にとることも出来たであろうが、宗盛では簡単に法皇は動かなかった。平氏としては、院宣をもらって、西国、北陸道の運上物《うんじょうもの》を粮米《ろうまい》にあて、清盛の遺志をうけついで、賊徒追討を続行するはらであった。しかし、院政派は、

「諸国の謀反《むほん》武士団に対して、宥免《ゆうめん》の院宣を先に出して、賊徒のようすを見ることが急務でありましょう」

「もし賊徒が院に忠誠を誓うというなら、追討するいわれはありません」

「態度をはっきりしないのならば、追討とふみ切ってもよろしいが、いまはしばらくようすを見ていることが賢明の策です。われわれは何も平氏のために手を貸す必要はありません」

平氏たのむに足らずであった。院政派も、かけひきをわすれなかった。後白河法皇の動きの中には、女性的なものが多分にあった。丹後局栄子の発言は、大きかった。

平氏は、院のはらをよんでいた。が、政権保持者の立場にあるあいだに、各地の賊徒を討伐しておかねばならなかった。平氏は、戦備にとりかかった。

それが、三月十日の尾張墨俣《すのまた》川の合戦となった。美濃、尾張の源氏を破ることになった。頼朝は、平氏を直接対象とする戦闘体制にはいっていなかった。頼朝は、もっぱら実力をたくわえていた。

その後、平氏の本陣は直接戦闘に参加しなかった。藤原秀衡《ひでひら》を陸奥守《むつのかみ》に、平資職《すけもと》を越後守に任じて、地方の賊徒を討たせることになった。が、平資職は、木曽義仲に敗れた。そのため、越後、越中、加賀、越前の在庁国人が源氏に呼応する機会をあたえてしまった。

飢饉明けの寿永二年（一一八三）になると、天下の情勢がにわかにはげしく動きはじめた。

常陸《ひたち》国の霞《かすみ》ヶ浦《うら》付近に勢力を張っていた志田三郎先生《せんじよう》義広は、源為義の子であり、頼朝の叔父であった。治承四年（一一八〇）、頼朝が佐竹氏討伐のとき、ちょうど、以仁王の令旨をもって来ていた源行家といっしょに、常陸の国府で頼朝に面会していた。が、以後は鎌倉に出向くこともなく、旧来のおのれの勢力だけを保持していた。叔父として体面上、頼朝の下風に立つのをいさぎよしとしなかった。

義広と頼朝の関係が悪化したのが、寿永二年であった。義広は兵を集めて、反抗を企てたが、失敗した。頼朝の勢力がようやく叔父の土着勢力をおびやかしはじめたからであった。義広は、木曽義仲を頼って、東海道を信濃にのがれた。

義仲は、以仁王の子の北陸宮を奉じて、独立の勢いをしめしていた。上野《こうずけ》では、頼朝の勢力と衝突したり、信濃方面では、甲斐源氏と利害の対立をするようになった。さらに義広が頼ってきてから、頼朝と義仲の仲はいっそう険悪となった。いずれも反平氏という点では、統一戦線を張っていたが、頼朝、義仲、甲斐源氏の三者のあいだには、内部の統一がとれていなかった。それが連鎖反応をおこすようになった。頼朝と義仲が、正面衝突をしそうな気配になった。

衝突の寸前、和議が成立した。義仲は、長男の当時十一歳の清水冠者義高を人質として鎌倉に送った。当時六歳の頼朝の長女の大姫と結婚させることでおさまった。

平氏は、寿永二年三月、義仲追討の挙に出た。平維盛《これもり》を総大将にして、四万余騎の大軍であった。

平氏は最初の内、優勢であった。越前、加賀の武士は敗走した。勝ちに乗じた平家軍は、越中に侵入した。

義仲は頼朝との妥協で、後方の心配がなくなり、ころがりこんできた源行家、義広のふたりの叔父とともに、越中と加賀の境の礪波山《となみやま》に陣した平家軍を、三方から夜襲にかけた。平家軍はうろたえて、倶利迦羅《くりから》山中を右往左往した。谷間に墜落して死ぬものは数えきれなかった。

平家の敗軍は京に逃げかえった。義仲軍は津波のように北陸道を一挙に攻めのぼり、六月末には先鋒《せんぽう》が近江国に達した。平家軍を完全に京に追いこんだ。義仲の西上に勢いを得て、東海道、畿内各国の反乱軍の動きが活潑《かっぱつ》になった。

義仲は、延暦寺対策を重視した。その対策は、義仲にとって、合戦よりも骨の折れることであった。

幸い、義仲の軍に、覚明という祈禱《きとう》師がいた。覚明は叡山で修行した学生上りであった。山の事情にくわしかった。覚明の意見を重んじて、延暦寺に牒状《ちょうじょう》をおくることになった。

「平氏敗北の上は、参洛《さんらく》を企つる者也。今叡岳の麓《ふもと》を過ぎて洛陽の巷《ちまた》に入るべし。この時にあつてひそかに疑殆《ぎたい》あり。そもそも、天台衆徒平家に同心か、源氏に与力か。若《も》し、かの悪徒を助けらるべくば、衆徒にむかつて合戦すべし。若し合戦をいたさば、叡岳の滅亡踵《くびす》をめぐらすべからず。悲哉《かなしいかな》、平氏宸襟《しんきん》を悩し、仏法をほろぼす間、悪逆をしづめんがために、義兵を発《おこ》す処《ところ》に、忽《たちま》ち三千の衆徒に向て不慮の合戦を致《いたさ》ん事を。痛哉、医王山王（延暦寺と日吉神社）に憚《はばか》りたてまつて、行程に遅留せしめば、朝廷緩怠の臣として武略瑕瑾《かきん》のそしりを残さん事を。みだりがはしく進退に迷うて案内を啓する所なり。乞願《こひ》はくは、三千の衆徒、神のため、仏のため、国のため、君のため、源氏に同心して凶徒を誅《ちゅう》し、鴻化《こうか》に浴せん。懇丹《こんたん》の至りに堪《たへ》ず……」

この牒状には、山徒の面目をつぶさないように十分考慮がされていた。

山門では、一山総会議を開いて討議の結果、七月二日、義仲の牒状に同心の旨の返牒をおくって、山の態度を決定した。平氏が、手を拱《こまぬ》いて山門の動きをみていたわけではなかった。平氏は再三叡山に使いをたて、味方につくように説得した。

「興福寺は藤原一族の菩提寺《ぼだいじ》である。平氏一族は以後、延暦寺をもって平氏の菩提寺とする」

しかし、山門の同意は得られなかった。

義仲は延暦寺に上り、僧兵といっしょになって、北から京を衝こうとした。延暦寺には、座主の明雲がいた。

熊野、吉野に関係のふかい源行家は、近江から伊賀を経て大和にはいり、途中反乱軍を組織しながら、北上して京に迫ろうとした。

またの一派は、からめ手の丹波から東へ、京に迫った。

鹿ヶ谷《ししたに》事件以来、日和見《ひよりみ》主義の多田行綱などの摂津源氏は、この形勢をみて、淀川の川尻付近を掠奪《りやくだつ》し、瀬戸内と平氏との連絡を断とうとした。

甲斐源氏の一族、安田義定など多くの東海地方の武士は、京へ殺到の形勢をみせた。

「平家側は平安京を守って、最後の一戦を覚悟してるだろうか」

「いや、こうなっては、もはや手の下しようがない。平氏は都落ちをはかっているのではないか」

「捲土重来《けんどちょうらい》しか、平家側にはのこされていない。まだ西国には、平氏の地盤がある。それに瀬戸内というものもついている」

「先年清盛殿が福原に都をうつそうとして、一族がこぞって福原におもむいた折、法皇にも移転をおすすめ申したが、おきき入れにならなかった。今度も平家側は、そのことを考えているのではないか」

「安徳帝は、平氏と共に京を出られるだろう」

「三種の神器を、平氏は持っていくだろう」

「その上法皇をおつれ申せば、平家側は、たとえいっときの闘いに敗れたとしても、再起の大義名分が平家側にある。平氏は、賊徒にならないですむ」

「院のお考えは、どうであろうか」

院政派の連中が気をもむのも、無理ではなかった。が、そのことではすでに法皇の側近のあいだで計画がたてられていた。そのことを知っているのは、ごくわずかな人間であった。九条兼実すら、知らなかった。

ある夜、後白河法皇は二、三のものをつれて、闇にまぎれて法住寺殿を抜け出した。しかも、裏門からであった。平家方も油断していた。法皇の出入りには、必ず警固の武士がつき添っていたからである。平氏は、近江に向っていた平通盛《みちもり》、教盛《のりもり》と、瀬多に向った平知盛《とももり》や重衡を、急いで京に呼びもどした。安徳天皇及び宮廷人は、法皇の御所法住寺殿に呼びあつめられた。

「法皇のすがたが見えない」

平氏の主だったものは、その報告で顔を見合せたが、

「いつから見かけないのか」

「今朝方から、おすがたが見えません」

昨夜から今朝にかけて、法住寺殿には、ひとの出入りが多かった。だれも法皇の動静に注意をはらわなかった。さっそく九条兼実にただしたが、兼実は首をふるばかりであった。

「ゆうべの内に出られたのか」

「どこへ……」

しかし、いま法皇の行方をさがしている暇はなかった。平氏は無理にも法皇の同行を願うはらであった。

平家の都落ちが決定された。ただちに行動に移った。

平家一門の居館であった六波羅の建物に火をはなった。七月二十五日の出来事であった。

後白河法皇は、延暦寺に身をかくしていた。かつてはあれほど法皇を悩ました延暦寺であったが、昔の感情にこだわっているときではなかった。九条兼実はこのことを知ると、さっそく叡山に向った。法皇の叡山行は、丹後局栄子の策にちがいなかった。平治の乱のとき、十七歳の二条天皇が女房に仮装して内裏《だいり》をのがれ、清盛の六波羅邸に向う途中、朔平門《さくへい》を固めていた敵の武士にとがめられたが、惟方《これかた》がとりなしたため、無事脱出に成功したことがあった。牛車《ぎっしゃ》などで、法皇が女装して脱出をはかるなど、平家側には通用しない方法であった。今度の脱出には、女性らしい緻密《ちみつ》な計算と、大胆な演出があった。

丹後局栄子も、法住寺殿からいち早くすがたを消していた。源通親は、栄子に従った。

京の庶民は遠くから六波羅邸の炎上をながめていた。京の町が戦場となることから、平氏が身をかわしたので、たすかったと思った。六波羅邸の燃え上るのを、松若麿も遠くからながめた。黒煙が、天を蔽《おお》った。叡山から、木曽義仲も六波羅邸の炎上をながめていた。

一日置いて、二十七日、後白河法皇が京に還御となった。蓮華王院が、法皇の御所となった。つぎの日、木曽義仲を先頭にして、源行家、今井、樋口《ひぐち》以下、五万騎が京にはいった。

義仲は法皇から、京中守護の最高責任者として、御所をはじめ各官衙《かんが》、院殿の警衛を命ぜられた。

義仲は、従五位下左馬頭越前守《さまのかみえちぜんのかみ》となった。叔父の源行家の従五位下備後守より一段上の官職であった。

「義仲殿は、越前守が不満のようでございます」

院政派のひとりが、さっそく法皇に告げた。

「官職のことぐらいで感情的になられては困ります」

丹後局栄子が法皇に向って、唇をまげて笑ってみせたので、

「それでは、伊予守に任じよう」

平家一門二百余人の官位は剝奪《はくだつ》され、一門の所領五百余カ所が没収となった。それを義仲と行家に分与することになった。

「さっそく義仲殿に、平氏追討の命をお出しになるとよろしいでしょう」

院政派のこの進言の裏には、義仲軍の京都駐留をこれ以上許してはならない状態になっていたからである。義仲軍の移動がいそがれた。それというのも、義仲軍は輜重《しちょう》の不完全から、糧米に窮するようになった。馬も武士も、飢えていた。京の町になだれこんだ諸国の軍隊には、規律も統制もなかった。中でももっともひどいのは、義仲軍であった。統制のとれているのは、はじめから一部分であり、大部分は寄せあつめの雑兵であった。飢えた兵は、狼《おおかみ》となった。長途の遠征

で人馬ともにつかれていたが、京にはいればという夢をもっていた。が、そこには、飢饉のために死んだ死骸が骨の山となっていた。あらかた廃墟《はいきよ》と化した平安京であった。ただささえ京の庶民は、食料不足に悩んでいた。そこへ多くの軍兵が、群居することになった。

兵が、民家に押し入った。食べものをさがしに来たのだが、娘をみると襲いかかった。父親が防ごうとすると、殺された。兵糧の徴発だけでおさまらなかった。ある兵は年若い娘を凌辱《りようじよく》したあと、着ているものをはぎとった。五、六人の兵が、かくれていた女三人をさがし出し、喚声をあげて、神社の境内にかつぎこんだ。兵たちは三々五々組をなして、一日に何回となく掠奪にきた。虐殺が行われ、掠奪がつづき、あまつさえ、神社仏閣の建物をこわして、焚火《たきび》にした。すべてが、無統制の中で行われた。路上には、つぎつぎに新しい屍体《したい》がころがった。恐怖と興奮のために逃げ出せば、弓で射殺された。夜は、ひとさえみれば、斬りつけた。

「飢饉や疫病よりもひどい」

「まだしも平家のひとたちの方がよかった」

「義仲という山猿め」

義仲に対する怨嗟《えんさ》の声は、巷にみちた。恐怖と死の京と化した。ひとびとは、住居をすてた。空家はこわされ、火をつけられた。

馬をつれていって、田圃《たんぼ》の青々とのびている稲をそのまま喰わせた。京及びその周辺には、徴発と、掠奪と、婦女凌辱と、青田刈りがくりかえされた。

吉水の法然房も、この狼藉《ろうぜき》には抗することが出来ず、身をかくさねばならなかった。法然は、そのため法話もならず、経典をよむことも出来なかった。吉水の建物にも、義仲の軍兵が押し入った。何もとるものがないので、柱に刀を叩きつけてひきあげた。軍兵の歩く先には、人影がなかった。

日野範綱《のりつな》の邸にも、軍兵が押し入った。ここでも、何も徴発するものがなかった。ひとはいなかった。兵は書架の書籍をとりあげたが、投げ出した。書籍をまきちらすことで、あたりちらして、引き上げた。松若麿や伯父たちは、邸からすこしはなれた草むらの窪地《くぼち》に、身をかくしていた。

平氏は、屋島に行宮《あんぐう》を造営した。安徳天皇をいただいて、陣営を建てなおすことになった。一方、空白になった皇位をどうするかで、京では問題になっていた。義仲は、推戴《すいたい》してきた以仁王の子、北陸宮を推した。が、これは否定された。いずれ義仲から推薦があるだろうということは、わかっていた。北陸宮を皇位にたてれば、義仲の立場がさらに有利となる。後白河法皇の孫にあたるのだから、北陸宮を立てることは筋がとおっていたが、丹後局栄子の反対で、法皇はあきらめた。安徳天皇の弟で、今年四歳になる四宮《しのみや》がたてられた。

「三種の神器をもたずに即位されるのか」

院政派の中ではあやしむものもあったが、平氏に持ち去られ、向うに本物の天皇がいるのでは、どうにもならなかった。天皇位の象徴なしに、即位したのが後鳥羽天皇であった。

そのことから義仲と法皇の仲は、つめたくなった。それをさらに刺戟したのが、行家であった。行家は義仲より、十も年上であり、叔父にあたるという自負心が、何かにつけて表面に出た。はじめて法皇に面会したときも、叔父甥《おい》の序列の争いがあった。どちらもゆずらなかったので、二人が対等に並んで拝謁をした。粗野で、武骨一方の義仲とくらべると、行家は正反対の人柄であった。以仁王の命旨を各地に伝達して、全国に反乱の種をまいた行家の功績は大きかった。が、墨俣川の戦いをはじめ、かんじんの戦闘ではいつも敗北を重ねていた。

法皇の命令で、義仲軍は平氏追討をせきたてられるように京を発《た》った。わずかな手兵であった。その先鋒《せんぽう》は、海野竹四郎幸広、矢田判官代義清の軍であったが、備中の水島で、平重衡、通盛の軍に大敗を喫した。瀬戸内の制海権をにぎり、平氏は船いくさに長じていた。海野と矢田は戦死した。

後白河法皇は、ひそかに頼朝の入洛を促した。が、使者を鎌倉にむかえた頼朝は、

「北方の王者として私の背後にいる藤原秀衡が、大きな脅威である。うかつに鎌倉をあけるわけにはいかぬ。それに畿内は飢饉の打撃で荒廃している。そういうところへ大軍を持っていくことは不可能である。頼朝の入洛は、当分無期延期に願いたい」

法皇の招きを断わりながら、

「東海、東山、北陸三道の国衙領《こくがりよう》、荘園《しようえん》を、もとの国司、本所に返還するよう勅令の発布をお願いする」といった。

全国的内乱がはじまってから、中央の貴族たちは苦しんでいた。右大臣九条兼実は、日記にこんなふうに書いた。

「およそ最近の京の状態は、武士以外のものは一日たりと生きていけない。多くのひとは食を求めて、田舎に逃れ去ったという。四国、九州、山陽道の安芸以西は平氏のもの、北陸、山陰両道は義仲のもの、そして東山、東海両道は頼朝がそれぞれ横領してしまった。中央にとっては、いまやまったく八方ふさがりである」

頼朝の勅令発布の要請がきこえると、中央貴族は胸をなでおろした。自分らのために頼朝が、正しい主張をしてくれたからである。そのためいっそう義仲の評判が悪くなった。

挙兵当時、頼朝のことを何も知らなかった九条兼実は、はじめの内は謀反の賊、兇賊と呼んで

いたが、手の裏をかえしたように、

「頼朝のていたらく、威勢厳粛、其《そ》の性強烈、成敗分明、理非断決」

口をきわめて褒めるようになった。

頼朝の提案は、院政側にただちにうけ入れられたが、

「北陸道は、手をつけない方がよい。それではあまりに義仲殿をないがしろにすることになる」

北陸道は一時除外することになった。

「東海、東山両道の国衙領、荘園の年貢は、国司、本所のもとに進上せよ。もしこれに従わぬものがあれば、頼朝に連絡して、命令を実行すべし」

頼朝の注文どおりの勅命が、宣旨として公布された。同時に、頼朝は勅勘を解除された。宣旨が実際的な効果をあげるには、いうことをきかないものを武力で罰するという裏打が必要であった。だれがその土地の正当な所有者であるかを認定し、争いがおこればそれを裁決する。それに従わぬものは武力を用いても強制する。その大きな権限が頼朝にあたえられたことになった。

挙兵以来、頼朝は以仁王の令旨をふりかざしていたが、すでに以仁王の亡くなっているのは、天下周知のことであった。以仁王の令旨は、万能の切り札ではなかった。たとえまたその令旨が権威をもっていたとしても、それは頼朝ひとりのものでなく、義仲も、行家も、甲斐源氏も、み

な同等の錦《にしき》の御旗《みはた》であった。頼朝は、自分ひとりだけの錦の御旗がほしかった。

「東日本諸国からの年貢は、私が京まで責任をもって送り届ける。その代り、これまで私が行使してきた東国諸国に対する私の支配権は、そのまま正式に承認していただきたい」

中央の朝廷側には、そういう頼朝を牽制《けんせい》する力は何もなかった。国衙領、荘園の土地問題解決に必要な重要な権限が、頼朝ひとりにあたえられることになった。

京に残っていた義仲軍の樋口兼光が、戦陣の義仲のもとに、朝廷と頼朝のとりひきのことを知らせた。義仲はあわてて京に戻った。十月十五日のことであった。

義仲軍が再び入洛するという噂《うわさ》をきいて、京の庶民は右往左往した。

法皇は、義仲が平氏追討を中途半端にやめたことを責めた。が、義仲は、法皇が頼朝と連絡をとっていることを知っていたので、京をはなれようとしなかった。

頼朝は、弟の義経の軍勢を西上させた。法皇への年貢上進部隊と称して東海道を進んだ。近江まで進出して、京をうかがう姿勢をとった。

法皇は、身の危険を感じ、法住寺殿の警備を山門僧兵に依頼した。

十一月十九日、義仲軍が、法住寺殿を襲った。火を放った。僧兵は戦ったが、敗れて潰走《かいそう》した。

煙にまかれて、幼い後鳥羽天皇は七条の第に移った。法皇は、前の摂政の基通の第に避難した。

いずれも義仲の軍の指図に従った行動であったが、幽閉される羽目になった。義仲もさすがに天皇や法皇に刃《やいば》を向けることは出来なかった。そのはらいせのように、煙にまかれてうろたえている仁和寺宮守覚法親王をみかけると、義仲は太刀をふりかざした。逃れる親王に背後から一ト太刀あびせた。親王は、仰向《あおむ》けざまに倒れた。それをみて叡山の座主明雲は煙をかいくぐって逃れようとした。義仲は喚きながら追いすがり、明雲の肩に斬りつけた。明雲は虚空をつかむように両手をさしのばし、仰向けに倒れた。義仲の形相は、理性を失っていた。多くの僧綱《そうごう》が、義仲の部下の手にかかって殺された。武士たちがひきあげたあと、ものすごい煙と焔《ほのお》が殺されたものの上を這《は》うようにひろがった。

権大納言藤原兼雅はじめ、四十数人の院の近臣が解官され、その所領が没収された。丹後局栄子は、法皇が叡山の僧兵に護衛を頼んだとき、身の危険を感じて、娘の宣陽門院の邸に身をかくしていた。法住寺殿で発見されたならば、あるいは義仲の刃にかかっていたかも知れなかった。

院司をつとめている通親が迎えて、

「適宜なおふるまいでございます」と迎えた。

摂政その他の大更迭が行われた。義仲は、自ら征夷《せいい》大将軍となり、独裁体制をしいた。

義仲の軍兵は、再び京の巷をあらしまわった。

「法皇を無理にも北陸におつれして、捲土重来を期したい。叔父君にも是非同道を願いたい」

義仲が行家を誘ったが、行家は賛成しなかった。行家が協力してくれたならば、義仲ひとりでつっ走ることもなかったであろうが、だれも義仲を牽制しなかった。義仲は自分でもどうしてよいかわからなくなっていたようである。

十二月になると、義仲は無理に、頼朝追討の院宣を出させた。そして、その頼朝征討を、奥州の藤原秀衡に命じた。

狂気じみた義仲のふるまいに対して、多田行綱はじめ摂津の源氏が蜂起して、義仲を攻めることになった。行家も、はっきり反義仲の兵をあげた。義仲軍は、各所に分散して闘わねばならなくなった。京の防備は、手薄になった。

翌寿永三年（一一八四）、義経と範頼のひきいる関東軍と、甲斐源氏の兵が合流した。義仲軍は勢多《せた》で闘ったが、寡兵のため敗北した。義仲は北陸路に落ちていくつもりであったが、粟津で流れ矢にあたって死んだ。行年三十一歳であった。

法皇は、丹後局栄子の無事をよろこんだ。義仲の死で、一難をのがれた思いは、法皇も栄子もおなじであった。ひさしく栄子の顔をみなかったような気がする。が、別れていたのは三カ月間であった。法皇の眼には、丹後局がひとしお匂うように美しくながめられた。

「義仲という男は、おろかものであった。おのれの地盤をおろそかにして、京に上ることだけを急いだ。十分な力をもつには、先《ま》ずおのれの根拠地をかためることが大切だった。飢饉状態の京に大軍をもってのりこんできたことが、そもそもあやまりであった。京の庶民は、義仲を恨んだ。田舎武士のおろかさである。ひとを殺すことは上手かも知れないが、ひとをおさめることは無知であった。義仲は自ら墓穴を掘ったようなものである」

「それにひきかえて鎌倉殿は、軍略家といいますよりは、政治家でございます。富士川の大勝の折、一気に京に攻め上ろうと思えば、成功をしたにちがいありません」

「しかし、頼朝も義仲の二の舞いだったろう」

「それがわかっていたのでございます。頼朝殿は鎌倉にひきかえし、もっぱら地固めに力を注がれた。長年つちかってきた東国の地盤と実力があればこそ、先年十月の勅令発布を、一兵も動かさずに要請することも出来たのです。頼朝殿は、たぐいまれな政略家でございます」

朝廷では、陰陽家に占わせて、神社に奉幣使をたて、仏寺では経を転読させた結果、年号を改めることになった。寿永三年が元暦元年となった。が、西海の平氏は安徳天皇を擁しているので、寿永の年号を用いつづけた。

義仲がほろぼされてから一カ月が経った。頼朝は正式に、平氏追討の勅令をうけた。同時に、平氏一族の旧領五百余カ所があたえられた。

平氏はいったん北九州の太宰府《だざいふ》まで落ちのびたが、そこで勢力をもりかえして、瀬戸内一帯、中国、四国、北九州をおさえ、主力は東進して、旧都の福原にはいった。ここを根拠地として、京を牽制するようになった。

「京の貴族たちと連合戦線を画策している」

「義仲の敗残兵をあつめて、それらといっしょになろうとする動きがある」

その軍勢は、数万騎と京では評判であった。

「二月には、京にはいってくるそうだ」

流言《りゅうげん》蜚語《ひご》がさかんであった。

二月六日、平氏一族は福原で、清盛の三回忌の法要をいとなんだ。そこへ京から後白河法皇の使者が来た。

「和平交渉のため、法皇の代理として八日に京を出、そちらに下向する。交渉中は一切武力行動をしないように源氏には命令を下した。平家の方も兵士にその旨を申しふくめておくように」

文書を手渡した。それをまともにうけとった平氏側が、そのつもりになっていると、七日の早朝、突如源氏の軍勢が攻撃をかけてきた。

東の正面生田《いくた》の森から範頼、西の一ノ谷からは安田義定、北の山を越えて義経と地元の摂津源氏の多田行綱が、一挙に殺到した。不意を衝かれた平氏軍は混乱に落ちた。二、三時間の激闘で、平通盛、忠度《ただのり》、経俊《つねとし》、十六歳の敦盛《あつもり》まで、名のある一門のものが多く戦死した。平重衡は生けどりになった。平氏の死者はおびただしい数にのぼり、福原に上陸した軍勢の四分の一以上が討たれた。沖合の兵船にのっていた安徳天皇、建礼門院、平宗盛らは、海上を讃岐《さぬき》国屋島にのがれた。

義経の鵯越《ひよどりごえ》の逆《さか》おとしの奇襲が功を奏して、平氏軍を潰走させたようにいわれるが、この一ノ谷合戦の全体が、奇襲であった。はじめからだまし討ちであった。

後白河法皇は、何としても三種の神器がほしかった。屋島にのがれた平宗盛に、執拗《しつよう》に神器の返還を要求した。

「休戦の命令を下したといわれたので、こちらはそのつもりになっていたところへ、突然関東の武士が襲撃してきた。わが軍は多大の損害をこうむった。これはいったいどういうことか。法皇は関東の軍に協力されたのか。はなはだ理解に苦しむところである。関東の武士たちには、休戦の命令が下されていなかったのか。それともあるいは、命令されても関東の武士たちが承知しなかったのか。わが軍を油断させるための策略だったのか。考えれば考えるほど、法皇の心の内がわからなくなる。それともあの休戦の文書は、法皇の知らぬところであって、関東の武士の策謀であったというのか。不審の霧は晴れない。将来のこともある。ことの次第をはっきりと知りたい」

宗盛の手紙を前にして、法皇と丹後局栄子は、皮肉な笑いをつづけた。

「これで京の都はたすかりました。これ以上戦いが行われては、平安の都は、焼野原となってしまいます。あの文書は、それだけでも大きな意味がございました」

かさねて栄子がいった。

九条兼実は、つねに中立的な立場にあった。さきに義仲によって追われた院政派のひとびとも、ほとんどもどってきた。兼実は、栄子の言をとりあげる法皇を、苦々しい思いでながめていた。

休戦の文書は、源氏方と相談して書かれたものではなかった。が、源氏側は、休戦の文書が福原に送られることを知っていた。法皇としては、二月半ばに入洛を予定しているという平氏側を、とにかく防がなければならなかった。休戦を呼びかけ、そのあいだに和平交渉が出来るならというはらであった。源氏側にも、休戦を申入れるつもりであった。それを源氏が逆用した。法皇のはらは、平氏源氏の力の対立の上に立って権威を維持しようというのであった。法皇方は、目先のことだけを考えていたようであった。これまでにもそうした考え方のため、法皇はしばしば苦境にたたされた。武力をもたない権勢の悲しさというよりは、後白河法皇自身権謀が好きなためであった。丹後局栄子という権謀術数にたけた側近者がひかえているので、なおさらであった。

法皇は、よくよく気の多いひとのようであった。世をあげて殺戮《さつりく》の時代であり、法皇自身の生命さえ危うくなることがあるにかかわらず、頭の中には、四年前に命を下した東大寺の再建のことがあった。

かつて、聖武天皇が、

「我寺興隆せば、天下も興福し、我寺衰微せば、天下も衰弱すべし」

詔して、国力を傾けて建立したのが東大寺であった。それが平重衡によって、南都諸大寺とともに灰燼《かいじん》と化した。

「護国の寺である東大寺は、再建しなければならない。東大寺再建は、心の支えである。朝廷の威信をとりもどすためにも焦眉《しょうび》の急である」

法皇は、側近者にたびたびそういっていた。

「東大寺の創建は、天平の盛時でも大へんな難事業であった。ましていま、全国が乱れ、政局のさだまらない事情のもとに再建するのは、難中の難である。しかし、それだけに是非とも再建しなければならないのだ」

東大寺の再建は、あらゆる階級、すべての地域にわたってひとびととの協力を得なければ、不可能であった。東大寺焼失の翌年、朝廷は東大寺造寺長官藤原行隆以下の任命を行なった。行隆には、造仏長官もかねさせた。

しかし、一片の命令でことが運ぶわけはなかった。だれを大勧進にするかということが、大きな問題となった。最初、勧進の才能と聖《ひじり》の組織をもつ法然に白羽の矢が立った。が、法然は固辞し、重源《ちょうげん》がえらばれた。

重源は、さきに廃墟となった南都をみて、涙をながし、自ら復興を誓ったといわれた。勧進職を命ぜられたとき、六十一歳であった。ひどく頬の落ちた老僧であった。内に秘めた強い意志と、民衆済度の願いが、八十六歳で没するまで重源の生命力となった。

天皇は、造東大寺知識の詔書を下した。重源は詔書をうけると、まず京の中から勧進奉加をはじめた。法皇、女院以下みなこれに応じた。重源は一輪車をつくって、それに乗って町を歩いた。車の左には詔書の写しを貼《は》り、右には自らつくった勧進帳を貼りつけた。この一輪車の構造は重源が宋にわたったときのみやげであった。重源は、財を集めることに専念した。

政治的に十分な安定をえていなかった頼朝でさえ、東大寺再建のため一万石の米、砂金千両、上絹千疋《びき》を奉納した。文治元年(一一八五)のそのころは、平氏追討に出かけた範頼軍が、西国で飢餓に苦しみ、鎌倉に救援を訴えていた。六十九歳の西行も、重源に依頼されて、東大寺勧進のため陸奥《みちのく》にまで出かけた。

重源は、俊乗と号した。もとは上醍醐の真言の僧であった。のち高野山にはいり、高野聖として高野山を中心に勧進をつづけていた。東大寺再建の大勧進を委嘱されたのは、その勧進の才能をみとめられたからであった。

法然に帰依して、念仏門にはいった。念仏修行のために、上醍醐山上に無常臨時の念仏を勧め、諸所に不断念仏をおこし、念仏堂をたてた。

重源は、奈良時代の行基《ぎようき》に似た民衆済度の聖であった。備前船坂山をきりひらいて、道をつくったり、伊賀国の道路を開いたりした。また湯屋、湯釜《がま》、湯船を施入した。

重源は、自ら南無阿弥陀仏と号した。これは僧侶《そうりよ》が、何々阿弥陀仏と称するようになったはしりであった。ところが、このことを叡山の慈円が非難した。

「重源房は阿弥陀の化身といわれるようになって、自分の名を南無阿弥陀仏というようになった。どこのだれでも、上に一字をのせて、空阿弥陀仏、法阿弥陀仏という名をつけるようになった。それをほんとうの自分の名にしてしまう尼や法師が多いが、そのようなことをしているのでは、仏法もやがて滅びてしまうだろう」

重源の勧進は、精力的につづけられた。貴賤《きせん》をとわず、あらゆるひとびとに仏縁を結び、東大寺再建の資をもとめたのである。諸国を行脚《あんぎゃ》する山伏に似た姿の勧進聖《かんじんひじり》が多く見られるようになった。

重源は、三度宋に渡ったといっている。仏教の遺蹟や、名刹《めいさつ》を訪れている。教理教学を学ぶだけでなく、重源は実際的な技術も学んだ。

重源は、九条兼実の邸を訪ねたとき、

「大仏修造のためには、宋国の鋳師の力をまたねばなりません」

兼実は、重源の識見に感動したようであった。

「此聖人之体、実無飾詞、尤足可貴敬者也」

日記にしるしたほどであった。

重源の勧進造営の成功は、その人格の力に由《よ》るところが大きかった。寿永二年（一一八三）大仏の頭を鋳はじめた。宋人の陳和卿《ちんなけい》が、これにあたった。四月十九日からはじめて五月二十五日までに、十四回の冶鋳《やちゅう》を経て、ようやく出来上った。

そのころ、叡山の座主は全玄であった。

範頼と義経が、京に凱旋《がいせん》してきた。源氏は一ノ谷に勝利を得たが、水軍をもたなかったので、屋島の平氏に追い討ちをかけることは出来なかった。

朝廷は、以後公田や荘園から兵糧米を徴発してはならないという命を出した。

後白河法皇は、捕虜となった平重衡を通じて、三種の神器を返還するよう平家の総大将の宗盛に交渉をさせた。それに対して、平宗盛から、
一、神器とともに安徳天皇、建礼門院の入洛。
一、平宗盛に讃岐国を与えること。
一、源平二氏を同待遇で召仕わるべきこと。
以上の三カ条を要求した。

院政派の中では、

「鎌倉殿の実力からすれば、この三カ条は承服しがたいものであろう」

「しかし、平氏の弱体化が目立っているとはいえ、西国における平氏の実力には、あなどりがたいものがある」

「朝廷としては、源平二氏を対立させながら、朝廷に仕えさせるというのが理想だが」

「院のお考えも、それだった」

「しかし、現実はそれも不可能となった」

後白河法皇としても、打つ手に窮した。

一ノ谷合戦以後、頼朝は要請して、日本全国すべての武士の横領、狼藉停止の命令と、その実行を頼朝に委託する旨の勅令を発布させた。頼朝は、これによって全国の武士の上に立つ地位が、いよいよ確立された。

義経が、左衛門少尉《しょうじょう》に任命され、検非違使《けびいし》となった。院政派では、義経の評判がよかった。

鎌倉では、政権の規模も拡大し、事務も多端になってくると、多くの人材を必要とした。ながいあいだ京の貴族社会で下づみになっていた才能のある下級の公家《くげ》が、東国に下り、自分らの運命をひらくことになった。大江広元や三善《みよし》康信が、それであった。ふたりは頼朝に仕えた。頼朝側近の文官の層が、次第に厚くなった。政治機関である公文所《くもんじょ》が新設されたが、大江広元がその長官となった。また訴訟事件で頼朝の裁決をたすける目的の「問注所」がつくられて、その長に三善康信が定められた。

平家一門は、なお瀬戸内海一帯の制海権を握っていた。頼朝ははじめ、義経を総指揮官として、海上が平穏になる六月ごろに戦闘開始を計画していた。が、京に駐在している義経と頼朝は、何かにつけて意思の疏通《そつう》をかくことが多かった。しきりに義経を登用する法皇の動きも、頼朝の気にいらなかった。それがはっきり形をとりはじめたのが、自分の推薦もなしに義経が検非違使となったことであった。

頼朝は、義経の総指揮官を解任した。そして、従順な性格の弟の範頼を総指揮官として、七月、東国軍をひきいて西上させることになった。義経は面白くない。院政派は、義経に同情した。

「妾腹《しょうふく》の弟となると、やはり人情もちがうのでございましょうか」

丹後局栄子が後白河法皇と話合った。性格的な権謀術数の虫が頭をもたげはじめたようであった。

九月はじめ京を発った範頼麾下《きか》の東国軍は、瀬戸内海をおさえる平氏に牽制されて、不案内の沿道で兵糧米に苦しむことになった。調達も思うようにいかなかった。戦果をあげることが出来なかった。それほど平氏の力が浸透していたからであった。それでも一応長門《ながと》国まで進出することが出来た。東国軍の窮状を訴える範頼の書状が、つぎつぎに鎌倉にとどいた。軍の士気はおとろえるばかりであった。侍所《さむらいどころ》別当の和田義盛までが、関東にかえることを範頼に願い出た。

が、文治元年(一一八五)の正月にはいると、事態がすこし好転した。豊後《ぶんご》と周防《すおう》の豪族が、兵糧米を献じた。豊後国にわたることの出来た範頼は、彦島による平氏軍を背後から攻撃する予定であった。しかし、兵船の不足で実行出来なかった。平氏追討の命をうけてからすでに半年が経過した。持久戦の形勢となった。補給路ののびた範頼軍の持久戦が不利なことは、明らかであった。

頼朝は京都朝廷に対して、

「御家人たちの勲功については、いっさい頼朝が調査し、その申請したところに従って行賞をされたい」

それにもかかわらず、朝廷は義経を従五位下に叙し、世間で名誉とされている大夫判官の地位をあたえた。ひきつづいて、院内の昇殿がゆるされ、拝賀の式が行われた。

義経の栄達が、頼朝に対する正面からの挑戦のようにうけとられたのもやむをえなかった。頼朝は源氏の棟梁であり、軍略家であり、すぐれた政略家でもあったが、同時に異常な性格の持主であった。元暦元年(一一八四)に頼朝は、三河、駿河《するが》、武蔵《むさし》三カ国の知行国をあたえられたが、範頼ら源氏一族をその三国の国の守に任命した。が、義経の存在を無視した。戦功のある義経が、朝廷や法皇の扱いに鎌倉を無視するような行動に出たのも、頼朝の義経に対する警戒の念がそうさせた。疑ってかかれば、何ごとも疑わしいものになる。頼朝は相手を心服させるという手段をとらず、警戒の目でつねにひとを見た。

朝廷側は、若い義経の不満やるかたなき心を見抜いていた。同情もさることながら、法皇はまたしても常套《じようとう》手段を使った。そのことが、悲劇のたねになった。

義経の栄達は、後世にもその例をみないほどの特例中の特例であった。司法警察権をにぎる検非違使の任命は、院政の下で法皇が武士を手兵とする場合の常套手段であった。法皇がこれまでにも、しばしば用いた方法であった。昇殿をゆるされたのは、義経が最初であった。

が、頼朝はことをあらだてなかった。武蔵の豪族河越重頼の娘が、義経の妻として京に送られた。この女は、頼朝の乳母の比丘尼《びくに》の孫娘にあたる。頼朝としても考えたあげくの人選であったろうが、すべてが政略的であり、情愛に欠けたところがあった。

頼朝のもとには、範頼から長門、周防の苦戦の報告だけが送られていた。範頼の豊後進出の報は、まだ届いていなかった。頼朝は焦燥のあげく、使いたくない義経の起用にふみきった。義経に平氏追討の進発命令が下りた。

義経は一カ月の準備ののち、二月十七日、摂津の渡部津(大阪市)から先陣をきって渡海しようとした。大蔵卿《おおくらきよう》高階泰経が後白河法皇の使者として、表面は軍事視察の名目で、実は義経を京にとどめておくために渡部津にやって来た。

「大将たるものが先陣を競うことはないでしょう。先ず次将を遣わしては……」

「私に考えがありますので、先陣をつとめて、生命を捨てたいと思います」と、義経は覚悟をしていた。

この日、海上がにわかに荒れ、一艘《そう》もともづなを解くことが出来なかった。梶原景時《かじわらかげとき》が建議したが、義経は五艘の船で、百五十騎ばかりで敢然と暴風の海にのり出した。

屋島の陣地は、海上からの攻撃に対して強固に構築されていた。地形が天然の要害になっていた。

義経はとおく阿波方面を迂回《うかい》して四国に上陸し、内陸から屋島の背後をつく奇襲作戦に出た。屋島内裏《だいり》の対岸、平氏の陣地の背面に進出した義経は、牟礼《むれ》や高松の民家に火を放った。寡兵であることを知られないために、民家を焼いて大軍の襲来をよそおった。空を蔽う黒煙と猛火を背景にして、源氏は浅瀬をわたって屋島に突入した。平氏は狼狽《ろうばい》し、屋島の陣地をすて、海上の船にのり移った。

合戦の一日は、暮れた。決定的な終結をみることなく、両陣は対峙《たいじ》したまま、夜を迎えた。敵の兵力が不明なため、平氏軍もうかつに手が出せなかった。一方、源氏にはこのころ、ようやく軍勢が増してきた。熊野別当湛増《たんぞう》が、味方になった。

二十一日、平氏の軍船が志度の浜方面に移動した。一部が志度道場にこもった。そこを拠点として、源氏の背後をつく作戦であった。義経はただちに八十騎をもって志度道場を襲った。平氏の有力な家人の阿波左衛門教能が降参したので、平氏軍は海上を遠くのがれ去った。

伊予の河野四郎通信が、兵船三十艘をひきいて義経に加わった。翌二十二日、梶原景時が源氏の主力を百四十艘の兵船にのせて屋島に到着したが、すでにいくさは終っていた。

屋島を失うことは、瀬戸内海の制海権を源氏側にわたすことを意味した。中国、四国の在地武士は、ぞくぞく服属することになった。義経は、四国全土の支配権を持ちはじめた。あらたに服属した瀬戸内海沿岸の武士たちをもって、源氏の水軍を編成した。

屋島を放棄した平氏軍は、彦島に拠る平知盛の軍と合流した。が、背後の九州沿岸はすでに範頼以下の遠征軍に占領されていたので、平氏は彦島に全勢力を結集し、最後の決戦をしなければならない立場に追いやられた。

それにしても、いくさがあるたびに、その沿道の民衆は、死にさらされて、虫けらの扱いをうけた。兵糧の調達では、かれらは自分らの食べるものすら差し出さねばならなかった。民衆には、平氏も源氏もなかった。牟礼や高松の民衆は、家を焼かれた。その補償はだれもしてくれなかった。船にのれるものは、ことごとく水夫《かこ》に狩り出された。兵士以下の要員の徴発は、辛いことであった。勝利の軍隊につけば、そのことが解放ともなり、出世のいとぐちにもなったろうが、負けることがわかっていても、連れていかれた。

いくさとなると、庶民はおそれて家をすてた。野にかくれたり、山にはいったり、または船にのって河や海にのがれた。それは、京でもおなじことであった。留守になった民家は、薪のように焼かれた。富士川の合戦のときには、夜にはいって、避難民があちらこちらで煮たきをはじめた。それらが平氏側には、源氏の陣の遠火のようにみえた。平氏は、遠火の多いのにおどろいた。野も山も海も河も、みな敵だと解釈した。

敵でも味方でもないのに、いくさの残酷さをひきうけるのが庶民であり、それにはだれも手を貸してくれなかった。

ことに、平氏側の狩り出しは、情け容赦がなかった。民衆は平氏と主従関係もなかった。が、京の政府や国府の政庁から命令を出されると、いやいやながら戦場にのぞまねばならなかった。つねに兵力の不足になやんでいた平氏は、兵糧米だけでなく、公卿貴族に割りあてて兵士を徴集したり、国司を通じて諸国の荘園や郡、郷から直接、兵力をかり出すことにしていた。

「われわれは弓矢や刀を持っておりません。しかも住民の四分の三を徴発されるなど言語道断です」

これは、寿永二年（一一八三）、北陸道の義仲征討軍の出発に際して、住民三十六人のうち二十七人を徴発された南山城山間部の小荘園の住民の抗議であった。かれらは戦場にあっては、せいぜいかちだちの兵士として役立ったにすぎなかった。

かつて、斎藤実盛が、東国と西国の武士を比較したことがあった。

「東国武士の弓は、三人張、五人張、矢の長さは十四束、十五束《つか》です。矢つぎ早に射出す一矢は、二、三人を射落し、鎧《よろい》の二、三領を射通します。大名には部下五百騎以下のものはおりません。そうした中には、強弓の精兵が二、三十人はおります。無下の荒郷一所《あれごういっしょ》の主人でも、弓の上手の二、三人はもっております。

馬と申せば、牧場からえらびとり、飼いならした逸物を、一人に五匹十匹はひかせております。朝夕の鹿狩、狐狩に山林を家と思ってのりまわします。どのような難所でも、落ちることを知りません。坂東《ばんどう》武士の習いで、合戦には親も討たれよ、子も討たれよ、死ねば乗りこえ乗りこえ戦います。西国のいくさでは、親が討たれると供養の法事をすませ、忌が明けたあとにまた合戦し、子が討たれれば嘆いて闘いを中止してしまう。兵糧米がなくなれば、田を作り、とりいれて後に闘おうとして、夏は暑い、冬は寒いと嫌います。東国のいくさには、そのようなことはございません」

斎藤実盛は、こうもいった。

「平氏の兵士は、みな畿内近国のかり武者にすぎません。親が傷つけば、それにかこつけて一門ともに退却し、主人が討死をすれば、郎党はたちまち逃げうせてしまいます。馬は博労《ばくろう》から買いあつめたものばかりで、出京の当座こそ元気よくみえますが、すぐつかれはてて、ものの役には立ちません。人といい、馬といい、西国の二十騎三十騎がかりで、ようやく東国の一騎に相当するくらいでしょう」

治承、寿永の源平合戦の勝敗が決定した原因を、実盛はいいあてていた。

寿永四年（一一八五）三月二十一日、義経は周防国をはなれて、長門に向うことになった。が、この日は雨のため、船出を延期しなければならなかった。義経はこの日、櫛崎船《くしざきぶね》の支配者であり、長門付近の地理や水路に精通している船所四郎正利という強力な援軍をえた。

二十二日、義経は関門海峡さしてともづなを解いた。彦島に集結した平氏軍は、西進してくる義経軍を迎え撃つ態勢をかためていた。平氏一門の軍船のほか、九州の山鹿《やまが》秀遠《ひでとお》や松浦党の水軍が参加していた。その勢力五百余艘であった。平家側の船の中には、唐船風の大型船がまじっていた。安徳天皇や一門の女房たちは、唐船にのって後陣についていた。

源氏の船は、三千艘であった。合戦のはじまるころ、むしろ平氏軍の方が積極的であった。

「坂東武者は馬のうへでこそ口はきき候とも、ふないくさにはいつ調練し候べき。魚《うを》の木にのぼつたるでこそ候はんずれ。一々にとつて海に浸け候はん」

上総《かずさ》悪七兵衛景清が悪態をついたように、海上の戦いに不馴れな源氏軍を一挙に粉砕しようとする気魄《きはく》に満ちていた。

堂々と展開して進む平氏の水軍は、二十四日の朝、源氏とへだたることわずか四、五百米《メートル》まで接近した。いくさは、平氏方の挑戦で開始された。交戦状態にはいったのは、赤間関沖の海上であった。

関門海峡は、瀬戸内海の最西端にあり、周防灘《すおうなだ》と外海の玄海灘《げんかいなだ》とを結ぶただひとつの水路である。海峡はその西の入口を扼《やく》する彦島から、東は企救《ききゅう》半島の先端まで約十キロのあいだ、きわめて幅のせまい水路がつづく。そして、潮の干満による内海と外海との潮位の差を、このせまい海峡によって調節しなければならないのである。時刻によっては、海峡の潮流が非常な急流となった。当然一日の内に潮流の方向は二度変化した。その潮流の変化に精通したものでなければ、思わぬ失敗を招く。潮流の速度は、時速八海里に達した。

平氏軍は、この潮流の速度と方向の変化をよく心得ていた。源氏軍ももちろん、研究していたであろう。合戦の計画は、この潮流をいかにたくみに利用するかにかけられていた。

この月の十五日に、月蝕《げっしょく》があった。

この海峡の特徴は、高潮低潮の時刻と、潮流の方向変化の時間がまったく一致しないことであった。高潮低潮の時刻からおくれること約三時間二十分になると流れが始まり、それが三時間つづいた。第二の特徴は、漲潮《ちょうちょう》と落潮の方向が、瀬戸内海の他の海峡と逆であり、漲潮が内海から日本海に向って流れることであった。

三月二十四日の潮流は、午前五時十分ごろに高潮の時刻となり、それから三時間二十分後の、午前八時三十分ごろから潮が内海に東流しはじめた。はじめ潮流の速度はゆるいが、次第に速くなり、午前十一時十分ごろがもっとも急となり、時速八海里になった。その後次第に速度をゆるめつつ東流がつづくが、やがて潮流がとまる。今度は外海に向って西流をはじめる。それが午後三時ごろである。この西へ流れる潮流がもっとも急速になるのが、午後五時四十五分ごろであった。そして、それが再び内海へと東流の形をとるのが、午後八時三十分ごろである。

午前六時、田ノ浦に展開した平氏の水軍は、源氏の水軍めがけて動きはじめた。午前六時といえば、潮流はまだ内海から西に流れていた時刻であった。しかし、すでにその流れの速度は頂点をすぎ、いっとき静止状態となり、やがて逆に東流することを平氏軍は心得ていた。

平氏の総指揮官の平知盛が、船の屋形に立ち上って、

「天竺《てんじく》、震旦《しんたん》にも、日本わが朝にも双《なら》びなき名将勇士といへども、運命つきぬれば力及ばず。されども名こそをしけれ。東国の者共によはげ見ゆな。いつのために命をばをしむべき。これのみぞ思ふこと」

声をはりあげ、士気をはげました。

はじめ両軍のあいだで、激しい矢合せが行われた。源氏の先陣にいた義経は、楯《たて》も鎧もさんざんに射られた。兵力においては源氏がまさっていたが、緒戦には平氏軍の作戦が成功したようであった。源氏軍は、守勢となった。

和田義盛は船にのらず、馬にのって渚《なぎさ》にひかえ、平氏軍に遠矢をかけた。矢の有効距離はせいぜい百米である。海戦は海岸からあまり遠くないところで始められた。

守勢に立った源氏軍に、さらに事態が悪くなった。潮が東流をはじめた。

潮流をたくみに利用した平氏軍は、いよいよ勝ちに乗じて、源氏を圧迫した。沖の急流をさけて、海岸寄りに位置した梶原景時の船は、目の前を通る敵船に熊手をかけて押しとどめ、それに乗り移って奮戦した。しかし、義経軍の本隊は、次第に速度をます潮の流れと平氏軍の攻撃に抗しきれず、満珠《まんじゅ》、干珠《かんじゅ》の島あたりまで圧迫された。敗色が濃くなった。

この時、義経が新しい戦法に出た。

「敵の武士には目をくれるな。水手《かこ》を射よ。梶取《かじとり》を射よ」

大音あげて命じた。矢のとぶ方向が変った。敵船の上では、梶をすてて逃げまどう水手、梶取が手にとるようにみえた。この戦法は、陸戦で敵の馬の太鼓腹を射るのと似ていた。奇策は、成功した。折から最急の潮流になろうとするときに、平氏軍は水手、梶取を失い、漕《こ》ぎ手がなくなった。船はいたずらに潮に押し流されるだけであった。敵船は、進退の自由を失った。勝敗はたちまちところを変えて、平氏軍の第一陣の山鹿秀遠、第二陣の松浦党は崩れてしまった。平氏側の敗色が濃くなったのは、正午のころであった。平氏の船は混乱したまま、退却をはじめた。午後三時ごろからは外海へ西流する潮であった。源氏軍は、西流する潮にのって平氏一門の兵船に肉薄した。

松浦党、山鹿の水軍は戦場を離脱した。潮にのった源氏軍は、潮の速力が加わるにつれて、いよいよ勝勢を高め、平氏軍を壇ノ浦に追いつめた。

そこでは、陸地に陣取って矢先をそろえて待ち伏せしていた源氏の陸上軍に退路をはばまれた。前後を挟撃《きょうげき》されて、敗北は決定的となった。

九州、四国の武士たちで、平氏を裏切るものが続出した。

敗戦を覚悟した平知盛は、小舟にのって、安徳天皇の御座船におもむいた。

「世の中いまはかうと見えて候。見ぐるしからん物どもみな海へいれさせ給へ」

自ら船中を走りまわって、掃ききよめた。髪は乱れ、知盛の鎧には何本も矢がつきささっていた。女官たちが、いくさのようすを訊《き》いた。

「めづらしきあづま男をこそご覧ぜられ候はんずらめ」

知盛は冗談をいって笑った。

清盛の妻の時子、二位尼は、敗北を覚悟すると、神璽《しんじ》と宝剣を持ち、船ばたに立った。今年八歳の安徳天皇を抱いた按察局《あぜちのつぼね》をふりかえると、海に身を投げた。五彩の花束を海に投げたようなひらめきがあった。花束はしばらく急潮にのり、兵船と共に西に流れていた。

天皇の生母、建礼門院徳子は、二位尼や、按察局の投身に誘われたように海に身を投げたが、波にただよっているあいだに、源氏方の渡辺昵《むつる》が小舟を漕ぎよせ、熊手を髪にひっかけて、御座船にひきあげた。

神器の一つの神鏡は、大納言の局(重衡の妻)が唐櫃《からびつ》のまま脇にかかえて海に投じようとした。が、袴《はかま》のすそを舟げたに射つけられて倒れた。源氏の兵がすばやく取りおさえた。

全軍を指揮していた知盛は、

「見るべきほどのことは見つ。今は何をか期すべし」

乳母子の伊賀家長といっしょに、鎧を二領ずつ着て海に沈んだ。経盛、教盛の兄弟は、鎧の上に碇《いかり》を背負い、腕を組合せて海面に大きな音をたてた。資盛《すけもり》、有盛兄弟や、従弟《いとこ》の行盛は、三人手をとり合ったまま若い生命を海中に投じた。

一門のひとびとが次々と最期をとげる中で、宗盛の子の清宗は、死にそびれてしまった。家人にはげまされてようやく海に投じたものの、深く沈むための用意もなく、小舟で漕ぎつけた義経の家人の伊勢義盛に引きあげられた。

早朝からはじまった壇ノ浦の合戦は、残日がいっとき波上を赤く染めるころ、平氏一門の入水《じゆすい》で終末をつげた。海上には、赤旗が無数に流れていた。立田川の紅葉を嵐が吹きちらしたようであった。主のない舟が潮にのって、どこへいくのか、ゆれながら次々と流れていった。

日の落ちるころ、源氏軍も戦場を去った。

平家一門は、寿永二年の都落ちから約三年のあいだ、瀬戸内海を勢力圏としていた。挽回《ばんかい》の希望がなかったわけではなかった。が、一ノ谷の惨敗から屋島の放棄、つづいて壇ノ浦に敗れて、一門はことごとく滅亡した。

その栄華がめざましかっただけに、末路はひとしお哀れがふかい。が、栄華の裏には、つねに無常が秘められていた。

壇ノ浦の報告を、頼朝は亡父義朝の後生《ごしょう》をとむらうための勝長寿院の棟上げ式に出席中にうけとった。頼朝は、戦勝の報告書をよみあげさせた後、あらためて鶴岡八幡宮の方向に向きなおると、頭を垂れ、無言になった。その胸中には、さまざまな思いが駆けめぐった。平治の乱に平清盛のために破られた義朝は、東国におちのびようとした途中、殺害された。頼朝もこの父の一行に加わっていたが、雪の山中ではぐれ、ひとり関ヶ原をさまよっていた。そして、捕えられた。清盛の継母、池禅尼のとりはからいがなければ、頼朝はそのとき殺されていたはずであった。頼朝は遠流《おんる》の重罪人として、伊豆に流された。いまちょうど、亡父のため菩提所建築の場で、父の敵平氏一門全滅の報に接したのは、何よりの回向《えこう》であったろう。頼朝の沈黙は、つづいた。

戦勝の報告の最後の部分に、

「また内侍所《ないしどころ》（神鏡）、神璽は御座《おはす》といへども、宝剣は紛失、愚慮のおよぶ所、これを捜し求め奉る」

とあったのを、頼朝は思い出した。頼朝は目を大きくあけて、現実にもどった。天皇の入水は致し方がないとしても、三種の神器の内、宝剣はついに発見されなかったという。後白河法皇はじめ京都朝廷が、あれほどほしがっていた神器であった。頼朝としては、それを最大の取引の材料としたかった。

それにしても、一ノ谷合戦以来、卓抜な作戦で、敵の弱点を奇襲し、みずからも第一線に奮闘する義経は、まことに戦闘の天才であった。使いたくなかった義経に追討の命を下すと、わずか二カ月しか経たない内に、範頼をあれほど手こずらせていた平氏軍を全滅させた。北九州に上陸した範頼からは、食糧の欠乏と、士気の不振を訴えて、援助を求める使者ばかりよこしていたときである。頼朝は、その対策に忙殺されていた。正直なところ、戦勝は頼朝自身にも思いがけなかった。

――おそるべき義経！

頼朝は、はっきりそう思った。そのことは、一ノ谷合戦以来胸の奥にきざしていた感情であった。頼朝の命令をきかず、検非違使、左衛門少尉《しょうじょう》となり、大夫判官となったり、源氏の中ではまっさきに昇殿をゆるされた。彗星《すいせい》の如くにあらわれた義経は、頼朝を無視していると解《と》られても仕方がなかった。一ノ谷合戦以来義経に対する頼朝の気持は一貫していた。それが今度の勝利で、頼朝の胸中では決定的なものとなった。

頼朝は、ただちに指令を発した。範頼を九州にとどめ、平氏の旧領没収の戦後処理にあたらせた。義経には、神器と、宗盛ら平氏一族の捕虜と共に上洛するように命じた。

つづいて壇ノ浦の勝報の四日後、東国の武士で、頼朝の許可なく兵衛尉、衛門尉、馬允《うまのじょう》などの朝廷の官職についた二十五名に対し、

「尾張、美濃の境、墨俣川以東の下向を禁ず。もし下向するものあらば、本領を没収し、斬罪に処す」

きびしい命令を出した。そして、その一人一人に対して、辛辣《しんらつ》で、感情的な頼朝自身の批判を

加えた。

平氏滅亡という多年の宿望をはたしたからは、部下のものの多少のやりすぎや、不心得は大目に見のがしてやってもよかった。が、頼朝はそうしなかった。梶原景時や東国の有力武士や、その一族子弟に対して、

「鎮西に下向の時、京において拝任せしむること、駄馬の道草食らひしごとし」

と叱責し、

「このほかの輩《やから》で文武官に任命されている者の数は多いが、官職が分明でないのでここにはのせない。これ以外の者でもむろん同罪である」

そのくせ、頼朝はかんじんの義経に関しては一言半句も触れていなかった。それはきわめて痛烈な、皮肉な義経批判であった。

「それならば、なぜ義経殿は不問に付されているのか」

禁令の対象とされた有力御家人や関係者のあいだに疑問と反感が生じるのは当然であった。頼朝は、そこまで計算をしていた。意味ふかい命令であった。

このことはすぐ、後白河法皇の耳にはいった。武士たちをたがいに対立させて、牽制《けんせい》させ、かれらを手玉にとるのが法皇の伝統的政策であった。鎌倉の頼朝ひとりが次第に実力を加えていく

のは、法皇には好ましくなかった。

九州の範頼からは、戦果におごった義経が、範頼のなわばりを横取りしたと訴えがあった。義経麾下《きか》の侍所として従軍していた梶原景時からも、義経の専横ぶりが伝えられ、義経は平氏一門の長老平時忠の娘の婿になったという報告まで鎌倉に届いた。

頼朝は畿内西国にある御家人武士たちに使者を送り、

「一切義経の命令に従ってはならぬ」

ひそかに申しわたした。

頼朝と義経の関係は、悪化をたどるばかりであった。法皇の思うつぼであった。五月、平宗盛らの捕虜を護送して東国に下ってきた義経は、鎌倉に入るのを許されなかった。むなしく酒匂《さかわ》、腰越《こしごえ》辺の宿駅にとめおかれた。義経が神にみずからの無実を誓った数通の起誓文と、切々たる思いをこめて許しを乞うた「腰越状」を大江広元のもとに送ったが、頼朝の心を動かすにいたらなかった。

頼朝の義経に対する不信は、義経のあげた赫々《かつかく》たる戦果にあった。義経おそるべしの意識は、頼朝の胸に焼きついていた。

六月上旬、頼朝は義経に、平宗盛らを護送して帰京せよと命令を出した。義経は頼朝に会えなかった。許してもらえなかった。京にかえる義経に対して、頼朝は恩賞として義経にあたえておいた所領を全部没収してしまった。

頼朝のかげには、いつも大江広元がいた。大江が頼朝の側近者となったのは、一ノ谷合戦の後であったが、太政官の書記官役をつとめていただけに政務に明るかった。元来が、学問、法律の家の生れであった。大江広元は冷厳であり、剃刀《かみそり》の刃のような人間といわれていた。笑顔をひとにみせたことがなかった。頼朝の性格は、大江広元を得て、龍に翼の結果となったようである。義経に対する苛酷なやり方には、大江広元の献言があったにちがいなかった。

「いかに弟であり、大功があろうとも、殿に服従しようとしないものをそのままにしておくわけにはまいりません。むしろ、弟であり、功績があるだけに、よけいこの際殿の決断がのぞましいと考えます」

鎌倉の政治を行う上に、義経が無用になったというだけでなく、じゃまな存在になっていた。弟という人情論や、その功績を云々《うんぬん》するより前に、政治が先行しなければならなかった。政治が第一であった。義経がひたすら許しを乞うた腰越状が無視されたのも、そのせいであった。

義経は京にかえる途中、近江篠原《おうみしのはら》で平宗盛を斬殺し、清宗を野路で殺した。そういう指令をとくに頼朝からうけていたわけではなかった。忠実に役目を果すことに、義経は意義を見失ったようであった。

捕虜となって京に送られ、さらに鎌倉まで送られたのに平重衡がいた。重衡は、一ノ谷の合戦で捕えられた。重衡は頼朝との対面が終ると、京にかえされた。重衡は南都焼討ちの責任者であったので、南都の衆徒の手にわたされることになった。極悪無道の仏敵として、斬られることになった。

重衡の北《きた》ノ方《かた》は、平家没後、日野の姉の家に身を寄せていた。重衡は大津から醍醐路を経て奈良に護送されていく途中、日野に立ちよった。

重衡は、北ノ方と今生《こんじょう》の別れを惜しんだ。新しい袷《あわせ》の小袖に着換えて、もとの衣裳《いしょう》を形見としてのこすことになった。

「せきかねて涙のかかる唐衣《からごろも》

のちのかたみにぬぎぞ替ぬる」

「ぬぎかふる衣も今は何かせん

今日を限りの形見と思へば」

平重衡が奈良に護送される途中、日野を通り、この地に住む北ノ方と面会することをどこで聞いてきたのか、日野範綱家の下人が知っていた。そのことを、松若麿に話した。伯父たちには報告をせず、下人は松若麿をつれ出した。

途中で、護送されてくる重衡の牛車《ぎつしや》に出会った。騎馬武者が五、六人、護衛していた。徒歩の武士もついていた。松若麿と下人は、道ばたに避けて、一行を見送った。みんなおこったようにだまっていた。北ノ方と別れたあとのようであった。車のひとは、見えなかった。簾《すだれ》が車の震動で、波うったり、ひきつったりした。十三歳の松若麿は、息をとめて見送った。牛車が次第に遠ざかったが、松若麿は動こうとしなかった。

「奈良につけば、すぐあのひとは殺されてしまうのです」

「そんなに悪いひとだったのか」

「何しろ東大寺をはじめ、奈良の寺々をみんな焼きはらってしまった極悪無道のひとですから」

「三位中将平重衡というお方だったね」

車の中のひとは、いま何を考えているだろうかと松若麿は思った。松若麿は、胸をしめつけられた。松若麿は人間の死をいく度も見かけている。いままさに死ぬところのひとも見た。死んでいるひともたくさん見た。火事で半身を焼かれ、かつがれてくる途中息の絶えたひとも見ている。食べものがなくて死んでいくひとを、いく人も見ている。しかし、牛車にのっているひとの死は、これまで松若麿が見てきた死とはちがっていた。車の中は、どこよりも静かであった。車の中に死が乗っているようにひっそりしていた。

――南都の寺々を焼きはらったことを、罪ふかいことと思っているであろう。あのひとは、苦しんでいるのだ。だからあれほどひっそりと車に乗っていたのではないか。

三位中将平重衡は、死以外に、おのれのおかした大罪の償いようはないと考えているのであろう。が、車の中のひとは、死ぬことを何とも思っていないのだろうか。

「殺されることがわかっているのに、不安も苦しみもないのだろうか」

「当然の報いですよ」

「あのひとは苦しんでいる。その苦しみには、救いはないのだろうか。自分の犯した大罪に死をもって報いることと、あのひと自身の不安や苦しみは、別のものではないだろうか」

平重衡は、木津河原で首をはねられた。首はさらしものになった。遺骸はひきとられて火葬にされたが、北ノ方はさらし首に耐えられず、重源にたのんで、とりなしてもらった。首をもらいうけると、日野の法界寺で荼毘《だび》に付した。

法界寺の土地には、もと藤原一族の支流である日野家の山荘があった。永承六年(一〇五一)日野資業《すけなり》が出家するにあたって、邸内に一宇《いちう》を建立した。それに先祖伝来の薬師如来の小像を安置したのが、法界寺の起りであった。はじめに薬師堂が出来た。ついで日野家一族や門葉《もんよう》が私財でもって、観音堂や阿弥陀堂等を建立した。

日野家の一族は、多くこの付近に住んでいた。そのひとつに、日野範綱の邸があった。松若麿の父、日野有範の墓は、法界寺の東、やや高台になったところにあった。が、亡くなった母の遺体は埋められたままで、まだあらためて手がつけられていなかった。

元暦二年の七月であった。松若麿は伯父から経典の講義をうけていた。突然床下からつきあげられるような異常な衝撃をうけた。

「地震だ。庭に出るのだ」

伯父が叫んだ。伯父は立ち上ろうとしたが、うまく立ち上れなかった。松若麿は、両手をついた。屋内におれば、いまにもつぶされそうであった。松若麿はころぶようにして庭にとび出した。地面がぐらりぐらりと揺れていた。築山《つきやま》の石が、土の中からはい出すようにあらわれてころがった。地面に割れ目が出来た。松若麿は、かつての地震を思い出した。が、それとはくらべものにならない気がした。土塀《どべい》が崩れた。門が倒れた。塵《ちり》やほこりが立ちのぼった。大地は鳴動した。家屋はいまにもつぶされそうにみしみしと鳴った。表を歩いていたひとが、しゃがみこんだ。馬が後足で立ち、鳴きつづけた。

丘陵の方面に、大きな土煙があがった。建物が崩れたのであろうか。それとも、山が崩れたのか。

「伯母上、伯母上」

松若麿は叫んだ。家のものは、庭にころがり出て、一カ所にかたまった。

「和子《わこ》、早うここにおいで。早う、早う」

しかし、松若麿は歩けなかった。

隣家が、ついに大きな音とともに崩れた。土塀の崩れた上に、新しい土埃《つちぼこり》が風となってこちらに吹き流れた。余震がつづいていた。

その夜は、家の中にもどれなかった。比較的大きな地震が思い出したように起り、そのあいだに小さい地震がつづいた。

「この調子では、おそらく京の建物はほとんど破壊されたであろう。山は崩れ、川は埋められたであろう。堂舎、堂廟《どうびょう》で満足な形を保っているものはあるまい。石垣は崩れ、道がふさがれてしまった。たくさんないのちが失われたであろう」

庭のくら闇の中で、範綱がだれにいうともなくいった。余震のたびに家屋がぎしぎし鳴った。

この大地震は、余震がひどかった。表にとび出すほどの地震が、日に二、三十回もあったが、十日二十日と経つと、いくぶん間にゆとりが出来て、日に四、五回、それが二、三回とだんだんとすくなくなり、一日おきか、二日おきに一度というふうになった。

「昔、斉衡《さいこう》年間に大地震があって、東大寺の大仏さまの頭が落ちたことがあったが、それでも今度の地震ほどのことはなかった」

そういうひとがあった。

地震の最中は、この世の終りかと思い、ひとびとは恐怖感にたたきのめされていたが、日が経つにつれて、わが家の再建と食べることにかまけて、人生の無常を語り合ったこともわすれた顔になった。胸中にふかく世の無常を感じたとしても、生きていくことの方が急務であった。

大地震の翌月二十八日、東大寺の大仏開眼の供養が行われた。

後白河法皇が臨幸になった。法皇の手で開眼されることになったが、式場の階段を何十段も上ることは、ひどく辛いように見うけられた。法皇は、階段を上りきった。そして、十六丈の仏像を仰ぎみた。いまにも頭の上からのしかかってくるような、山のような大仏であった。はなれて見ているひとには、大仏に向った法皇が、人間に対する蟻《あり》ほどの小ささに見えた。ついてきた多くの公卿《くげ》や役人は、目がくらんで、高い階段を上りきることが出来なかった。途中の階段にしがみつくようにうずくまるものや、這《は》うようにして下りてしまうものもあった。高所恐怖症もあったろうが、それほど相対する大仏が大きすぎて、ひとびとは自分の心の中で均衡感を失ってしまったようであった。

「大仏は出来上った。しかしこれからが大変だ」

十六丈の大仏をおさめる大仏殿を造営しなければならないのだった。

周防《すおう》国が、造営料所に指定された。重源がその国務を司《つかさど》ることになった。

重源は大神宮にまいって、大般若《はんにや》を転読して、造営を祈った。通夜のとき、大神宮の示現があった。

「われ近年身疲れ力衰へ、大事を成しがたし。若《も》しこの願を遂げんと欲せば、汝《なんじ》早く我が力を肥えしめよ云々」

そのため、大般若を写し、転読したというのである。神にもまた、身疲れ力衰えることもあるものらしい。が、このことは、法味によって神を供養するという思想からであった。そのとき参《さん》詣《けい》したものが、七百人であった。さかんな儀式であった。

開眼式以前から、大仏の奇瑞《きずい》があらわれるようになっていた。大仏が光りを放った。午後八時ごろ、日が暮れて、空が暗くなり、月もまだ山の上にあらわれない時刻になると、大仏の眉間《みけん》のあたりにかすかに光るものがあった。

常聞房叡俊が、大仏の眉間の光りを見た。それは星のようでもあり、また燈籠《とうろう》を高くかかげたようでもあった。自分の眼の錯覚かと思った。が、西院の勝恵が、拝殿に来ると、常聞房にいった。

「あの光りをごらんになりましたか」

「私も見た。そなたも見たか」

「不思議なことです」

「ふたりとも光りを見たのだ。自分の眼のあやまりかと思っていたが、そうではなかった」

すると閏《うるう》七月八日にも、また光った。十五日にも二十一日にも、両眼の下や、眉間のあたりに光るものがあった。螢《ほたる》がとぶような光り方であった。そのことが世間の噂になった。冶鋳《やちゅう》のときの何かの秘密だったのかも知れない。

諸人の信仰が、いよいよ増すことになった。

大仏殿の材木をあつめるにあたって、賞を出して、良材をあつめることになった。柱一本に、米一石をあたえるというのであった。柱は九、十丈、あるいは七、八丈、口径は五尺四寸のものであった。そうした木を山からひき出すことは困難をきわめた。その運搬にも、ひと苦労であった。その人夫を徴発しなければならなかった。

ところが周防国にいる鎌倉の御家人が、武威をかさに、運搬を妨碍《ぼうがい》したり、狼藉をはたらいて、いやがらせをするようになった。そのため頼朝が、用材引夫を困らせてはならぬと命令を出した。重源が、その運搬について、奏請するところがあった。それまで田数によって人夫を徴発していたが、それを家別ということにした。それは、在家の員数が必ずしも田数の多少によらないからであった。人間が多くても、田がすくない家もあり、田が多くあっても人間のすくない家もあった。そのためひとりが何回も役を勤めることがあったり、あるものは一年間徴発をうけずにすむ場合もあった。そういう不公平をやめて、家ごとに徴発することになった。

麻綱を、諸国に課した。重源は、材木をはこぶのに轆轤《ろくろ》を利用した。一本の材木を引き出すのに、轆轤二挺《ちよう》と人夫を七十人使った。轆轤をまく綱は、口径六寸、長さ五十丈であった。その綱一本をもちあげるに五十人力を要した。その綱を二タ筋柱の材につけて、引いた。もし轆轤のないときは、千人の人間に引かせた。そのため数十丈の谷を埋めたり、大きな磐石《ばんせき》をくだいたり、山路をひらいたり、樹木を切り倒したり、いばらをとりのぞかねばならなかった。橋もつくらねばならなかった。山の中に三百町の道をつくった。材木は佐波川の水利によって搬出したが、水が浅くて流れないときには、堰《せき》を設けて、材木を流した。そういう堰が百十八カ所も出来た。あらたに河を掘って、江海に通じるようにした。運搬の途中、溺死《できし》するものもあった。

中でも、もっともさがすのに困ったのは、大仏殿の棟木であった。ようやく長さ十三丈のものを発見した。材木は筏《いかだ》に組んで、海上を輸送した。淀川《よどがわ》にはいり、木津にさかのぼった。木津川は底が浅いので、船四艘を柱の両端につけて浮かせ、木津で陸揚げした。それを車につけて、牛百二十頭に引かせた。

結縁《けちえん》のために、諸官有縁のものがこれを引いた。後白河法皇も女御《にょうご》も、その綱を引いた。文治二年四月の杣入《そまいり》から東大寺につくまでに、満四年がかかった。

重源大勧進をはじめ、陳和卿《ちんなけい》、大工物部為里等の十余人が周防の杣にはいる前年、義経は京にかえった。

義経は、叔父の行家《ゆきいえ》と手を握ることになった。行家は当時、河内《かわち》、和泉《いずみ》付近を根拠地としていた。頼朝にうらみを抱く武士たちもようやく多くなっていた。義経はかれらと内々連絡がとれるようになり、奥州の藤原秀衡《ひでひら》の同意も得ることが出来た。義経は放浪時代、秀衡のもとにいたことがあった。義経のこうした動きを煽動《せんどう》したのが、後白河法皇であり、その側近者たちであった。

頼朝が、刺客《しかく》の土佐坊昌俊をおくって、義経の暗殺をはかった。が、すでに関東から情報を得ていた義経は、暗殺を不成功に終らせた。義経は、法皇にせまった。そして、正式に頼朝追討の宣旨を得ることが出来た。

九条兼実が、日記に、

「頼朝が法皇の意志にそむくことが非常に多かったので、その形勢をみた義経がひそかに頼朝追討の宣旨を下されたいと奏上した。法皇は大いにご許容あり、たちまちこの大事に及んだ」

ひそかに書きこんだ。

宣旨を得たのが、十月十八日であった。挙兵した義経と行家は、畿内近国の武士の支援が意外にすくない現実にぶつかった。義経はこの現実を知らねばならなかった。

「ひとまず西国に落ちて、再挙をはかるより方法はない」

義経と行家の意見は一致した。挙兵と同時の致命的な頓挫《とんざ》であった。もはやあとには退《ひ》けなかった。

十一月三日、朝廷から義経は九州諸国の、行家は四国の地頭に任命された。その地域一帯の支配権があたえられると同時に、荘園国衙領《しようえんこくがりよう》から兵糧米を徴収し、租税を運上《うんじよう》する権利と義務を負うことになった。そのころ、院の近臣の知行国《ちぎよう》の豊後《ぶんご》の武士の一団がいた。義経と行家はその武士たちをつれて、総勢二百騎で西国に下ろうとした。

多田行綱以下の摂津源氏が、行手をはばんだ。が、それらを打ちやぶった義経らは、摂津の大《だい》物浦《もつのうら》（尼崎）から乗船した。

折しも大風となり、船はことごとく難破した。

頼朝追討の宣旨が下されたという知らせが、十月二十三日、鎌倉にとどいた。

「即時上洛」

頼朝は、御家人武士に出動を命じた。そのとき鎌倉にいた二千九十六人の武士の内、命に応じたものは、わずか、五十八人にすぎなかった。上洛の意味が通じなかったせいもあった。

頼朝は自身出陣を覚悟した。

鎌倉入り以来、一度も鎌倉をはなれたことのない頼朝であった。頼朝は、駿河《するが》国黄瀬川《きせがわ》宿について、しばらく京のうごきを見ることになった。この地は、かつて義経と頼朝が涙の対面をしたところであった。その義経を討つために、自分はいまこの地にとどまっていた。

運命の皮肉であった。まさかあのときの義経を討つことになろうとは思わなかった。時代の動きが、人間を変えたのである。間もなく義経と行家が都落ちしたという知らせをうけとったので、頼朝は鎌倉にひき上げた。

京へは、東国軍の先発軍がはいった。つづいて主力が続々と西上した。武士たちは殺気立ち、挑戦的であった。法皇の知行国である播磨国では、法皇の代官を国府から追放し、倉庫に封印をしてしまった。かれらにとって京は敵陣であり、後白河法皇は敵であった。

「天下大いに乱るべし。法皇御辺のこと、極めて不吉」

九条兼実は日記に正直にこのときの空気を書きとめた。

狼狽《ろうばい》したのは、法皇側であった。かつて平清盛をおこらせ、法皇がうろたえたことがあった。

「密使を至急関東に送りなさるがよいと思います」

丹後局が進言した。

「そのようなことをうけつける鎌倉とは思えない」

法皇も、大きな見込みちがいをしていた。義経や行家が挙兵と同時に、こそこそと京を落ちていくことになろうとは思っていなかった。義経がそれほど不評判であろうとは思わなかった。自分の見込みちがいを憫笑《びんしょう》するよりほかはなかった。

「今回の事件は、まったく自分のあずかり知らぬところと弁明をなさいませ」

「なるほど、そういう方法もある」

かつて法皇は、平清盛に対して、

「今後は一切政治に関係しない」

一札を入れて詫《わ》びたが、清盛はとりあげなかった。そのときのことを法皇は思い出した。

「以後は天下の政《まつりごと》をしろしめすべからず」

法皇は、頼朝に対して引退の意を表明した。が、気持の上ではそれほど逼迫《ひっぱく》していなかった。

それは、法皇のひととなりであった。

「義経と行家を反逆者として、その逮捕をお命じになるのです。鎌倉殿は、それで名目が立ちます」

「それはまたよい考えだ」

頼朝追討の宣旨の墨がまだかわかぬ内であった。法皇は、丹後局や側近者にすすめられたというより、自分から進んで義経と行家逮捕の院宣を頼朝に下した。

鎌倉からの情報では、事態の好転のようすがなかった。子供でさえはらをたてるようなあさはかなことを法皇がしでかしたからである。が、法皇は、そのことをそれほど気にしていなかった。すぐに反応がたしかめられないだけに、想像されることは不吉なことばかりであった。頼朝が大軍をひきいて上洛をするという噂がながれた。法皇は不安であった。が、側近者の方がもっと怯《おび》えていた。院は、静まりかえった。法皇は丹後局栄子を片ときもそばからはなさなかった。

「鎌倉からの使者がまいりました」

「何ものが来たか」

法皇は自分でその使者に会いたいくらいであったが、不安もあった。

「高階《たかしな》泰経殿に面会を求めています」

高階は、法皇の側近者であった。

「高階を呼べ」

「その高階殿は、不在でございます」

「高階がいない？　このようなときに不在とは不心得ものである。だれか高階に代って会ってやるがよい。早く、だれか高階に代るがよい」

しかし、側近者も鎌倉の使者をおそれた。法皇もおそれているが、その気持は臣下の感情の動きとは別のものであった。余儀なく側近のひとりが、

「高階殿は不在でございます」と、使者に答えた。

「この大事のときに、側近をはなれるとは何ごとか。おそれをなして、かくれたか。そのような腰抜どもの集まりか」

武士は鎧《よろい》を鳴らして、腕をふりあげた。その手の先に文箱《ふばこ》のようなものが摑《つか》まれていた。武士は、御所の門口の廊下に文箱を叩きつけるようにほうりこんだ。文箱が割れた音をたてた。武士は馬にのると、門をはなれた。

ほうりこまれた文箱を拾いあげ、ただちに法皇の前に持参した。法皇が手ずから文箱をひらいた。側近のものに読ませる心の余裕がなかった。それは、頼朝に密使を送ったその返事であった。

「義経、行家謀反《むほん》のことは、天魔のなせることだと仰せになるが、無責任もはなはだしい解釈である。天魔とは仏法の妨げとなるもの、人倫のわざわいとなるものである。頼朝は多くの朝敵をほろぼし、政権を法皇にお任せした。それなのに突如謀反者として追討をうける身となった。それはどういう理由によるのか。法皇のお考えと無関係に、院宣というものが下されるのか」

はげしい語調で書かれていた。書状をもつ法皇の手が、震えた。激情が、法皇の顔色を変えた。丹後局が息をのんで、見つめた。法皇の表情は、わがままな子供の怒り方に似ていた。

「ここを読むがよい」

法皇が書状の一ヵ所を指でつよく押し、丹後局の方につき出した。丹後局栄子が、指で押されたところに視線を置いた。

「行家といい、義経といい、召し捕えられぬところから、国々は疲弊し、人民は難儀をしているのではないか。こういう事態に際して、一片の院宣ぐらいでことが片付くと考えていられるのか。朝令暮改もはなはだしい。それで通ると考えていられる法皇は、日本一の大天狗《てんぐ》である」

法皇の無責任が、このような痛烈な罵倒《ばとう》でかえって来ようとは、丹後局も予期していなかった。法皇の顔を見るにしのびなかった。法皇は、やすやすと丹後局の意見をとり上げた。そのとり上げ方は、いかにも法皇らしかった。が、手の裏をかえしたような無責任さは、法皇の身についているものであった。そういうことが度々あった。法皇自身はそれほどとも思っていないのだ。丹後局には、無責任のこわさがわかっていた。が、法皇には臣下のような感情の動きがなかった。人柄がちがっていた。そのため丹後局としても、手の裏をかえすような助言をすることが出来たのである。さすがに法皇にも、この罵倒《ばとう》はこたえたようであった。

北条時政が千騎の兵をつれて、京にはいった。公卿たちがかたずをのむ中で、時政は鎌倉方の要求書を藤中納言経房に渡した。

それが、守護、地頭の設置の要求であった。

頼朝は義経、行家追捕《ついぶ》の院宣によって、二人の逮捕に出動しようとした。が、大江広元がとめた。

「将軍（頼朝）東国を鎮すれば、東国もとより憂なし。然しながら諸国には義経、行家の徒党が逃《とう》竄《ざん》せるを以《もつ》て、乱の起らんこと測る可《べ》からず、若し乱の起るに至つて兵を遣はして、これを治むれば、人々奔命に罷《つか》れて民力また殫《つ》きん。如《し》かず全国に守護を置き、荘園に地頭を補して之《これ》に備へんには。然らば則ち郡国皆兵備あつて叛乱懼《おそ》れるに足らず」

頼朝は、その意見に従い、義経、行家の急追討を避けて、政治的な方法をとることになった。諸国に守護を定め、公領荘園の別をとわず、一般に地頭をおくというのであった。その際、守護、地頭には、源氏の家人《けにん》を当てる。このことは、東国はもちろんのこと、頼朝が全国の総地頭の位置について、全国を支配することを意味した。義経追討を口実に、頼朝は全国支配の基礎をつくろうとした。

頼朝の申請書には、

「今において諸国荘園平均に地頭職を尋ね沙汰すべく候也。この故は是《こ》れ全く身の利潤を思ひ候にあらず、土民あるいは梟悪《きようあく》の意を含み、謀叛の輩《やから》(国人を指す)を直遇せしめ候。或いは脇々の武士に就き、事を左右に寄せ、動《やや》もすれば奇怪を現はし候。その用意を致さず候はば、向後定めて四度計《しどけ》なく候はんか」

院を含む貴族の泣きどころを衝いたものであった。要求書が高圧的な言辞をつらねているのではなかった。後白河法皇は頼朝の政策に反対であった。が、弱点をにぎられているので、反対を唱えることは出来なかった。公卿たちは鎌倉の武威をおそれていた。法皇は不承不承許可をあたえた。

文治元年(一一八五)十一月二十九日、頼朝の第一目的はみごとに達成された。つづいて頼朝が朝廷に要求したのは、内部改造であった。

一、高階泰経ら法皇の側近と、先ごろの頼朝追討宣旨発布の直接関係者十二名の免職。

一、摂政藤原基通《もとみち》に代る九条兼実の登用。公の文書を天皇に奏聞する前、あるいは奏下する前にこれを内見する内覧の職に兼実を任命すること。

一、九条兼実、藤原経房ら法皇批判派の公卿十名を指名して、議奏公卿にすること。

一、その他の免職者の後任の指名。

しかし、後白河法皇自身については何もふれていなかった。頼朝は、朝廷内の反頼朝派をまったく一掃する大改革をねらった。

これはあくまで、朝廷内部の問題であった。法皇には、守護、地頭の問題よりも不承知であった。が、たのみにする武力をもたない法皇は、余儀なく全面容認という結果になった。

翌二年、九条兼実は基通に代って摂政の座についた。

しかし、かつて一度引退を表明した法皇は、依然としてその地位にとどまっていた。周囲が足をつかんで、ひきずり下ろすならともかく、法皇自身には引退の意志がなかった。引退しないことは、頼朝に対するひそかな反抗であったかもしれない。摂政と切りはなせぬはずの厖大《ぼうだい》な摂関家領の荘園は、依然として藤原基通の支配下にあった。九条兼実にはあたえられなかった。頼朝が再三、基通の所領を兼実に与えるように要求したが、法皇は承知しなかった。駄々っ子のような強情さを示した。

頼朝は、丹後局栄子《えいし》の存在にはふれなかった。法皇のお気に入りの女性というので、法皇については何もふれなかったとおなじ扱いをした。

日野範綱の邸に、ひさしぶりに五郎七が顔を出した。範綱のそばでは、松若麿が習字の稽古をしていた。

「近ごろは、旅するのもいくらか安心が出来るようになりました」

「世の中は変った。単に平家から源氏に代ったというだけではない。日本国の政治体制が、かつてない形をとりはじめたのだ。革命が生じたのだ」

範綱が説明した。

松若麿は習字の手を休めて、伯父の話に耳をかたむけた。松若麿の文字は、いかにものびのびとしていた。心の中のものを文字によってぐいとひきのばすといった感じであった。手本にとらわれることもなく、闊達《かったつ》なくらいであった。早くから宋朝風のおもかげがあった。

「後白河法皇は、これまでの日本の国家の守り手として、朝廷の権威の伸長につとめて来られた最後のお方だ。これまでの日本の政治は、朝廷が行なってきた。わが一族の藤原氏が、天皇や法皇と協力して、日本の政治を行なってきた。そこへ平氏があらわれた。平氏の台頭は、武家政治のはじまりであるが、平氏自体は、これまでの日本の政治形態の中にあった。藤原氏に代って政治を行なってきた。藤原氏が平氏と代っただけで、日本の政治の形は変らなかった。平氏の時代にも、内乱はあった。しかしそれは、内乱分子が平氏を目標にしたのではなく、平氏がよって立っている従来の国家政治に対する内乱であった。その当時の反乱分子は、源氏と寺院大衆と国人《こくじん》であった」

松若麿には、国人の意味がよくわからなかった。国人とは、院政期を通じて院権力を背景とした受領層の圧力に抗し、次第に成長してきた領主層のことであった。かれらは、国役に対抗し、その廃棄を目指しながら、年貢を抑留したり、荘園の転倒をはかったり、土地の横領を企てた。保元・平治の乱の段階では、まだそれらを利用して蜂起《ほうき》するほど組織的でなく、従来の国家体制は依然強固であった。が、かれらとおなじ階級の出身である平氏が政権を握るのをみると、かれらは希望をもちはじめた。

かれらは、京で政権をにぎるものが、平氏であろうと、源氏であろうと、義仲であろうと、頼朝であろうと拘泥《こうでい》するところはなかった。内乱の進行する方向に従って、かれらは義仲につき、頼朝にも従った。かれらは、源平の勝敗に関係がなかった。地方の国人は、もはや貴族に諾々として奉仕することをやめた。そして武家の実力によって、貴族階級と対抗の出来ることを知った。

「中でも、もっとも執拗《しつよう》な動きをつづけていたのは源氏であった。が、かれらは分散的であって、孤立していた。頼朝殿に対してさえ、対立的であったくらいである。それが平氏滅亡と同時に、源氏が組織的な力でもってのり出すようになった。法皇もまずいことをなされたが、頼朝殿は、守護、地頭の設置の許可を院に申請をした。法皇も、許可しないではいられない立場にいられた。守護は、これまでの国司の権力にとって代るものであり、地頭は荘園の領家《りようけ》を制するものである。頼朝殿は総守護、総地頭となった。それに加えて兵馬の実権をにぎり、あわせて全国の土地警察の権力も手におさめることになったのだ。朝廷には、もはや何の力もなくなった。あるものは、形だけのものとなった」

「地頭となる人間が、すべて頼朝殿の御家人であり、頼朝殿の代理人であり、分身であるとすれば、任免権は当然鎌倉殿にあるわけでございますね」

五郎七が念を入れるようにいった。

「そうだ。これまでのように個々の荘園本所が直接任免を行うことが出来なくなった」

「朝廷は、おもやを奪《と》られた形ですね」

「革命的な出来事というのは、その意味だ。政治体制が変ったのだ。鎌倉がこれから、朝廷に代って日本の政治を行うことになったのだ」

「大へんな世の中になりました」

「地方武士たちの長年の、最大の念願が、頼朝殿によってかなえられることになった。武士たちは、頼朝殿のもとに結集をしたのだ」

頼朝は、武家政治の経済的な基盤を守護、地頭においた。地方武士には歓迎をされたが、農民大衆が搾取《さくしゅ》されることには変りがなかった。「泣く子と地頭には勝てぬ」とか、「地頭に法なし」と、諺《ことわざ》が後世に云々されるようになったが、地頭といえば、横紙《よこがみ》やぶりの強力な支配者ということであった。まだしも貴族国家時代のくらしの方が、農民や大衆には楽であったということにもなりかねない。

後白河法皇は、守護、地頭制を許可したとはいうものの、内心では反対をつづけていた。多くの貴族たちも、頼朝の力によって国人の無謀を除去してもらうことはありがたかったが、守護、地頭の権力が伸びはじめると、国人どころの騒ぎではないことが次第に理解出来るようになった。その急先鋒《きゅうせんぽう》が後白河法皇であった。

申請を許可した翌年から、貴族たちは反対をとなえはじめた。その急先鋒が後白河法皇であった。そのため、頼朝は緩和政策をとったが、従来の国家政治の外濠《そとぼり》は埋められてしまった。

大和吉野山で、義経の妾《めかけ》の白拍子《しらびょうし》静御前《しずかごぜん》がとらえられたのは、文治二年であった。静は鎌倉におくられた。そのとき、静は妊娠していた。頼朝と政子の前で、静は舞うことになった。が、頼朝は舞い終ってからも何もいわなかった。政子が、何か賞をあたえるようにといった。静の生んだ子供は、すぐ殺された。あのとき平清盛が自分を殺していたならば、平家は滅亡することもなかったであろうという考えが、頼朝の恐怖観念の一つになっていたからである。

義経が吉野山に立ちよったことはわかったが、その後、山伏姿となって奥山の大峯を志したという以外、足どりをつかむことが出来なかった。鎌倉側が躍起となってさがすのだが、消息は不明であった。

義経は、吉野、大峯、多武峯《とうのみね》、熊野川上流の十津川へと、山間部をかくれ歩いていたが、大胆にも京にまいもどった。

源行家は和泉国にかくれていたが、奇襲をうけて、父子とも殺された。行家は院から四国一帯の支配権をあたえられていたが、支配権は紙片にすぎず、四国にもいられなかった。頼朝の挙兵に功績のあった行家は、その頼朝のために殺された。

義経は比叡山の延暦寺、奈良の興福寺、京の鞍馬寺、仁和寺《にんなじ》に、あるいは法皇の御所や、前摂政の藤原基通の邸宅などを転々として、同情者たちと連絡をとり、再挙をはかっていた。義経は、反鎌倉派の庇護《ひご》をうけていた。

鎌倉側は、せっかくの情報を入手しても、大寺院の直接捜索は思うにまかせなかった。寺院には、強力な僧兵がいた。寺院は、治外法権下にあった。義経には、大きな後援者であった。鎌倉側が、朝廷に申し入れを行い、手入れの許可を要求しているあいだに、義経はもうそのところにはいなかった。

佐藤忠信や伊勢義盛ら義経の腹心の部下の何人かは、逮捕され、殺された。院の近臣と義経が通謀している確証もあげられた。

「各所に義経の同情者が多く、このままではとうてい義経の逮捕は出来ない。よって二、三万騎を派遣して、山々寺々の隅々まで残らず捜索させるつもりだが、その結果不測の出来事がおこるかも知れない。ついてはいま一度、朝廷の方で義経を召し取る方法があれば、うけたまわりたい」

頼朝から後白河法皇に書状が届いた。

義経逮捕の祈禱《きとう》が、各寺院で大がかりに行われた。反鎌倉派貴族の行動が、次第に圧迫された。

高野聖《こうやひじり》というのがいた。それは高野山に所属する聖たちであった。が、高野山のほかに善光寺、長谷寺、四天王寺、東大寺、鞍馬寺、清涼寺などにも聖がいて、それぞれの寺の勧進に従事していた。京の大原、嵯峨、西山、東山などは、聖の住所として知られていた。松若麿《まつわかまろ》の住居の西北にあたる山科《やましな》勧修寺の付近にも、念仏聖があつまっていた。かれらは必ずしもそれぞれの寺に専属していたのでなく、たがいに交流していた。

聖とは、原始宗教者の「日知《ひし》り」から名づけられたといわれる。

「古事記」の景行天皇の条に日本武尊《やまとたけるのみこと》が、

「新治《にいばり》筑波をすぎて、幾夜か寐《ね》つる」

日数を訊《たず》ねられたのに対して、

「かがなべて、夜には九夜《ここのよ》、日には十日を」

答えたのは、御火焼《おひたき》の老人であった。神聖な火を管理する宗教者が、同時に日を数え、日の吉凶を知っていた。

御火焼の老人は、原始宗教者であるとともに、部族国家の首長でもあった。その意味で、祭政一致の主権者である天皇が、聖帝《ひじりみかど》と呼ばれた。

聖とは、きわめて原始的な宗教者一般の名称であった。

聖には、呪力《じゆりよく》を身につけるための山林修行と、身のけがれをはらうための苦行があった。

原始宗教では、死後の霊魂は苦難にみちた永遠の旅路をつづけねばならないというので、これを生前に果しておこうという巡礼が、聖の遊行《ゆぎよう》性となった。

山林に隠遁《いんとん》し、身のけがれをはらう苦行と、遊行性によって得た呪験力は、予言、治病、鎮魂などの呪術に用いられるようになった。

聖には、隠遁とか苦行のきびしい掟《おきて》があるが、それ以外に妻帯したり、生産などの世俗生活をいとなんだ。俗聖と呼ばれる世俗性をもっていた。

聖は、内面的な信仰よりも、宗教的作善《さぜん》の数量でその信仰をはかるので、多数者による多数作善をおもんじるために、集団性をもっていた。

多数者による集団的作善は大衆を動員して、道路や橋をつくり、或いは寺や仏像をつくる勧進に利用された。仏教化した聖の最大の働きは、その勧進性にあった。

文覚《もんがく》が、那智の滝で荒行《あらぎよう》をしたのも、聖の掟の一つの実行であった。とくに文覚だけの荒行ではなかった。

高野山に属する高野聖は、高野檜笠《ひがさ》に、脛高《はぎだか》なる黒衣を着て、諸国を遊行した。

聖たちには、念仏と法華経と密教の戒律信仰が雑然と併修されていた。聖の念仏は、往生の行であるよりも、滅罪と鎮魂の呪術であった。死者の生前おかした罪とけがれを滅ぼして、死後の煉獄《れんごく》の苦から救うというのが、聖の念仏の第一義であった。

目下、東大寺が再建の途上にあった。大勧進の俊乗房重源《ちようげん》の力は、かれのひきいる勧進聖たちのはたらきであった。

黒谷を出た法然のもとにも、聖が集まっていた。次第にそれらが組織化されようとしていた。東大寺再建の勧進の白羽の矢が法然に向けられたのも、法然のまわりに次第に集まってくる聖の動きが注目されたからであった。その聖の中に、重源がいた。

大原に住んでいた聖たちが、法然を招いて専修念仏について議論をたたかわせたのは、聖たちの信仰と法然の念仏一行《ぎょう》だけを往生の行とする信仰のちがいに、疑義を抱きはじめたからであった。

西方極楽浄土の信仰がさかんになって、念仏修行者がいたるところに満ちていたが、聖たちの信仰には夾雑物《きょうざつぶつ》が多かった。

法然と大原に住む聖たちとの法義談論は、一度や二度ではなかった。そういうことが度重なると、法然の存在が次第に大きくなった。智慧第一といわれた、いわゆる有智《うち》の道心者の法然の談義には、かれらは信伏《しんぷく》の表情をあらわして、熱心に聞いた。

他宗のもので、法然に帰するものも次第に多くなった。その中には、聖護院《しょうごいん》の静恵法親王もいた。しかし、帰依者の中でもっとも有名なのは、天台宗の顕真であった。

顕真ははじめ、使者をもって法然に会見を求めた。法然が訪ねてきた。法然は、五十四歳で、肥満型であった。柔和な面差しで、いかにも包容力の大きさを感じさせた。法然は自分の前に座を占めた顕真をおだやかにながめやった。

顕真は、出離生死の要を質問した。

「成仏は難しといへども、往生は得やすし。道綽《どうしゃく》善導の心によれば、仏の願力を強縁として、乱想の凡夫浄土に往生す」

その他にも、種々の質問の応答があった。が、顕真の態度には、相手の信仰と智慧をためすという感じがつよかった。顕真には、法然の正体がつかめなかった。

法然がかえっていくと、

「法然房は聡明なひとだが、すこし偏執的なところがあるようだ」

それを伝え聞いた法然は、

「自分の知らないことには、人間は必ず疑心をおこすものである」

そのことが、顕真の耳にはいった。

「まことにそのとおりである」

顕真は百日間大原に籠居《ろうきょ》して、浄土の章疏《しょうしょ》を読んだ。

天台は最澄《さいちょう》によって、円教、禅、円戒、密教の四宗が合一の形で比叡山に開設された。最澄歿《ぼっ》後《ご》、円頓戒壇の設立によって、天台宗の独立が確立された。最澄の弟子の円仁や円珍らの入唐《にっとう》によって、天台密教として教学的にも大きく発展したが、安然にいたって極度に密教化したものであった。真言は、中国の密教を空海が伝えて、わが国で独立した大乗仏教の一宗であった。最澄が天台宗に伝えた密教を台密というのに対して、真言の密教を東密といった。密教とは秘密教の略称で、仏教の教説のうち最高深遠なものであり、その境地に到達したもの以外にはうかがい知ることが出来ないとされ、一般の仏教を対照的に顕教といった。

ところが、浄土教の源流をさぐると、仏教渡来の当初からあったことがわかる。飛鳥《あすか》時代の仏教は混沌《こんとん》としていて、その信仰はきわめて幼稚で、現世の物質的幸福を求める思想にすぎなかった。が、すでにそのころから浄土往生の思想は胚胎《はいたい》していた。聖徳太子は平素、浄土を求願していた。法隆寺金堂の西間の壁画には西方浄土変を現わし、いくたの往生人を描き出している。すでにそのころ西方往生の思想が萌芽《ほうが》していた。「日本書紀」には、舒明《じょめい》及び斉明の両朝に恵隠が再度宮中で大無量寿経を講じたと記している。

仏教における往生思想はその種類がきわめて多いが、主なるものは、兜率《とそつ》上生の思想と西方極楽往生の思想であった。兜率上生とは、兜率天に生れて菩薩《ぼさつ》となり、後に仏になるというのであった。この兜率と西方の二大思想は、印度以来相ついで発達し、兜率思想はつねに有宗（見るべく現ずべき形あるもの、造作の相あるもの）系統に伴い、西方思想はつねに空宗（万物を空とする立場の宗派）系統に従って、中国を経て日本に伝来したものであった。飛鳥時代の仏教は、三論と法相の二宗であった。西方思想は三論すなわち空宗に、兜率思想は法相すなわち有宗に随従して、わが国に伝来した。

飛鳥朝から奈良朝にはいると、来世往生の思想には、釈迦、薬師、観音の浄土などが憧憬《どうけい》されたが、やはり主流は兜率と西方の二大思想であった。その中でも西方思想の方が優勢であった。ことに天平宝字四年（七六〇）光明皇后が崩御され、天下に命じて、各国に阿弥陀浄土の画像を画き、称讃浄土経を写させ、諸国の国分尼寺に弥陀三尊の像を造らせたことから、いっそう西方思想が天下に流布されるようになった。

元興寺《がんごうじ》に智光、礼光という学徒がいた。「日本往生極楽記」（九八五―九八七）は、わが国最初の往生伝であった。文人慶滋保胤《よししげやすたね》の著である。それによると、智光は晩年言語を絶ち、西方の往生を願い、礼光もまた智光の誘導によって、浄土の教相を観じて、同じく安養の往生をとげたとある。智光には天親の「浄土論」を註釈《ちゆうしやく》した「浄土論註」という五巻の著書があった。わが国における浄土教に関する著述の嚆矢《こうし》であった。が、わが国の初期の浄土教は称念でなく、観念の念仏であったことは、わが国の浄土教史上注意すべきことである。平安朝にはいって、南都の学匠で浄土教に帰依したものが多かった。法相の善珠、三論の永観、珍海はその著名なものであったが、やはり称念よりは観念中心であった。

平安朝にはいると、三論、法相の二宗の中に新しく天台と真言が加わることになった。そして西方思想は天台宗へ、兜率思想は真言宗に流れこんだ。が、中期以後となると、西方思想がさかんになって、次第に兜率思想を圧すようになり、高野山にも浄土教がさかんになった。兜率思想はわずかに真言の中で、一縷《いちる》の命脈を保つようになった。

が、真言ではやはり東密が正業《しようごう》であり、天台では台密が正業であった。そのかたわらの浄土教の念仏であった。顕真も明遍《みようへん》も、それであった。いわゆる正雑兼行であった。そのため行業が雑《ざつ》駁《ばく》となるのはやむをえなかった。

明遍には、こんな噂《うわさ》がながれていた。

明遍をもって、高野聖の起源という。明遍の父は、平治の乱で奈良の般若野で討たれた信西入道《しんぜい》であった。明遍の幼名は、按察使《あぜち》君といった。貴族の習慣で、出家するとき下僕八人がいっしょに出家をした。念仏に帰依して、八葉の聖となったのが、高野聖のはじまりという。明遍ははじめ高野山の蓮花谷で修懺堂をいとなんでいたが、その貴族的出身と学識と道心が評判になった。たちまち明遍は、高野聖の偶像にされた。明遍はつねに、

「無智の道心者たれ」

ひとに説いた。学問もあり、道心もありながら、無智であれと説くことが、念仏者のあいだで明遍の人気をたかめさせた。

明遍と法然は、四天王寺で出会ったというのである。それは明遍が善光寺参詣《さんけい》のとき、四天王寺に立ちよった。偶然そこに法然が来ていた。

法然が来ていると知ると、明遍は法然の居間に出向いた。初対面の挨拶もせず、つっ立ったま

ま、

「このたびいかがして生死をはなるべき?」

問うた。

「南無阿弥陀仏を唱えて往生をとぐるには、しかず」

法然が答えた。

「念仏のとき心を散乱し、妄念《もうねん》のおこり候をば、いかが候べき」

ふたたび問うた。

「心はちりみだれ、妄念はきおいおこるといえども、口に名号《みようごう》をとのうれば、弥陀の願力に乗じて、決定《けつじよう》往生すべし」

法然がよどみなくそう答えた。

「これうけ給わり候わんためにまいりて候つるなり」

別れの挨拶もせずに明遍が立ち去った。その態度がいかにも求道者らしいと世間で評判になった。が、有智の道心者といわれる高野聖の明遍が、この程度の問答に満足してひきあげたとは信じられないことであった。いずれは高野聖たちの創作にちがいない。

明遍は法然の死後、その遺骨の一部をもらって、生涯頸《くび》にかけていた。のちに五室聖《ごむろひじり》頭目の貞暁法師がゆずりうけたという。明遍は高野山蓮花谷の朝の勤行《ごんぎよう》には、自警戒と舎利講を行い、夕べには臨終の行儀としての迎講を行なって、同志と一日六時の合唱念仏をくりかえした。舎利講とは、釈尊の遺骨を供養する法会《ほうえ》であった。

法然に帰依したが、明遍が真言宗をやめたわけではなかった。明遍の念仏は法然のものとちがい、真言の信仰と、舎利信仰と、戒律信仰をまじえた念仏であった。真言の伝統の上に立った融《ゆ》通念仏《ずう》であった。

明遍のは、真の専修念仏とはいえない。しかし、それは法然の場合にもいえることであった。法然自身、如法経勧進や療病の授戒を行なっていた。両界堂上人とか、穀断上人と呼ばれて、種々の雑修を行なった。専修念仏を主張しながら、法然にはこれまでの種々の信仰の習慣がたち切れなかった。妥協的なふるまいがあった。それに、弟子の中には、密教や如法経や戒律の信仰をもったものが多くまじっていた。唱える念仏は同じでも、専修念仏と融通念仏のような区別があった。

叡山に上る

五郎七が朝早く日野邸に来たとき、松若麿はいつでも出かけられる用意をしていた。五郎七が、十七、八ぐらいの若者をつれていた。

「息子の万助でございます」

「たくましい若者だ。いいあとつぎが出来て、五郎七は仕合せものだ」

範綱は、若者に笑いかけた。筋肉のひきしまった、五郎七によく似た顔は、精悍《せいかん》な感じであった。万助は、口数がすくなかった。

「ときどき旅にもつれてまいります。早く私の仕事をおぼえてもらいたいと思ってます」

五郎七は行商人をやめ、いまでは座衆と呼ばれる集団で商業を営む座商人であった。材木の集散販売、板の販売や、木材の賃貸をした。加工業もかねていた。住居を堀川に移していた。

「私と息子がお供しますから、決してご心配はありません」

「出来ることなら、私もお参りがしたいところだが……」

伯父たちに見送られて、松若麿を中にして父子が邸を出た。今日のことは、このまえ五郎七が訪ねてきたときに出た話であった。文治元年に再建になった高尾《たかお》の神護寺の参詣であった。五郎七としては、新しい神護寺に参ることは、仕事のためでもあった。地方では、京の話をきいたがる。自分がその新しい寺を見ているといないとでは、話の重みがちがう。相手にあたえる感銘もちがったものになる。万助を同道したのは、一つには松若麿の護衛の目的もあったが、万助にも京の新しい知識をあたえておく必要があった。それだけではなかった。松若麿の将来のことが決定されてからは、五郎七は折につけ、松若麿を諸々の寺々に案内した。寺院というものになじませておきたかった。日野邸からあまり出たことのない松若麿が、うろたえないためにも、すこしでも世間を知らせておきたかった。

五郎七と万助の足は、早かった。旅慣れのした歩調であった。が、松若麿はついてきた。若さのせいであった。道々五郎七が話した。

「神護寺というのは、勧進僧の文覚というえらいお坊さんが、再建したものです。もとは空海の弟子の真済というお坊さんが、建てたものでしたが、火事にあって大部分燃えてしまいました。いまから十三、四年前のことでした」

「それではちょうど私が生れたころだ」

松若麿がいった。

「そうなりますか。それまでは壮大な堂宇堂舎を誇っておりましたが、のこった建物はひさしく修理されなかったので、秋には霧につつまれ、扉は風に倒れて、落葉の下に朽ちていました。仏壇がむき出しになっていて、お坊さんはひとりもいない寺になってました」

醍醐から高尾まで、五里近くの道程であった。五郎七の予定では、十分日がえりの出来る距離であった。道すがらの五郎七の話は、松若麿の興味をつのらせた。

「たまたま荒れはてた神護寺を訪れたのが、文覚という荒法師だったのです」

文覚は、そこに草庵《そうあん》をつくった。そして納涼殿をつくり、空海の像を奉じて、護摩堂に不動尊を安置するなど、再建に努めた。文覚は昔日の神護寺を再建しようという大願をたてたのである。勧進帳をつくって、寄付をつのって歩きまわった。勧進といったところで、一紙半銭をあつめているのでは埒《らち》があかない。大口募財として荘園《しょうえん》や造営領国の寄進をうけて、そこからとりたてる年貢で目的の堂塔伽藍《がらん》をたて、法会《ほうえ》や僧供《そうぐ》を維持するのである。文覚は、高い築地《ついじ》をめぐらせた公卿の邸や武家の屋敷にも勧進に歩いた。しまいには、御所にまで押しかけた。

文覚が後白河法皇の御所を訪ねたとき、はるか向うの御殿から歌舞管絃《かんげん》のひびきがながれていた。文覚ははじめおだやかに神護寺再建の勧進をねがった。が、

「ここを、どこと心得るか。勧進聖の心やすく出入り出来る場所ではない。早々に立ち去れ、それにいまは、院のおたのしみである歌舞管絃の宴が催されている最中だ。無礼なことがあってはならぬ」

舎人《とねり》のことばに、文覚は顔いろを変えた。その顔は顎《あご》が張っていて、頬骨が高かった。文覚は、荘園の寄付をたのみに来たのである。形相を変えて、宴の催されている御殿の方に向おうとした。舎人があわてて、文覚を押えた。その人間が仰向《あおむ》けに倒された。

「こやつ、ひっとらえろ」

「坊主！」

「こやつ」

三、四人の舎人が文覚にとびついたが、文覚の左右の手でなぐりつけられ、思わずひるんだ。文覚は駆け出した。騒ぎを知って、多くの舎人があらわれた。もみあっている内に大勢のため、

文覚はとりおさえられた。

この騒ぎが、法皇の宴席にまで達した。舎人が呼ばれた。文覚は、法皇から何分の沙汰があるであろうと、両腕を押えられたままの姿勢で待った。

「上には、ことのほかのおいかり。そのような坊主は、ただちに御所の外にほうり出せとの仰せだ」

そのまま文覚はつれ出されようとした。隙をみて、文覚が駆け出した。文覚は、後白河法皇が歌舞管絃の宴をたのしんでいる庭先に駆けこんだ。墨染の法衣は破れ、片袖がなくなっていた。文覚は両足をふんばり、法皇の方を睨《にら》みつけると、勧進帳をふところからとり出して、大音声で読みはじめた。

勧進帳をよみあげただけならよかったのだが、そのあとで法皇の悪口をいいはじめた。警護の舎人らが文覚をとりおさえようとした。文覚があばれ出した。沓《くつ》がとんだ。舎人がはねとばされた。立烏帽子《たてえぼし》がころがった。文覚は、わめいた。その声は、御所中にひびきわたった。ついに押し倒された。文覚は縛りあげられた。

法皇には、うす汚ない、気ちがい坊主としか映らなかったようである。文覚がひったてられていったあとには、冠が落ちていた。褐衣《かちぎぬ》の片袖がもぎとられていた。

文覚は、伊豆の蛭《ひる》ヶ小島に流された。

そこで文覚は、頼朝を知った。文覚は、頼朝に、亡父義朝のとむらい合戦に平家をほろぼすことをすすめた。が、文覚の弁舌をもってしても、頼朝の心を動かすことは出来なかった。当時の頼朝は、父の冥福《めいふく》を祈るために、法華経読誦《とくしょう》を日課としながら、妻の政子と北条の館《やかた》で一地方の武士として終ることに満足していたようであった。

「文覚は、もと遠藤武者盛遠という、れっきとした武士だったのです」

五郎七がつけ加えた。

「どうして、お坊さんになったのか」

松若麿らは、すでに京の町中をとおりすぎていたが、話につられて、それほど歩いたという感じがなかった。

「いつごろ僧文覚となったのか、多分二十二、三歳のころでしょう」

僧となった動機は、人妻の袈裟《けさ》との悲恋からであった。たまたま袈裟をみかけた盛遠は、「三箇年ひと知れず恋に迷いて、身は蟬《せみ》の脱殻《ぬけがら》」のようになっていたが、一夜ついに袈裟と通じた。盛遠の狂恋ぶりに、袈裟は良人《おっと》を殺してくれと頼んだ、そして良人の身代りとなって袈裟は盛遠に殺された。殺されたのが袈裟とわかると、盛遠は無常を感じて、出家をした。

真冬の熊野山那智の滝にうたれるなどした。世間は、荒聖《あらひじり》と呼んだ。が、どこの大寺院にも属していない文覚は、勧進聖として生きた。

神護寺の再建という大願を抱くようになって、後白河法皇の御所にのりこみ、法皇に悪態をついたために伊豆に流されたが、のちに流罪をゆるされた。頼朝が平家を滅亡させると、頼朝の後援をうけて、神護寺再建に着手した。

頼朝後援ということもあって、後白河法皇は、四十五ヵ条の神護寺起請文《きしょう》にみずから手を入れたり、手印を捺《お》したりした。また法皇の勅許ということで、高野山から神護寺に金泥両界曼荼羅《まんだら》を返還させた。法皇は荘園を神護寺に寄付した。

両側に山がせまり、いかにも山峡らしい景色であった。道は、谷あいの底に通じていた。清滝川が、清冽《せいれつ》な流れをみせていた。松若麿の一行は、先を急ぐように歩いた。やがて急な石段道をのぼった。楓《かえで》が多く目についた。みだれ積みの石段の先に、真言宗神護寺の二天門を見あげることが出来た。山腹をきりひらいた平坦な境内に、楓や松が多かった。そのあいだに諸堂が静かに建っていた。木の香も新しい堂宇であった。参詣人も多かった。

松若麿はひとりで、境内を歩いた。あちらの堂の階段を上ったり、こちらの石段を上ったり、鐘楼にかかる梵鐘《ぼんしょう》を見あげたりした。松若麿がふきさらしの廊下に立ったとき、五郎七は他日髪を剃《そ》り落した若い僧が、そうして廊下に立っているすがたを想像した。

「和子《わこ》、その梵鐘の文字をよく見ておくのです。三絶《さんぜつ》の鐘と呼ばれている、由緒ある鐘ですから」

五郎七がいった。それだけのことを五郎七はひとからきいていたが、そのわけはくわしく知らなかった。それは青銅製の鐘で、四面に陽鋳《ようちゅう》された文が有名であった。序は橘広相《たちばなのひろみ》、銘は菅原是善《これよし》、書は藤原敏行と、当時の一流の人の手になったものであった。

「お山の延暦寺も、このように大きなお寺であろうか」

ここから延暦寺まで、四里ほどの距離にあった。

「お山には、何千人という僧がいます。もちろんここよりは大きなお寺です」

五郎七はすでに、何カ寺かに松若麿を案内していた。出家する予定の松若麿にしてやることの出来るのは、それくらいのことであった。五郎七には、妙に松若麿のことが気にかかった。両親をうしなっていることにも、不憫《ふびん》がかかるが、自分の息子に近い年ごろであることも気になった。松若麿の不安な将来のことが、息子のことのように心配であった。聡明であることも、かえって心配のたねであった。貧乏公卿の平凡な息子にすぎないのなら、すてておいても雑草のように生きのびるであろうが、松若麿の将来が無事平穏にはすまされないような気がしてならなかった。

五郎七は出来ることなら、二、三日でもよいから、松若麿を自分の家につれていきたかった。松若麿がそういうことに、つよい好奇心を持っているからであった。出家をする前に、いろんなひとの生き方のあることを知らせておきたかった。範綱にたのめば、許してもらえるであろう。

五郎七ののぞみは、間もなくかなえられた。

「それでは、当分和子をお預かりいたします」

「何分よろしく頼む」

範綱は五郎七から松若麿に視線をうつして、微笑した。松若麿は、うれしかった。五郎七がたびたび諸々の寺につれていってくれることも、たのしかったが、何日か、よその家でくらすことになるのである。松若麿はいさんで、日野家を出た。京のにぎやかな町を通りすぎたことは、いく度もあった。松若麿が足をとめて、もっとよく見たいと思うものもあった。今日からその町屋の中でくらすことになった。

ある築地をめぐらした公卿の邸のそばを通っているとき、不意に前方に、五、六人がころがり出るようにあらわれた。むしろを巻いたのを抱えて駆け出すものがあった。倒れるひともあった。口々に喚きながら、逃げていくのである。男たちは結髪していなかった。松若麿は、思わず足をとめた。

「くそ、まだいかないか。二度とここに来るな。早く退散しろ」

手に棒をもった雑色《ぞうしき》が、逃げていくひとを追いかけた。

「乞食を追いたてているのです。おだやかにいえばわかることを、ああいう雑色は権威をかさにきて、弱いものいじめをするのです」

松若麿がおどろいたようにながめているのに、五郎七は興味をもった。こういう世間のすがたも、見せておきたかった。

烏帽子をかむり、手に手にえものを持った雑色が、だれかれなしに通行人に乱暴をはたらいていた。雑色たちは、げらげら笑いながら乱暴をした。牛車《ぎっしゃ》がひっくりかえされて、つんでいた薪がほうり出された。牛はつなをひかれて、逃れようとして鳴いた。ある牛車には、女がのっていた。女は市女笠《いちめがさ》を両手であげて、不安がっていた。牛車には、俵がつまれていた。面白がって雑色たちは、牛のくびきをとらえて、ひきまわした。通行人こそ災難であった。逃げる通行人を見ると、雑色は喚いて、えものをふりあげて追った。罪もない通行人の襟《えり》をつかんで、ひったてようとする。馬に米俵をつんでいる農夫が通りかかった。ひとりの雑色が農夫の手をつかみ、襟をとらえて、困らせていた。鼻づらをひっぱられて、馬も迷惑そうであった。それらの雑色をけしかけるように、髭《ひげ》をはやした年長者の雑色がはやしたてた。松若麿は呆然《ぼうぜん》とながめていた。

「かれらは面白半分に、通行人にいたずらをやってるのです。ああいう手合の乱暴には、目にあまるものがあります」

喚声があがった。牛車の女が、ながえを空にほうりあげられたので、車からころがり落ちた。

五郎七の家には、大勢のひとがいた。五郎七は日野家にくると、範綱や家族のものに対して礼儀正しかったが、ここでは五郎七がみんなから尊敬されていた。

「和子は、この家にいるあいだ、すきなように時間をすごしてよいのです。見たいものがあったら、どこへでも出かけていってもよろしい。もっともあんまり遠いところへ出かけていくことは、危険です。そういうときには、だれかをつけてやります」

五郎七がいった。

松若麿は、五郎七の家が木材をあつかっている商売であることを知っていた。堀川にひきこまれる筏《いかだ》を見物するのが、面白かった。松若麿がはじめてそれを見たとき、六人の筏師が、筏につけた綱をそれぞれひいていた。六人の位置によって、曳《ひ》く力の加え方や、方向のとり方がわかった。筏の上に、板や竿《さお》が置いてあった。松若麿のそばに、万助が立っていて、

「筏は、桂川を下ってくるのです。筏の上の板や竿は、そこを下ってくるときに楫《かじ》取りや漕《こ》ぐのに使ったものです」と説明した。

「ひもをかけた箱や、まげものがあるが、あれは何だろう」

「上流の積み出した土地から、めずらしいものを持って来るのです」

杣《そま》というのは、材木伐採用に設定された山を意味した。かつては所有権がなかった。ほしいままに、だれが伐採してもよかった。平安朝になると、境界線がきめられて、特定の有力な社寺に占拠されるようになった。庶民は、山手《やまて》という一種の税をはらわなければ、立ち入ることが許されなかった。森林の伐採が過度にすすむと、洪水の危険が庶民をおびやかすようになった。最初の東大寺の造営には、伊賀国黒田杣が修造用材木を供給した。が、優良な樹木はようやくつきてきた。東大寺の再建には、遠く周防国から巨材をとりよせねばならなくなった。優良な杣山は、京畿《けいき》から遠のいていた。

五郎七の家は、ひとの出入りがはげしかった。五郎七の家のような商家が、堀川にのぞんで何軒もあった。材木座という座が構成されていた。座は排他的に販路を独占する組織であった。地方から木材が集まって来る。それを挽《ひ》いたり、板にしたりする。材木は牛車ではこばれていく。五郎七の家は、活気にあふれていた。五郎七の妻女のおちよは、松若麿にやさしかった。万助は父親の代りに、帳面をつけたり、牛車につみこむ木材を指図した。話相手がなくとも松若麿は退屈をしなかった。

町屋に来てから、とくに松若麿の気のついたことは、市のあるところには必ず乞食がいるということであった。社寺のあるところにも、乞食が必ずいた。

松若麿が最初に口をきいたのは、溝《みぞ》をへだてて、白帯で頭をまき、柿色のきものを着、紐《ひも》でむすんで、朽ちた杖《つえ》をついた十人ほどの乞食であった。乞食は鼻が欠けていて、いうことがよくわからなかった。

「ひとの情も知らず、法をみだすものがいる」

仲間のことをいっていた。病人らしい乞食の中にも、不良なものと、そうでないものとの区別があるらしい。

「頭をまいているのは、怪我でもしたのか」

「七、八年まえに、この病気になった。それで乞食になった」

そこにいるものは、みな乞食の難病法師であった。松若麿には、難病がどういうものか、よくわからなかった。目がくさり、鼻もくさり落ちたのもいた。不治の病気であることはわかった。

松若麿が近くの寺に詣《まい》ったとき、白くふやけたような顔をした老尼がもの乞いをしていた。十月の季節であった。老尼は、汚ない、やぶれたかたびらを着ていた。その上に、みのを重ねていた。

「雨もふらないのに、なぜみのを着ているのか」

松若麿が訊《き》いた。

「このほかに何ももってない。寒いから、あるだけのものを着とるのや」

松若麿は、そのときくだものをもっていた。おちよが出がけに持たせたものであった。それを一つやると、老尼は食べながら立ち去ろうとした。松若麿は見るにしのびず、自分の着ているいちばん上のものを脱いで、渡そうとした。

「和子は、いくつにおなりか」

「十四歳になった」

よろこんで老尼がもらっていくだろうと思っていると、寺の奉加所のところへのろのろと歩いていった。そこで紙をもらい、何か書いていた。佇《たたず》んでいる松若麿のところにもどってくると、その紙を渡して立ち去った。紙には、和歌が書かれていた。美しい文字であった。もとは相当の身分のものであったろう。

乞食の男は、いずれも蓬髪《ほうはつ》であった。髪を結うことは、乞食でないというしるしのようであった。

乞食小屋もいろいろと見た。屋根はあるが、壁がなかった。着ているものもぼろぼろで、裸形のものが多かった。食器は一つの椀さえあれば、足りるらしい。松若麿は、かれらが五徳をつかっているのを見たことがなかった。

いざりの乞食がいた。そういえば、意外に足腰のたたぬものが多かった。そういうひとは、両手に下駄を持ち、また尻に下駄をつけていざり歩いていた。覆面の乞食が難病であることが、松若麿にわかるようになった。

片輪ものや病者が、もとから乞食であったわけではないだろう。片輪に生れたこと、病気をもったことによって、それぞれ家族生活からはずされて、乞食になったものにちがいなかった。

傘をもっている乞食がいた。傘の柄に何かをつりさげているので、松若麿は好奇心をもった。それは、絵ときの絵であった。絵ときは、僧や尼によって行われていた。が、乞食もそれを行なっていた。乞食には身体障害者や病気のものが多かったが、だんだんと絵ときをするようなものまでが、乞食の仲間入りをしたのであろうか。

ある乞食小屋は、板葺《ぶき》で、すこし壁がついていた。乞食小屋としては上の部であろう、松若麿は、そこで五徳を見た。鍋《なべ》も見た。食物を入れるまげものの桶《おけ》ももっていた。もらってきた食物の余分をこもにひろげて、乾飯《ほしいい》にしているところに出会った。その乾飯を烏が喰いにくるので、追うのに乞食は大きな声をあげていた。いくら追っても、烏はとおくに逃げなかった。烏も飢えているのか。

ある寺院の前で、松若麿はこれまでの乞食小屋とすこしちがう乞食小屋を見かけた。屋根が片葺なのは、ほかのものと共通しているが、中央の屋根に楯《たて》が用いられていて、それに定紋がはいっていた。その前に白い布で顔をつつんだ男が二人いた。この二人は、いずれももとは武士であった。難病におかされたことによって、乞食になった。

乞食のことを、「かたい」「ほがい」と呼んだ。かたいとは、道のかたわらなどにいて物を乞うから、傍居《かたい》の意であろうか。ほがいというのは、祝《ほが》いのことばをのべて物を乞うからであるらしかった。が、かたいとは、乞食者のことであり、難病者を俗にそう呼んでいた。

難病者は、同病者ばかりで一ヵ所に住む風習があった。

しかし、物乞いして歩くのは、乞食だけに限らなかった。僧侶《そうりよ》などは、ひとに物乞いして歩くことを、一つの修行としていた。阿弥陀の聖は、金鼓をうって念仏をすすめて歩くが、物乞いもした。そういう聖には、有髪もあれば、坊主頭もあった。ざんぎり頭の聖もいた。ひと目で乞食であることがわかる中に、広袖の白衣をきて団扇《うちわ》をもった男や、鉢巻きの男が、乞食にまじって物乞いをしていた。専業化した乞食ではないのだろうが、行者の乞食もすくなくないということを松若麿は知った。

何故《なぜ》このように乞食が多いのだろうかと、松若麿は疑問に思った。

「乞食を三日やれば、やめられないといわれてます」

万助が笑って答えた。

「乞食の世界からぬけ出そうとしないのだろうか」

万助は松若麿を不思議そうに見た。

「病気になれば、死ぬものとあきらめている。病んでいる乞食をたくさん見かけた。鼻がくさり、眼がくさり、からだ中がくさりながら死んでいくのだろう。病気の乞食らは、自分らでかたまってくらしているようだけど、その内にほかの乞食もみんなおなじ病気になるかも知れない。おそろしい病気になったひとは、何を考えているのだろうか。死ぬことが、こわくないのだろうか。もの乞いをして、食べていくことだけは出来るだろうが、あのひとたちは、何を心のたよりとしているのだろうか。おなじ人間と生れながら、何故あのひとたちだけが、犬畜生のような扱いをうけなければならないのか、おそろしい病気のために、親兄妹からひきはなされて、あのようなくらしをしていることを、どう思っているのか。みんな自分のことはあきらめているのだろうか」

万助は乞食を、松若麿のようには見ていなかった。乞食しているのも、生きていくための一つの職業のように思っていた。万助がそう思うのには、理由があった。

市屋に市のたたないときは、その市屋を乞食が自分らの小屋として使用した。乞食に使用されることを、ひとは大して気にもとめなかった。普通のひとと乞食のあいだに、それほどの区別がないのかも知れない。市屋には、板葺の切妻があり、柱もあり、周囲を板壁でかこんでいた。が、片葺の、板壁のない乞食小屋と、それほどのちがいはなかった。

乞食小屋の中には、移動式のもあった。車がついていて、街道筋を移動出来るようにつくられていた。が、その車輪には輻《や》（くるまのや）がなくて、板を円形にきったものに軸をとおしていた。移動式の乞食小屋がとくに変っているのではなかった。町屋の家のそばに置いても、結構ふさわしかった。

五郎七の家のように、商人《あきんど》集団の新興階級は、例外中の例外であり、多くのひとびとのくらしと乞食たちのくらし方に、それほどの貧富の差が感じられなかった。庶民の生活の程度は、乞食の線につながっているようである。いつ自分らが乞食になるかわからないのだ。乞食は街道や、寺の参道で物乞いをしているが、卑屈な調子でものをもらっているのではなかった。あたえる方も、それが当然のことのようにくれてやる。いつ自分らがものをもらう側にまわるか知れないからであった。

松若麿は、みじめなくらしをしているひとびとの多いのを知った。

高野山蓮花谷のある庵《いおり》の寝所で、夜な夜な女の声がしていた。女人禁制《によにんきんぜい》の場所であった。隣室の僧は、はじめの内自分の錯覚であろうと思った。しかし、毎夜のように女の声がするので、気の迷いでないことがわかった。女の話声は、妻が良人に語るような調子であった。ときには女が泣いていた。何かしきりとかきくどいていることもあった。ときには、場所柄もわきまえず、夫婦のむつごとの気配もあった。女の声がしなくなると、隣室はふかい静寂にとざされた。その寝所の主は、もと鎌倉の武士であった。入道して、高野山蓮花谷の聖となった。隣室の僧が気になるのは、女が深夜訪ねてくるようになってから、聖の顔が次第に青ざめ、痩せていくことであった。女はどうして女人禁制の蓮花谷に通ってくるのか。いずれ女は、高野山の麓《ふもと》にくらしているのにちがいなかった。聖の中には、麓に女を置き、ときどき山を下りているのがいた。世俗性の濃厚な聖が、麓に妻をかかえていることは、だれもがやっていることであり、別にとがめられるようなことではなかった。が、女が山を上ってくることは、きびしく禁止されていた。

「毎夜そなたの寝所で女の声がしているが、麓の方からでも上ってこられるのか」

隣室の僧が訊いた。

「いや、麓には女を置いていない」

「しかし、毎夜女の声がする」

武士上りの聖は、眼を伏せて、

「鎌倉にのこしてきた女が、毎夜やってくるのだ」

「そのひとが、麓にいられるのか」

「いや」

「それは不思議なことだ。麓にもいられない方が、どうして毎夜そなたの寝所に通ってこられるのか」

「私も、それを不思議に思っている」

相手が冗談をいっているのでないことはわかる。顔いろの悪いのも、ただごとではなかった。

隣室の僧は、どう解釈してよいかわからず、明遍のところへ相談に出向いた。明遍は、そのころ空阿弥陀と名のっていた。明遍は、僧の話を熱心にきいていたが、

「それは、生霊《いきりよう》というものだ」

「生霊でございますか」

「生霊が通ってくるのだ」

僧は怯《おび》えたが、そういわれてみると、武士上りの聖の顔いろの悪いのや、日々痩せおとろえていく理由が納得できた。

「このままにすておけば、あの僧は死んでしまいます」

「生霊は、往生のさまたげとなる」

「救う方法はございませぬか」

「念仏でせめたてるのだ」と、明遍が答えた。

明遍のいいつけで、蓮花谷の聖が三、四十人あつまった。

「生霊を退治するのだ」

「どうやって退治出来るのか」

「その本人を中にして、そのまわりを念仏を唱えながらぐるぐるとまわるのだ。その内に生霊が念仏の力にたえきれなくなって、逃げ出す。そうすれば、聖のいのちは救われる」

念仏を責め道具に使おうというのである。加持祈禱《きとう》に念仏を唱えるのとおなじ理屈であった。

三、四十人の僧がとりかこんだ。その中に痩せおとろえた高野聖を据えた。

「南無阿弥陀仏」

「南無阿弥陀仏」

僧たちは声高らかに念仏を唱えながら、うずくまっている僧のまわりをぐるぐるとまわりはじめた。ただ念仏を唱えるだけでなく、引声《いんじょう》念仏であった。節をつけて、唄うように念仏を唱えた。三、四十人の男の合唱となると、それだけでも力強いものとなり、はらの中までひびいた。なまじっかな生霊なら、早々に逃げ出すほどの威力を感じさせた。病人の聖は、うずくまっていた。念仏の合唱は、次第に昂揚《こうよう》した。責め念仏らしく、ものものしい雰囲気《ふんいき》となった。それがしばらく続くと、本尊が安置されている前に、ぼんやりと女のすがたが浮びあがった。それがだんだんとはっきりしてくると、女はうらめしそうに、念仏を唱えながらぐるぐるまわっている聖たちをながめやった。念仏の声は、ひときわ高くなった。女は青ざめ、息もたえだえに見えた。念仏の声はいよいよさかんになった。急に、女の顔が二つに割れた。とたんに女のすがたが消えた。

病気の僧は、床の上にうつ伏せて倒れた。息もたえたように思えた。

「これで助かる。介抱をしてやるがよい」

明遍は僧たちにいいつけた。

武士上りの聖が正気にもどり、回復に向ったのは、それからであった。

明遍が高野聖の偶像になっていたころ、その中に西行法師がいた。俗姓は、佐藤右兵衛尉義清《のりきよ》、出家をして、西行と名乗った。かれは勧進聖であった。

高野山における聖の位置は、きわめて低かった。聖を非事吏と賤称されたほどであった。

「世事を離れ、吏務を預からざる隠遁者を非事吏と呼ぶ」

聖の字を用いるのはけしからぬといわれたくらいであった。

初期高野聖は、世事を離れぬのが聖であった。その世俗性ゆえに、僧侶は社会から賤視された。高野山では、僧位にも僧官にも学階にも知行米にもあずかれなかった。むろん吏務にも関係がなかった。聖は、高野山内で、学侶方《がた》、行人方《ぎようにんがた》、聖方の高野三方《がた》中で、最下位におかれた。そのため明遍のような名門出の高僧で、念仏や勧進や隠遁に理解のあるひとを中心に、聖たちは団結をしていた。

西行は若いころ、鳥羽上皇や崇徳《すとく》上皇に仕えた、北面《ほくめん》の武士であった。文学の才があり、貴族のあいだで評判がよかった。宮廷の女房たちとの交友も多かった。二十三のとき、出家した。世間では、慕いよる妻子を縁側から蹴《け》り落してまで出家をしたと噂された。動機らしいものがなかったわけではないが、文学者らしい一本気からだったようである。突然のかれの出家は、当時派手な感情的な行動であったので、世の称讃と羨望《せんぼう》をうけた。北面の武士をやめてしまえば、かれにはつとめがなくなる。俗聖の群れにはいり、半僧半俗の生活をおくることになった。西行となってから、いっそう公然と後宮女性たちとつき合うようになった。

出家直後は、鞍馬の奥にいた。良忍の大原系の別所聖の多かった花背別所であった。その別所は、融通念仏と法華経の勧進をする聖の本拠であった。

西行は、康治元年（一一四二）、待賢門院落飾《らくしよく》のために法華経二十八品を題とした結縁《けちえん》の歌をよんだ。

また、内大臣頼長の邸へ、自筆一品経の勧進を行なった。頼長はそのときの会見のもようを次のように誌《しる》した。

「西行法師来りて言ふ。略、答へて曰《いは》く、廿五（去々年出家二十三）抑《そもそ》も西行はもと右兵衛尉義清也（左衛門大夫康清の子）。重代の勇士を以て法皇に仕へ、俗時より心を仏道に入れ、家富み年若くして心無欲なり。遂に以て遁世す。人之《これ》を歎美《たんび》する也」

勧進聖の群れに身を投じた西行は、一方では、宮中に顔がきいていたので、鳥羽、崇徳上皇以下貴族を勧進した。自筆一品経というのは、十八人の結縁者に法華経二十八品を写してもらい、その供養料をあつめて、法華経埋経供養と別所聖の生活費にあてたものであった。西行は、東山や嵯峨を転々として、双林寺や長楽寺、清涼寺、往生院のまわりに群れている念仏聖や勧進聖とまじわった。

高野山の大塔、金堂、灌頂院《かんじょう》が雷火で焼失したのは、久安五年（一一四九）であった。再興には、復興勧進にまたねばならなかった。高野聖の努力が期待された。ひろく聖が動員された。西行はほかの勧進聖といっしょに、高野山の招きに応じた。

西行は高野聖となり、京とのあいだをしばしば往復した。西行には、鳥羽中宮待賢門院の女房たちとの交友もあり、大塔造営奉行となった平忠盛や清盛の西八条の邸にも出入りして、大口の募財にあたった。かれが北面の武士であった経歴と、その歌才によって上層部ととくに親しかったからである。

一方では、大峯修行や熊野那智で滝行するなど、聖らしい苦行性をみせた。そして大原や嵯峨の聖との往来も従来どおりであった。

西行は、一生を旅から旅へ一杖一笠《いちじょういちりゅう》ですごしたようにいわれているが、事実はちがうようであった。奥羽の旅は二回、北陸の旅は一回、西国安芸《あき》へ一回、四国へ一回、そのほか大峯、熊野へ出かけているだけであった。

西行は歌をつくり、それを生活の資にしていたわけではなかった。歌など売れるものではなかった。知行米からはなれた西行の生活をささえていたものは、高野聖の勧進であった。修行のための回国と、勧進のための回国で、西行は生きていた。

身分証明書としては、高野山から出ている証明書(勧進帳)と、本尊の写しやお札を入れた笈《おい》であった。このことは、東大寺、長谷寺、四天王寺、善光寺などの勧進聖の場合もおなじであった。ことに高野聖には、笈がつきものであった。高野聖は、

「田亀《たがめ》」

と、呼ばれた。笈を負った形が、田亀に似ていたからであった。笈は、宗教的権威の象徴であった。

西行は、蓮華王院の勧進では、勧進主任のような地位についたこともある。

勧進聖は、原則的に一寺に専属しているものではなかった。依頼されれば、他寺の勧進にもおもむいた。西行は、世尊寺定信にたのまれて、今熊野観音寺再建の勧進をしたこともあった。西行は、東大寺再建の責任者俊乗房重源の依頼で、鎌倉と平泉におもむくことになった。西行の名声を利用しての大口募財であった。

頼朝が鶴岡八幡宮に参詣《さんけい》の折、鳥居のあたりで、笈を負った老僧がたたずんでいるのを見た。頼朝が梶原景季《かじわらかげすえ》に、何ものかと訊《たず》ねさせた。

「もとは佐藤右兵衛尉義清、いまは西行と号するもの。俊乗房重源の依頼によって東大寺再建の勧進に陸奥《みちのく》に赴《おもむ》くものである」

そのとき西行は、六十九歳であった。頼朝の態度が変った。頼朝は礼をもって、西行を邸に迎

え入れ、親しく話合うことにした。和歌の話も出た。

「六条家とか、御子《みこ》左家《ひだり》というように、家柄で固定し、分立した歌の各派は、たがいに歌を競いあい、技巧をみがいております。はじめは歌はひろく生活とむすびついていたのですが、高度の専門化のため、いまではかえって一種のあそびのようになりました」

頼朝はじめ多くの侍たちは、西行の説明に耳を傾けた。

「しかし、そうでない多くの専門歌人たちもいます。公卿《くげ》社会の地位の低さと、貴族社会全体の没落からくる現世的なものへの満たされない欲求から、和歌の道を天職と心得ながらも、仏教のたすけをかりて歌をよんでいます。そして晴れの歌会で栄誉を得、勅撰集《ちよくせんしゆう》にはいることが出来るのを、一生の願いとして生きております」

後白河法皇は、寿永二年(一一八三)藤原俊成に「千載和歌集《せんざいわかしゆう》」の編纂《へんさん》を命じた。

俊成は、脇息《きようそく》によりかかって、桐火桶《きりひおけ》を抱き、詠吟の声をしのびやかにもらして、夜ごと泣くほどの思いで沈思するといわれた。その子の定家は、南面をあけはなして、衣紋《えもん》を正して歌をよんでいると評判であった。歌を詠じつつ血を吐いたとか、歌の優劣の争いにやぶれて、悶死《もんし》したという例もあった。骨身をけずるような専門歌人の苦悩の話は、頼朝たちに感動をあたえたようであった。

後鳥羽上皇は、西行を、生得の歌人と称讃した。

頼朝は、また弓馬のことで西行に質問した。

「弓馬のことは、若い内には多少はやりましたし、秀郷《ひでさと》以来の家伝もありましたが、出家遁世してからは、大かたわすれてしまいました」

しかし、西行は思い出しながらぼつぼつと語った。頼朝はそれを、そばの俊兼に筆記させた。

頼朝は滞在するようにとひきとめたが、西行は断わった。奥州への勧進という大きな仕事があった。北に向う西行に、頼朝は銀でつくった猫を贈物とした。西行はありがたくうけたが、館《やかた》を出て、子供らのあそんでいるところまで来ると、銀猫を子供にあたえて、立ち去ったといわれる。勧進聖とすれば、銀作りの猫は貴重な収穫であった。物に対する恬淡《てんたん》な西行の性格を強調するための挿話《そうわ》であろう。銀猫は高野山に納められたにちがいなかった。

高野聖は、関所通行御免の特権をもっていた。

西行は、一生のあいだに二千首以上も詠《よ》んだ。

西行の歌は、現実生活に即したものであった。そこから湧《わ》き出る感情を率直に、平易に表現した。ゆたかに人間性を横溢《おういつ》させているのは、いかにも生得の歌人であった。貴族の歌人のような社交のための歌でもなく、歌によって何かを得ようとする欲望もなかった。西行の歌の新しさは、仏教とのふれあいの中で、詠まれたことにあった。高野聖となってから、その自由な立場で世の中や自然をひろく見ることが出来た。

西行は、源平の盛衰の中に生きてきた。

「世の中に武者おこりて、にしひんがし北南、いくさならぬところなし。打ち続き人の死ぬる数きく夥《おびただ》し。まこととも覚えぬほどなり。こは何事の争ひぞや、あはれなることの様かなとおぼえて、

死手の山こゆる絶間はあらじかし

亡くなる人の数つづきつつ」

出家と同時に、妻子をすてたが、後に妻と再会した。その妻を高野に近い天野にすまわせた。妻も尼になった。天野に妻女をおいて、ときどきそこに通っていた聖は、ほかにいくらもあった。西行は、農耕もした。出家後、道心堅固であったわけではない。俗聖である高野聖らしく肉食《にくじき》、妻帯をつづけていた。

一行六人が日野家を出たとき、夜が明けかかっていた。松若麿はふりかえり歩いた。ときどき立ちどまり、遠くのひとに頭を下げた。門前に出て見送っている伯母は、かすかに頭を下げた。

一行は無言で歩いた。

松若麿はあたりの風景をこの目に焼きつけるようにながめた。幼いときから馴染《なじ》んできた土地である。東に笠取山の支峰があり、南に御蔵山をひかえて、西方にひらけた高燥の地であった。法界寺が、だんだんと遠くになった。

叡山の横川《よかわ》まで、六、七里の道のりであった。日野範綱と年齢《とし》をとった従者、五郎七と、その家の屈強な若者二人、それに松若麿であった。範綱は横川検校《けんぎよう》の慈円に対して、前もって書面で依頼しておいた。慈円はそのころ、まだ延暦寺を統管する天台座主《ざす》の地位にはついていなかった。

途中で、五郎七のはからいで、範綱と松若麿が馬にのった。馬上の松若麿は、遠くにながめられる叡山から目を放さなかった。さすがに今日は緊張していた。

が、松若麿は叡山に対して明確な想念をもっていたわけではなかった。五郎七が話してくれた学生《がくしよう》のことと、山法師の横暴だけが印象につよかった。

横川は叡山三塔の一つで、ほかに東塔と西塔があった。円仁が根本如法経塔を建立したところである。横川中堂は、首楞厳院《しゆりようごん》とよばれ、円仁の開創であった。それは、横川の中心をなす伽《が》藍《らん》であった。

円仁については、これから松若麿が知識を得ることになろうが、叡山はそのはじめ、最澄の弟子の義真が天台の座主となると、開祖の遺志を守って、一山の経営をはじめた。つづいて円仁、円珍の両傑僧があらわれて、宗風大いにふるい、その最盛期は、十八世座主良源の時代であった。伽藍は三塔九院三千坊と称し、四方六里にわたる広大な寺域には、堂舎僧坊が甍《いらか》をならべ、山上はさながら一大王国の観を呈した。

良源の死後、円仁、円珍の門下の対立が表面化した。そのためについに天台は、山門と寺門に分れることになった。山門（延暦寺）は朝廷とむすんで、権力をもつ上流貴族の勢力を支えにした。寺門（三井寺）はこれに対して、あたらしく台頭してきた武士階級とむすんで、封建勢力と呼応するようになった。山門は日吉《ひえ》山王の神輿《みこし》をかつぎ、朝廷を威嚇し、しばしば南都の諸寺と争った。多くの僧兵をかかえた山門の勢力は、今日に及んでいた。

横川は、西塔から北東約一里のところにあり、水井山の東、横川谷の峰の上にあった。

午後二時ごろ、一行は到着した。ただちに衣服をあらため、松若麿は範綱につれられて、慈円の居室に伺候した。

松若麿は自分の前におかれた、まるい、黒塗りの水入れの水をながめていた。まるい水面は、鏡のようであった。そのそばで僧が読経《どきよう》した。慈円は自ら松若麿の髪に剃刀《かみそり》を入れた。

髪が落されると、急に頭が軽くなったようであった。三歳のとき、髪おきの行事があった。髪の端をきりそろえる行事であった。五つになったとき、松若麿は深そぎをうけた。それ以後は髪がのびるにしたがって、深そぎをうけた。慈円の手で、松若麿の髪は全部剃《そ》り落された。すこしはなれたところで、伯父が真摯《しんし》な眼差《まなざし》でながめていた。人間の運命が変えられていく厳粛な瞬間であった。

「これからは、範宴《はんねん》と名のるがよい」

慈円が名をあたえた。そのとき慈円は、三十三歳であった。伯父の名の一字をもらうことになった。

年配の僧の指図で、松若麿あらため範宴は僧侶の衣裳《いしょう》をつけた。それから得度《とくど》の式が行われた。範宴は緊張をしていたので、自分に関係のないことが、自分のまわりで行われているような気さえした。が、すべてが範宴ひとりのための行事であった。範宴は袈裟《けさ》を賜わった。

範綱と他のものは、僧坊で一夜の世話をうけ、明日の朝かえることになった。五郎七たちは、得度式のあいだ、僧坊で待っていた。僧坊には松若麿のような若い僧が何人か出入りしていた。その中のひとりが、松若麿であろうとは思わなかった。松若麿が僧坊にはいってきたのに気がつくと、

「おお」

五郎七は声をあげた。清らかな僧のすがたであった。剃りたての頭が青々としていた。

「範宴と名をいただいた」

「はんねん?と申されますか」

範宴は、名のいわれを説明した。五郎七の胸には、複雑なものがあった。範宴は、いわゆる貴族公卿の出ではなかった。僧の中にもおのずと階級のあることをきいていた。範宴が学生《がくしょう》の中に入れてもらえないことは明らかであった。そのことを本人はどう考えているだろうか。

日野松若麿は、そろそろ烏帽子《えぼし》親をきめる年齢にあった。武士であれば、元服であった。元服が、お剃刀という仏教上の儀式で行われた。それは生れかわることとの儀式であり、公卿でも武士でも名を変えることが、ならわしであった。この儀礼をすませば、これからの人生に幸福が約束されるという信仰があった。日野範綱が甥《おい》を出家させたのは、その生涯のためであった。公卿の世界は将来ますますせばめられていく。一般の公卿は、没落の一路をたどるだけであった。甥をまき添えにしてはならなかった。

「いまさらいうことはないが、覚悟は出来ているであろう?」

範綱は僧坊に来ると、あらためて甥と向きあった。

「はい」

「そなたがどこのお寺につとめるかは、いずれ慈円どのがよいようにとりはからって下さる。そういうお話であった。それまでしばらくこの僧坊でくらすことになる」

その夜、範宴は伯父たちとはなれ、ひろい部屋で先輩の僧たちと眠ることになった。先輩の僧たちは、新入りの僧を見なれているとみえて、かくべつ範宴に興味をもたなかった。自分が横になる場所がどこか、とまどっていると、年配の僧が教えてくれた。僧たちは横になると、すぐいびきをかくものもあった。眠ることが、いかにも大きな休養であるらしく、われさきに眠りこんでしまうようであった。範宴は、眠れなかった。

僧坊は、静寂になった。灯の消えた横川の僧坊には、深山のようなきめのこまかい暗さがあった。風がすこし出ていた。風は僧坊の屋根にいっとき吹きつけると、消えた。またしばらくして吹いた。霧かも知れなかった。

ふと、人声がした。その声は境内を歩いていた。夜警のひとのようであった。神聖であるべき横川の境内を警護しなければならないのも、時代のせいであった。

五郎七の心やりから、範宴は諸寺を見学して歩いた。が、外から見ているのと、自分がその中の人間となるのとでは、まるで気持がちがった。範宴には、明日からの生活がどのように展《ひろ》げられるのか、見当がつかなかった。学問をしなければならないと思った。学問をすれば、他日学生に出世することも出来るのである。眠れないままに、とりとめないことを、あれこれと考えた。地震のときの記憶がもどった。飢饉《ききん》のときの、ひもじい思いが思い出された。食べるものがなくて、いたるところでひとが死んでいった。死んだひとを葬ることが出来ず、そのままに捨てられた。犬や鳥が、屍体《したい》を喰いあらしていた。武士が馬にのって、町の中を疾走した。御所が炎上するのをながめたことがあった。町に乞食があふれていた。乞食と一般の庶民が、見さかいのつかなかったことを範宴は思い出した。平重衡が牛車で送られていった。木津の河原で首を討たれたときいた。母の遺体は、もはや土にかえっているだろうか。範宴の頭の中には、前後の関係なく、さまざまなことが浮んでは、消えた。隣家に、盗賊が住まっていた。一夜で隣家があとかたもなく消えた。その家のひとをさがしに武士上りの男が来て、途方にくれていたのを、自分は築地塀《ついじべい》のこわれ目からのぞいていた。松若麿は邸内で、竹馬にまたがってあそんだ。庭に大きな石があった。地震のとき、その石にしがみついた。地面が揺れると、すこしずつ庭石が地面からせり上ってくるようであった。地震のときには、みんながころがるように庭にとび出した。……範宴は、いつか眠っていた。朝早く起き、六、七里の道を歩いた肉体的な疲れも大きかった。

身のまわりで、物音がした。範宴は、目をさました。暗かった。僧たちは起き出した。範宴も誘われて、身を起した。が、屋外はまだ夜の内であった。夜明けの山の冷気が肌を刺すようであった。

範宴のように新しくはいってきた僧を扱う役目の僧がいた。範宴はそのひとのいいつけで行動した。伯母が心細がったが、案ずるほどのことはなかった。僧坊の掃除、首楞厳院の掃除、境内の清掃と、ほかの僧がやっているとおりをやればよかった。

——これが自分の新しい日々？

朝の勤行のとき、範宴は本堂の余間の末席に坐った。範宴には、お経が読めなかった。ほかの僧は、みな暗唱していた。範宴は僧たちの頭越しに、検校の慈円の頭をながめやった。勤行は、厳粛な雰囲気の中で行われた。内陣には何がどうなっているのか、範宴にはわからない。勤行が終ったとき、範宴は両手をついて、頭をふかく垂れていた。一同が座を立ってから自分が頭を上げるのである。範宴は、頭を垂れながら、横川という大きな組織の中の一員になったという自覚をもった。

食事のときも末席であった。一椀《わん》一汁《じゅう》をうけるときは、先《ま》ず合掌をして、うやうやしくうけとらねばならないと、指導役の僧にいわれた。範宴はうろたえず、いいつけられたように両手を合わせ、上手《じょうず》にうけとった。大勢の僧は、無言の内に食事をした。口の中でにちゃにちゃと音をさせるようなものは、ひとりもなかった。

伯父たちの居間にいくと、一行はかえりの支度をすませていた。

「第一夜の感想は、どうであったか」

範綱が甥の顔にいった。

「まだよくわかりません」

「無理もございません」

五郎七が笑った。範宴は、かえっていく伯父たちを送って出た。しばらく境内を歩いた。首楞厳院のそばの石段のところまでついて来た。

「もうここでよろしい」

伯父がいった。

「はい」

一同は、あらためて範宴の初々《ういうい》しい若僧すがたをながめやった。

「何か変ったことがあれば、五郎七の家のものがお山に知らせにくることになっている。たよりがなければ、無事にいると思いなさい。くれぐれも修行を大切に」

一同は、階段を下りた。そこから右手に首楞厳院の床のやぐらがながめられた。建物が崖《がけ》の途中に建てられていた。首楞厳院は、宙に浮いているようであった。まわりの樹木が、鬱然と茂っていた。山の空気がつめたいのは、樹液がただようせいもあった。範宴は、石段の上に立っていた。一同は次第に下界に下りていった。三つ目の石段にさしかかったとき、一同のすがたが見えなくなった。

範宴は、三人の僧といっしょにお経の読み方から教えられることになった。三人は、範宴より二つか三つ年上であった。経の講義をうけるのは、まだ先のことであった。その前に、わけはわからずともお経がひととおり読めるようにならねばならなかった。指導僧が、先ず読んできかせる。つづいていっしょになって読んだ。そういうことをくりかえした。

範宴は早くから漢籍の素読を伯父からうけていたが、簡単な経の読み方も教えられていたので、とまどうことがなかった。お経は、娑婆《しゃば》と読み方がちがっていた。四人が読み上げる段になると、指導僧の耳には、範宴の声だけがはっきりと聞えた。ほかの三人はよくおぼえていないので、読み方があいまいになっていた。つい発音がはっきりとしなかった。範宴は、記憶力がよかった。

「自習のときには、声に出して読むのだ。いいかげんにおぼえてはいけない。いいかげんにおぼえてしまうと、最後まで自信をもつことが出来ない。範宴房といっしょに自習するがよい。範宴房はしっかりとおぼえている」

指導僧がいった。四人だけになると、声を出して読みはじめたが、範宴が指導者的になった。

三人は、範宴を見なおした。

「お山に上るまでに、お経を読んでいたのだろう?」

「すこしばかり教えられたことがある」

「道理で、おぼえがいいはずだ。範宴房にくらべて、自分らがとくに頭が悪いと思われては、かなわない」

範宴がいるので、かれらの自習ははかどった。

——どんなにえらいひとでも、はじめは自分のように先ず読み方から苦労をするのではないか。

五郎七の話した学生は、修行にはげみ、法華経がそらで読めるようになったという。学問したおかげで、かれは押しも押されもせぬ立派な学生になった。経文の意義の論争では、水際立っていた。が、天台の教学を身につけるのは、何年もかかることであった。良忍は比叡山にのぼり、良賀について天台宗の教学を学んだが、二十余年もかかっていた。源信は横川に来るまでに、高尾寺で修行していた。横川に来て、顕密の正教を教えられた。源信は、自宗他宗の顕教を学び、真言の密教までうけた。それまでいく年かかったことか。

源信僧都が念仏三昧《ざんまい》を修した恵心院《えしん》が、いまこのお山に残っていた。中堂から南へ、坂本へ下るところにあった。源信は横川に住んで、「一乗要訣《ようけつ》」や「往生要集」を著述した。この横川に源信がいたということが、範宴にはたのもしいのである。その遺骸も、ここにあった。他日、「一乗要訣」や「往生要集」をひもとくようになろう。範宴の前には、先人の歩いた道がのこされていた。そのことが心丈夫であった。

範宴は、以心、晦堂《かいどう》、大業《たいごう》と親しくなった。範宴は新参者であったが、勉強の上では、けたちがいに頭がよかった。この四人が、同期生ということになった。以心は、範宴より三つ年上であった。三人は、範宴の頭のよさをすなおにみとめた。

三人とも、貧乏公卿の出であった。叡山に上った理由は、範宴の場合と似たものであった。そのことも、四人の仲を親しくさせた理由となった。

「奥の方の建物に、むさくるしい法師がたくさんいるが、何ものかしら。私たちのような修行僧とも思えないが」

二、三日経つと、範宴はそのものに気がついた。その法師たちは、三人五人と、いつも仲間といっしょに行動していた。かれらには、範宴たちのようなきびしい戒律もないふうであった。夕方になって、横川の石段を下りていくのを見かけた。真夜中に、徒党を組んでかえってくることもあるらしかった。横川の僧とも思えなかったが、横川に住んでいるのは明らかであった。

「あの連中がいざとなると、薙刀《なぎなた》をふりかざして敵陣に斬りこんでいく手合だ」

「僧兵?」

「範宴房は、知らなかったのか」

「聞いてはいた。しかし、私たちといっしょにくらしていようとは思わなかった」

「さきごろ義経どのが身をかくしに来られた。そういうときは、あの連中は厳重に警護した。が、ここもうるさくなったので、義経どのはどこかへいかれた。千光房というのが、あの連中の首領のようだ」

「千光房? 横川にいられるのか」

「ここではないが、そのひとの号令で、お山中の僧兵が動く」

晦堂がいった。

「鎌倉方は、千光房をとらえようとしているというではないか」

「しかし、お山にそうかんたんに手を入れるわけにはいくまい」

「いざとなれば、みんなも闘うのか」

範宴が訊いた。

「お山の大事とあれば、みんな武器をもって立ち上るのだ」

範宴は、首をふった。以心が笑い出した。

「どこからみても、範宴房はたのもしい戦闘員とはみえない。範宴房は、そういうときにはお山にのこって、われわれの武運の長久を祈っていてくれたらいいのだ」

むさくるしい、いかめしい法師を堂衆《どうじゅ》といって、区別されているのを範宴は知った。法師らしい身なりはしているが、僧侶としてのつとめはなかった。

「このごろは、かれらもいくらかおとなしくなった。私がここに来たころは、お山に殺気がみなぎっていて、あの連中がこの僧坊にも無遠慮にはいってきた。あの連中には、何とはなしに私たちが憎いのだ」

慈円から、範宴の身のふり方に関して何の沙汰もなかった。大勢の僧のことであり、慈円がわすれているのかも知れなかった。範宴は、お山の生活に慣れた。範宴はこのまま横川にとどまりたいと思ったくらいである。以心、大業、晦堂の人柄もわかってくると、かれらと別れて別のところへいくのが心細かった。

「呆《あき》れたものだ。あの連中が大っぴらに博打《ばくち》をやっている」

大業が報告に来た。

「あの連中が博打をやっているのは、ずうっと前からのことだ。大業は知らなかったのか」

晦堂が笑った。範宴もはじめて聞くことであった。寺内にあっては、囲碁、双六《すごろく》、将棋、蹴鞠《けまり》等は固く禁じられていた。

「鶏足房が胴元だろう?」

以心がいった。

「あれが鶏足房というのか。でっぷり肥った、強そうな法師だ」

「寺内では一切酒をのんではいけないとあるのに、法師たちは公然と酒をくらっている」

寺内や僧坊で、琴を調べ、笛を吹き、または歌、舞踊、遊戯は禁止されているにかかわらず、それが守られなかった。

大門の内へは、魚鳥五辛等の類はもちこむことが出来ないのに、それを犯した。呪術《じゆじゆつ》、猿楽《さるがく》、田楽《でんがく》等も入れてはならないのであったが、その規則も守られなかった。

「しかし、荒法師だけを責めるのは、片手落ちだ。えらい僧侶の中にも、きれいな法衣をきて、寺の荘園でうまい汁をすすっているものもいるというから」

「しかし、女人を泊めてはならない規約だけは、守られているだろう?」

「あてになるものか。こちらの目にうつらないだけだ」

「末法の世の中だよ、つくづく」

「末法といえば、経筒《きようづつ》がさかんに埋められていると聞いた」

末法の到来によって、仏法まさに滅びんとする。そのため地中に経を埋めて、弥勒《みろく》出世のときまでこれを伝えて、そのときになって、その経が再び世の中に出て、衆生済度《しゆじようさいど》のための資となるという考えからの行為であった。

「まったく天変地異も多すぎるよ」

末法説は、不思議とこの世代の世相と適中していた。間断なき戦乱と、うちつづく災変に、この世の中がどうなるのかと、安き心地ではなかった。幼かったころの範宴にも、その記憶があざやかにのこっていた。

「五月雨《さみだれ》で多くのひとが溺死《できし》した。真夏というのに、寒い日がつづいた。天下は飢饉で、強盗放火があとをたたなかった」

「疫病が大流行した」

治承元年の大火のとき、範宴は五歳であった。年上の以心や大業や晦堂の当時の記憶は、具体的であった。

「あの夜の炎は、ものすごかった。扇をひろげたように、炎が末広がりにひろがった。空に吹きあげられた炎が、風にふきちぎられて、一、二町はなれた家にとび移った。火に焼かれて死ぬより、煙にまかれて死んだものが多かった」

「治承四年の大風も、ひどかった」

「中御門《なかみかど》、京極あたりからおこった旋風だった。それが六条あたりまで吹きまくった。檜皮葺《ひわだぶき》の屋根が木の葉のように空をとんでいった。風はときどき吹くものだけど、あのように風が黒い唸《うな》り声をあげたのは、はじめてだ。まさにこの世の終りだった」

「あれはいつの飢饉のときだったか、二条烏丸《からすまる》をとおったとき、餓死したのが七、八人、枕をならべて横たわっていた。くさくてくさくてたまらなかった。鼻がひんまがるような気がした。道を変えてかえったのをおぼえている。赤ん坊が方々に捨ててあった。大てい死んでいたが、中には泣く元気のある赤ん坊もいた。清水橋（五条橋）の下で、童子を喰っているのを見かけたということだったが、まったく餓鬼地獄だった」

範宴は両手を握りしめ、膝《ひざ》を押えつけるようにして聞いた。

「末法の世の相《すがた》は、いまもすこしも変らない。それに油をそそぐのが、このごろの僧侶の所業だ」

以心が慨嘆《がいたん》した。

「昔の上人《しようにん》は、一期《いちご》道心のあるなしを論じたものだという。つぎの時代の上人は、お経の文句の議論ばかりをしていた。いまの上人は、戦闘のことばかり話合っている」

「文覚《もんがく》の起請文のことを、範宴房はきいたことがあろう？」

大業がいうと、範宴はうなずいた。

「後白河法皇自らご手印を捺《お》された四十五箇条の起請文だが、その中に何が書いてあると思う？　神護寺再興のために定められたものだが、その中には、こういうことは僧としてしてはならないということが、箇条書になっているのだ。公私の強縁《ごうえん》を悪用してはならないとか、ひとの田園貨財に手を出してはならないとか、むやみに刀杖甲冑《とうじようかっちゅう》を帯びてはならないとか、酒をのむな、笛を吹くな、踊ったりするな、美しい服をきるな、女人を泊めてはならぬ、勝負ごとをするなという注意事項ばかりだよ。ということは、僧侶がしょっ中そういうことをやっているからだ。神護寺だけの問題ではない。現にお山では、まさにそのとおりだ」

大業が範宴の顔色に気がついた。

「範宴房は、もっと清浄なところと思って、お山に上って来たのだろう。期待が外れたのは、お気の毒だ。しかし、この現実をみつめることが大切だ。現実から顔をそむけてはならないのだ」

伊勢安養寺の住持の大恵が、七箇条の禁制を定めた。その中の一つに、
一、方丈寺中垂髪童形来臨夜泊事
垂髪童形とは、美少年のことである。男色の禁止であった。ということは、そういうことが寺

中で行われていたからであった。

法勝寺の円観が修行中、十五歳のとき、西塔の阿闍梨《あじやり》道超の坊で、しばらく世話になったことがあった。

「当坊の体たらく、房主といひ同法といひ、更に勤学の志なし。偏《ひとへ》に兵法を専にす。而《しか》るに予幼稚の身として、更に武勇の志なく、常に宗学を好めり」

鎌倉末から吉野時代初にかけて活躍したひとの自叙伝の一節だが、そのころまで、お山の風が血なまぐさくつづいていたとすれば、範宴が上ったころは、さらにひどかったようである。範宴にも、武勇の志はなかった。

禁中の護持僧は、精選されることになっていた。が、最近は次第に人数がふえて、かつ門閥によって選ばれるようになった。智行のことなどあとまわしで、若僧どもは綺羅《きら》をかざって精選の場にのぞんだ。

僧綱《そうごう》にえらばれたいために、推薦者の律師に贈賄をするのもあった。

僧侶の中には、ひそかに出挙《すいこ》をいとなみ、利をはかっているものがあった。官有の穀物を人民に貸して、利をむさぼるのである。また安く仕入れて、高く売りつけた。興福寺、延暦寺、園《おん》城寺《じようじ》、熊野、金峯山《きんぷせん》の夏衆《げしゆ》、彼岸衆《ひがんしゆ》、先達、寄人《よりゆうど》などは、僧供料といって穀物を安く買いとり、高く売りつけていた。

歌人の定家は「明月記」に、

「隆真法橋《ほっきょう》が死去した。去年は碩学《せきがく》が三人も死んだ。僧でありながら妻子を帯び、出挙して富有になったものだけが悪行を重ねている。そういう僧が山門に充満している。これは仏法滅亡の証拠である」

と書いた。その内に、山僧でありながら、地頭の地位につくものがあらわれた。諸国の地頭が、代官をえらぶとき、山僧や商人から一時年貢を代弁上納させて、これをもって代官に補すということがおこった。山僧は、一種の請負をするようになり、自分の利益をはかるようになった。後に、山門僧侶が代官になることは禁じられたが、山門領内の代官は、この制限に関係がなかった。

奈良の北山に、容姿の美しい僧がいた。かれは俗人にすがたをやつして、やさしいことばを弄《ろう》して、民家の女にいいよった。きれいな顔立の男から、やさしいことばをかけられて、女は男のいうままについていった。男は女をひきまわし、さんざんなぐさみものにしたあげく捨てた。男はつぎからつぎに、三人まで若い女をもてあそんだ。娘が行方不明となった家では、大さわぎであった。女が放心状態となってようやく家にかえって来て、そのことを話した。

「坊主のくせに、もってのほかの悪業」

捜索の手がのびた。それと知った容姿美麗の僧は、さわぎたてる家を焼き払おうとした。が、気付かれたので、逃げた。が、ついに僧は捕えられた。そして、首をはねられた。その首が、路傍にさらしものとなった。信宗法印の弟子の僧の娘で、十四歳になるのがあったが、ながらく行方不明になっていた。容姿美麗の僧が打首になると、どこからか送りかえされて来た。婦女誘拐《ゆうかい》が暴露するのを、おそれたからであった。そのことを聞いた歌人の定家は、

「末代の事視聴につけて耳目を驚かす歟《か》」と、書いた。

範宴が叡山に上ってから、見るもの聞くもの、ことごとく思いもよらぬことばかりであった。日野家にいたころの範宴は、世間知らずであった。五郎七が範宴の世間知らずを不安に思ったものだが、範宴にはよほどの打撃であった。範宴は、お山の現実をみつめた。

「この現実から顔をそむけてはならない」

大業がいった。しかし、あまりに刺戟的であり、印象的であったので、範宴の心の中に拭うことの出来ない汚点をしみつかせたようであった。

お山の乱れは、そのまま京の町のみだれであった。京には、群盗が横行した。徒党を組んで治安を乱すのは、ほとんどが武士上りのものであった。後白河法皇がたまりかねて、頼朝に勅して、武士の上洛を要請した。

逃げかくれしていた義経が、妻子をつれて陸奥に逃れ、藤原秀衡をたよることになったが、その道中を護衛していったのは、延暦寺の僧俊章であった。俊章は、義経を数カ月お山にかくまっていた。奥州落ちのときには、俊章は与党をつれていた。

範宴には、俊章のことよりも、千光房の動静の方が多く耳にはいっていた。

後白河法皇は、高野山で保元以後の多くの死者の冥福《めいふく》を祈らせた。そのついでに、義経追捕《ついぶ》の祈りをあげさせたが、政治的な祈禱《きとう》であるにしても、法皇というひとはいったい何を考えているのか。法皇の屈折した、複雑な気持は、お気に入りの丹後局《たんごのつぼね》栄子《えいし》だけが知っているかも知れなかった。

頼朝は、千葉常胤《つねたね》と下河辺行平を京に派遣した。

「北面の諸士を検非違使に任ぜられるには、よろしくその人を精選せらるべし。諸国の地頭には、すでに頼朝より厳誡《げんかい》を加へておきたり。もし臣（頼朝）の指揮に従はざるものあらば勅を奉つて、これを抑へ治むべし」

院の命によって行動をとるという態度が、後白河法皇にひどく満足をあたえたようであった。

それと同時に、大江広元が上洛して、閑院の大内裏《だいだいり》を造営した。千葉と下河辺は、市中警衛にあたり、中原親能は京の守護、大江広元は六波羅にあって、親能と交互に朝廷と交渉して政治を執った。頼朝は、鎌倉を動かず、もっぱら部下を京におくりこんでいた。

東大寺の改修がはじまっていた。それにも頼朝は、改修に要する用材及び引夫を、周防《すおう》の地頭に命じて供出させた。

諸国の地頭のふるまいには、目にあまるものがあった。院はたまりかねて、

「人の愁《うれ》ひ神の祟《たた》りも積りぬれば世間もかくの如く落居せず」

と、頼朝に申し送ることになった。武士の実力には対抗が出来ないので、院は宗教の権威にことよせて、苦情を申し出た。荘園領主が自己の権益を守る手段として、神仏の呪術的権威を持ち出し、武士を罪業ふかいものときめつけた。そして、無知な武士を牽制《けんせい》しようとした。弓馬の芸をたしなむことを殺生とむすびつけて、罪ふかいものといいなした。院や公卿が地頭と対抗するには、このような手段しかなかったようである。頼朝は院の要請をうけて、悪質な地頭をとりしまった。

文治三年（一一八七）十月、前鎮守府将軍藤原秀衡が死んだ。

秀衡は死にのぞみ、嫡男《ちやくなん》泰衡、忠衡など兄弟に、義経を主君として兄弟協力し、頼朝に抗するように起請文を書かせた。

各地から京の警備のために上洛し、一定の期間その役をつとめることを、大番役といった。大

番役は三年交代であった。が、その負担が大きかった。所持金もつきて、任期をつとめて帰国という段になると、京の土産物ひとつ買えない状態であった。鎌倉幕府は、諸国の武士はみな鎌倉の家人《けにん》ということから、三年を六カ月にあらためた。そのため、大番役にかり出された武士の負担が、激減することになった。こうしたところからも、頼朝は諸国の武士の信頼をいっそうふかめた。

頼朝は、院に対してずいぶん気をつかっていたが、京都公家の地頭に関する苦情が出されると、ときには拒絶もした。

頼朝は、藤原泰衡に対し、義経を追捕するようにという宣旨を要求して、これをうけた。

また頼朝は、山僧が兵器を帯するのを戒められるように朝廷に請うた。朝廷はその旨を宣下したが、山上において弓箭《ゆみや》や太刀を帯びる風はすこしも改められなかった。

頼朝は使いを京に遣《や》り、きびしく訴えた。朝廷は頼朝の再度の要請を、四月になって延暦寺座主全玄に下した。が、山僧はかんたんに武器を手放さなかった。

京都公家は院を通じて、再三、地頭の横暴が所々におこなわれているといい、院宣を下して、取締ってくれと命じた。頼朝はただちに実態調査にのり出した。それが五カ月を要した。その結果、領家《りようけ》が尋常で、地頭の不当なところもあるが、地頭が尋常であるのに、領家の方が朝廷権門をかさにきて、横暴をはたらくという例もすくなくないことが判明した。

「よって記録所に召して、真偽をただし、公平に処置すべきである」

と、奉答した。

叡山の僧坊では、

「興福寺の金堂の上棟式があったそうだ」

だれかが噂《うわさ》しているのを、範宴はきいた。

「顕真房が大原勝林寺で不断念仏をはじめたそうだ」

「法然房が滝山寺で不断念仏を修したという」

そういう関係のことは、比較的はやく耳にはいった。

「諸国に殺生が禁じられたそうだ」

ある日、範宴の耳にそんなことばがはいった。範宴は興味をもった。

「焼狩、毒流が停止されたのだ」

「野原を焼きはらう狩りや、川に毒を流して魚をとることが禁止されたが、それ以外の殺生が禁じられたわけではない」

「頼朝の仏教信仰のあらわれの一つだというひともいる」

「あんまりひとを殺したので、ねざめが悪いのだろう」

僧達の話は、無責任であった。範宴は、ときどき法然のことを聞くようになった。

「京は物騒だ。うかつにひとり歩きも出来ない」

去年のように京には群盗が蜂起《ほうき》した。範宴たちは知らなかったが、その群盗の巨魁《きょかい》が、お山の千光房であった。千光房は、飯室谷に住み、義経の余党であった。京の治安を乱すのは、千光房としてはもっともな理由があったのかも知れなかった。

朝廷は、延暦寺の円良に、千光房の追捕を命じた。が、千光房を逮捕することは出来なかった。

俊章も、群盗のひとりのように扱われていた。義経を奥州に送りとどけ、帰洛後謀反《むほん》を企てたというのである。頼朝は在京の武士に命じて捕えさせようとしたが、うまくいかなかった。

文治五年一月、範宴がひとり机に向い経文を書き写していたとき、隣室にあわただしい動きがおこった。だれかが急いではいって来たようすであった。

「つかまったよ、千光房も俊章房も……」

「つかまった？　とうとうつかまったのか」

「飯室谷でさわいでいる。町中で北条時定の手のものに捕えられたのだ」

隣室は、しばらく静かになった。それからまた、話がはじまった。千光房や俊章房と、この僧坊にいる僧たちは関係がなかった。かれらに味方をしていたのではなかった。が、鎌倉方に二人が捕えられたとなると、自分らのことのように感じているらしかった。範宴は、再び筆を動かした。

範宴の学力は、以心、大業、晦堂をはるかに引きはなしていた。三人は範宴についてはいけなかった。三人は、それをみとめていた。

後年、親鸞（範宴）の著述の字訓釈、字表学、転声釈には慧心《えしん》流の特別な解釈法があった。それは叡山時代、天台慧心流の影響をうけたからであった。文典をあらためて、別義を現わす改点法。一字や数字や一句を省略するという省略法。字句を添加させる添加法。原本と異なっているのをもみあわせる合揉《ごうじゅう》法。文字を転倒させて解釈する転倒法。一連の文を引く場合、順序をわざと前後させる前後法。以上の方法は、原文にこだわらず、ただちにそのものの精神に達するためのやり方であった。慧心流の解釈方法を、範宴は指導僧から教えられた。それはまた範宴の性格にふさわしい方法でもあった。老人であった指導僧は、範宴の聡明さを愛し、経典の解釈を熱心に教えてくれた。

親鸞の最大の著作に、「教行信証《きょうぎょうしんしょう》」がある。その中には、「隠顕」と「与奪」の論法が融通無碍《ゆうずうむげ》に使われていた。「与奪」とは、相手の立論をまず肯定して、それをふまえて結論を逆転させるという論争的な論法であった。叡山における範宴は、法論の中で育った。たびたび論争も経験していた。「与奪」の論法もまた、天台慧心流から教えられたものであった。親鸞は、論語の一節をよみ変えた。経典をよみ変えたりした。それも慧心流の影響からであった。「隠顕」とは、古くから用いられている術語であった。「顕彰隠密」をつづめたものであった。経典の奥にかくされた真意を発見して、表面の意味を否定する逆転の論法を指していった。親鸞はおのれの思想を表明する上に、隠顕の論法をとくに重視した。隠密の論理は、親鸞の急進的な創造精神をはぐくむには、またとない適切な方法であった。親鸞の著作の中には、きわめて鋭い反語的表現が多くみられた。親鸞が驚天動地の心的事実を伝えるためには、その表現が何よりもふさわしく、また必要であった。しかし天台慧心流の影響も、叡山時代は範宴の頭の中だけに温存されていたが、親鸞の思考法は、そのころから脈々と培《つち》かわれていた。

常行堂《じようぎよう》には、常行三昧《ざんまい》院と西常行堂と、楞厳《りようごん》三昧院の常行堂の三カ所があった。慈円が首楞厳院の検校となっていたので、範宴のつとめる常行堂は首楞厳院の常行堂であった。同期生は依然としておなじ僧房に起居していたが、範宴が近く常行三昧堂に移るという話が、ときどき上位の僧たちの話題になっていた。

頼朝が、奥州藤原泰衡追討の宣旨を院に要請した。義経をかくまっている藤原一族を攻略しなければ、鎌倉幕府の安泰ははかれなかった。強引に追討の宣旨をもとめたが、院側は許さなかった。

とくに後白河法皇は、頼朝を好ましく思っていなかった。藤原氏の勢力と院が結びついていくことによって、頼朝を牽制する必要があった。たがいに相手のはらを見すかしながらのかけひきであった。

院は、造大神宮、造東大寺などを口実にして、戦いを拒否する態度をつづけた。

院と鎌倉が、院宣問題で対立している閏《うるう》四月三十日、藤原泰衡が兵を挙げた。泰衡兄弟のあいだで、義経の待遇で意見が対立していた。亡父秀衡の命とはいえ、頼朝に追われて逃げこんできた義経を主君にいただくことは、泰衡にはがまんがならなかった。泰衡は、頼朝の力をおそれていた。挙兵は、鎌倉に対してではなかった。数百騎で、義経の衣川《ころもがわ》のほとりにある高館《たかだち》を襲った。不意を討たれた義経は、館に火をはなち、切腹した。義経は三十一歳であった。妻二十二歳、子供四歳も自殺した。泰衡の弟の泉三郎忠衡は、義経に味方していたので、同時に殺された。

義経の首級を櫃《ひつ》におさめて、鎌倉に送りとどけた。泰衡は義経の首を差し出すことによって、奥州一円の安堵《あんど》を得たかったのである。

院は、義経の死を知ると、

「義経が死んだ以上、国中は平和になったのだから、藤原氏討伐の院宣を下すわけにはいかぬ」

と、申し送った。が、頼朝は、兵を奥州に送ることにした。

「義経の首の出し方が、おそすぎた」

そういう口実であった。泰衡の期待は、外れた。

頼朝は、伊豆国北条に願成就院を創建した。北条時政を奉行として、藤原泰衡追討の祈願をさせた。六月六日に立柱上棟、本尊は弥陀三尊並びに不動多聞天像であった。

また、武蔵《むさし》の慈光寺に愛染明王《あいぜんみようおう》の像を造って、おなじく泰衡追討を祈った。悪逆非道な賊を退治するならわかるが、鎌倉の安泰を祈るという一方的に都合のよいことであった。士気を鼓舞するための行事であろうが、弥陀三尊や不動明王がはたしてどんな顔をしたであろうか。頼朝は右近衛大将に命じられていなかったが、将軍と呼ばれた。これは異例なことであった。

鎌倉の館の裏の山にも寺を造り、年来信仰の正観音像を安置して、泰衡追討のための祈願を専光房に命じた。

その寺は、凱旋《がいせん》後に本格的に建てることにして、仮の柱四本を立て、そこで専光房に祈禱をさせた。

院の勅許を待たず、頼朝は直属軍をつれて、鎌倉を発《た》った。七月末、頼朝は白河の関を越えた。泰衡は異母兄西木戸太郎国衡をして、伊達《だて》郡阿津賀志《あつかし》山に陣をしかせたが、鎌倉軍の畠山重忠、小山朝光、加藤景康、工藤行光らに破られた。頼朝は大木戸を攻めた。大木戸の陣が破られ、国衡は斬られた。泰衡は逃げた。

頼朝は、平泉に向った。

泰衡は館を焼いて逃げた。頼朝が平泉に入ったとき、一面は焼野原となっていたが、西南角に一つだけ倉庫が残っていた。そこには沈香《じんこう》、紫檀《したん》、犀角《さいかく》、象牙《ぞうげ》、錦繍綾羅《きんしゅうりょうら》をはじめ、舶来の珍宝がつまれていた。頼朝たちは驚嘆した。

叡山にも、頼朝が奥州討伐に向ったという噂はきこえていたが、遠い世界の出来事であった。義経が自殺し、その首が鎌倉におくられたということも、すぐ知れわたった。義経がしばらくお山にかくれていただけに、義経を見かけた僧たちには、無常の感銘が強かった。

「摂政九条兼実公が、法然房を請じて、法文の話や、往生についていろいろ話をされたというではないか」

「法然房といえば、あの専修念仏の法然房か」

「法然房といえば、勧進聖のもとじめではないのか」

「法然房のもとには、高野聖や勧進聖がたくさん集まっている」

「摂政の兼実公が迎えるほど法然房というのは、えらいひとか」

「顕真座主も、大原の勝林寺で不断念仏を修していられる。それも、法然房の教化をうけたからだ」

範宴は、僧たちの話をきいていた。

「九条兼実公が、法然房によって受戒されたというぞ」

その噂は、お山に動揺をあたえた。受戒とは仏の制定された戒法を受ける意味であった。当然横川の慈円の耳にはいっていると思われたが、弟は兄のことについては何も言わなかった。

そのころ、藤原泰衡の手紙が頼朝のところに届いた。その内容は、

「義経を殺して、鎌倉に酬《むく》いたのに、攻略をうけるとは理不尽なことである。そのことを賞めて、出羽、陸奥の両国の支配を許してもらいたいのだ。それが許されるなら、鎌倉の家人《けにん》として、その列に加わる。それが不可能なら、せめて死一等を減じて、遠島の刑に処せられたい」

という命乞いであった。頼朝は、あくまで泰衡の首をほしがった。

京から頼朝のもとに急使が来た。泰衡追討の宣旨であった。頼朝の行動開始にあわてた院が、日付を七月十九日にさかのぼらせて、急いで宣旨を下した。それで格好をつけた。

頼朝は平泉を出て、厨川《くりやがわ》に向った。泰衡は絶望し、部下をつれて、糠部《ぬかべ》郡を経て、夷狄島《えぞ》（北海道）に渡ろうとした。そして、譜代の郎党の河田次郎をたよって、肥内《ひない》郡贄柵《にえのき》（秋田県鹿角郡）に落ちた。が、河田次郎はたよってきた主君泰衡を殺害した。その首を頼朝の陣に届けた。泰衡は、三十五歳であった。頼朝は泰衡の一族比爪俊衡の比爪館を攻めるべく、気勢をあげていたときであった。

頼朝は、首実検をすませると、小山朝光に河田次郎の斬殺を命じた。

「郎党の分際で主人の首をとるとは、罪八逆に値する」

後々のみせしめというので、首をはねた。

九月にはいり、頼朝は後白河法皇に使を派し、戦勝の報告をした。

頼朝の戦後処理の一つに、紫波《しは》郡高水寺僧徒の訴えがあった。その寺に侵入して掠奪したのが、宇佐美実政の部下のものであった。犯人は両手を切断され、板に釘《くぎ》づけにされて、さらしものになった。

藤原三代の創った寺院を調査して、仏餉《ぶつしよう》灯油田を寄進したり、中尊寺経蔵領は安堵である旨を下したりした。また、陸奥、出羽の戦争難民をその郷里にかえし、両国の省帳や、田文《たぶみ》（役所の帳簿、検地帳）をさがして整理につとめた。

頼朝は衣川を視察し、翌日平泉を発って帰路についたが、途中、多賀の国府で地頭たちに行政上の注意をあたえて、国務は一切、秀衡、泰衡時代の旧例によらせることを指示した。民心の安定をはかった。

頼朝は鎌倉にかえってからも、陸奥、出羽の両国の難民の救済や、泰衡の遺児の行方を捜索させた。

院の勅許なしの合戦であったが、結局追認の形となり、後白河法皇から、勧賞の沙汰があった。が、頼朝は固辞した。その代り、陸奥、出羽両国の管領の件を奏請して、勅許を受けた。頼朝にとって、法皇からの勧賞はものの数ではなかったのである。

平泉の二階堂に模して、鎌倉に一寺を建てることにした。永福寺と呼んだ。

「義経（義顕と改名）と泰衡は、朝敵ではない。私の宿志によって誅《ちゆう》したものである。そのため二人の冥福を祈るのだ」

頼朝は周囲のものにいっていた。

その年の暮、延暦寺が騒然となった。範宴らには、何ごとがおこったのかわからなかった。お山が殺気だった。

「荒法師どもが、座主の全玄房を放逐するというのだ」

僧坊からも、その騒ぎに加わったのが多かった。

堂衆だけの動きではなかった。学生も多くまじった。群集の心理となると、理非曲直がとおらないことになった。慈円などの責任者のいうことを、うけつけなかった。群集心理はそれ自体、個々の思考とは関係なしに動いた。

「なぜ座主を放逐するのか」

範宴には、理解できなかった。

「座主は、朝廷の命にしたがったのだ。朝廷じゃない、鎌倉の命令にしたがったのだ。山上においては衆徒の弓箭太刀の携帯をゆるさぬというお達しを、座主が実行しようとしたからだ」

「いまこのお山から、弓箭太刀をとりあげられたら、何が残る。はだか同然ではないか。お山は鎌倉方の思うままに支配されるのだ。それで、お山の名誉が保てると思うか。お山は、朝廷に圧迫を加えた。お山は政治を左右した。お山には、そういう伝統がある。お山はまちがったことをやって来たのではない。お山は平氏に反抗して、朝廷を守った。後白河法皇のために、どれだけ働いてきたか知れないのだ。現在の朝廷は、弱腰になっている。その朝廷を擁護して、武士に対抗するのが、自分らのつとめではないか。それをわすれて、座主自らが降伏しようとするのは、許せない。そんな座主は、よろしくお山から追い出すべきだ」

範宴は、僧たちの主張をだまってきいていた。僧たちの思想は、弓箭太刀の上に構成されているようであった。それは本来の僧の扱うものではなかった。弓箭や太刀を帯びているので、それをわが身からはずすわけにいかないのである。千光房や俊章房が捕えられた。そのことも、座主全玄を追放しようとする群集心理をあおりたてる動機になった。

範宴のいる僧坊には、だれもいなくなった。範宴だけが残った。静かな時間がつづいた。風の都合で、お山のどこかで大勢のひとが鬨《とき》の声をあげているのが聞えた。事態は、堂衆や学生たちの思うように進行しているらしかった。

夕方になると、僧坊の連中がもどってきた。僧たちは愉快なあそびをして、快く疲れているようであった。

「面白かった、じつに面白かった。両手で頭をおさえ、ころがるように叡山の座主が石段を下りていった」

「全玄房は頭から血を流していた」

逃れていく座主と、二、三人のおつきのものに、うしろから小石が雨のように投げられた。

動乱止《や》む

摂政関白九条兼実の女《むすめ》の任子が、後鳥羽天皇の女御《にようご》となった。女御とは、中宮のつぎに位する女官で、天皇の御寝《ぎょしん》に侍《はべ》る。天皇の食事に侍し、御寝のおとぎをするのである。はじめは四位、五位のものにすぎなかったが、後には女御から皇后となるようになった。

任子は文治の最後の年（一一九〇）の一月に入内《じゅだい》したが、改元して建久となり、その四月、中宮となった。女御として御寝に侍るようになれば、中宮となる機会も多かった。中宮とは、皇后の別称であった。

その年の二月、西行が亡くなった。西行の死は、その方面のひとびとに大きな衝動をあたえた。この年定家は花月百首を、父の俊成は五社百首を選定していた。

頼朝は勝長寿院に万燈会を納めて、平家一門の冥福を祈った。頼朝は、幼いころから宗教心を抱いていた。平治の乱のあと、頼朝は捕えられて平宗清に預けられた。池禅尼が助命を清盛に請うたが、たしかな返事がなく、日が延ばされた。そのあいだ頼朝は、ひたすら念仏を唱え、経を読み、父の後世を弔うために塔婆を造ることを思い立った。そのことを監視役の丹波藤三国弘に伝えて、小刀と木片を請うた。国弘は哀れに思って、宗清に話し、小さな塔婆百本をつくってあたえた。頼朝は、十三歳であった。頼朝は幼少のころから、宗教的行事に関心をもっていた。伊豆に流罪になってからも、日課をきめて読経していた。

頼朝は平家追討の院宣をうけたときも、父義朝のために法華千部転読の願を発し、八百部まですませたが、二百部を残した。

「この願いの部数を満たそうとすれば、戦機を逸するおそれがある、どうしたものか」

伊豆の走湯山《はしりゆやま》の文陽房覚淵を尋ねて相談した。覚淵が答えた。

「千に満たずとも障りあるべからず。却《かえ》って八はめでたき数である」

嘉例を引用して、その趣を表白文として仏前に捧《ささ》げたことがあった。

石橋山合戦には敗れたが、その合戦にのぞむとき、今日まで毎日勤行を怠らずに来たが、戦場にあっては不本意ながら勤行を怠慢することになろうと、自分に代って勤行を依頼した。

挙兵のとき、門出の血祭りに、伊豆の目代山木判官平兼隆を討とうとしたが、その八月十八日は、幼時より正観音をあがめて、放生を専らにした日のため、それを怠るのはつらいといい、ためらったほどであった。

文治四年、朝廷に奏して、天下一般に殺生を禁じさせたり、建久元年にまた宣旨を下して、関東に今明二カ年を限り、その他の国は年を限らず、殺生を禁じたのも、頼朝の幼いころからの信仰心のあらわれであった。

頼朝挙兵以来十年の歳月を経て、日本全国の大動乱は、終りをつげた。

頼朝は上洛して、後白河法皇と会うことになった。そのことは、早くから京に知らされた。大番役の仕事は、多忙になった。叡山にも、このことはすぐ伝わった。

建久元年（一一九〇）十月、頼朝は精兵一千余騎をつれて、鎌倉を発った。十一月、入洛した。先頭は、畠山重忠がつとめ、三騎ずつ百組が護衛する中に、頼朝は折烏帽子《おりえぼし》、紺青《こんじょう》の水干袴《すいかんばかま》に白のむかばきをはき、黒い馬にのっていた。法皇をはじめ、貴族たちは車を賀茂の河原にとめて迎えた。群集の中には、五郎七とその息子の万助もいた。

頼朝は、六波羅の新第にはいった。頼朝は、一カ月あまり京に滞在した。

頼朝は後白河法皇や、後鳥羽天皇に謁見し、法皇とは二人きりで、長時間政治上の問題で話合った。日本一の大天狗《てんぐ》と罵倒《ばとう》したり、頼朝追討の宣旨を出したりして、十年間、不倶戴天《ふぐたいてん》の敵としてわたりあってきた二人であった。

頼朝は、支配者としての地位の象徴である征夷《せいい》大将軍を希望していたが、それはみとめられなかった。代りに、右近衛大将、及び権大納言の官職があたえられた。頼朝はこれをうけ、十二月一日、盛大に拝賀の儀式をとり行なったが、四日には両方とも辞職してしまった。それは、単なる王朝の侍大将ではないということを天下に示すためであった。

頼朝は、九条兼実ともたびたび会った。兼実に対しては、胸襟《きょうきん》をひらいて語りあった。義経に頼朝追討の宣旨が下されたとき、兼実は極力反対を唱えた。兼実は院政派の中では、温厚な冷静な中立派であった。兼実は日記「玉葉《ぎょくよう》」の中で、頼朝と会ったときのことを記していた。

「いまの世は、法皇が思うままに天下の政治をとっている。天皇とても皇太子と変りがない有様である。目下のところ致し方がないことである。しかし、幸いあなた（兼実）はまだまだお若いし、先はながい。私にも運があれば、法皇御万歳（法皇の死）の後には、いつかかならず天下の政治を正しくする日が来るでしょう」

待つことを知る頼朝は、功を急がなかった。そういう点、兼実の性格と通うところが多かった。

後白河法皇は、当時六十四歳であった。二十九歳まで、部屋住みであった。天皇の位についたが、保元・平治の乱から、平家の全盛時代を経て、さらに治承以来の動乱の半世紀を生きてきた。つねに朝廷の大黒柱として切り抜けてきた。機略縦横の策士でもあった。頼朝や九条兼実から、ひそかに御万歳（死）を待たれているが、丹後局栄子をいまだに必要としていた。

建久二年五月二十二日、室生寺《むろうじ》の本寺興福寺から、関白九条兼実に、

「仏舎利《ぶつしやり》が盗まれました。犯人は俊乗房重源であり、帰化人の縛若空諦《ばくじやくくうたい》を手先につかって、盗ませたものであります」

訴えがあった。室生寺には、空海の「二十五箇条御遺告」による如意宝珠が埋めてあり、その中に三十二粒の仏舎利が入れてあった。舎利に対する信仰は、きわめて高かった。重源の後援者である兼実は、驚愕《きようがく》した。

「末代の珍事《ちんじ》、凡《およ》そ言語の及ぶところに非ず」

東大寺再建が多くの困難と危機をはらんでいることは、兼実も十分承知していた。それを勧進一途でつらぬこうとする重源の苦悩もよくわかっていた。それにしても、空海の舎利を盗み出すとは、言語道断であった。

さっそく重源を呼びよせた。

「舎利盗掘は、縛若空諦の一存でしたことで、私に関係はありません」

しかし、興福寺の非難と追及がはげしかったので、重源は六月十日に東大寺造営を放棄して、行方をくらました。

重源は大仏の開眼供養がすんだあと、周防国を造東大寺領国としてもらい、自ら黒衣の国司に任じ、また播磨、備前両国も、文覚と頼朝の口添えで、造東大寺領国として、その国司となった。重源は、東大寺再建の費用をこれら三カ国から得るものだけでは満足をせず、国司の国務によって生ずる利益の全部をもらいうけたいと申し出た。重源は単なる勧進聖でなく、請負師的な、企業家精神も多分に備えていたようであった。高尾の勧進聖である文覚といっしょに働いていたが、後には、備前領国をめぐって両人は争い、喧嘩《けんか》別れとなった。ひとを信用させるためには、からくりも必要であったのだ。東大寺再建という大きな土木事業の勧進は、それ自身大きな賭《かけ》であった。大勧進聖の仕事は、請負師的なものである。入札の保証は、東大寺再興勧進にひろく協力せよという宣旨による全国的勧進帳と、それによる有力貴族と実力のある鎌倉武士の後援であった。

重源の勧進には、手段をえらばぬ強引さがあった。

重源の逐電《ちくてん》は、大事件となった。東大寺再建の最中に、大勧進聖が行方不明となったからである。九条兼実がうろたえて、このことを後白河法皇に報告した。法皇も驚き、嘆かれると思いのほか、にやにやと兼実の顔に笑っているだけであった。そばに丹後局栄子がついていた。栄子にも、驚いているふうがなかった。兼実は信じられなかった。自身の目を疑った。

「そんなにあわてなくともよろしい。仏舎利の件は、承知した。重源の行方をさがすがよい」

室生寺舎利盗取事件の背後に、法皇が存在しているのを兼実は察知した。首魁《しゆかい》が法皇では、手の下しようがなかった。法皇の機略縦横には、さんざんふりまわされてきた兼実であったが、仏舎利にまで手をのばしていようとは思わなかった。兼実は自分の邸にかえると、この日のことを、

「法皇すでに権者（化身）なりと云々《うんぬん》。実にこのはかりごとたるや、恐るべし、恐るべし」

日記に誌したが、法皇ともあるべきひとのすることではなかった。

三日後に、重源が淀《よど》のあたりをうろついているのが発見された。兼実は重源の発見を、

「朝家のよろこびなり」

すなおによろこび、院宣と藤原氏の長者宣をもって、興福寺の訴状を撤回させた。重源には、もとの大仏殿造営勧進をつづけさせることになった。

七日経ってから、法皇は重源と縛若空諦を呼び寄せた。二人の前で、

「ここに舎利が三十二粒ある。如意宝珠の中にあったものだ。この中から二粒は丹三品《たんさんぼん》がもらうことにして、あと一粒は右大臣がもらうことにする。残りは返す」

丹三品とは丹後局栄子のことであり、後に二位となり、丹二品と呼ばれるようになった。右大臣は花山院兼雅であった。後白河法皇は、寵愛《ちようあい》の女房、丹後局のごきげんをとるために空海の仏舎利を盗ませた。空海の舎利を手に入れれば、後世が確約されると丹後局は信じていた。勧進の

ためには、重源はどんな命令にも従わざるを得なかった。重源にとっては、いかなる手段によっても造寺完了が目的であり、それがまた勧進聖の信念であった。

仏舎利盗取事件は、院の中では笑い話で終ったようであるが、そのためうろたえたり、嘆いたり、はらをたてたり、法皇を化けものだとおそれた九条兼実は、よほど律義なひとであった。毎日の出来事を克明に日記「玉葉」に書きつづけているのも、几帳面な性格のあらわれであった。弟の慈円が「愚管抄」を書きつづけているのも、似たような性格によるものであった。

最澄が学生を教育する規定としてつくったのが、有名な山家《さんげ》学生式《がくしょうしき》であった。山家学生式に定められている止観業とは、常行三昧《ざんまい》、常坐三昧、半行半坐三昧（法華三昧）、非行非坐三昧を実修することであった。それによると学生は十二年間山から出ることが許されなかった。いわゆる住山、また籠山《ろうざん》であった。

叡山では、法華三昧と常行三昧とが主として行われた。この行法を簡素化した法華懺法《ほっけせんぽう》と例時作法が、天台宗の寺院では朝夕勤行に用いられた。

身口意をもって弥陀《みだ》を念ずるのが、常行三昧であった。その中からとくに口称《くしょう》の念仏が次第に独立するようになった。最澄はこの四種の三昧を学生に修めさせたが、常行三昧の指導にあたったのが円仁であった。円仁は最澄の意志をうけて、叡山仏教を大成させたひとであった。円仁は最澄から常行三昧をうけただけでなく、入唐《にっとう》の際五台山の念仏三昧の法を伝え来て、叡山に常行三昧堂を起して、これを鼓吹して、不断念仏をはじめた。

円仁の後、相応和尚がその遺命をうけて、常行三昧堂を移転改築し、不断念仏をいっそう盛んにした。延昌がまた常行三昧堂を中心として盛んに行なったが、これらの人びとの努力も、叡山という限界を出ることが出来なかった。

延昌の門下から空也が出た。空也は天下を周遊して、社会救済の事業を行いつつ、口称の念仏を鼓吹したので、念仏が大衆化するようになった。

最澄が「摩訶《まか》止観」によって制定した常行三昧が、次第に口称の不断念仏となり、九十日の規定も、後には七十日になった。最澄の制定した常行三昧は三業の念仏とはいいながら、その中心は意業であって、弥陀と自己が融合することにあった。自己を対象の中にみとめ、対象を自己のうちにみとめ、なお一歩進んでは、主客がなくなる境地まで進むのが常行三昧の目的であった。が、次第に口称に重きをおくようになり、現実よりもむしろ来世のために修すというようになった。そしてこの念仏が普及するにつれて、叡山に関係のある諸寺に常行堂が設けられた。

不断念仏が普遍するようになって、観念から称念へ、現実から来世へとうつった常行堂の念仏が、源信の「往生要集」でいっそう深められることになった。が、源信は直接常行堂に関係はなかった。

慈覚が入唐して、五台山から五会念仏を伝承した。阿弥陀如来を本尊とする道場で、阿弥陀経や観無量寿経を読誦《とくしよう》し、妙《たえ》なる音曲をもって念仏や讃文《さんもん》を唱えながら、仏のまわりを行道するものであった。

この五会念仏の作法は、いまも浄土真宗の声明《しようみよう》の内にその一部を残しているが、その音曲は古典的な浄土教音楽の尤《ゆう》なるものとされていた。この行法は清らかな心で一心不乱に経を誦し、念仏をしていると、仏のすがたが行者の目の前にあらわれて、臨終には仏の来迎《らいごう》にあずかると信じられていた。

常行三昧堂は、檜皮葺《ひわだぶき》五間の堂で、四方の壁に九品《くほん》浄土の図を描き、金色の弥陀を本尊とした。その後寛平五年（八九三）、西塔にも常行堂が建てられた。延長五年（九二七）、増命が堂の四面の柱に極楽浄土の相を描かせた。この常行堂の念仏が、日本における念仏の起りであり、これがもとになって全国にひろまった。山の念仏といわれた。

叡山の念仏がさかんになると、有名な僧で西方往生をねがったものがいく人もあった。相応和尚や増命は、いずれも西方を礼拝して、阿弥陀仏を念じて息が絶えた。延昌は命終の期に先立っ

て、三十七日の間不断念仏を修しようとして、

「結願《けちがん》の日、すなわち我が入滅の時なり」

示寂《じじゃく》の前年十二月十四日から門弟に命じて、不断念仏をはじめさせ、正月十五日、枕前に弥陀と尊勝《そんしょう》の両像を安置し、糸をもって仏の手とつないで入滅した。良源は、念仏を唱えながら入滅した。

地方官として善政をもって知られた藤原保則は、晩年叡山の東塔に一室を建て、落髪入道して、昼夜念仏をこととして、その死するにあたって西方に向い、阿弥陀仏を念じた。

三善清行《みよしきよつら》は、延喜十八年（九一八）十一月二日、手を洗い、口を漱《すす》いで、西方に対して念仏して息が絶えた。

三善清行が鬼のあらわれる空家に引越した話を、範宴は五郎七から聞いたことがあった。二百六十年も昔のことだったが、その話には現実感があった。

三善清行は、当時参議であった。世間から善宰相と呼ばれていた。

清行はまた、修行者として世に知られた浄蔵大徳の父にあたるひとであった。学問も教養もあり、陰陽道にも精通していた。

そのころ、五条堀河のあたりに一軒のあれはてた古家があった。家相が悪いというので、買う

ひとがなかった。清行がこの家を買いとって、吉日をえらんで引越すことになった。親戚《しんせき》のものがこのことをきいて、

「何もわざわざ家相が悪いという家に引越すことはないだろう。よいことがあるはずがない」

が、清行はききいれず、十月二十日ごろ、吉日をえらんで引越した。普通の引越しのようでなく、酉《とり》の時（午後六時）ごろ、車にのり、畳一枚を供のものに持たせて、その家についた。当時は板の間ぐらしであり、畳は最高の調度品であった。

いきついたその家は、五間の寝殿づくりで、そのようすをみると、いつ建てられたかもわからないほど古びていた。庭に大きな松や鶏冠木《かえで》、桜、常磐木《ときわぎ》が茂っていた。どの木も樹齢を重ねていて、いかにも樹霊が住んでいるようにみえた。紅葉した蔦《つた》が、石にはいまわっていた。庭は一面に苔《こけ》が生えていた。清行が寝殿に上って、中の橋隠しの間の蔀《しとみ》をあげさせると、障子は破れ、満足なものはなかった。放出《はなちいで》の板敷を掃除させ、持ってきた畳を中の間に敷いて、灯をともさせ、その畳に南向きに坐った。車は車宿にしまわせ、供をしてきた雑色《ぞうしき》や牛飼いは、

「明日の朝早く迎えに来い」

家にかえした。

清行はただひとり南向きに畳に坐り、やがて眠った。まだ夜中には間があると思われるころ、

天井の格子の上で何やら物の動く気配がした。清行が見上げると、格子の一つ一つに顔が見えた。その顔はそれぞれ別の顔であった。清行はそれをみても、格別驚いたふうもなかった。すると、その顔が、消えた。またしばらくすると、南の庇《ひさし》の板敷のところから、背の丈一尺ばかりの小人が、馬にのって、西から東へつぎつぎと四、五十人ばかり渡っていった。しかし、清行はそれをみても、驚いたようすがなかった。

またしばらくすると、塗籠《ぬりこめ》の戸を三尺ばかりあけて、女がいざりながら出て来た。坐った高さが三尺ばかりで、檜皮色（黒褐色）のきものを着ていた。肩にかかるほど髪はゆたかであり、気品があり、さわやかな感じをあたえた。えもいわれぬ香の匂いをただよわせた。それは、麝香《じゃこう》の匂いであった。

赤い色の扇で顔をかくしているが、その上に見える額のあたりは色も白く、清らげであった。額髪をひねって、切れながの目をながし目にするあたりは、いやしくはなかった。鼻や口のあたりも、もし見えたなら、どんなに美しかろうと思われた。清行はまじろぎもせず、見守っていたが、しばらくすると、いざりながら退るとみえて、さっと扇をのけた。見れば、鼻筋もとおり、唇も赤いが、口の両脇から四、五寸ばかりの銀でつくったような牙《きば》が出ていた。呆《あき》れて見ていると、塗籠にはいって、戸を閉めた。

清行が依然として騒がずにいると、有明の月の光りにてらされて、木々の茂った庭から浅黄色の上下《かみしも》をきた老人が、文挾《ふばさみ》に文をはさんで、目の高さにささげながら、寝殿の橋のたもとに近付いて、膝《ひざ》まずいた。清行が、

「何をいいに現われたのか」

と、尋ねた。翁《おきな》がしわがれた小さい声で答えるには、

「長年ここに住みついておりましたが、あなたさまがこうしてお移りになりましたので、困ったことになったと思い、お願いの文を差し上げにまいりました」

「お前が訴えようとするのは、ものの道理ではない。そのわけは、家屋敷というものは、人から人につぎつぎに伝えて、そこに人が住むものである。それなのにお前は、人をおどろかして、住まわせないようにして、自分らがここを占領している。明らかに非道なことだ。真の鬼神というものは、道理をわきまえて、曲ったことをしないから、ひとにおそれられるのだ。お前は必ず天の罰をうけるだろう。多分古狐が人をおどかしているのだろう。鷹《たか》狩りの犬が一匹いたら、喰い殺させてやるところだ。いいたいことがあれば、さっさというがよい」

翁が答えた。

「仰せられることは、いちいちもっともでございます。ただ私どもはここに住みついております

ので、そのことを申し上げたのでございます。人をおどかしたのは、私のしわざではございません。ひとりふたりおりますが、気をつけておりますが、勝手なまねをするのでございます。こうしてあなたさまがおいでになった以上は、何とかしなければなりません。しかし世間はせまいもので、適当なところがございません。ただ大学寮の南門の東の脇に空地がございます。もしお許し下されるなら、そこへ移ろうと思います。いかがでございましょうか」

「それはなかなかよい思いつきだ。さっそく一族をつれて、そのところへ移るがよい」

そのとき翁が大声をあげると、四、五十人ばかりの声が、それに応じた。

夜が明けると、清行の家のものが迎えに来た。清行は家にかえった。その後その家を修理させ、掃除もすませて、普通一般の引越しのようにして引き移った。さて住んでみたが、すこしも変ったこともなかった。

「智慧のあるひとには、たとい鬼でも、悪いことは出来ないものです」

話し終えた五郎七は、そんなふうに範宴に教訓を垂れたものである。

「思慮もなく、愚かしいものどもが、鬼のためにひどい目にあうのです」

五郎七はつけ加えた。

叡山の範宴は、とき折、五郎七のことを思い出した。五郎七は年に一回、お山に上ってきた。

範宴が若くして、衆望をあつめているのを知ると、安心してかえっていった。範宴は伯父にたよりを託した。

あるとき、範宴は法衣の襟《えり》のところを何ということなしにまさぐっていた。その指が、襟の中をまさぐっていると気がつくと、微笑をもらした。指が無意識に、少年のころの記憶をひき出していた。少年のころ範宴のきものの襟には、おまじないの紙が縫いこまれていた。その紙片には、尊勝《そんしよう》陀《だ》羅《ら》尼《に》と書かれていた。文字は伯母の筆蹟であったが、それを襟に縫いこむようにすすめたのは、五郎七であった。

「うちの万助も、襟に入れております」

伯母は、五郎七のことばを信じた。伯父なら、笑って、とりあげなかったかも知れない。

その動機は、五郎七の昔話からであった。

「いまは昔のこと」と、五郎七は範宴に語りはじめた。貞観の御代に、西三条の右大臣というひとがあった。名を良相《よしすけ》といった。その大臣の子息に、大納言の左大将常行があった。

その常行は、成人するまで元服もせず、わがままにくらしていた。凜々《りり》しい男前で、好色の念がつよく、女を愛することではならぶものがなかった。夜になると、屋敷を抜け出して、あちらこちらの女のもとに通うのが慣いであった。大臣の家は、西の大宮大路よりは東、三条よりは北にあって、西三条といわれたが、常行には東の京にかねて可愛く思っていた女がいたので、しばしばそちらの方に出かけた。両親から夜歩きを堅く禁じられていたので、こっそりと馬を借り、小舎人童《こどねりわらべ》をひとり、馬の口取の舎人をひとり供にしただけで、大宮大路を上って、東の方へ曲っていった。美福門のあたりに来ると、東の大宮大路の方向から大勢のひとが火をともし、声高かに罵《ののし》りながら来るのを見かけた。常行は、「だれが来るのか。どこかにかくれよう」と、小舎人童にいった。

「昼の内に見たところでは、神泉苑《しんせんえん》の北門があいていたようでございます。そこにはいって、戸をしめて、しばらくようすをごらんになるとよいでしょう」

常行はよろこんで、馬をはしらせ、神泉苑の中にはいった。馬から下りて、柱のそばにかくれた。火をともした連中がとおりすぎようとした。

「何ものか」

戸を細目にあけてみると、なんと、人間ではなくて鬼どもであった。いずれもおそろしい形相をしていた。

「鬼だ」

恐怖のあまり、震えはじめた。常行は立っていることが出来ず、しゃがみこんだ。息をするこ

とも出来ないくらいであった。すると、鬼どもがとおりすぎながら、

「何だか人間くさいぞ。ひっとらえよう」

鬼のひとりがこちらへ戻って来た。もはやこれまでと常行が観念すると、途中から鬼がもどっていくようであった。また声がした。

「どうして捉《とら》えなかったのだ」

「捉えられないのだ」

「なぜ捉えられないのだ。さっさと捉えて来い」

他の鬼どもが、門のところに迫った。が、前の鬼と同様ひきかえした。

「どうして捉えないのだ」

「どうしても捉えられない」

「怪《け》しからぬことをいう。それならおれがひっとらえてくれる」

下知していた頭らしいのが、門に近寄って来た。ほかの鬼より側に近づいた。すんでのことに手が届くところまで迫った。もうおしまいだと常行は目をつむった。すると、またもとのところに引きかえした。

「どうなのだ」

「つかまえられないのも、道理だ」

「それはどうしてだ」

「尊勝真言がおいでになってるからだ」

仏頂尊勝陀羅尼のことであった。そう答えると、松明《たいまつ》の灯が一度に消えた。それから東西に向けてばらばらと走り出す気配がした。それきりあとは静かになった。かえってその静けさが、髪の毛が逆立つほど恐ろしかった。常行はしばらくものもいえなかった。

いつまでもこんなところにいるわけにいかず、気をとり直し、馬にのり、西三条のわが家にかえった。自分の部屋にはいって、おそろしさが消えないので、横になっていた。からだが熱かった。熱が出たようであった。乳母が心配して、

「どちらへお出《い》でになりましたか」

返事も出来なかった。

「殿さまがあれほど夜あそびはならぬと仰せになってますのに、こんな夜更にお出ましになったとおききになれば、何とおっしゃるでしょう」

乳母がからだをさすってやると、熱があった。

「こんなにお熱まで出して……」

乳母が涙声になった。常行は、おそろしかった今夜の出来事を話した。

「それは不思議なことでございます。昨年のこと、私の兄の阿闍利《あじやり》に頼んで、尊勝陀羅尼と書いてもらったお札をあなたさまのお召物の襟に縫いこんでおきました。それが厄除《やくよ》けになったのでございましょう。もしそれがなかったら、どうなっていたことやら」

常行の襟に手をあてて、乳母はうれし泣きに泣いた。
三、四日ばかり高熱がつづいた。両親も心配して、加持祈禱《きとう》をはじめ、さまざまに看病に手をつくした。ようやく四日目に気分もおさまった。そのときになって暦をみると、例の夜は、人間が夜出歩いてはならぬ百鬼夜行《ひやつきやぎよう》の日にあたっていた。
五郎七が、範宴と伯母にいった。

「尊勝陀羅尼の霊験はあらたかなものでございます。大事な子供には、必ず身につけておかねばなりません。その常行という方は、尊いお札が自分のきものの襟に縫いこんであったのをご存じなかったのです」

「それではさっそく、この子の襟にも縫いこみましょう」

伯母がいった。

その当時の範宴は、きものの襟に伯母が書いてくれた尊勝陀羅尼のお札があるので心丈夫に思った。が、お山に来て以来、お札を縫いつけない法衣を着慣れてしまい、お札のことをわすれていた。範宴は、お札に対して批判的であった。幼いころは、鬼の存在を信じた。が、長ずるにしたがって、そういうことがだんだんと信じられなくなった。鬼など架空のものだと、自分がためしてみたわけではなかったが、信じる気持になれなかった。

五郎七の昔物語も、自分が幼いころにきいたことに意味があったように思われた。志と能力がありながら、あそびにすごした叡山の若い僧が、法輪寺参詣《さんけい》の帰途、ふと宿ったそこの女にはげまされて、法華経をおぼえるようになり、三年後にいみじき学生となった。本意を達すべく女のもとを訪れたが、ふとまどろんだ夢がさめると、自分は嵯峨野の真中にはだかで臥《ふ》していた。くだんの女性は虚空蔵菩薩《こくうぞうぼさつ》の化身であったという五郎七の話も、いまの範宴には、お伽噺《とぎばなし》にすぎなかった。が、昔も今も、お伽噺が実在するかのような状態はいくらもあった。

三善清行は、死するにあたって口をすすぎ、手を洗い、西方に向い、念仏して息が絶えたといわれているが、その子の浄蔵大徳の話をきいたとき、範宴は現実にあったことだと思った。清行の妖怪《ようかい》退治の話は信じる気になれなかったが、浄蔵大徳の話には人間味が感じられた。

近江の守《かみ》に中興というひとがあった。家はゆたかで、子供も何人かあった。その中に娘がひとりいた。顔もすがたも美しく、髪も長く、評判の娘であった。父母はことのほか娘を可愛がった。

何々宮の御子《みこ》や、公卿たちが、娘にいい寄ろうとするのだが、父親は、

「天皇に奉るのだ」

聟《むこ》取りもせず、大切に育てていた。すると、その娘が憂鬱症にかかった。父母は嘆いて、加持祈禱などして看病をつくしたが、いっこうよくならなかった。そのとき、浄蔵大徳の噂をきいた。浄蔵大徳は霊験あらたかな僧で、その功徳はまるで仏のようであるといわれていた。世間は、浄蔵大徳を尊敬していた。浄蔵大徳は、修行者であった。

「浄蔵大徳を呼んで、娘の病気祈禱をお願いしよう」

礼を厚くして浄蔵を招いた。浄蔵大徳が加持祈禱をするようになると、娘の病気がうす皮をはぐようによくなった。

「もうしばらく滞在して、加持をお願いします」

滞在をせがまれたので、余儀なく浄蔵大徳は滞在することになった。そして娘と毎日会っているうちに、浄蔵は娘が好きになった。好きになると、自分の立場のことも考えなくなった。娘の方にもその気持があった。ふたりはたがいの眼の色で相手の心を読むようになった。が、軽率なふるまいは出来なかった。しかし、とうとう機会があって、ひそかに結ばれた。

このことは絶対秘密であったが、自然と周囲のものが知るようになった。世間のひとは、浄蔵

大徳を非難した。浄蔵はそれを知って、恥ずかしく思い、それとなく近江の守の館には出向かなくなった。

「だんだんと評判が高くなる。もはやこれでは世間づき合いも出来ない」

突然行方をくらませた。

その後、鞍馬山にこもって、修行していた。が、前生の機縁もふかかったのであろう。娘のことがしきりと思い出され、恋しくてならなかった。そんな心であれば、修行もうわの空である。怠惰な僧になってしまった。身を横たえる時が多かった。あるとき、身を起すと、枕許《まくらもと》に一通の手紙がおいてあった。

「どうしたのか、この手紙は」

弟子の法師に訊いた。

「私は存じません」

浄蔵大徳が手紙をあけてみると、思いがけなく恋しく思っていた女からの手紙であった。中に、和歌が一首書いてあった。

「いったいだれがこれを持って来たのか。持って来たひともいないという。不思議なこともあるものだ」

浄蔵はわが心と闘った。修行が大切であり、そのことに専念しようとつとめた。が、愛欲の思いには勝てなかった。その夜、浄蔵はこっそりと京にはいった。そして、娘の家のまわりを歩いて、人目をしのんで連絡をたのんだ。娘を呼び出して会った。その夜の内に、浄蔵大徳は鞍馬にかえった。娘のことがわすれられず、浄蔵は歌をおくった。その意味は、

「行い澄ますことによって、漸《ようや》くわすれかけていたあなたへの恋しさを、不覚にも、なつかしいおたよりで、またもや思い出すことになりました」

娘から返歌があった。

「私のたよりでやっと思い出したなどとおっしゃるところをみますと、さては私をおわすれになったのでございますね」

浄蔵は、またその歌にこたえた。

「すべてを思い切ろうと誓った私にとって、悟道のじゃまになったあなたの手紙がうらめしい。どうしてあなたは、そう一方的にわすれてしまって情けないなどとわたしをお責めになるのですか」

このように和歌のやりとりをしている内に、また世間の噂になった。近江の守は、娘を女御に奉ろうと考え、そのため何々の宮の御子や、公卿などをよせつけなかったのに、親の知らない内

にこのような結果になった。以後親は、娘を一切かまわないことになった。

この話を範宴にした僧は、

「悪いのは、浄蔵大徳だ。修行者としての堕落だ」

そばにいたもうひとりの僧が答えた。

「いや悪いのは女だ。浄蔵大徳が心を正して悟しても、女はききいれなかった。女は欲情を押えることが出来なかったからだ」

範宴は、浄蔵大徳も女も悪く思うことが出来なかった。世間話として聞きながすことが出来なかった。範宴は、浄蔵大徳の身になって思うことが出来た。また女の立場から、女の心にはいることも出来た。両親にみはなされた娘を、哀れに思った。笑い話として、その場かぎりにするのはしのびなかった。

疑惑

範宴が常行三昧《ざんまい》堂の勤めを終えて、階段を下りてくると、参詣者の中に五郎七がまじっているのに気がついた。範宴が発見するより先に、五郎七が見つけて、近付いて来た。

「おつとめは、もうおすみになりましたか」

範宴がうなずいた。

常行三昧堂の勤行が、範宴のあたらしい務めになっていた。四方の壁に描かれた九品《くほん》浄土の絵柄も、ようやく見慣れるようになった。勤行とは、まん中にすえられた金色の阿弥陀《あみだ》仏を中心にして、僧たちがその周囲をぐるぐるまわるのであった。念仏を唱え、阿弥陀経を諷誦《ふうじゅ》した。阿弥陀経にしても、念仏にしても、めいめいが勝手に唱えるのではなかった。引声《いんじょう》阿弥陀経は節をつけ、声に抑揚をつけて唱えるのである。たくさんの僧が弥陀の本尊の周囲を諷誦しながらゆっくりまわると、声は檜皮葺《ひわだぶき》五間の堂にあふれた。大勢の肉声は、荘厳な、敬虔《けいけん》な感じをあたえた。

常行三昧堂の外で拝んでいる参詣者には、まわりの深山幽谷《しんざんゆうこく》の雰囲気《ふんいき》も加わって、清浄な、重々しい感じをあたえた。

「伯父上たちには、お変りないか」

便りがなければ達者でいると思えと、伯父の範綱は範宴にいいのこした。

「尋有さまと、兼有さまが、それぞれお寺におはいりになりました」

「尋有と兼有が……?」

範宴は、二人の弟の顔を思い描いた。ひさしく会っていなかった。両親を失った兄弟は、それぞれ親戚《しんせき》の厄介になっていた。

「今日はそのお知らせに上りました。尋有さまは、勧修寺におはいりになり、兼有さまは、近くの法界寺におはいりになりました」

弟たちが自分が経験したとおなじ体験をするのかと思うと、範宴は可哀そうに思った。が、親戚の扱いは、妥当な気がした。僧坊にかえる範宴は、五郎七とつれ立って歩いた。すれちがう僧たちは、ほとんど跣足《はだし》であった。範宴は、草履をはいていた。

「尋有も兼有も、どんな気持で頭を剃《そ》ったであろうか」

範宴は微笑をうかべた。が、範宴は、この世界にはいるまでは、想像もつかず、不安に思ったものだが、はいってみると、案じたこともなかった。二人の弟もはじめの内は勝手がちがい、うろたえるであろう。しかし、その内に慣れる。範宴は、自分とおなじ世界に二人の弟がはいったことを心強く思った。自分の苦労は、弟たちの苦労と共通する。弟たちの生き方を、これからの自分が如実に知ることになると考えると、弟たちにはこの世界以外にいくところはなかったという気がした。

範宴は、僧坊にかえると、五郎七を待たせて、伯父に手紙を書いた。五郎七は、そばで範宴の筆の動きをながめていたが、

「奥さまが大分前からお休みになったきりだとおききしました。お風邪をめしたのが原因であったときききましたが、お邸《やしき》に上っても、奥さまのお声をきかなくなりました」

範宴は筆をとめた。

「どうして伯父はそのことを知らせて下さらなかったのか」

「心配をかけてはならぬと、殿さまはだまっておいでになったのでございましょう。修行中の和《わ》子《こ》」とつい口癖が出た。五郎七はいい直した。「範宴さまのお心をみだしてはならないと気をつかっておいでのことと思います」

再び、手紙の方に範宴はもどった。

五郎七が、京の話をはじめた。京の現実を範宴に教えるのが、お山にのぼる目的の一つのようであった。範宴は熱心にきいた。五郎七の材木屋の話や、万助のことにはとくに興味があった。途中で暗くなっては困るので、五郎七は明るい内にお山を下りた。範宴はいつものように、石段のところまで見送った。旅慣れている五郎七は、軽快な動作で石段を下りた。歩行は、ふつうのひとの倍も早かった。

範宴は、弟のことを思った。弟の出家ということを考えた。

——二人とも、僧となることに何の自覚ももっていなかったであろう。

それは、兄の自分の場合と大してちがいはないと思った。範宴は僧の世界にはいるについて、伯父から諄々《じゅんじゅん》ときかされた。多分それとおなじことを、二人の弟はきかされたことであろう。弟たちは、兄の自分が一ト足先に僧となっているのを、心のたよりにしたにちがいない。

範宴はここに来てから、さまざまな出家の動機のあることを知った。以心や大業《たいごう》や晦堂《かいどう》の出家の動機は、範宴と似たようなものであった。出家しないではいられなくて出家したのではなかった。

ある僧は、もとどりを切って法師となったが、いまこのお山にいるひとではなかった。もとは、侍であった。家が貧しくて、世渡りも上手とはいえなかった。その妻が妊娠をした。が、満足に食べさせることが出来なかった。田舎住いでもあり、頼りにするひともなかった。ものを買おうとしても、その金がなかった。思いあまった侍は、二本の弓矢をもって家を出た。池にいって、えものをさがそうと思った。そこには鴨《かも》がいるのを知っていたからである。侍は池のそばに来た。草に身をかくしていると、鴨の雌雄がひとがいるとは知らずに、近寄って来た。むつまじそうに鳴きながら、たがいに口をつつきあいながらおよいでいた。

侍が矢を放った。矢は、雄の鴨にあたった。侍は池にはいって、鴨をとりあげた。いそいで家にかえり、妻にこのことを知らせた。

「明日はこれを料理しよう」

表の棹《さお》に鴨を吊《つる》した。

夜中に、侍は棹に吊しておいた鴨が、ばたばたとはばたいているのを聞いた。さては、生き返ったのかと、灯をともして外に出てみると、死んだ鴨は棹に吊されていた。そのかたわらに雌の鴨がはばたきながら、首を上げたり、鳴いたりして、そばをはなれないのである。

「昼間いっしょに仲よく池におよいでいた雄が、射殺されたので、夫を恋するあまり、雌は自分のあとからここに来たのか」

侍は哀れに思った。殺生なことをしたと、悔やまれた。しかも、人間が灯をともして、近付いたのにもおそれないのである。雌はいのちを惜しんではいなかった。死んだ雄といっしょにいることを願っていた。

「畜生といえども、つれあいの死を悲しむあまり、自分が殺されることも考えずにここに来ているのだ。われは人間に生れながら、妻をよろこばせるあまり鳥を殺した。鳥にも夫婦の情愛があったのだ」

侍は妻の寝ているのを起して、このことを話した。妻はそれを見たいといった。死んだ雄鴨のそばをはなれずにいる雌鴨をみて、妻は涙をうかべた。

夜が明けた。しかし、殺した雄鴨を喰うことは出来なかった。侍はこのことをわすれるどころか、だんだん思いつめるようになり、しまいには愛宕《あたご》山の名ある山寺にはいって、もとどりを切って法師となった。が、妻をすてたわけではなかった。侍から法師に生活の手段が変っただけであった。法師は、勧進聖のひとりとなった。

その後、立派な聖人となったという。

この法師は、殺生の罪を犯したが、そのことが動機となって、道心をおこした。侍は出家をしないではいられなかったのだ。

範宴の出家には、そのような動機もなかった。

藤原保昌というひとがあった。武士の家ではなかったが、心猛《たけ》くして、弓箭《ゆみや》が得意であった。このひとが丹後守であったころ、毎日のように郎党をつれて、鹿狩りするのを仕事のようにしていた。

郎党のひとりに、弓箭の使い手として、ながく仕えているものがあった。中でも、鹿を射ることが衆に秀《すぐ》れていた。

あるとき、明後日の狩りに備えていたその夜、かれは夢をみた。夢の中に、死んだ母親があらわれた。

夢の中の母が、こういった。

「生きていたあいだの悪業のむくいで、私はいま鹿となって、この山の中に住んでいる。明後日に狩りが行われるが、そのとき私のいのちは終ろうとしている。ほかの射手の手からはのがれても、お前の弓の前にはのがれられないだろうと思う。それが悲しい。もしお前の行手に大きな牝鹿がとび出したら、それはお前の母の化身だ。決して射ってはならぬ。私は進んでお前のところに近付いて、助けてもらおうと思う」

夢がさめた。かれは胸さわぎがした。もしそれがほんとうのことになればと迷い、気が重くなった。

夜が明けると、かれは、からだの調子が悪いといって、狩りにお供が出来ないと申し出た。が、丹後守は許さなかった。なおも懇願したが、きき入れられなかった。しまいには守は怒って、

「この狩りには、お前が鹿を射るところが見たいのだ。それが目的だ。それをお前は断わる。もし明日狩りに出なければ、お前の首をはねてしまうぞ」

かれは、守の見幕におそれて、お供することになった。が、夢のお告げに従い、自分は決して牝鹿を射たないと心に決めた。

その日になり、かれは気のりしないようすで、仕方なしに供に加わった。二月十日のことであった。丹後守は馬上から、郎党たちの狩りのありさまを眺めていた。かれは守の期待どおりに鹿を射倒した。すると、七、八頭をつれた大きな牝鹿があらわれた。かれは本能的に射やすいように鹿が左手にくるように馬の向きを変えた。かれは狩猟に夢中になって、夢のことをわすれた。かれは、弓を放った。牝鹿の右の腹に、先の分れた鏃《やじり》の雁股《かりまた》がつきとおった。牝鹿は射られたとき、かれの方をみた。その目が母親の目であった。

「痛い」

母の目が叫んだ。その瞬間、かれは夢を思い出した。わあっと叫ぶと、馬からころげ落ちた。そして、弓箭をなげ出して、泣き喚いた。泣きながら、かれは、自分のもとどりを切った。

丹後守はおどろいた。そのわけを訊いた。かれは、夢の話をした。

「何というお前は馬鹿な奴だ。何故《なぜ》そのことを前に話さなかったのだ。その理由をきけば、お前を狩りにつれてくることはしなかった」

すべてはあとの祭りであった。かれは悲しみとおそれに打ちのめされて、家にかえった。

翌日、かれはその国の名ある寺にはいって、法師となった。

親を殺すことは、仏法では五逆罪とされていた。

僧坊の話には、百年昔のことも昨日のことのように話された。範宴は、そういうことにこだわらなかった。が、いずれの話も、出家するということに大きな意義と権威をつけるための作為ある物語であった。雌鴨が、殺された雄鴨を慕い、侍の家に来て、夫の死骸のそばをはなれず悲しんだというのも、作為がありすぎた。人間をみれば、夫をすてて逃げるのが鳥の本能である。範宴は、そこまで雌鴨に芝居をさせようとは思わない。牝鹿にしても、あまりに話がうまく出来ていた。

――殺生は、いけない。仏も決してそんなことはよろこばれないであろう。しかし、それによって生活をたてている猟師や漁夫はどうなるのか。無益な殺生はいけないが、それをもって身すぎとしているひとまで責められるのか。

鴨を射殺した侍の道心も、母の化身の牝鹿を射た郎党の道心も、範宴には痛いほどにわかるのだ。かれらが出家したのは、当然のことであった。その機縁を貴いと思う。機縁というものは、作るものでなく、あたえられるものであった。

「この横川《よかわ》で、五年ほど修行していた僧があった。その後土佐の国にわたったが、その後の消息はきかない。その僧の出家の動機が、一風変っていた」

年齢《とし》をとった僧が、範宴に話したことがある。

「親しくしていられた方ですか」

「いや、私はずうっとあとになって、その話をきいたのだ。会ったこともなかった」

信濃に、よく効く薬湯があった。あるとき、薬湯の土地のひとりが、夢をみた。夢の中に、知らないひとがあらわれて、

「明日の午《うま》の時、観音さまがおいでになる。薬湯におはいりになるのだ。またとない機会だから、ひとりでも多く来て結縁《けちえん》されるがよい」

「その方はどんなすがたでおいでになりますか」

「年は四十ばかりで、髭《ひげ》も黒く、綾《あや》藺《い》笠《がさ》で、黒く塗った胡簶《やなぐい》を背負い、革巻きの弓をもち、紺の水干《すいかん》をきて鹿の夏毛でつくったむかばきをはき、白たびをはき、黒塗りの太刀を帯び、葦毛《あしげ》の馬

にのってくるひとがあれば、そのひとが観音さまだ」

そこで夢がさめた。不思議に思い、そのことを里のひとに話した。

ひとびとが湯のところに次第に集まって来た。観音さまとあれば、こちらも迎える支度をしなければならなかった。湯を汲《く》みかえたり、建物や庭の掃除をはじめた。環境を清浄にするために注連《しめなわ》をひきまわし、香や花を供えた。たくさんのひとが待ちもうけるところに、午の時がすぎて、未《ひつじ》の時になろうとするとき、夢で知らされたとおりの男がやって来た。

里人たちは大地に膝《ひざ》まずき、両手をあわせ、念仏を唱えはじめた。武士は、呆気《あっけ》にとられた。

「これはいったいどうしたことか」

しかし、里人は答えず、一段と声を高くして念仏を唱えた。だれもこの次第を説明しなかった。その中に、ひとりの僧がいた。僧は両手を合わせ、それを額のところにすりつけるようにして、熱心に念仏を唱えていた。武士が、僧に近寄った。

「いったいどうした理由で、この自分を拝むのか」

僧が、おそるおそる答えた。

「夢の中で、あなたがおいでになることを知ったのです。夢の中で教えられたとおりの服装をしたあなたがおいでになったのです」

「私は一昨日、狩りをしていて馬から落ちた。左の肱《かいな》を怪我したので、そこを湯で治そうと思って来たのだ。その私をそなたたちは伏し拝んでいる。いっこう合点のいかぬことだ」

武士は里人を避けて通り抜けようとしたが、里人はうしろについて来て、拝んだり、観音の化身の武士の冷淡な扱いに、うらみごとをのべたてた。どこへいっても、里人がついて来て、拝み、うらみごとを並べるので、とうとう武士は根負けがした。

「そうなんだ。ほんとうは私は観音だ。法師となって、お前たちを納得させよう」

その場に弓箭をすて、刀をすて、もとどりを切って法師となった。法師となったのをみると、里人は安堵《あんど》した。前よりいっそう熱心に拝んだり、念仏を唱えはじめた。

やがて、その武士を知っていた人間があらわれて、

「あのひとは、上野《こうずけ》の国の王藤大王という方だ」

里人は、法師に王藤観音という名をつけた。

出家したかれは、その後比叡山の横川に来て、覚超僧都の弟子になった。

その話をした年齢をとった僧が範宴にこういった。

「これは、じつに珍しいことである。ほんとうの観音であったかも知れないのだ。仏のなさることだ。貴いことである」

「すると、いまでも信濃のその薬湯には、王藤観音がまつられているのでございますか」

「ひろく信仰をあつめているという話だ」

範宴は、年配者の僧がそれをまことと信じているのをみて、不思議な気がした。観音とまちがえられた武士には、迷惑な話であった。それがきっかけとなって出家したというのだが、仏法をひろめるための作為のあるつくり話だと判断した。

あるとき、晦堂が笑いながら僧坊にはいってきた。晦堂は板の間に腰をおとしたが、なおも笑いつづけていた。

「何がそんなにおかしいのだ」

大業がおこったようにいった。

「何がおかしいって、これが笑わずにいられるか」と、なおも晦堂が笑った。

「そのわけをいえ」

「ひとりでそんなに笑っていると、こちらまで気持が悪くなってくる。さては、晦堂、笑い茸《だけ》でもくらわされたか」

ようやく笑いおさめた晦堂がいうところによると、この横川というところは、厠《かわや》のながれまで貴いというのであった。大勢の僧がいるので、便所の設備がされていた。あふれた排泄《はいせつ》物が自然にながれ落ちるようになっていた。それに山の清水がまじり、麓《ふもと》の方に落ちていく。

「厠の流れが貴い？　何を馬鹿なことをいうのだ」

「いや、それを天竺《てんじく》の天狗《てんぐ》がためしたというのだ」

「馬鹿馬鹿しい」

「ところが、その天狗が人間に生れかわって、このお山の僧となってるのだ。明救《みようぐ》というのだ。延昌僧正の弟子だったという。僧正にまでなって、浄土寺の僧正といわれたひとだ。大豆《まめ》僧正ともいわれたそうだ」

範宴は、微笑をうかべてきいていた。

「その天竺の天狗が、震旦《しんたん》にわたってくる途中、海に出会った。すると、その海の中から、諸行無常、是生滅法、生滅滅已《めつい》、寂滅為楽と、鳴っているのだ。天狗がおどろいた」

天狗については、幼いころ、範宴は五郎七から話をきいたことがあった。天狗は、狸《たぬき》に似て、かしらの白い獣であり、魔王所部の従類ということであった。普通は、山伏のすがたに変じて人につくといわれる。また、慢心の行者がなるものともいわれた。妖怪のたぐいであることは、たしかであった。

おどろいた天狗は、海の水が何やら尊げな法文を唱えている、この水の正体はいったい何か、正体をつかんで、二度と鳴らないようにしてくれると、震旦に来たのである。が、ここでもおなじように海の水が鳴っていた。震旦をすぎて、日本との境の海までくると、なおおなじように唱えていた。天狗は筑紫の波方《はかた》の津をすぎて文字の関まで来たが、ここでも鳴っていた。いままでよりはすこし高く唱えていた。天狗はますます不思議に思い、国々をすぎ、河尻をたずねて歩いた。天狗は淀川にまで来た。いままでよりはすこし高く唱えている。淀から宇治川にはいると、いよいよ高くなった。天狗は河上をたずね、近江の湖にはいった。

声はいよいよ高くなるばかりであった。なおその声をたどっていくと、比叡山の横川からながれている川にたどりついた。その川をさかのぼると、尊げな法文を唱える声は、一段と大きくなった。天狗は川のほとりを仔細《しさい》にみた。すると、四天王や諸天童子がこの川を護っているのがわかった。天狗はおそれ、おどろいた。近付くこともならず、身をかくして、声をきいていた。

天狗は自分の近くに一人の天童がいるのに気がついた。天狗がそっと近付いた。

「この水がやむこともなくありがたい法文を唱えているのは、何故でございますか」

天童が答えた。

「この川は、比叡山で学問をしている多くの僧の厠の水が流れているものである。だから、やんごとなき法文を、水までが唱えているのだ。そのため、私たちはこれを護っているのだ」

天狗はこの声をとめてくれようとはるばるやって来たのだが、たちまちその気持が消えた。——厠の水まで、なおこれほどの尊げな法文を唱えているのなら、山の僧の貴いことは疑いようがない。そうだ、自分もこの山の僧の仲間入りをさせてもらおう。

天狗はすがたを消した。その後、宇多法皇の御子に、兵部卿有明という親王があった。そのひとの子の北ノ方の腹に宿って生れたのが、天狗の化身であった。誓いをたてた如く、かれは法師となった。そして、比叡の僧となった。名を、明救と称した。

僧坊では、笑い声がひとしきり大きく起った。

「お山の一木一草、厠の排泄物まで、法文を唱えてるとは、おそれいった」

「しかし、天竺の天狗が、よくことばがわかるものだな。震旦に来たり、日本に来たりして、三カ国語がぺらぺらなんだね」

「そこが天狗の値打だろう」

「その話は、お山に弓箭や太刀や薙刀《なぎなた》のなかった時代のことであろう」と、範宴がいった。「いまはちがう」

「そりゃそうだろう」

「昔のお山は、いろんな奇蹟《きせき》や、伝説を生んだ。またそれにふさわしい清浄なお山であったろう。

いまのお山は、せっかくの奇蹟や伝説を自らぶっこわしている。僧坊があたえられているにもかかわらず、こっそりとお山を下りて、市井の勧進聖の仲間にはいっているのもいると聞いている」

「女房持ちのもいるよ」

「それじゃ仏の前で唱える法文まで、ありがたくなくなってしまう」

大業たちは笑い合った。

天狗など、範宴は信じていなかった。それもまた、比叡の権威を宣伝するためのお噺《はなし》にすぎなかった。範宴のまわりには、否定しなければならないものがいろいろとあった。宗教のあり方に、範宴は疑いを抱きはじめた。

波太岐《はたき》の山に、ひとりの聖がいた。穀類を断って、修行をつづけていた。そのことが評判になって、ときの天皇の耳にはいった。聖は召されて、神泉苑に居をたまわった。天皇は聖を尊敬された。この聖はながらく穀類を食べず、木の葉を常食としていた。殿上人《てんじょうびと》の中で若くて、好奇心のつよい連中のあいだで、このことが評判となった。

「ひとつその穀断聖人なるものを拝見にいこうではないか」ということになった。

聖に会ってみると、評判にたがわず、いかにも貴いひとに見うけられた。殿上人は聖人を礼拝した。そして、質問した。

「聖人は穀を断ってから、何年におなりですか。また年齢はいくつにおなりですか」

聖が答えた。

「年齢はすでに七十の余になる。若いころから穀を断っているから、さあ、五十年あまりにもなるか」

ひとりの殿上人が、つれの耳にささやいた。

「穀を断っている人間の排泄物は、常人のものとはちがうはずだ。それをたしかめようではないか」
二、三人が厠へいって調べてみると、米を多く食べているひとの排泄物であった。
「穀を断っているひとのものではない」

聖人がちょっと座を外した隙に、坐っていたところの畳をはいでみると、板敷に穴があいていた。その穴の下の土をすこしばかり掘ってみた。その土がすこしおかしかったからである。すると、布袋に白米がかくされていた。

「やっぱり思ったとおりだ」

聖人が戻ってきた。殿上人たちは、

「米屎《よねくそ》の聖」

嘲《あざけ》り笑った。聖人は露見したと知ると、狼狽《ろうばい》し、法衣で頭を包みながら逃げ出した。

その後、聖の行方はたれも知らなかった。

ひとをあざむいてまで、苦行の僧として評判がとりたかったのであろうが、そのため天皇までだまされた。苦行の僧を貴ぶのが、一般のならわしであった。が、そのことと宗教とは別問題だと、範宴は考えた。昼夜に行われる常行三昧堂の勤行にも、範宴は疑いをもっていた。

ある国守の話であった。

日向守《ひゅうがのかみ》の任期が終り、事務引き継ぎの書類を調製することになった。書生の中に、利口な男がいた。日向守はかれを軟禁同様にして、都合の悪いことを書き直させた。

――このような虚偽な書類を作らせて、それは書生が自分の罪をかくすために作成したのだと、日向守は新しい国守に打ちあけるかも知れない。いまの主人は、もともとよからぬ性質ゆえ、きっと自分に対して殺意をもっているにちがいない。

書生は考えた。逃げようと思ったが、強そうな男が四、五人、昼となく夜となく監視しているので、逃げ出すことが出来なかった。

そして、二十日あまりで書類は出来上った。日向守がいった。

「ひとりでこの仕事をしてくれたことは、かたじけない。私は京にかえるが、お前の努力をわすれないであろう」

絹四疋《ひき》を褒美《ほうび》にくれた。が、書生は生きた心地もなかった。褒美の品をかかえて立上ろうとすると、日向守が親しい郎党を呼び寄せて、何やらいいつけた。書生は、ますます不安になった。

郎党どもは日向守から指示をうけると、

「ちょっと話がある」

書生をつれ出すと、たちまち郎党二人が左右の腕をつかんだ。そして、書生の胸に箭《や》をつきつけた。

「何をなさるんですか」

「気の毒だけど、主人の命令とあればやむをえないのだ」

「やはりそうだったのですか。しかし、いつどこで殺されるのですか」

「人目につかないようにして、こっそりと片付けるのだ」

「上の命令とあれば、いたし方がございません。が、親しいものと一ト目会いたいと思います。おきき下さるか」

「だれに会うのだ」

「今年八十になる老婆がおります。それに十歳になった童子がおります。かれらの顔をもう一度見たいと思います。家の前までつれていってもらえば、呼び出します」

「それくらいのことなら、かまわない」

書生を馬にのせて、二人の男が馬の口をとった。まるで病人をつれていくように見せかけた。郎党は弓矢の支度をして、うしろから馬にのってつづいた。

さて、自分の家の前にきて、書生はひとを介して、最後の別れにきたと伝えさせた。老婆がひとに抱えられて、あらわれた。みれば、真白な髪をした老婆であった。十ばかりの子供が母親につれられて出て来た。書生は馬を近付けて、老母に話しかけた。

「私はすこしもまちがったことはしていないのですが、前世からこうなる宿命だったのでしょう。お上からいのちを召されることになりました。どうかこのことをふかくお嘆きになりませんように。この子は、たとえ妻が再縁しましても、自然に成長することでしょう。ただ心配になるのは、おばばが、私の亡きあと、悲しみ狂われるのではないかと思うにつけ、殺されることの苦しさよりもつらい思いをいたします。早う、家の中にはいって下さい。いま一度みんなの顔がみたくて、まいりました」

そばについている郎党は、目頭を熱くした。馬の口をとっている二人の男も、涙ぐんだ。老婆は悲しみのあまり、その場に坐りこんでしまった。

しかし、郎党どもも、いつまでもこうしているわけにいかず、

「よいかげんにしないか」

無理につれ去った。そして、栗林のあるところで射殺して、首をはねた。

「それは、いつどこの話だろうか」

範宴が話手の僧に訊いた。

「いつのことか、知らない。この話をはじめてきいたとき、日向守を憎む思いで、からだが震えたのをおぼえている」

「さしあたり、頼朝に殺された義経の宿命に似ている」

晦堂がいった。

「その日向守は、罰せられなかったのか」

話手の僧は、首をふった。そこまでは知らなかった。

「虚偽の書類を書かせた罪は、重大だ。しかし書生は上からの命令で書いたにすぎない。それを殺すとは、さだめし寝ざめの悪いことだったろう」

「殺されることがわかっていながら、なぜ書生は書かねばならなかったのか」

範宴は目頭をうるませた。昨日や今日の出来事のように、大きな衝撃であった。書生には、のがれる術《すべ》がなかった。書生は苦しんだろう。が、苦しみを苦しむということは、それからのがれる意義がなくてはならないのだ。のがれられないとなれば、人間は永遠に苦しむよりほかないのである。書生には老婆の嘆きが、断腸の思いであったろう。書生にははたして苦しみからのがれられる可能性がなかったであろうか。それが可能になるところに、宗教の意義があるのではないかと範宴は考えた。人間が生きていく上の矛盾や、恐怖や、絶望を何かの工夫で解決が出来るはずだと考えたかった。その解決の場は、宗教以外にないと思われた。

範宴は、別所聖《ひじり》なるものを知るようになった。比叡山、高野山、東大寺、興福寺の周辺には、多くの別所があった。本寺の研学や修行の課程から脱落した念仏者や、みずから念仏往生をねがう僧や聖がそこに隠遁《いんとん》していた。比叡山にも、七つの別所があった。西塔の北谷、黒谷、大原の別所などである。黒谷別所から法然が出ているが、大原別所から良忍が出た。大原の聖は、高野聖との往来がさかんな別所聖であった。かれらは融通《ゆずう》念仏という集団的な多数作善《さぜん》の方法を考え出して、さかんに勧進活動をしていた。これらの隠遁者は、本寺からはなれるので、当然本寺からの衣食住の給与を辞退しなければならなかった。特別の支持者がないかぎり、勧進によって生活を維持した。隠遁といったところで、俗をはなれて、風雅をたのしむといったものではなかった。勧進という経済的な行為がなくては、生きていけないのである。しかも、その勧進を効果的にするためには、有名な霊場に隠遁して、念仏三昧の生活をおくり、世間の称讃《しようさん》をうける必要があった。

範宴は、聖の苦行ということに疑いをもっていた。あらゆる禍の根源となる罪とけがれは、身を苦しめることによってあがない去ることが出来るという信仰からであった。みそぎとか、水垢離《みずごり》も、その例であった。那智滝で裸形聖や文覚聖が荒行をするのもそれであり、古くは僧尼令で禁止された焚身《ふんじん》捨身があった。行基《ぎようき》の徒衆の焚剥指臂《ふんはくしひ》もそれであった。焚身捨身は、焼身往生や入水《じゆすい》往生につながるものであった。熱烈な信仰の結果というよりは、多分に世間を相手のことであったらしい。掌を油皿にして燈明をともしたり、腕に香をたいて見世物にした聖もあった。空也ですら、十七日間不動不眠で腕上焼香をした。また、胸たたきといって、自分の胸をたたく苦行を大道芸とする聖もあらわれた。断食行も、聖の苦行の一つであった。木食上人《もくじきしようにん》とは、十穀を断って、木の実、草の根を食する聖の通称であった。範宴には、原始宗教の苦行による贖罪《しよくざい》としては理解できるが、それ以上のものとは考えられなかった。

しかし、聖の遊行《ゆぎよう》回国については、範宴は理解出来る。行基は三十七年間も山林にかくれて修行したという。後白河法皇は「梁塵秘抄《りようじんひしよう》」の名のもとに、多数の聖の歌を世間から集めていた。

「聖の住所はどこどこぞ、大峯葛城石《おおみねかづらき》の槌《つち》、箕面《みのお》よ勝尾《かちお》よ、播磨の書写《そさ》の山、南は熊野の那智新宮」

「聖のこのむもの、木の節《ふし》、鹿角《わさづの》、鹿の皮、蓑笠《みのかさ》、錫杖《しやくじよう》、木欒子《もくれんじ》(数珠の一種)、火打笥《ひうちけ》、岩屋の苔《こけ》の衣《ころも》」

これは、山伏の聖を描いたものであった。

「山寺《やまでら》行ふ聖こそ、あはれに尊きものはあれ、行道引声《ぎようどういんぜい》、阿弥陀経、暁懺法釈迦牟尼仏《あかつきせんぼうしやかむにぶつ》」

遊行回国の聖は、引声念仏と法華懺法を兼ね行なった。山伏的聖と念仏聖が、はっきり分れていたわけではなかった。中でも高野聖は、歩く宗教家であった。かれらは、不動、観音、弥陀、地蔵、聖徳太子、弘法大師の仏像や画像を守本尊として笈《おい》の中に奉安して、遊行した。そして、いたるところでかれらは、それらの仏や高僧の権化《ごんげ》または使者として扱われた。

かれらは、村落の小堂や小庵《しようあん》に定着するようになった。遊行聖があらわれなかったころの村落では、先祖や死者の供養も、家祈禱《やぎとう》、竈祓《かまばらい》すら出来なかった。遊行聖は、歓迎された。

聖の呪術《じゆじゆつ》性に関しては、範宴ははっきりと否定的であった。

元正天皇の養老二年(七一八)、十巻の養老令が出た。その中の第二に、僧尼令がある。二十七条からなっていた。第二条に、吉凶の卜占《ぼくせん》、禁厭《まじない》、託宣《くちよせ》による治病を禁止している。これは、原始呪術の禁止であった。

「其《そ》の仏法に依りて、呪を持し疾を救へらば、禁ずる限りにあらず」

密教、とくに雑密の陀羅尼《だらに》をもって病を救うことはとがめられなかった。が、聖は庶民の依頼にこたえて、治病、除災、招福のために原始呪術をさかんに行なった。聖は、念仏と法華経と密教を雑然と併修していた。聖の念仏は、往生の行であるよりは、滅罪と鎮魂の呪術であった。死者の生前おかした罪とけがれを滅して、死後の煉獄の苦をすくう目的が聖の念仏の第一義であった。

範宴はそういうやり方に反撥をおぼえるようになった。疾病や旱害《かんがい》、水害、虫害等の凶作の原因と信じられた凶癘魂《きょうれいこん》を鎮める鎮魂呪術がある。そのため団体の大念仏が行われた。範宴は疑いを抱かないわけにはいかなかった。念仏と凶癘魂とは、何の関係もないのである。範宴は、凶癘魂を信じなかった。

「聖には、集団性がある。聖はいわゆる庶民宗教家である。庶民そのものだ。ひとりひとりの庶民は無力だが、集団となると、歴史を動かすほどの力を発揮する」

範宴はそう教えられた。

東大寺大仏の創建は、大勧進聖人行基とその徒衆の勧進によって出来た。いままた東大寺の再建が進められているが、大勧進聖人は俊乗房重源《ちようげん》のひきいる勧進聖によって完成がされようとしていた。

「しかし、聖の世俗性は、たとえ僧の形をしていても仏教信者の俗人にすぎないのだから、致し方はあるまい」

といったひとがあった。

公認されない得度《とくど》の、いわゆる私度《しど》僧が聖の中に多いことも、範宴は知っていた。道と俗が混合しているのは、いまも昔も変りはなかった。

そうした聖の中には、妻帯しているのが多かった。半僧半俗の生活態度であった。

「弘法大師が播磨の国を遊行中、行基の弟子の妻に誘惑されたって話を、範宴房は知っているか」

以心がいった。範宴は首をふった。

「その弟子というのも、聖だろう」

「もちろん」

「すると、その聖が妻帯していたのだね」

「妻帯している聖は、いまも昔も多いんだ」

碁打《ごうち》を本業とする聖もあった。僧でありながら賊をはたらき、造塔勧進といつわって、ひとの財物をむさぼる聖もあった。還俗《げんぞく》して、金貸しをして、妻子をやしなっていた聖があった。彫刻にたくみであり、学問もあり、多芸多才で、寺を出て農をいとなみ、妻子をやしなっている聖もあった。子供がありすぎるので、乞食をして、やしなっている聖があった。

範宴は、あるとき、「日本霊異記《にほんりょういき》」なる書物を借りた。その本には、かなり読まれたあとが残っていた。説教の材料が多いので、たいていの僧が一度は目をとおすものらしかった。

それは、仏教説話集であった。因果応報話が多かった。宋の仏教説話にならって作られたものであった。三巻からなっていたが、各巻に序文がついていた。著者は薬師寺の僧景戒であった。

景戒は、伝燈位があたえられていたが、それを読むと、俗聖であることがわかった。

「煩悩に纏《まつ》はれて、生死を継ぎ、八方に馳《は》せて、生ける身を炬《こが》す。俗家に居て、妻子を蓄へ養ふ物無く、菜食《さいじき》無く塩無く、衣無く薪無し。毎《つね》に万の物無くして、思ひ愁へて、我が心安くあら不《ず》。

（中略）我、先の世に布施の行を修せ不。鄙《とひと》なるかな我が心、微《いや》しきかな我が行……」

景戒は自分が造った道場にすんで、百姓をしながら、かたわら唱導教化をしていたらしかった。

景戒は、馬を飼っていた。景戒のその生活と生活態度が、範宴にふかい感動をあたえた。

——学生《がくしよう》になるだけが、お山にのぼった目的ではない。

学生に対するあこがれは、いまの範宴の心から消えていた。

比叡山には、導師、僧綱《そうごう》、凡僧、堂僧の区別があった。範宴の属する堂僧は、最下位の階級であった。布施の順序も、その地位できめられた。それだけに、清僧である学生よりは、戒律上の束縛もゆるやかであった。範宴は、常行三昧堂の不断念仏に結番して勤める念仏合唱僧のひとりであった。

範宴ら堂僧は、京の寺々の不断念仏にまねかれて、出張詠唱することが多かった。

「もっともわれわれとしても、六角堂あたりにあつまる勧進聖と、あんまりちがわないのだ」

「そういった俗聖が妻帯しているのをみると、自分もという気になって、女をかこうものがあらわれるだろう」

「われわれだけでなく、相当地位のたかいひとでも、山麓《さんろく》や京のどこかに、一軒かまえているのがあるくらいだから」

「聖は、庶民の宗教家だ。だからかれらが妻帯するのは、自分らが問題にするような問題ではないのだ」と、範宴がいった。「日本霊異記」をよんでから、景戒の生活態度をたえず考えるようになっていた。「勧進聖の僧達は戒律を守らない。戒律を無用とする生き方だ。しかし、そこに理由がなくてはならない。私のみたり、聞いたりしているかぎりでは、聖たちは作善を行うかぎり、戒律を絶対的のものとは思っていないようだ」

「庶民宗教家には、戒律は守れない」

「それほど戒律が大切だろうか」

「おや、範宴房にも似合わないことばだ。ここにいるたれよりも範宴房はそのことに大きな意義を見出していたのではないか」

範宴は、首をふった。が、自分の考えをのべなかった。のべるほどに考えがまとまっていなかったせいもある。現在の範宴の頭の中は、疑惑のたねで埋まっていた。範宴の思考は、混沌《こんとん》としているようであった。ただ、その中で明らかなのは、お山における立身出世の野望を捨てたことであった。堂僧の地位では、出世はおぼつかないと見限ったのではない。その生れた家柄によって、叡山における地位がおのずと決定するならわしに反撥したからでもなかった。景戒の序文がきっかけとなったようである。景戒は伝燈位をもった立派な僧であった。お山におけるおのれのあり方に、範宴は疑いを抱きはじめていた。常行三昧堂の不断念仏の勤行が、いやになったというのではないが、疑っていた。

景戒は、薬師寺で伝燈位があたえられたほどの僧でありながら、薬師寺に住まなかった。薬師寺をつぐべきひとであった。景戒は、「日本霊異記」の下巻三十八の章で、沙弥鏡日《しやみきようにち》のことを書いている。鏡日は子供がありすぎて、食がなく、乞食をしてやしなった俗聖であるが、景戒は鏡日を観音の化身だと書いていた。

景戒はまた、行基を清僧智光よりもただしい往生者であると判断した。人間の罪業感に対して、景戒は勇敢にたちむかった。罪業感に対する景戒の対決の仕方がどうあろうと、これまでそういうことをとくにあらだてず、形式的に否定されてきた問題に、正面からぶつかっていることが、範宴に大きな感銘と勇気をあたえた。

範宴は人間の問題を考えるとき、自分の考えを発展させるためには有力な手がかりを得たことになった。それはまた、範宴個人の問題でもあった。が、範宴より二世紀前の寛弘元年（一〇〇四）、飲酒、妻帯、肉食、農耕、蓄髪を正当とした俗聖の老翁があった。

かれは、「三州俗聖起請十二箇条事」を残したが、それによると、飲酒は、

「延年の便《たより》、寒苦等をのぞく」

そのため罪にはならないというのであった。

「かりそめに老翁くだんの淫事《いんじ》を断つの後、すでに五箇年に及ぶ」

と書いていた。ということは、五年前までは妻と交渉があったことになる。

「あきのよをあきずかたらふ、わぎもこが、みちさまたぐることぞあやしき」

と、人間味のあふれた歌をよんだ。

魚鳥蒜肉《さんにく》等の五辛も、

「不浄の食を断つて、すでに六箇年に及ぶ」

六年以前は、それを食べていたのであった。それ以後淡泊な食餌《しょくじ》になったのは、長寿を得んがためであった。

農耕は、

「十界《じっかい》衆生の活計のために、未《いま》だ田畠の務をなげうたず」

といい、蓄髪は、

「かりそめにも老翁大乗に安住し、白髪を頂くといへども、未だ邪見に堕せず」

経験を語っていた。正しい仏法に違背していないという主張をのべていた。しかし、

「新発意《しんぼち》のために披露すべからず。あなかしこあなかしこ」

自分の著が若いもののためにならないことを老翁は知っていた。

京の町を見下ろすと、神社仏閣の豪壮な建物が多く目につく。奈良では、東大寺が再建中であった。途方もない大きな仏像がつくられた。いまはその仏像を入れる建物がいそがれていた。東

大寺は日本を象徴しているのだという。その意味がわからないのではないが、かんじんの仏法とそれとは、大して関係がないような気がしてならなかった。

範宴のその気持は、常行三昧堂の不断念仏の結番に疑いをもっているのと共通していた。庶民の家々は、大地に這《は》いつくばうようにつくられていた。豪壮な神社仏閣と比較すると、極端すぎた。そうした庶民のあいだで生きる俗聖の存在を、範宴は考えるようになった。庶民は東大寺の仏像には関係がなかった。焼ければすぐまた再建される大きな仏閣にも関係はない。庶民の仏教のにない手は、俗聖の群れであった。

東大寺の上棟式のとき、後白河法皇が棟上台の右の綱をひき、九条兼実以下顕紳が、左の綱をひいた。文武百官がこれに従い、貴賤《きせん》男女で剃髪《ていはつ》し、出家するものが多かったと範宴はきいた。またそのとき、手指を切って、焼いたものもあったという。大仏殿の上棟式には、そんな気ちがいめいた信仰熱が、そのかげにおこなわれた。範宴は不安な思いで、この話をきいた。

お山が、また騒然となった。

比叡山の衆徒が、近江の佐々木荘に対し、日吉《ひえ》社宮仕をつかわして、千僧供料の滞納を責めた。

「またか」

範宴は晦堂たちの報告をきいて、またかと思った。

佐々木荘は去年の洪水のため、収穫が未進のままであった。近江の総追捕《ついぶ》は、佐々木定綱であった。そのとき定綱は京にあり、息子の定重が、水害を理由に貢進の延期をねがった。が、衆徒の宮仕は、あくまでの未進を責めた。未進を理由に近江の人家に火を放った。定重の郎党が怒って、宮仕法師らに斬りつけた。

傷をうけ、逃げかえった衆徒はお山を煽動《せんどう》して、京の佐々木定綱の邸に火をかけようといい出した。

この騒ぎを知った関白九条兼実は、座主顕真をして、衆徒の暴挙を防がせようとした。延暦寺の所司三綱、日吉宮仕らが九条兼実の邸に出向いて、

「近江佐々木荘には未進があるので、それを上納するようにわざわざ催促におもむいたところ、佐々木年貢上納を拒み、自ら荘民が宅に火を放った。宮仕たちがこれを消しとめようとすると、佐々木の郎党が数十騎の兵をもって斬りつけてきた。前代未聞の出来事である。よって佐々木定綱、定重を召し捕って、七社の宝前で糾問したい」

かえって逆襲に出た。座主の顕真の論示には耳をかさなかった。九条兼実は衆徒をさとし、一応ひきあげさせ、院裁を仰ぐことになった。

そのとき、後白河法皇は、熊野詣《もうで》の途中であった。京都守護職一条能保、政所《まんどころ》別当大江広元

は、飛脚をもって鎌倉に通報した。頼朝は梶原景時を上洛せしめ、処理することにした。もし佐々木定綱の罪科がのがれられないものなら、その科《とが》に服せしめよと命令した。ついで、後藤基清を京におくり、景時につげて、山徒と和し、定綱の知行の半分は長く山門に付してもよいと条件を出した。頼朝ははじめから、佐々木定綱をかばう意志はなかった。

調子にのった延暦寺の衆徒は、日吉、祇園《ぎおん》、北野の神輿《みこし》を奉じて、禁裡《きんり》にはいり、佐々木親子の死罪を要求して、神輿を捨てて山にかえった。佐々木定綱は、行方をくらました。しかし、定重はとらえられた。院宣でもって延暦寺の衆徒を慰撫《いぶ》し、佐々木親子は死一等を減じて、流罪となり、それでこの騒ぎはおさまった。

頼朝は衆徒に対して、

「衆徒は禁闕《きんけつ》に群参して神輿をふり奉り、主上を驚かし奉つたのは誠に言語道断である。かくの如くんば何のためにさきに使を遣して奏聞せしめんや。衆徒何の意趣あつて強て奇謀を廻《めぐ》らすや。綸言《りんげん》に背いて乱入を企つること是非を弁ぜず。宛《あたか》も木石に異ならざるか。縦《たと》へもし訴訟するとも、蜂起《ほうき》して洛中に乱入せずとも、又喧嘩《けんか》に及ばずとも、一通の奏状を捧《ささ》げて天聴に達すれば宜しからずや。是《こ》れ悪徒多くして善侶少きの致すところか」

九条兼実はこの頼朝の旨をもって衆徒を誡《いまし》めようとして、叡山の学頭を呼び出したが、かれらは応じなかった。

そこで兼実は、座主顕真にこのことを要請したが、後白河法皇が衆徒に対する沙汰を止《や》めたので、そのままになってしまった。しかし、衆徒の飽くなき要求によって、いったん流罪となった佐々木定重は、近江唐津で斬殺の刑に処せられた。

お山は、勝利に酔った。白昼僧兵は酒気を帯び、声高らかに境内を歩きまわった。常行三昧堂では、不断念仏が行われていた。引声阿弥陀経を唱和し、念仏を唱え、本尊の周囲をぐるぐるとまわる勤行は、つづいていた。その中に、範宴がいた。十九歳の範宴には、この度のお山の強引な勝利について考えさせられるものがあった。何のための不断念仏か。延暦寺は仏教の本家本元であるにかかわらず、人殺しに陶酔した。洪水のために年貢をおさめかねた佐々木荘の荘民の苦しみを、知ろうとしないのだった。武士もまた農民といっしょになって、農耕に従事していたのだ。

常行三昧堂の結番を終えて僧坊にかえるとき、七、八人の僧兵と出会った。範宴は顔を伏せ、かれらが通りすぎるまで松の根のところに立っていた。範宴はいかりをおぼえて、僧坊にかえった。

——私がなおお山にのこっているのは、経典の勉学のためだ。私は一巻でも多くのものを読まねばならない。景戒のことを考えるのは、それからのことだ。

禁裡に押しかけた一行に、大業と晦堂が加わっていた。この僧坊にも、勝利のよろこびが異様な空気を漂わせていた。

「栄西《えいさい》房が宋からもどったという話だ」

その年の秋、範宴は、一室に閉じこもった。

その年の秋、範宴ははじめて栄西の名をきいた。

「昔はこのお山で修行したひとだ」

栄西は、備中吉備津宮の人であった。十九歳で叡山に上り、有弁について学んだ。後に伯耆《ほうき》におもむき、基好について密教をうけ、さらに叡山にもどって密教の灌頂《かんじよう》を顕真からうけた。

栄西には、宋に入りたい気持がつよかった。

「本邦ちかごろ入宋の沙門なし。寂照、成尋の後、そのひとが絶えている。吾はそのあとを継ごうと思う」

入宋を本人がいいふらすので、ひとびとの顰蹙《ひんしゆく》を買った。仁安元年(一一六六)博多において通訳の李徳昭に会い、宋朝の禅宗のさかんなようすをきくと、やもたてもたまらず、同年四月宋の商船で明州に渡った。その地で、偶然俊乗房重源と出会い、いっしょに天台山にのぼった。

その年九月、栄西は重源と共に帰朝した。そのとき持ってきた天台の「新章疏」三十余部六十巻を天台座主の明雲に呈した。

栄西は、再度宋にはいった。

栄西は、文治三年（一一八七）再度宋にわたると、禅法を求めて天竺まで足をのばすことを計画した。宋の朝廷に願い出たが、陸路が敵国に属しているというので、許可にならなかった。南海を経て印度にわたろうとしたが、これも保障が出来ないというのであった。栄西は船にのりこんだ。が、船主になだめられて、栄西はいったん帰朝することになったが、嵐に遭って、船が宋に戻された。そして、宋にとどまること五年に及んだ。

栄西は天台山にのぼり、万年禅寺に入り、虚菴懐敞《こあんえしょう》に謁して、参禅し、大いに臨済の宗風を学ぶことになった。懐敞が天童山にかえるときは、栄西も供をした。建久二年（一一九一）七月、日本にかえるとき、懐敞は書をつくって栄西にあたえた。その文が、「興禅護国論」であった。

「栄西は、材木を宋の天童寺におくって、千仏閣を再建したそうだ」

そんな評判が、範宴の耳にはいった。海をわたって材木をはこぶのは、大へんなことだろうと思った。

範宴に関係のない出来事のひとつに、一条能保の娘が、九条兼実の嗣子良経のもとに嫁したことがある。一条能保は、頼朝の妹婿であり、頼朝をとりまく政治家のひとりであり、京都守護の職にあった。一条能保と九条兼実が結ばれることは、ただちに頼朝と結ばれることであり、後白河法皇の院勢力に対立する立場を強めることになった。名ばかりの摂政から、実力者となる準備であった。昨年は、兼実の娘任子を後鳥羽天皇の女御《にようご》として入内させ、やがて中宮となった。権力拡張のための手段であった。朝廷と鎌倉を結べば、やがて院勢力と対抗出来るだけでなく、それをしのぐことも出来た。

しかし、院政派としても、九条兼実の工作に対して手をこまぬいていたわけではなかった。後白河法皇と丹後局栄子のあいだに生れた覲子《きんし》を、内親王准后《じゆごう》として、院号を宣下し、宣陽門院を賜わった。宣陽門院領として、伊予の弓削《ゆげ》島荘があたえられた。経済的な勢力が倍加することになった。同時に、丹後局栄子は二位にすすみ、ますます院における発言権が拡大された。法皇の与党である藤原兼雅、藤原頼実、源通親等は女院司となって、九条兼実の勢力を抑えようとした。

頼朝という背景があるとはいえ、兼実はまだまだ少数派であった。

「兼実が法皇を呪詛《じゆそ》している」

嫌疑をかけられた。そういう疑いをかけられるほど、九条兼実は孤立していた。

七月、八月、そして十月にも、法然は九条兼実の邸に伺候した。そのたびに、兼実は受戒をうけた。

院政派の中では、いま評判の法然に関心をもつものはないようであった。九条兼実の邸に法然が出入りしていることをきいていたが、法然を高野聖のたぐいと考えていたようであった。兼実が法然に次第に傾倒していくのは、従来の僧の説く仏法と法然の仏法がいちじるしくちがっていたことも原因であった。法然には、新鮮な説得力があった。空也の念仏勧進は、山上の宗教を平地におろしたといってもよかった。宗教の民衆化の先駆であった。が、山上には形の上だけでも伝統が守られていた。つぎに源信があらわれた。源信は「往生要集」をあらわして、念仏の原理を説いた。「往生要集」には、地獄極楽が多すぎたが、よむものをして反省させ、懺悔《ざんげ》させ、依るべきものを求めさせずにはおかないものがあった。それが、多くの人間をころしてきた武士に、深い感動をあたえたようであった。おなじ念仏であっても、貴族階級の念仏は、依然として、現世の幸福を来世まではこぼうとする手段にすぎなかった。法然が出てから、念仏は罪ふかきことを自覚させ、告白させ、その苦しみを仏によって救済されようとするものであった。その求めようとする態度には、大いなちがいがあった。まことに新しい教えであった。

しかし、兼実が法然に帰依するのは、それだけでなく、法然の教えによって現在のおのれの孤立の内に精神的なものを求めていたのかも知れなかった。

二、三日山を下りていた大業が、僧坊にかえってくると、

「新制三十六ヵ条というものを知ってるか」

親しい顔を見まわした。だれも知らなかった。

「その中で、僧正、僧都、律師の所従の人員が定められた。服装も規定された。僧徒は寺をはなれ、武家に属して、本寺を悩ましてはならぬという」

「そんな法令が、何の役にたつものか」

一同は、気軽に笑った。

朝廷が新制十七ヵ条を下したが、その中に、悪僧神人に関するものが四ヵ条もあった。そのひとつに、諸司に下知して、国中社寺の濫行を停止せしむるというのがあった。

その趣旨は、近来本社本寺の威をつのらんがため、寄進を企て、末社末寺の号を仮り、或いは権門の所領と称して、数輩の寄人党を結び、或いは豪家の相伝として百姓の官物を取り、自由に任せて吏務を濫妨《らんぼう》す。格律の制する所、罪科是れ重しという。こういう法令が出るというのも、領地問題をはじめ、風俗においても、あまりに神人、仏徒らしからぬふるまいが目立っていたからであった。

盛衰

頼朝が永福寺の土木工事を視察中、挙動不審の人夫を発見した。しらべると、平忠光であった。頼朝の暗殺をくわだてていた。かれは片眼で、人夫の中にまぎれこんでいた。

平家の残党が源氏に一矢をむくいる企ては、これまでにも度々あった。平康盛が、北条時定の暗殺をはかってとらえられた。

建久三年（一一九二）二月、大江広元が、鎌倉から上洛した。そのころ、後白河法皇の病が重く、側近のあいだではさかんに加持祈禱《きとう》が行われた。法皇のからだには、むくみがきていた。ほとんど絶望の状態であった。

法然が、院に招かれた。九条兼実のはからいであったが、御簾《みす》をへだてて向きあった法然にも、あまりことばはなかった。それほど、法皇は衰弱していた。兼実のすすめで、法皇は法然によって受戒した。

後白河法皇は、長講堂領を皇女宣陽門院にゆずる遺詔をした。長講堂領は、皇室の領地の中でももっとも大きいもので、八条院領と双璧《そうへき》といわれた。

後白河法皇が亡くなった。六十六歳であった。

二位局《にいのつぼね》丹後局栄子が、髪を落した。院臣の若狭守《わかさのかみ》範綱、主税頭《ちからのかみ》光遠は、法皇の死によって出家した。

法皇の死によって、政治情勢は大きく変化した。九条兼実の地位は、安定した。摂政関白として、朝廷内の実力者になった。

「うちの座主《ざす》も、そろそろ替るのではないか」

「つぎはたれか」

「訊《き》くまでもなかろう。横川《よかわ》の検校《けんぎょう》だ」

「摂政関白殿の御舎弟だからだ」

「もともといまの座主は、その地位にとどまることをのぞんではいられなかった。法然房の念仏に帰依して、山を下りたがっていられた」

「お年もお年だから」

範宴は座主顕真の六十二歳を思った。が、範宴は遠くから座主をみかけるだけで、口を利くなど思いもよらなかった。

その日、例年どおり鶴岡八幡宮の祭りが行われた。恒例の流鏑馬《やぶさめ》があった。熊谷直実《くまがいなおざね》が、的をたてる役を命じられた。

「鎌倉殿の御家人というのは、みな同輩の身分である。それなのに流鏑馬の射手は騎馬で、的立ての役は徒歩である。これではなはだ不公平である。納得がいかない」

いくら的立ての名誉を説いても、きき入れなかった。とうとう所領の一部分が没収されるという罰をうけた。

当時、鎌倉の中で騎馬で通行出来るのは、武士階級だけであり、下人、所従《しよじゆう》は徒歩であった。馬に乗れるかどうかで、身分の高低をあらわした。

直実は一ノ谷合戦の先陣をとげて奮戦したが、乱軍の中で、笛をもった十七歳の若武者敦盛を討ちとった。そのときから人生の無常に目ざめていたようであった。わが子の直家と同年配の敦盛を討ちとったことから、武士というものの宿業に目覚めるようになった。

直実の所領は、熊谷郷であった。その隣の久下郷とのあいだにたえず境界線争いがくりかえされていた。

ついに頼朝の前で、両者が対決することになった。武勇には秀《すぐ》れていたが、直実は弁舌さわやかというわけにいかなかった。自然、訊問《じんもん》が直実ひとりに向けられることになった。直実は、うまく答えることが出来なかった。直実はいら立った。顔を真赤にすると、立ち上った。

「梶原景時めが、直光をひいきして、よいことばかりお耳に入れているのだ。直実の敗訴はきまっているも同然だ。この上は何を申し上げても無駄なことだ」

わめきちらすと、証拠の書類を投げだし、刀を抜いて髪を切った。あっという間の出来事で、とめることが出来なかった。熊谷直実は、そのまま行方をくらました。

後に、法然の門にはいり、蓮生房と名をかえた。武士をやめれば、出家以外に生きる道はなかったろうが、武士の宿業をおそろしいと思う心が、法然の門をたたかせた。

建久四年（一一九三）五月、頼朝が富士野で狩猟をしたとき、曽我十郎、五郎の兄弟が、親の仇《かたき》の工藤祐経《すけつね》を討ったのも、もとはといえば領地争いからであった。

祐経の領地の伊東荘が、叔父の伊東祐親に横領された。祐経の郎党が、祐親の子の河津三郎祐泰を討った。祐泰の子が、十郎、五郎であった。親が討たれたとき、一万（十郎）は五歳、筥王《はこおう》（五郎）は三歳であった。母親が再婚をしたので、義父曽我祐信のもとで養われた。

富士野の狩猟の夜、工藤祐経は危険を感じて、わざわざほかの館《やかた》に泊っていたが、そこを襲われ、刀をとる間もなく兄弟に殺された。狩場は大さわぎとなり、やがて十郎は討たれ、五郎は押えられて、鎌倉で殺された。一応政情も安定していたときだけに、このことが天下の耳目をおどろかせた。

叡山の範宴は、富士野の仇討ちのことを聞いた。それと前後して、頼朝が弟の範頼を伊豆国に放逐して、殺害したということを聞いた。

「義経殿といい、いままた範頼殿といい、鎌倉殿はつぎつぎと肉親をころす。幼いころから仏心のある方と聞いていたが、武士の宿業とはいえ、呪《のろ》われた、悲しいことである」

頼朝の全国支配体制は固まりつつあった。後白河法皇はすでになく、九条兼実と手を握り、朝廷と幕府は万事円滑に動いていた。

天台宗寺領の六角堂が焼失したのも、その年の十二月であった。下京区六角通リ東洞院西入ルにある。聖徳太子が広隆寺建立のさい、用材を切っているとき、その中に光るものがあった。その用材で観音像をきざみ、六角堂を建て、安置したといわれていた。平安遷都のとき、堂が街路にあったので、移転させた。弘仁十三年（八二二）嵯峨天皇の勅願所となり、長徳二年（九九六）に花山法皇の御幸があり、西国三十三カ所の一つになっていた。六角堂は、すぐ再興された。

宋から二度目の帰国をした栄西は、香椎《かしい》神宮の側に建久報恩寺をつくった。翌年、博多に聖福寺を創立した。これが日本における禅寺の濫觴《らんしよう》であった。栄西は天台宗のゆきづまりを打開する目的で、二度も宋にわたったが、臨済宗の印可をうけて、日本に正式に禅を伝える歴史的な役割をはたすことになった。

宋では禅がさかんなことをきいて、栄西は宋の商船にのったが、そのころの宋では、新興の朱子学におされて、禅はその特色を失いつつあったのだ。が、日本という新しい土壌をえて、禅の命脈は日本でよみがえることになった。

建久五年（一一九四）、栄西が博多の聖福寺で、伝道をはじめると、筥崎《はこざき》の良弁《ろうべん》が、栄西の禅行をねたみ、山徒を誘って朝廷に訴えた。新宗の開祖や、伝道者は、必ずといってもよいくらい既成宗派の排斥や弾圧をうけねばならなかった。

朝廷は延暦寺衆徒の訴えによって、栄西、大日坊能忍《のうにん》の禅宗の布教を停止した。栄西は、太宰府に召喚されて訊問をうけた。栄西が答えた。

「わが禅門は、とくにいま始むるに非ず。昔伝教大師が嘗て内証仏法血脈一巻を製した。その初めは即ち達磨《だるま》西来の禅法である。かの良弁、昏愚《こんぐ》無智、台徒を引いて我を誣《し》ふ。禅宗若《も》し非ならば、伝教亦《また》非なり。伝教若し非ならば、台教立たず。台教立たずんば台徒豈《あに》我を拒まんや。甚しき哉《かな》、その徒のその祖意に暗きや」

栄西は禅宗をひらくについて、伝教大師を楯《たて》にとって、大師祖述ということにして行なった。が、後に栄西が天台、真言、禅の三教を合わせて一派をひらいた素地は、このころからあったようである。

しかし、禅そのものはすでに奈良時代に伝えられていた。平安時代にはいってからも、何人かのひとによって海をわたって禅はもたらされた。天台宗では、禅が重要な修行の一つとされていた。

栄西よりすこし前に出た大日坊能忍は、日本で禅宗を本格的にたてようとした最初の僧であった。能忍は、平景清の叔父といわれた。はじめ叡山で学んだが、山の学問には満足が出来なかった。能忍は独学で禅宗を学んだが、師承のないのを誹《そし》るものがあった。宗派をたてるのに、宋に渡ってかの地の禅僧の印可をうける必要があった。能忍は弟子の練中と勝弁を宋に派遣した。おのれの所悟を阿育王山《あいくおうざん》の拙菴徳光に呈した。徳光は、能忍の悟りをみとめ、自讃を加えた頂相《ちんぞう》と達磨の像をあたえた。頂相というのは肖像画で、師の頂相を与えられることは、印可をうけたあかしであった。

能忍の禅は、仏心宗、達磨宗などと呼ばれた。

ある夜、甥《おい》の平景清が訪ねてきた。能忍は景清をもてなすため、弟子をして酒屋に走らせた。それを景清が誤解した。景清はその当時、身をかくしている事情にあった。それを叔父が密告させたものと解して、能忍を殺害した。

能忍は、終りを全うすることが出来なかったが、栄西の禅宗弘通《ぐつう》のためにその素地をつくったことになった。能忍は、あとをつぐよい弟子にめぐまれなかった。

「栄西房は最初に帰朝したとき、この叡山にこもって密教をきわめ、葉上流という一派をひらいたときいているが」

範宴が同室のものに訊いた。

「そうだよ、請雨祈禱の功をたてたことがある」

「雨をよんだのか」

「そうだ、それで一躍栄西房は有名になった」

一日勅を奉じて請雨法を神泉苑に修したが、天大いに雨を降らし、苑林葉上露中ことごとく栄西の影像をみたといわれた。そのためとくに葉上の号を賜わったという。範宴には信じられなかった。

「栄西房は、天台宗をたてなおすためではなかったのか」

「出る杭《くい》は、打たれるのだよ」

その栄西が叡山のために弾圧された。皮肉なことであった。

「栄西房の禅を弾圧したといって、お山は溜飲《りゅういん》を下げているが、そのことは、叡山がもはや新しいものを生み出す力を失っていることを意味しているのではないか」

範宴が断定を下すようにいった。

「そんなことをたれが考えるものか。お山は、気に入らないことがあれば、直接手段に訴えて、横車を押すのだ。院に対しても、朝廷に対しても、鎌倉に対しても、すこしも容赦をしないのだ。お山は何ものにも犯されない王国だ。それがいまにはじまったことではない。お山は、政治すら左右した。いまでこそ、鎌倉という手ごわい相手が出来たが、たれもしんから服しているのではない。が、お山は絶対的な権威をふるまっている。歴史がそれを証明している。これからも、すこしでも気に入らないものがあれば、横車を押すだろう。お山はいつでも、直接手段に訴える手を心得ている」

「栄西房が天台宗を建て直そうと考えたのも、理由のないことではないと思う」

範宴が考えふかげにいった。

「お山を相手にしたら、どういうことになるか。栄西房はよく心得ているよ」

「しかし、栄西房がこのまま沈黙してしまうことはないような気がする」

「お山は決して栄西房の動きから目を放さない」

「お山にあいそをつかして、大原あたりで勧進聖となって、それぞれ独自の法話をひろめているひとに対して、叡山はだまっているのか」

「そんなものは、とるに足りない」

「ときどき法然房の名をきくが……」

「お山では問題にしてないよ。目にあまるような動きをすれば、当然鉄槌《てっつい》が下るだろう」

常行三昧堂で不断念仏を唱える範宴にも、下界からの招待があった。が、範宴はまだ一度も招待に応じなかった。同輩は範宴の代りに京洛の寺々の不断念仏に出向いて、出張詠唱するのをたのしみにした。かえってくると、京洛の生々しい話をもたらした。叡山にこもって、ひたすら勉学する学生とちがい、範宴らの僧坊には何となく俗臭が感じられた。

「宇都宮朝綱が公田を横領したというので、土佐国に配流になった」

その噂《うわさ》も、下界に下りた不断念仏の僧がもたらした。

「幕府は遠江《とおとうみ》国守護の安田義定を殺して、その宅地を北条義時にあたえたということだ」

「安田義定がそんな悪いことをしたのか」

「安田義定は、鎌倉殿の古い御家人ではなかったのか」

「理由は判らない。大番役のひとりがそんな話をしてた」

内戦が終ったというものの、血なまぐさい出来事はあとをたたなかった。

建久五年の京の大地震には、叡山の伽藍《がらん》も相当の被害をうけた。屋根瓦が落ち、傾いた小さな御堂も二、三あった。範宴は伯父や伯母や五郎七たちがどうしているだろうかと心配になった。連絡がしたくても、方法がなかった。範宴はお山から、京の町をとおくにながめるだけであった。

そのころ、日野範綱の妻が病死した。そのことを範宴はながいこと知らなかった。

五郎七がお山にのぼってくることが待たれたが、わすれたようにすがたを見せなかった。弟のことも、範宴は気になった。

範宴は、二十三歳になった。

頼朝夫妻が、東大寺供養のため鎌倉を発《た》ったという知らせがお山にもきこえていた。

建久六年三月、頼朝が入洛した。幕府は去年、東海道に新駅を増設して、駅夫の員数も定めた。東海道の往来はより安全となり、京と鎌倉の連絡が早くなった。

大仏殿の供養は、三月十三日に催された。後鳥羽天皇や、七条院も臨幸になった。千人の僧がこの供養に参列した。この日、ものすごい雨ふりであった。頼朝は多数の武士に警護された。関東武士は戸外で大雨にうたれながら、それをすこしも気にかけず、頼朝を守っていた。頼朝は大仏の出来ばえに心を打たれ、陳和卿《ちんなけい》の努力をねぎらおうとして呼んだが、陳和卿は応じなかった。頼朝の参列は政務の内であり、また遊覧の意味もあり、示威もかねていた。それにもうひとつ、秘密な願望がかくされていた。

「国敵退治のあいだ、多くの人命を断つ、罪業甚重なり」

陳和卿はそういって、晴れがましい席に出ることをことわった。が、頼朝は、奥羽征伐のとき身につけた甲冑《かっちゅう》及び鞍馬《あんば》三匹、金銀等を陳和卿に贈った。陳和卿は、甲冑を造営の釘《くぎ》料として東大寺に施入し、馬の鞍《くら》も東大寺に寄せ、馬以下のものはみな返却した。

大雨の中にも地震があった。法会中の大雨は、天神地祇《ちぎ》和合の兆として、みなはよろこび合った。参列の僧の中には、慈円も加わっていた。慈円は、この日の関東武士の印象を、「中々物しれらん人のためにはおどろかしき程の事なりけり」と、「愚管抄」にしるした。

頼朝は、陳和卿の労をねぎらったが、この国家的盛事の大勧進として、十五年にわたる東大寺大仏殿落慶供養の立役者である俊乗房重源に対しては、ひとことの賞賜もあたえなかった。

そのため重源は突如、行方をくらました。それは五月のことであった。頼朝のやり方には、解せぬところがあった。頼朝は百方に手をつくして捜索させた。重源が高野山にかくれていることがわかった。東大寺造営の大仏と大仏殿は出来上って、両脇侍《わきじ》の観世音と虚空蔵《こくうぞう》、四天王と南大門、戒壇院、廻廊などがまだ出来ていなかった。重源の責任は、つづいていた。重源が行方不明になるというのは、契約不履行であった。国家的事業が中途で挫折《ざせつ》することになる。重源の代りになるものはいなかった。

頼朝は余儀なく京に滞在しなければならなかった。大軍の滞在一カ月の延長は、大へんなものいりであった。

頼朝は、すでに三カ月も京に滞在した。後鳥羽天皇や公卿《くげ》たちにも会った。九条兼実にも会った。政子たちの近畿遊覧も終った。が、頼朝の秘密な願望は不発に終った。頼朝の京滞在中は、厳重な警備であった。平氏の残党の薩摩宗資父子が逮捕されたのも、そのときの出来事であった。頼朝は、鎌倉にかえる命令を全軍に出した。

京は六月にはいると、祇園御霊会《ごりようえ》の忌が全市にかかるので、祭りがすんで祓《はらい》をうけなければ、かえることが出来なかった。頼朝は、五月の内にかえる予定であった。重源の行方がわからないので、鎌倉の大軍は余儀なく一カ月の足どめをくらった。

何度も高野山に使者をたて、重源に戻るようにいった。重源はなかなか腰を上げなかった。重源が突如行方不明となったのは、陳和卿だけをねぎらい、大勧進の重源が頼朝に無視された、そのはらいせだけではなかったようである。

重源の失踪《しっそう》は、もしかしたら大芝居であったかも知れない。東大寺再建の勧進が、限度に達していた。資金難で喘《あえ》いでいた。どのように重源が資金難で苦しんでいたかは、京六条室町に重源所有の家屋敷があったが、それを処分したことでもわかる。その金で、大仏殿四方に配置する四天王の塗料の漆《うるし》を買った。請負師の苦しいやりくりであった。

頼朝は重源を京に呼びもどした。そして、東大寺造営継続を慰留した。頼朝は、修理料を送ることを約束した。御家人の畠山重忠、武田信義、小笠原長清、梶原景時、小山朝政、千葉常胤らに命じて、観音、虚空蔵の二基と、四天王像ならびに戒壇院を造立させることになった。重源の芝居があたった。頼朝とその軍勢は、祇園御霊会がすむのを待って、六月二十五日鎌倉に向けて出発した。

重源の勧進聖としての世俗性には、端倪《たんげい》すべからざるものがあったが、念仏の信仰者としては、「一言芳談」に法話がしるされている。

「後生をおもはんものは、じんだ瓶《がめ》(ぬかみそ瓶)一つももつまじきものとこそ心えて候へ」

念仏者は無欲、無一物でなければならないと教えた。勧進聖としての図太い神経とそのやり方と、「一言芳談」は矛盾している感じをあたえる。が、重源はすべての利益を私用に供したことがなかった。莫大な量の作善《さぜん》に使った。多くの勧進聖を養い、渡来の鋳物師、石工らや、日本の工人や人夫に支払う大きな費用は、つねに重源の上にかかっていた。重源の心境としては、それこそじんだ瓶ひとつも持つ余裕はなかった。

重源はまた、備前国に散在する未開発の大仏燈油田二百六十町を、野田保一所と交換して、増収をはかる工作もした。そうして脇侍二菩薩、四天王、八幡宮、戒壇院、南大門などをつぎからつぎに完成した。

重源のことは、お山では伝説的な人物扱いをされていた。

「重源房は、ひと柄を見抜く才能をもっていた。どういう人間がどういう仕事に適しているか、そういうことがひと目でわかるのだ」

あるとき重源が大工たちをあつめた。

「榧木《たるき》の下に木舞《こまい》を打て」

破格な注文を出した。大部分の大工は、そのようなことは不可能なので、辞退した。すると、ひとりだけが、「そんな造作はみたこともありませんが、上人の御指図とあれば、つくってみましょう」と、ひきうけた。

「重源房は実際にそれをつくらせようとしたのではなかったのだ。大工たちの絶対従順の心が知りたかったのだ」

　僧坊での話を範宴はきいていた。

「それでその棟梁《とうりょう》に、東大寺をつくらせているのか」

「そうだ。重源房のやり方は、一から十まで、その方法だ」

　重源が東大寺を再建するにあたって、大和大宇陀《おおうだ》町の慶恩寺に、東大寺大仏殿の五分の一の縮尺で大仏殿を設計した。範宴はその話をきいたとき、工事の計画性の大切なことを理解したが、一勧進聖の重源の才能に驚嘆していた。

　大土木建築事業をやりとげるには、多方面の知識が必要であった。勧進に秀れているだけでなく、企業家がその企業内容に通暁していて、それぞれの部署に最適任者をあて、能率的にはたらかさねばならないからである。

「支度第一俊乗房」

　重源はそうよばれた。重源は、仕事の段取と組織運営のすぐれた手腕の持主であった。

　範宴は、再建された東大寺の大仏殿を見物したいと思った。が、その機会がなかった。

「大仏殿も南大門も、天竺《てんじく》様とよばれている。その建築様式が、和様でもなければ、唐様でもないからだ。もちろんどこの様でもない。重源房の独創だ」

ということも、範宴はきいた。慈円に従って東大寺大仏殿の落慶式に参列した僧がかえってきてからの話で、範宴はいろいろなことを知った。

天台座主の顕真が死んだあとには、予想どおり慈円が天台座主におさまった。摂政関白九条兼実の弟であり、兼実の推挙であることは、だれもが知っていた。慈円は、後鳥羽天皇の護持僧となった。

その九条兼実が急に権勢の座から身をひかねばならなくなった。兼実の第一のつまずきは、せっかく女御として天皇のそばに上げた娘が懐妊し、女の子を生んだことにあった。兼実失脚には、鎌倉もひと役買っていた。

頼朝と政子のあいだには、最初の子の大姫がいた。頼朝と木曽義仲が対立を深めたとき、義仲が子の清水義高を人質として鎌倉におくった。大姫との婚儀がととのった。そのとき大姫は六歳、義高は十一歳であった。頼朝と義仲の仲は、破局に向い、義仲は敗死した。義高の処置が問題となった。頼朝は義高を殺すことにした。父義朝が殺され、頼朝も殺される運命にあったところを池禅尼に救われ、そのため平家は滅亡しなければならなかった。義高は、頼朝の殺意を知らされると鎌倉を脱出した。頼朝は義高をさがし出し、武蔵《むさし》国入間《いるま》川の河原で殺した。はじめは極秘の内にすすめられたはずであったが、大姫がこのことを知った。大姫の衝撃は大きかった。頼朝は義高の追善供養に、各地の寺院に祈願などしたが、大姫の心は晴れなかった。大姫が病気になった。建久五年、大姫の病状が一時的にすこしよくなった。京から一条高能という十八歳の青年が鎌倉に来た。京都守護の一条能保の子であった。政子は高能との結婚を大姫にすすめた。が、大姫は拒絶した。結婚するくらいなら、深い淵《ふち》に身を投じて死ぬとまでいった。

そのとき頼朝の心を動かす進言をしたものがあった。

「女御として後鳥羽天皇のもとにさし上げられたなら……？」

お山には、頼朝が重源をさがし出すために一カ月の京滞在を余儀なくされたということがわかっていた。今度の頼朝の上洛には、政子、頼家、大姫もいっしょであったということも知れていた。「三月はじめ、頼朝が入洛すると、石清水八幡宮《いわしみず》の神前に夜をこめて何ごとかを祈願していた」ということも伝わってきた。

座主の兄である九条兼実と頼朝が膝《ひざ》をまじえて、政治上の問題を十分に語りあったことは想像された。しかし、事実は大分ちがっていた。頼朝が九条兼実に会ったのは、単に儀礼的にすぎなかった。そのときのみやげが、わずかに馬二匹であった。

「甚だ乏少、これを如何《いかん》せん」

兼実は頼朝の胸中をはかりかねた。

座主慈円にしても、兄が頼朝からもらったみやげが、わずか馬二匹であろうとは思いがけなかったろう。このときの頼朝の行動には、九条兼実の解しかねる動きがあった。

頼朝がたびたび会っていたのは、丹後局栄子と源通親であった。頼朝は最初、宣陽門院を訪ね、そこで二位局栄子、源通親と会談した。その後何回も六波羅の屋敷に、丹後局を招いて、政子や大姫をひき合せた。銀製の蒔絵《まきえ》の箱に砂金三百両をおさめて、それを白綾三十端の上に乗せるという贈物もした。摂津天王寺参詣《さんけい》には、一条能保の舟にのり、淀川を下る約束になっていたが、突然約束を破って、頼朝は丹後局の舟にのって参詣をした。

露骨な頼朝の行動であった。九条兼実を無視したのは、兼実の政敵である丹後局とその一派に接近するためであった。何のために頼朝が、手の裏をかえしたように兼実の政敵と親しくなるのか、兼実には容易にのみこめなかったようである。しかし、やがてわかった。それは、大姫を後鳥羽天皇の後宮におくりこもうとするひそかな事前運動であった。

後白河法皇はすでに亡くなっていたが、宣陽門院とその大所領を背景とする丹後局栄子は、法皇死後も朝廷で大きな勢力をもっていた。後鳥羽天皇は、丹後局の画策によって、後白河法皇を動かし、天皇位につくことが出来たひとであった。天皇も丹後局にはいちもく置かねばならなかった。

栄子も通親も、頼朝夫妻に、大姫の后妃入内には十分可能性があるように匂わせた。

かねてから栄子らは、兼実に対し数々の恨みをもっていた。通親や丹後局は、後白河法皇の病気が重くなったとき、大急ぎで法皇の知行国内の国衙《こくが》領を勝手に荘園とし、広大な所領を院御領としてしまった。が、法皇の死後、兼実がそれらをすべて否認し、本来の国衙にもどした。栄子とたびたび会っていた頼朝が突如、兼実のこの決定を取り消した。それらの荘園を宣陽門院の長講堂領に加えることに賛成した。

このことは、頼朝の支持が九条兼実からはなれたと天下に公表したとおなじであった。

頼朝はこの度の上洛以前に、源通親に書を送っていた。大姫を後鳥羽天皇の后妃にすすめたいという依頼の手紙であった。それは頼朝ひとりの考えから出たものでなく、側近の政治顧問たちの同意を得た上であった。大姫の始末に困りはてていたとき、後宮にすすめることをささやいたのも、この政治顧問のひとりであった。頼朝が源通親に秘密な大切な手紙を書きおくるほど、通親はすでに鎌倉方にたよりにされていた。

通親は、平氏一門の勃興《ぼっこう》をみると、はじめの妻をすて、清盛の姪《めい》をめとり、その庇護《ひご》のもとに政界に進出した。平氏の全盛中は、忠実な追従者であった。いったん平氏が西走すると、たちまち平氏を見かぎって、後白河法皇派に走った。二度目の妻もすて、後鳥羽天皇の乳母をつとめた高倉範子を妻に迎えた。それには、丹後局栄子のすすめもあった。範子のつれ子の娘を、自分の養女として、後鳥羽天皇の後宮に入れた。が、通親は一方で、幕府に接近する工作もおこたらなかった。

そのころ、兼実の娘の中宮任子が女の子を生み、通親の養女が、皇子を生んだ。後の土御門《つちみかど》天皇である。

建久七年（一一九六）九条兼実は摂政関白を罷免《ひめん》された。関白はもとの藤原基通にかえされた。中宮任子は、内裏を去ることになった。中宮は、八条院にはいった。鳥羽皇女の八条院では、任子の生んだ女の子が養われた。女の子は後に春華門院と院号が与えられた。

つづいて天台座主の慈円も、座主の地位を追われた。

九条一門は、たちまち逆境に沈んだ。が、通親たちはそれだけでは満足をせず、九条兼実を流罪にしようと画策した。兼実一派の追い出し策については、あらかじめ頼朝が知っていた。知っていたということは、通親や丹後局栄子たちの計画の協力者であった。

「兼実邸に出入りするものは、鎌倉殿のおとがめをうける」

当時、京ではもっぱらの評判であった。

しかし、頼朝がそれほど大姫の入内をのぞんでいたのだが、かんじんの大姫の病気がはかばかしくなかった。加持祈禱はもちろん、あらゆる手をつくしたが、建久八年大姫は二十歳の生涯を鎌倉の地で果てた。頼朝は、娘のために政治の動向を見失うような大きな犠牲をはらった。しかも、それが無駄に終った。頼朝は、兼実以下の親幕派を、頼朝は自分の手で朝廷から一掃したことになった。反対派の通親一派の後鳥羽天皇の朝廷となれば、頼朝にはもはや何の手がかりもないことになる。

大姫の死による痛手も大きかったが、朝廷に対する幕府の態度も考え直さねばならないときであった。通親が頼朝の動きを封じるように、後鳥羽天皇の退位、自分の養女の生んだ土御門天皇の即位を鎌倉に通知してきた。

建久九年、土御門天皇が実現した。通親は天皇の外祖父となり、上皇の院司となり、世間は源博陸《はくりく》（源氏の関白）と呼んだ。

大姫の死によって、幕府は朝廷から軽んじられるようになった。土御門天皇の時代となり、九条一族は逆境に沈み、頼朝のよき協力者であった一条能保は死に、旧法皇側の通親は近く右大将に昇進するという状態であった。京には鎌倉方の守護職がいるとはいえ、朝廷内の出来事に対しては、もはや睨《にら》みが利かなくなっていた。頼朝の実力をもってしても、朝廷の体制に一撃を加えることは不可能であった。もっとも武力を行使すれば、相手はとるにたりないが、そういう事態が起らないように、頼朝が今日まで苦心をはらって来た。頼朝の方針は、皮肉なことに、朝廷側が徐々にのさばるような素地をあたえていた。そのきっかけをあたえたのが、頼朝自身であった。

いずれは朝廷と鎌倉幕府が一戦をまじえねばならない機運は、このときに芽生えた。しかもそれが、頼朝自身の手によってなされた。

幕府は建久九年平維盛の子六代を鎌倉で斬殺した。平氏の一族をみな殺しにする政策はつづけられていた。が、頼朝の心は重かった。興福寺衆徒の訴えによって、和泉守平宗信の任を解き、宗信を播磨国に流罪に処したりしたが、朝廷政策の失敗は、たえず頼朝の心にのしかかっていた。十二月に、稲毛重成が亡妻のために相模《さがみ》川に橋をかけた。その橋供養が行われた。頼朝も出席した。そのかえりみち、頼朝が落馬した。頼朝は、むやみと頭部が大きかった。その体格からして脳血栓《のうけつせん》の心配が大きかったが、落馬が死因となった。

落馬後、頼朝は翌正治元年（一一九九）一月十三日まで生きていた。五十三歳であった。

死の直前、頼朝は九条兼実に手紙をおくった。

「今年、心しづかにのぼりて、世の事沙汰せんと思ひたりけり。万の事存じの外に候」

自分のために失脚をした兼実に対して、頼朝はどのような心境であったのか。頼朝とすれば、なすべきことがいろいろとあった。やはり頼りとなるのは兼実と思っていた。大軍を擁して京にのぼれば、戦わずして勝利はおさめられる。九条兼実は再び朝廷にかえりさくであろう。後悔の念も、ひとしお強かった。が、頼朝には大軍を擁して入洛する口実がなかった。

十五、六日ごろには、叡山にも頼朝の死が報じられた。

「落馬で死ぬなんて、武士の棟梁らしからぬではないか」

「平氏一門のたたりだ。それに、義経や行家の亡霊のたたりだ」

「家臣によって謀殺されたのではあるまいか」

噂は、さまざまであった。死の詳細はだれにもわからなかった。

「文覚が、紀伊国阿弓川の下司職に補任されたという」

「重源房が、周防国の阿弥陀寺に多宝鉄塔を建立したという」

「栄西房が、『興禅護国論』をさかんに唱えているという」

政治のことは、範宴には関心がなかった。重源や、栄西や、文覚のことをきくと、それだけが記憶にのこった。が、範宴にはとおいひとたちであった。自分に得度受戒をあたえた慈円に対しても、範宴はとおいひとという感じをもっていた。慈円が天台座主の地位を追われた事情がわからないではなかった。慈円は範宴のことなどわすれているであろう。座主当時の慈円は、範宴には雲の上のひとであった。

範宴は近ごろ、不断念仏を依頼されると、心も軽く、山を下りた。心境の変化であった。それには、景戒のことが大きく影響していた。

念仏者の変遷

「日本往生極楽記」があらわれて一般によろこばれると、その後四種類の往生記が出た。「続本朝往生伝」「拾遺往生伝」「後拾遺往生伝」「本朝新修往生伝」であった。最後のものは、仁平元年(一一五一)、法然が念仏行をひらいた安元元年から二十五年前であった。これらが、「六往生伝」と呼ばれた。

最初の「日本往生極楽記」が出た前の年、源信の「往生要集」がすでに出来ていた。「六往生伝」をひらくと、源信の「往生要集」から法然が登場するまでの約二百年間にわたる念仏者のすがたを辿《たど》ることが出来た。

面白いことに、最後の「本朝新修往生伝」によると、その中に出ている話が法然や親鸞《しんらん》に非常に近いということである。

最初の「日本往生極楽記」には、とりあげられた人数は四十三人であって、天皇、皇后、公卿《くげ》、僧侶《そうりょ》、武士など、主として名のある人物ばかりであった。が、「本朝新修往生伝」になると、一般の庶民や武士、公家《くげ》がモデルにされていた。

平安時代の信仰生活は、いわゆる諸善万行《まんぎょう》で、数多くの善行をつまなければならなかった。その時代は、叡山の勢力が圧倒的であった。その叡山は、法華経をもって立つ天台宗であり、従って平安時代の宗教も、文学も、芸術もまったく法華経一色といってもよかった。法華経には、受持、読、誦、解説、書写の五種の正行があった。善行をつむことは、法華経を中心にすることであった。

数多くの善行をつむことによって、その代償として、阿弥陀の国に生れるという考え方であった。しかし、この種の諸善万行は、金と暇のかかることであって、一般庶民には不可能であった。そのため大体貴族階級にかぎられていた。

「拾遺往生伝」の中に、こんな話がある。

後冷泉《ごれいぜい》の皇后に、歓子《かんし》という方があった。藤原道長の孫にあたる。治暦四年（一〇六八）四月十七日皇后となったが、三日後に天皇が没した。皇后は髪を落して、小野で尼の生活にはいった。その別宅をそのまま常寿院という寺にした。毎日法華経を読誦して、また五紙に、さらに五部の大乗経を書写した。月の十五日には僧をよんで、念仏の夕べを催した。そして月には何回か、法華経の講義をさせた。二条にあった邸宅を売却して、千僧供に施した。また往生の業は大仏をつくるにしかずというので、丈六の弥陀像を供養した。月に何回かの布施を行い、京の町にいる乞食にほどこしものをした。仏教的な善行が、毎日欠かさず行われた。摂関家の藤原氏を背景にしているので、金に糸目はつけなかった。

上野介《こうずけのすけ》高階敦遠の妻の話になると、かの女は若いころから念仏を称《とな》えていて、四十五歳で死んだ。死ぬとき自分が一生やっていたことの明細書をしっかりと手に握って死んだ。死んでから行く先で、身分証明書がなければ信用されないという不安があったからであった。

人間の生れかわる浄土には、九つの階級のあることを、人々は教えられていた。上品《じようぼん》上生、上品中生、上品下生、中品上生、中品中生、中品下生、下品上生、下品中生、下品下生の階級であり、生前の善行と悪行が審査されて、行先がきめられるという。審査のとき、審査官の判断がまちがったとき、身分証明書がものをいうというきわめて素朴な、また当然な、人間的な考え方であった。

源忠遠の妻が、夫に従って九州に下り、そこで難産の結果死亡した。ふだん念仏にいそしみ、死にのぞんでも正念を乱さなかった。師僧が読経して、

「階級は如何《いか》に」

問うたところ、

「中品上生である」

そういう返事だった。が、さらに四十八遍読経を重ねたならば、必ず上品に転ずるであろうと忠告をうけたという。

大江為基は、幼少のころから極楽往生を願い、晩年には出家して、ひたすら念仏を称えてきた。かれが死んだ。しかし、すぐ息をふきかえした。

「遺恨なり、下品下生のみ」

最下位の浄土であったことを残念がって、再び息が切れた。

それぞれの人間の環境と条件によって、限度があった。行がやりたくとも出来ない人間が大勢いた。かれらはぎりぎりの生活をしていた。喰うために毎日の生活があった。そういう喰うや喰わずの人間こそが、もっとも弥陀の国を切望していた。

上品上生はのぞむべくもなかったが、せめて下品下生でもよい、弥陀の国に生れるという安心

を与えてもらいたかった。

来迎《らいごう》思想が、そういう人々の願いから生れた。

来迎という考え方は、浄土三部経の「大無量寿経」の四十八願の第十九の願にあらわれている。第十九願によると、臨終には必ず仏が迎えにいくと誓ったものであった。が、来迎の信仰は、新しいものではなく、浄土教とともにあった。それが日本に来て、平安時代になって、ようやく問題にされるようになった。

「これだけのことをすれば、必ず阿弥陀は迎えに来てくれる。当然仏の国に生れるのだ」

それが、来迎思想であった。

平安時代の往生人には、必ず来迎があった。臨終に、西の方から音楽がきこえてくる。紫雲がたなびき、観音と勢至《せいし》以下諸菩薩をひきつれた阿弥陀が降臨して、行者を迎えに来る。筑摩郷の女は、紫雲にまつわられて、本人が満足して死んでいったようすを、周囲の人びとがたしかに見ていた。だからあれは必ず弥陀の国に生れたにちがいないと人々は信じた。そのためには、一生涯の行が必要であった。

平安時代の人々は、因果の考え方がはっきりしていた。前世の業のために、今生は苦しい生活をするのだ。だから仕方がない。来世こそは、何とかしていい国に生れさせてもらいたいと願った。そのためにも行をしなければならなかった。しかし、それだけの暇も金もない人間は、どうすればよいのか。貴族たちの行を、手を拱《こまぬ》いて眺めていなければならなかった。

そういう人びとのために、称名念仏が大きくひらかれた。往生はしたいけれど、諸善万行には縁がない。空也は念仏の功徳を説いた。ただ念仏を称えれば必ずいい国に生れるといった。渇したものが水にとびつくような救いとなった。念仏がひろく一般的になった。

しかし、口で称えるだけの念仏が、どうして金と暇にあかした貴族の行と匹敵するのか。果して口称念仏だけで、往生が可能なのか。これは当然おこってくる庶民の疑問であった。

法然が、それに答えた。

「大無量寿経」の四十八願中の第十八願には、念仏するものを救うことを仏がすでに誓っているというのだった。「順彼仏願故」である。

空也が念仏をひろめてから法然に至るまでに、約二百年がかかっていた。それというのも、信仰というものが理論的に発展するものではないからであった。人間のひとつひとつの体験のつみかさねで、生れるものであった。

念仏に対する人々の考え方も、二百年後にはそこまで賢くなったということが出来る。

山を下りる

大業、以心、晦堂が、ときどき山を下りた。かえって来ない夜があった。が、範宴が不断念仏で招待されるように山を下りるのでないことはわかっていた。かれらのあいだには、ある秘密が出来ているようであった。三人が話合っているようなところへ範宴がはいっていくと、急に話をやめた。

が、三人が範宴をとくに忌避するようになったというのではなかった。三人の秘密には、何かうしろめたいものがあった。

「叡山の僧で、山麓に女をかこっているものがある」

「女犯《にょぼん》の僧のとなえるお経では、ありがたくないだろう」

「僧綱《そうごう》の中には、れっきとした女房を京においているのもいるよ」

「女人禁制《にょにんきんぜい》など、ただの看板にすぎないではないか」

「お山の僧でありながら、大原あたりの勧進聖とさかんにゆききしているのがある」

そんな批判は、わすられたように三人の口から出なくなった。範宴も、昔のようにそういうことをいわなくなった。少年期の純情を失ったようであった。めいめいが大人になったせいか。範宴がこのごろしきりと思われるのは、子供を抱え、貧しく、農耕をやりながら、法を説いたという景戒の俗聖の生き方であった。景戒は「日本霊異記」の著者であり、薬師寺の伝燈位をもつ僧でありながら、俗聖の生き方をやめなかった。

——鄙《とひと》なるかな我が心、微《いや》しきかな我が行。

たえず反省をした。

大業、以心、晦堂の三人が、あるとき範宴が部屋にはいって来ると、改めて、

「範宴房は、女犯の罪をどう考えているか」

以心が訊《き》いた。

範宴はすぐ答えられなかった。三人の顔をながめた。三人は、範宴の答えに何かを期待しているようであった。範宴の頭の中を景戒がかすめた。「日本霊異記」の一節の、「俗家に居て、妻子を蓄へ云々《うんぬん》」の文章であった。ふと、範宴は、自分もまた俗聖の系譜につながるのではないかという気がした。

「人間の根本悪の罪業の中には、さまざまなものがある。そのひとつが、女犯ではないだろうか。しかし、人間は根本悪からのがれられないように出来ている。女犯をことのほかおそれるのは、私たちが僧であるからだ。戒律修行の最大の敵のように思われているけれど、私はあんまりそういう考えには束縛されたくないと思う」

「すると、範宴の考え方は、清僧の考え方ではないのだな」

大業が訊《き》いた。

「清僧と俗僧の区別を、私はおかしいと思う。仏法にそんな区別はあるものではない。その区別は、単なる習慣ではないか。一生を清僧でとおしたからといって、私は世間のひとのようにそのひとをえらいとは思わない」

以心がにやりと笑った。

「だけど、範宴房は女を知らないではないか」

「人間は自然に生きるのが、本来のあり方と思う。それを仏教的な罪業感からことさらゆがめているようだ」

「これはおどろいた。経典の虫とばかり思っていた範宴房が、そんな自由な考え方をもっているとは思わなかった」

晦堂が笑った。

「私自身にもまだよくわからない。それに私には、経験のないことだから」

「範宴房はそういうことを考えたこともないのか。そういうことに興味をもったこともないのか」

「きびしい戒律に束縛されている清僧の生き方に、私は疑問をもっている。君たちはいろんなことを知っているようだ。私にはだれも話してくれないから、知識がない。考えるにしても、具体的なことを知らないのでは、考えようがない。私はただ、清僧の生き方に漠然と疑問をもっているにすぎない。それと同時に、山麓や京洛に里坊《さとぼう》をかまえている、このお山の相当の地位の僧の生き方を、以前のようには考えなくなった。このちがいは、自分でもときどき意外に思うのだが、それは私が、俗聖のあり方をいろいろと知ったせいかと思う。たまに町に下りるが、勧進聖たちは自然に生きている。かれらの肉食妻帯を、世間のひとは何とも思っていない。僧であるからといって、庶民の生活とくにちがっているところがないのだ。そういう僧は、肉食妻帯を別に恥ずかしがってはいない。それが自然の生き方ではないだろうか。女犯といって、ひどく罪深いように考えるのは、清僧の生活を前提として考えるからではないのか。僧であるからといって、一概に女犯の罪にふるえあがるのは、仏教の形式主義のあやまりではないかという気がするくらいだ」

「ますます大きなおどろきだ。範宴房にそれほど進歩的な思想があろうとは知らなかったよ。自分たちは話合ってたのだ。経典の虫の範宴房にも、やはり性の悩みはあるはずだとね。範宴房はそれをどんなふうに考えているのか、知りたかった」

「町に下りると、女のひとが目にうつる。私だって、美しいひとは美しいと思う。話しかけられたら、私も話をする。君らもよく知っている五郎七は、材木業を手びろく経営している。そこへときどき私は寄る。男や女がたくさんいる。女のひとの給仕で、食事をすることもある。女のひとと談笑することもある。五郎七の息子の万助は、妻をめとった。美しい妻女だ。万助の生活を、うらやましいと思う。いかにも愉しそうに、のびのびと生きている」

「下界の聖の中には、念仏者が圧倒的に多い。念仏の聖のあいだでは、妻帯生活がきわめて自由であるらしい」

「俗聖は、庶民的宗教家だ」

範宴がかれらに味方するようにいった。

「たとい性の問題に悩んだとしても、範宴房のいう庶民的宗教家は、きわめて簡単に悩みを解決しているようだ。範宴房はこのままお山で堂僧をつづけるつもりか」

「といって、とくにお山を下りなければならないという理由もない」

範宴は笑って答えた。

「大業房にはいいかわした女がいるのだ」

以心が笑いながらいった。

範宴は、大業をみた。大業は、苦笑していた。女犯の罪に怯《おび》えているふうもなかった。

「それはおめでとう」

「そういってくれるのか、範宴房?」

大業が目を大きくした。

「大業房はやがてお山を下りるだろう」

「多分そうなるだろうが……」

「お山にいたところで、出世するわけでもないから、早くお山に見きりをつけるのが利口かも知れない」

「それで、範宴房はどうするのか。このまま山にのこり、学問をおさめ、行いすまして、立身出世をねがうのか」

「堂僧は、死ぬときまで堂僧であろう」

範宴はこともなげに答えた。

「導師、僧綱、凡僧、堂僧」

以心が唄うようにいった。みんなは笑った。

「だれにしても、お山に上った当時は、行いすまし、学問をおさめ、お山のえらいひとになろうという夢を持っていた。一年、二年と経つと、お山に上った当時の新鮮な気持は失われてしまう。山のくらしが身にしみるようになると、昔の気概をすっかりわすれてしまうのだ。お山も昔はそうではなかったろう。戒律を守り、学問したものだけが出世の出来る世界だった。お山が朝廷と関係をもつようになってから、天台は堕落した。座主は政治の波にのせられて、かんたんに首のすげ換えがされるようになった。座主の値打は、地に堕《お》ちた。石をもって追われる座主もあった。天台の座主でありながら、新興の宗派にいろめをつかうのもあった。栄西房が天台をたてなおそうとしたのも、当然だ。心ある僧は、みきりをつけて、山を下りる。一族の立身出世のおかげで座主になれたひともある。その一族が朝廷から追い出されると、とたんに座主を追われることになるのだ。どこに天台座主としての権威があるのか。これではまるで、鎌倉幕府が御家人を、守護地頭に任命するのとおなじではないか。どこに宗教の見識があるのか。いまの座主は、病弱だ。その昔は、明雲房の弟子だったというが、座主という人物ではない。浄土寺の二位の尼ととかくの噂《うわさ》をされているような座主だ。そういう座主では、お山の空気がひきしまらないのが当然だ。範宴房はどういうつもりで、常行三昧堂《じょうぎょうざんまいどう》で不断念仏をとなえているのか。おそらく範宴房は、習慣的に念仏を唱えながら、本尊のまわりをぐるぐるとまわっているのだろう。範宴房は声もよいし、引声《いんじょう》の節まわしが上手だと評判だ」

晦堂がながながといった。

「円仁大師が入唐《にっとう》して、五台山に上り、念仏三昧の法を伝えてかえり、仁寿元年にはじめてお山で念仏三昧を修したときには、大きな感激があったろうと想像される。それがいまでは、すっかり形式に堕している。常行三昧堂があるから、引声阿弥陀経を諷誦《ふうじゅ》しているようなものだ。お山にいることが、私にもだんだん無意味に思われている。しかし、私はもっとよく考えなければならないのだ。大業房のように、お山を下りる別の理由があれば、悩みはかんたんに解決されるだろうが」

と、範宴が答えた。

「範宴房が女犯の罪に対して、自由な、進歩的な考え方をもっていてくれたことが、自分らにはありがたいのだ。範宴房に話せば、真向から否定されると思ってた」

以心がいかにも安堵したように笑った。

「範宴房の考えは、さんざん考えた末にそこに到達したのだろうが、どうもわれわれは、人情に流されやすい。感情的になってしまう。理論よりも、実行にはしってしまうのだ。お山に上った当時から、われわれ愚僧は、お山にふさわしくない人間だった。神輿《みこし》をかつぐのだといわれると、まっさきにとび出していくような坊主が、お山にいることは、ふさわしくない。われわれ愚僧は、すでに破戒無慙《むざん》をいろいろとやって来ている。坊主であることは生涯やめられないとしても、どうせそうながくお山の厄介にもなってもいられない。大原あたりの別所聖《べつしょひじり》の仲間にはいるのが、身分相応のところだと話合ってたのだよ」

庶民宗教家として再出発するつもりであろうが、範宴は、そこにどれだけの覚悟があるのかと疑った。かれらとは長年いっしょにくらしてきているが、宗教のあり方について、人間の生き方について、仏教そのものについて熱心に議論をたたかわしたことがなかった。そういうことを、かれらは好まなかった。横川の堂僧として日々のつとめをはたしているが、下界の刺戟《しげき》にひかれがちであった。

「範宴房はいつも熱心に書写したり、読んでいるが、いま何を学んでいるのか」

あらためて大業が訊いた。

「下界にいるとき、伯父から聖徳太子の話をきいたことがあった。お山に上れば、太子のことがくわしくわかるだろうと期待していた」

範宴が答えた。

「聖徳太子をね」

大業たちには興味がないふうであった。かれらの興味の対象は、生きている現実であった。

伯父日野範綱の説明によると、聖徳太子ははじめて仏教を日本にひろめたひとであった。太子のおかげで、日本に今日の仏教の興隆をみることが出来た。範宴は、太子に関する本を読んだ。「上宮《じょうぐう》太子菩薩伝」や、「上宮聖徳法王帝説《ほうおうたいせつ》」や、「聖徳太子伝暦」などであった。

聖徳太子は、憲法十七条をつくり、中国文化を移植して、大化の改新の基礎をつくった。憲法十七条の思想系統は、儒教と仏教が根本になっていた。本文には、仏教の慣用法が多く採用された。

その内容は、和と、仏教の奨励と、皇室中心主義と、政治の公正であった。外国と交際し、優秀な文化を吸収し、中国と対抗するためには、仏法をはげむことが必要であったからである。仏法渡来の当時、蘇我稲目《そがのいなめ》は、諸外国これを信ず、我亦《また》奉ぜざるべからずと主張した。外国と交わっていくためには、仏法興隆がとりわけ必要であったのだ。

推古天皇三年(五九五)、高麗《こうらい》人の恵慈が来朝した。太子はこれについて、仏学をうけた。十年が経って、太子はその奥義に達した。

十四年には、推古天皇は太子に勝鬘経《しょうまんぎょう》を講ぜさせた。それが三日間もつづいた。

ついでまた、法華経を講ぜられた。

「太子伝補闕記《ほけつき》」には、恵慈等は太子にしばしば驚嘆し、推服したと書かれている。太子は、勝鬘経の疏《そ》と維摩《ゆいま》経の疏をつくった。また法華経の疏もつくった。

範宴に理解された聖徳太子の業績は、社会組織を改造して、氏族制度の弊をあらためられたこと、皇室を中心とする政治の権力の集中、大陸文化を吸収して、国民の精神並びに物質生活の向上をはかられたこと、外交を刷新して、国際上の地位を進めることに努力されたということであった。後の大化の改新から律令制度がおわるまでのその根本精神は、太子によって立てられたものであった。数百年間の国是の大本は、聖徳太子によって基礎を与えられ、日本文化の華を咲かせた。

推古天皇三十年（六二二）、太子は斑鳩宮《いかるがのみや》で歿《ほつ》した。橘大郎女《たちばなのおおいらつめ》が、太子のために天寿国繡帳《しゅうちょう》をつくった。

範宴は、「勝鬘経義疏《ぎそ》」の写しを借りて写書をした。

「日本書紀」に、

「日月の輝きを失ひ、天地はすでに崩れ」

太子の死が書かれていた。

鑑真《がんじん》の弟子の思託《したく》は「上宮太子菩薩伝」をあらわしたが、その中で、太子は中国の南岳慧思《えし》禅師の生れかわりとして、その聖僧が太子に託生したという伝説を伝えた。

「上宮聖徳法王帝説」には、

「長じて、一時に八人のいうことを聞き、その内容を理解した」

といい、金人との夢の交渉があったなどと伝えていた。

平安朝時代となると、さらにそれに尾ひれがついて、太子をますます超人間的存在とみる傾向がつよくなった。

聖武天皇は聖徳太子の生れ代りだという説話がひろがっていた。「聖徳太子伝暦」になると、太子は極端に神秘化された。

「聖徳太子伝暦」によると、金人が母后の夢にあらわれ、口にはいって入胎したという。二歳のとき、南に向い、南無仏といったとか、黒駒にのって富士山にのぼり、三日経ってかえってきたという。

太子に対する信仰と尊崇の表現が、極端な神秘化をともなったのには、それだけの事情があった。南都の教団は、真言や天台や浄土信仰に対抗して、たちなおりが必要となっていた。そこで太子をもちあげることになった。すると、新旧の各派も、聖徳太子を自分らの教義にむすびつけるようになった。

太子を目して、和国の教主とする思想が、「聖徳太子伝暦」にはあきらかであった。「法隆寺絵伝」や、一乗寺の太子像、御物絵伝屏風《びょうぶ》には、太子信仰が熱心に語られている。範宴は、出来るかぎり太子に関する書物を読んだ。

後年、愚禿《ぐとく》善信作として、皇太子聖徳奉讃の和讃を作ったくらいである。範宴は、「聖徳太子伝暦」のような神秘的な伝説として太子を解さなかったが、

「大慈救世《くぜ》聖徳皇、父のごとくおはします。大慈救世観世音、母のごとくおはします」

範宴は、聖徳太子を、救世観音の化身であると信じた。もしも聖徳太子があらわれなかったならば、日本における仏教はどうなっていただろうか。中国の文化として、他日日本にもたらされたとしても、今日ほどの隆盛は考えられないことであった。太子のおかげで、範宴は目をひらくことが出来た。仏教を国是とした聖徳太子は、日本人の精神生活の安定をきめた。万一仏教が太子以外のひとの手によって伝えられたとしたならば、仏教ははたしてどうなっていただろうか。

「久遠劫《くおんごう》よりこの世まで、あはれみましますしるしには、仏智不思議につけしめて、善悪浄穢《じょうえ》

もなかりけり。

和国の教主聖徳皇、広大恩徳謝しがたし、一心に帰命したてまつり、奉讃不退ならしめよ。

上宮皇子方便し、和国の有情《うじよう》をあはれみて、如来の悲願を弘宣せり、慶喜《きようき》奉讃せしむべし」

当時の太子信仰の波に範宴がのせられていたのは、たしかだが、正しく仏教の道をひらいてくれたひとに対する思いは謙虚であり、今日おのれが叡山の堂僧のひとりとして、仏の道を学ぶことの出来たのも、ひとえに太子のおかげであった。

常行三昧堂の不断念仏の余暇、範宴は熱心に経典を学んだ。必要なところは抜き書きをした。

「ありがとうございました。大切なご本をお返しいたします」

範宴は蔵書係の僧に借りた経典を返した。

「範宴房は、感心なひとだ。借り出した期日を、一日もまちがえたことがない。いまどき範宴房のような僧は、めずらしい」

返還の期日を一度もたがえたことはなかったが、それには時間を有効に使わねばならなかった。大業らと世間話で時間をつぶすのが惜しまれた。範宴には、そういうきちょうめんな一面があった。蔵書係の僧も次第に範宴に好意をよせ、お山に大切な経典を安心して渡した。

範宴の学問は、進んだ。無量寿経の訳に、幾種類もあることを知った。「無量寿如来会」や

「平等覚経」がそれである。天親の「浄土論」。曇鸞《どんらん》の「浄土論註」。曇鸞作の「讃阿弥陀仏偈《げ》」。「大乗起信論」。「摩訶止観《まかしかん》」。元照の「阿弥陀経義疏」。「心地観経」。源信の「往生要集」と「一乗要訣《ようけつ》」。「大般涅槃《だいはつねはん》経」。道綽《どうしやく》の「安楽集」。「大悲経」。竜樹《りゆうじゆ》の「大智度論」や「中論」や「十二門論」や「十住毘婆娑《じゆうじゆうびばしや》論」。それらを読んで、自分に必要なところは書き取った。抜き書きが相当にたまった。範宴の文字は、闊達《かつたつ》であった。文字に若さが感じられた。心おぼえに急いで書きこむというのではなく、片仮名にして、一画一画がていねいに書かれていた。

その抜き書きの中には、「煩悩即菩提」「生死即涅槃」「煩悩氷解《ひようかい》成功徳水」「心性本浄、衆生悉《しつ》有《う》仏性」という文字があったが、いずれも源信の「往生要集」からのものであった。「往生要集」が範宴にあたえた影響は大きかった。それらの思想を打ち出すに大きな背景となっている華《け》厳《ごん》経や涅槃経からの抜き書きも多かった。

経典からふと目をそらして、現実のお山を思うとき、範宴は奇異な感に打たれた。叡山は仏教界の代表的存在であった。そこで日々くりかえされていることは何か。事相極盛ということが出来た。密教では教義を組織的に研究する面を教相といい、灌頂《かんじよう》や修法《しゆほう》などを具体的に修する作法を事相といった。十八道、金剛《こんごう》界、胎蔵《たいぞう》界、護摩《ごま》の行法や灌頂などである。事相は教相と表裏の関係にあって、たとえば手に印を結ぶこともいちいち意味内容をもち、事相によって教理が実践されるのである。人びとの心を支配しているものは、祈禱《きとう》であった。祈禱万能のお山になっていた。祈禱の直接の目的は現世の名利《みょうり》にあった。そのため密教の事相がもっぱらさかんであった。最澄の制定した山家学生式《さんげがくしょうしき》は、空文になっていた。範宴が山に上ったときは、学生となるつもりであった。それが堂僧となった。貧乏貴族の家柄のせいである。堂僧というものは、昔は堂《どう》衆《じゅ》と大して区別もなく、諸堂奉仕の役僧の総称であった。それが源信以後、浄土教が隆盛となり、不断念仏会に常行堂の堂僧が特招されるようになり、堂僧の語は常行堂の念仏僧の意味に限定されるようになった。

元来、天台宗の教えは、法華経に説かれる諸法実相の理を観じて、この世で悟りをひらく自力聖道門であった。最澄以来、この身このままでこの世で仏になるという即身成仏の道が強調されていた。しかし、やってみるとたやすくこの世で仏になれるものではない。まじめな仏道の行者であればあるほど、いかにすれば悟りを開くことが出来るかについて深刻な悩みを抱かないわけにいかなかった。

最澄ですら、比叡山をひらくその願文に、

「愚中の極悪、狂中の極狂、塵禿《じんとく》の有情《うじょう》、底下の最澄」

と、書いていた。

本願寺三代目の覚如《かくにょ》は、「親鸞伝絵」をつくったが、

「それよりこのかた、しばしば南岳、天台の玄風をとぶらつて、ひろく三観仏乗の理に達し、とこしなへに楞厳《りょうごん》横川の余流をたたへて、ふかく四教円融の教にあきらかなり」

叡山で範宴（親鸞）が三観四教なる天台教義をひろく学んだとのべている。またおなじく覚如の作った「報恩講式」では、

「幼稚のいにしへ、壮年のむかし、爺嬢《やじょう》の家を出《い》でて、台嶺《たいれい》の室に入りたまひしよりこのかた、慈鎮和尚をもつて師範となし、顕密両宗の教法を習学す。蘿洞《らどう》の霞《かすみ》のうちに、三諦《たい》一諦の妙理をうかがひ、草庵《そうあん》の月のまへに、瑜伽瑜祇《ゆかゆぎ》の観念をこらす」

美辞麗句をつらねている覚如の筆だけでは、範宴がどのように修学したか、つかみにくい。しかし、顕密両宗の学問修行をしたことはたしかであった。

範宴はまじめに道を求めた行者であった。叡山のその時代は甲冑《かっちゅう》仏教といわれるほど乱れていたが、まじめな修行者はいく人もいた。が、範宴は自力聖道の修行によって、この世ではたして悟りを開きうるか否かに疑問を抱くようになった。そのためいっそう弥陀の浄土に生れたいという西方転生の信仰を抱くようになった。範宴の求道過程は、その第一段階で、聖道仏教より浄土仏教に向っていた。が、覚如の長男の存覚の「歎徳文」にあるように、

「定水をこらすといへども識浪しきりに動き、心月を願ふといへども、妄雲猶《なほ》覆ふ」

それは、そのころの範宴の心境を物語っていた。

おのれの心のみにくさ、あさましさをきびしくみつめる範宴は、うわべだけ殊勝らしく常行堂で不断念仏を修している堂僧生活に不安を感じていた。まじめに道を求めようとする範宴は、叡山の生活環境にたえられなくなっていた。が、不安苦悩の根元が、わが胸の奥ふかくに巣喰う煩悩であると思いをいたすとき、いまさらながらおのれの罪業の深さにおどろき、悲しまずにはいられなかった。

そのころ範宴は、書庫係の老僧から永観の「往生拾因」を借りた。そして、大きな感動をおぼえた。源信の「往生要集」をよんだときとおなじような感動だった。

永観は禅林寺で出家し、南都で三論、法相《ほっそう》、華厳を学んだひとであった。浄土信仰にはいって念仏三昧の生活をするようになり、東大寺別当をつとめたあと、禅林寺に戻った。「往生拾因」の十巻の著書がある。浄土教勃興《ぼっこう》の先駆者であり、禅林寺を永観堂と俗称するようになった。「往生拾因」には、賀古の教信沙弥を「往生伝」の中から選びとり、それを永観は著書で大きく扱っていた。

教信は、播磨の賀古駅の北辺にすむ沙弥であった。駅屋の人びとに雇われて、妻子を養っていた。一生のあいだ昼夜の別なく念仏を称えていたので、阿弥陀丸とも呼ばれた。教信は天台系であった。教信は地方の庶民のあいだに暮して、念仏を称えるだけであった。空也も市井に乞食して、身に虱《しらみ》がたかるのもいとわず、世俗の人びとを救う一念に念仏を称えたが、叡山にのぼって座主の延昌に師事し、戒壇院で大乗戒をうけていた。洛東の六波羅寺を建立したが、教信沙弥はそのころはまだそれほどさかんでなかった地方で念仏を称えていた。教信の念仏は、自分だけの念仏であった。永観は「往生拾因」の中で、

「一心に阿弥陀仏を称ふれば、広大なる善根の故に、必ず往生を得る」という第一節に、「之《これ》に依つて但《ただ》念仏するものは、浄土に往生すること、其《そ》の証一に非ず。彼《か》の播州《ばんしゅう》の沙弥教信の如きは、其の仁なり」と記して、散乱心や不浄のときにも、無間《むけん》に口称をつづける但念仏の功をみとめたのである。

「在家の沙弥と雖《いへど》も、無言の上人に前ず、念弥陀の名号不可思議なるに依つてなり。教信は是れなり。誰か何ぞ励まざらんや……」

永観は所信を披瀝《ひれき》していた。

「改邪鈔《がいじゃしょう》」は、本願寺三代目の覚如が六十八歳のとき作ったものであるが、その第三章に、沙弥教信のことが書かれている。

「わが大師聖人（親鸞）の御意はかれにうしろ合せなり。つねの御持言には、われはこれ賀古の教信沙弥の定《じよう》なりと云々《うんぬん》。しかれば縡《さい》を専修念仏停廃のときの左遷の勅宣によせましまして御位署には愚禿の字をのせらる。これすなはち僧にあらず俗にあらざる儀を表して教信沙弥のごとくなるべしと云々」

永観の「往生拾因」によると、教信はもと興福寺の学匠にして唯識学及び因明学に精通して、衣食童僕の資に乏しくなかったのだが、厭離穢土《おんりえど》、欣求《ごんぐ》浄土の志が深くなり、ついに氏寺をすて跡をくらまし、身に灰を塗り、西を指して播磨賀古郡西野にたどりついた。この地は西遠く晴れて、極楽浄土を欣《ねが》うに便利なところであった。そこで草庵を結んだ。髪を剃《そ》らず、爪を切らず、袈裟《けさ》や法衣を着ず、西方に墻《かき》をつくらず、妻をめとって里人に雇使されて、或いは田畠を耕し、旅人の荷をはこんだりして衣食し、つねに念仏を称えていた。教信は三十年間もそうした生活をつづけた。貞観七年（八六五）八月十五日に死んだ。歿後は葬るだけの銭もなく、家はあばらや同然であり、その死体は野犬が喰うに任された。その中でとりのこされた老婆と子供が擁しあって泣いていたという。

「日本霊異記」の著者景戒の生き方も、範宴に大きな感動をあたえたが、教信の場合はそれにもまして烈しい感動をあたえた。その強烈な印象は、範宴の頭の中で、景戒の影をうすれさせ、教信沙弥がそれにとって代るようになった。景戒のことがわすられたというのではない。景戒と教信がひとつにとけ合い、その生き方がより感動的であり、強烈であったがために、教信がふたりの代表のように思われるようになった。

教信沙弥の生涯を知ったことは、範宴にとって念仏の本義をきわめる上に大いに役立った。

仏教が印度におこって、それが中国にはいると、理論的究明の点ではほとんどその極に達した。華厳、天台等の諸宗が生れた。それが日本にはいると、学問的というより信仰の方面に発達した。中国仏教の特色が、その哲理的傾向にあるとすれば、日本仏教の特色は宗教的傾向にあるということが出来る。一つの仏教が発展の方面を異にするのも、そこには種々な原因があるだろうが、その主な原因は国民性によるものであった。中国において発達した華厳、天台、もしくは三論、唯識のような哲学的仏教も、日本にはいると何ら発展をしなくなった。三論は般若《はんにゃ》思想の空の思想を教理の根幹とするものであった。南都六宗の一つとして日本でも一時はさかんに講究されたが、東大寺に東南院流となって命脈を保っていた。その余流は法相宗の寓宗となって衰えた。唯識とは、あらゆる存在、事象は、心の本体である識のはたらきによって仮に現われ出されたものという。それが法相宗の説であり、唯心ともいわれた。それが仏教一般に用いられたものであった。そのような哲学的な仏教は日本人にうけ入れられなかった。中国にあっては、教学として一派をなしても、宗派としては独立が出来なかった、いわゆる寓宗にしかすぎなかった密教や浄土教が、日本にはいると急速に発展した。そして一宗として独立したばかりでなく、密教は平安朝の諸宗を風靡《ふうび》した。浄土教には、いくたの先駆者があって、長い年月のあいだにその基礎がきずかれた。

範宴の浄土教に対する学問は、次第に系統立ってきた。その頭の中には、六人の名僧知識が顔をならべるようになった。印度の竜樹と天親であり、中国の曇鸞、道綽、善導であり、日本では源信であった。

竜樹は、釈迦《しやか》の死後六、七百年後のひとであった。竜樹は大乗仏教をおこした。

天親は、五世紀ごろの北印度に生れた。世親ともいった。はじめ小乗を学んで、「倶舎論」をあらわし、兄の無著《むじやく》にすすめられて、大乗に帰した。「浄土論」をはじめ諸経の註釈や、唯識、仏性等の論をあらわし、著作が多いので、世に千部の論師といわれた。

曇鸞は、北魏《ほくぎ》代のひとで、雁門《がんもん》に生れ、五台山に出家して四論をまなび、のち陶弘景から仙教を得ての帰途、菩提流支に遇《あ》って、観無量寿経を授かった。それで仙教をすてて浄土経に帰した。魏王の尊崇をうけて、大厳寺、玄中寺（山西省）等に住した。

道綽は、涅槃《ねはん》宗の学匠であったが、玄中寺の曇鸞の碑文を読んで、浄土教に帰した。「安楽集」二巻を著わした。

善導は、唐の高僧であった。道綽禅師について浄土教を究め、一心に念仏を唱え、寒冷の季節でもなお汗をながしたといわれた。慧遠、曇鸞、道綽等は浄土教をひろめるように努力したが、教法の綱領を組織して、法門の弘通《ぐつう》に効果をあたえることは出来なかった。善導によって、ようやくそれに成功することが出来た。六十九歳で亡くなったが、「観経疏」「往生礼讃」「法事讃」「観念法門」「般舟讃」等を著わした。善導流というのは、中国浄土教の三流中、曇鸞、道綽から善導に伝わり、弘教したものであった。

法然が目下さかんにひろめている浄土宗は、善導のながれを継承したものであった。そのことを、範宴はくわしく知らなかった。

源信は大極殿の千僧読経の講師となったが、弟子の厳久にそれをゆずって、少僧都に任ぜられた。しかしそれも自分ののぞみではなかったので、官を辞して、横川に隠居した。恵心僧都と号した。

源信は、永観二年(九八四)に「往生要集」の撰述《せんじゅつ》にとりかかり、翌年それを完成させた。これは日本における浄土教の礎石となるものであり、往生極楽に関する経論の要文をあつめ、往生の要行は念仏にあると述べたものであった。

一、厭離穢土、二、欣求浄土、三、極楽証拠、四、正修念仏、五、助念方法、六、別時念仏、七、念仏利益、八、念仏証拠、九、往生諸業、十、問答料簡《りようけん》の十門に分れていた。それがわずか半年のあいだに作られたということで、疑問をもたれたほどであった。百六十数部数千巻の経籍を一切大蔵の中から撰出して、無量一千文を抄出し、それをわずか三巻の書の中におさめ、十門組織の独自な体系をあみ出した。撰述の年月は、ただ最後にまとめた期間の意味であり、その材料の蒐集《しゆうしゆう》ならびに全体の構成については、考えをねるのに相当の年月をかけていたにちがいなかった。

範宴が諸々の経典を読み、抜き書きをし、他日のために準備をしているのと似ていた。

源信は、七十六歳で亡くなったが、山門を出ず、ひとえに往生を慕って、名利を願わなかった。正倉院の古文書によると、天平時代にすでにわが国に善導の疏が伝来していることがわかる。しかし、それはただ写伝にとどまっていて、その思想を紹介したのが源信であった。「往生要集」にあらわれた源信の態度は、往生の業因である観念と称念との問題にあいまいな点がないでもないが、ともにその価値をみとめて、上根のものは観念を、下根のものは称念を修すべく、そしておのれは下根のものとして称念をとった。後に法然が、称念を絶対のものとしたが、源信は観念と対立の位置においていた。源信から覚超、懐空、寛誓を経て、融通《ゆずう》念仏の開祖といわれる良忍にうけつがれた。良忍は常行堂の堂僧であった。しかも横川首楞厳院の常行堂であった。現在貴賤《きせん》のあいだにさかんに行われている百万遍の念仏は、叡山の不断念仏の延長であった。法然は、叡山を下りると、黒谷叡空を指導者とする「往生要集」による念仏聖の集団にはいった。そして二十五年に及ぶ修行ののち、黒谷を去った。法然は、称名念仏だけを選択する立場に到達したからであった。

何故「往生要集」が、法然の心をながくとらえていることが出来なかったのか。「往生要集」は念仏以外のさまざまな行法を、極楽往生のためには大切な行法としてみとめていた。如来や極楽のようすを心の中に描くことを重視していた。法然が長年もとめていたものは、きわめて内面的なものであった。智慧第一と称された法然が、叡空のもとを去るには、それだけの理由がなければならなかった。天台座主の顕真ですら法然の教えに帰したということは、法然の教えのなみなみでないことが想像された。不断念仏の要請で山を下りたついでに、範宴は法然の声に接してみたいと思うようになった。が、その折がなかった。

範宴は不断念仏の要請をうけて山を下り、つとめを終ると、その寺で一夜をすごし、翌日お山にもどった。夜の山にのぼるのは、危険があった。要請をうけた寺を出るとき、山にかえるには中途半端な時間があった。そんなときに、五郎七の家で厄介になることにした。五郎七の家では、いつも範宴を歓迎してくれた。範宴の眼には、五郎七の材木を扱う事業が大きく発展しているのがわかる。使用人もふえていた。

五郎七の家に向う道筋に、静かな、淋しいくらいの邸町《やしきまち》があった。大した邸宅はなかったが、内裏《だいり》につかえるひとびとの住居であった。

ある土門の前をとおりかかったとき、ひとりの若い女が範宴と視線を合わせた。その家の女のようであった。範宴は目をそらした。

そのつぎのとき、五郎七の家へ向う途中、その土門の前をとおると、範宴は再び若い女をみた。

――この前のひとだ。

垂髪《たれがみ》の女は範宴と眼を合わせたが、伏せなかった。

範宴は歩き歩き、首をふった。その女は、範宴をはじめてみたひとのようでなかった。が、範宴には見おぼえがなかった。一度その家の土門のところで顔を合わせたにすぎなかった。そのときも、いま思い出すと、女は知っているひとをみるような眼差《まなざし》であった。二度も土門のところで、顔を合わせた。偶然にちがいなかった。

女は、十七、八の年齢にみえた。ながい垂髪であった。家族のたれかが内裏にでもつとめているのであろうが、生活がゆたかとは思われなかった。伯父の家にくらべると、はるかに見劣りがした。女は、つぶらな眼をしていた。心の動きを、すぐさま眸《ひとみ》にあらわす性質のようであった。着ているものは、むしろ粗末であった。その家の前を通っているが、いつもひっそりとしていた。三度目に土門の前を通ったとき、駆けてくる足音をきいた。その女があらわれた。女はそのとき、かすかに範宴に笑いかけたようであった。範宴の草履の気配をききつけて、いそいで土門のところに駆けて来たらしく、何気なく土門のところにあらわれたというふうではなかった。範宴は何か話しかけられたような錯覚をした。女は、すこし赤い顔をしていた。そのため女の顔に、生気があふれていた。

――私が通るのを、待っていたのか。

しかし、すぐ範宴はその考えを否定して、苦笑した。範宴はふりかえらず歩いた。うしろから見送られているのを背中に感じた。毎日その家の前を通るわけではなかった。不断念仏の要請をうけてお山を下りてくるのは、何日ときまっているわけではなかった。女が自分が通るのを待っているはずがなかった。それに淋しい通りとはいえ、この道を通るひとがないわけではない。偶然にすぎなかった。偶然三度顔を合わせた。

五郎七の家にくるのは、泊めてもらうことが目的であったが、たまに伯父たちの消息をきくことが出来た。伯母の死をきいたのも、五郎七の家に来てからであった。弟たちの消息もきくことが出来た。

「私もいずれはお山を下りることになるかも知れない」

範宴が五郎七にいった。

「それはまたどうしたわけでございますか」

範宴に対する五郎七の態度は、昔と変らなかったが、いまでは五郎七は町屋の富商らしく貫禄をつけていた。肥って、柔和な顔になった。伯父の予言があたった。五郎七には、時代の動きをみる目があったのだ。平凡に終る人間ではないと、伯父はよくいっていた。倅《せがれ》の万助は、若いころの五郎七の面影をうけついだように精悍《せいかん》な顔をしていた。

「志のあるひとは、お山にあいそをつかして山をおりるときいておりますが」

「私のもとめている仏の道は、いまのお山にはないような気がする」

「何かそのため、厭《いや》なことでもあったのでございますか」

範宴は、首をふった。

「同僚もよくしてくれる。上役のひとも、私には親切だ。私がお山を下りたいのは、そういうことからではない」

範宴は手っとり早い説明になると思って、沙弥教信のことを持ち出した。

「大原あたりの勧進聖のくらし方ですね」

「そのひとは、ずうっと昔の方だ。生意気なことをいうようだが、いま私のもとめている仏の道は、お山にもなければ、南都にもない。もしあるとすれば、俗聖の中にあるのかも知れない。そう思っている。いつか五郎七が伯父に法然房のことを噂していたことがあったが……」

「その後二、三回、私は吉水《よしみず》へまいって、法然上人のお話をきいたことがございました。仕事にかまけて、その後はすっかり足が遠のきましたが、あのお坊さんはえらい方でございます」

「その方は妻帯されているのか」

「いいえ、清僧でいられます。もっともお弟子の中には、そこらの勧進聖のように妻子をかかえているひともあるらしいのです」

「私は何も妻子のあるなしにこだわるのではないが、そういう一般庶民とおなじ生活を営むことに意義があるように思われるのだ」

「範宴さまは、私たちとおなじようなくらしをおのぞみなのでございますか」

「いまの私は、いずれお山を下りることになろうと思っているだけだ。お山を下りたら、好むと好まざるにかかわらず、私は勧進聖たちのような生活をしなければならないだろう」

「いいえ、範宴さまおひとりぐらいなら、いくらでもお世話いたします」

範宴と五郎七は、畳に坐っていた。そこだけ直角に二枚の畳がしかれていた。民家で畳を使用するなど、それだけでも生活のゆたかさを物語っていた。範宴は微笑した。

「いずれ何かと世話になることと思うが、お山を下りて、すぐこちらの世話になりたいとは考えていない。俗聖たちの歩いた道を、私も歩きたい」

自分の今後の生き方に、先人をまねるというのは安易な考え方であるかも知れなかった。が、山を下りてからの生活のことは、まだよく考えていないというのが実情であった。

「お山をお下りになりたいなら、それもよろしゅうございましょう。学問をなさることも大切でございますが、一度吉水へお出かけになって、法然上人のお話をおききになることをおすすめします」

「私がお山を下りるとなれば、伯父上は何と思われるだろうか」

「それまでに一度お供をいたしますから、範宴さまからくわしくお話をなさるがよいと思います。きっとわかって下さると思います」

「私に得度受戒して下された慈円僧正は、政変と同時に天台の座主をおやめになった」

「お気の毒に思ってます」

範宴が苦笑して、

「おなじお山にいたとはいいながら、私は得度受戒のとき以外、あの方にお目にかかったこともなかった。座主になられてからは、ますます雲の上のひとにおなりだった」

「それほどお山には、たくさんなひとがいるのでございますね」

折敷《おりしき》に菓子をのせて、婢《おんな》がはこんで来た。

範宴は五郎七の家に泊るとき、万助の仕事ぶりを見物したり、調理場をのぞいたり、女たちが裁縫したり、洗濯しているのを見るのが好きであった。調理場には、男も働いていた。高坏《たかつき》に盛りつけをしたり、俎上《そじょう》で野菜をきざんだり、いそがしく、使用人が大勢なので、料理も大がかりであった。

衣料の麻布、栲布《たふ》、藤布は、厚くて、ごわごわしているので、水でさらして砧《きぬた》でうって柔らかにしなければならなかった。女たちは小刀でそれを裁断して、縫った。縫い上ると、白地の上に置模様をつけるのだった。

五郎七の家には、ふきあげ井戸があった。その井戸のまわりで、女たちは足ぶみで洗濯をした。衣類の繊維が太くて、布地が厚いので、手でもむわけにはいかなかった。足で布をふんで洗濯をした。垂髪を元結でむすんで、小袖にたすきをかけ、木鉢の中の布を足でもんだ。

ひとりの女が、物干竿《ざお》に菱《ひし》もようのひとえを乾していた。垂髪を元結でむすび、袖なしに腰ひもを用い、足駄をはいていた。その女の顔をみたとき、範宴はおやと思った。菱もようのひとえは上物であり、主人のもののようであった。その女は、範宴にながめられているとは気がつかなかったようである。範宴は思いがけないところで、たびたび土門の前で出会う女を発見した。範宴は居間にひきかえした。どうしてあの女が五郎七の家にいるのか。しかも、婢のつとめをしているのか。女の動作は、きのうや今日ここに来たひとのようにはみえなかった。

「ここに働いている女たちは、みんな町屋のひとだろうか」

範宴が五郎七に訊いた。

「いろんな女が来ております。住みこみもあれば、通ってくる女もおります。お武家の娘もあれば、御所づとめの家の娘も来ております」

「上京から通ってくるひともあるだろう」

「上京でございますか」と五郎七はしばらく考えていたが、「二、三人おります」

「十七、八の娘さんだ。さっき洗濯をしていた」

「十七、八？　ああ、あの子をご存知でございましたか」

「知っているというほどではないのだが、ここに来る途中、上京のある土門のところであの娘に出会ったことがあった。さきほど洗濯しているあの娘をみて、おどろいた」

話しながら範宴は苦笑して、うなずくのだった。

「あの子は、毎日というわけではないのですが、うちに通って来ます」

「ここで私が世話になることを知っていたのだ。道理で、私がはじめて見かけたときも、知っているひとをみるような眼差をした。それが不思議でならなかったが、やっとわかった」

「そんなことがあったのですか。あそこの道を通るんですね」

「あまり裕福な家とは思われないが……?」

「うちに来て働いているような子です。兄とふたりきりです。ほかに飯たきの婆やがいます。兄というのは、御所につとめていますが、下っぱの役人です。亡くなったあの子の父親と私が昵懇《じっこん》だったものですから、頼まれて、働かせております」

「父親というのは、どういう方だったのか」

「柳原康光といって、清廉潔白な方でした。おべっかを使うことを知らない人柄なので、いつまで経っても下っぱの役柄にあまんじておりました。世渡りの下手なひとでした。康行というのが、あの子の兄です。あの子は、承子《しようし》といいます。兄も父親に似て、上役にへつらうことを知らない、いまどき珍しい人間です。目のあるひとに拾われたら、出世する人間ですが、父親そっくりなので、いまだに妻ももたず、御所に通っております。その内、いい嫁をと心がけておりますが」

「承子というのは、働き手のようだ。袖なしをきて、はきはきと働いていた」

「家計をすこしでもたすけたいというので、自分から進んでうちに働きにくるような子ですから、気性もしっかりしてます」

そんなことがあってから、範宴がその土門の前で承子と顔が会わないときは、承子は五郎七の家にきて働いていた。土門の前を通りすぎるとき、範宴は期待をもつようになった。悪いこととは思わなかった。

あるとき、土門のところで顔が会った。範宴が、頭を下げた。

「今日は五郎七の家にいかないのですか」

「はい、休みました」

承子は範宴から声をかけられるのを待っていたようであった。

「あなたが五郎七の家で働いているとは知らなかった。あなたの洗濯してるところをみて、目を疑ったくらいです」

「私、範宴さまの足音を知ってます」

「私の足音？　私の足音にどんな特色があるかしら」

承子は笑って、答えなかった。

「私の名を知ってたのですね」

「あそこに働いているひとは、みんな範宴さまのことを知っています。範宴さまは、大切なお客さんですから」

「私を大切に扱ってくれるのは、五郎七が立派なひとだからです」

「女のひとたちは、範宴さまがお山を下りられた方がよいと噂してます」

「山を下りるのですか。何故ですか」

「そうしたらしょっ中旦那さまのお家においでになれますわ」

範宴は、すこし笑った。

「これからは通り路《みち》だから、途中で休ませてもらうことになるかも知れない」

「うちには、だれもいません。今度下りて来られる日がわかってましたら、私、どこへも出ないでお待ちします」

「しかし、私が山を下りるのは、自分の都合ではいかないのです」

「知ってます」

五郎七の使用人たちに自分がどんなふうに思われていたか、それがわかったのは安心であった。

みんな心のあたたかいひとだと思った。それも主人の五郎七の人柄の反映であろう。五郎七が行商人だったころの仲間の藤二は、現在材木座五郎七の番頭役をつとめていた。おなじ仲間の甚兵衛は、いまだに旅をつづけていた。昔の仲間の中にも、五郎七の影響をすなおにうけるひとと、そうでない人間のちがいは生じるものらしかった。

「兄もよろこぶと思います」

「私のことを兄さんが知っている？」

「私が話しました」

「私のことをそんなに前から知っていたら、話しかけてくれてもよかったのに……？」

承子は笑って、答えなかった。

このことを、範宴は山にかえってから大業らに話さなかった。話をするほどのことではなかった。範宴は、万助の妻の若い絹女《けんにょ》とも話をする。五郎七宅の召使の女たちとも話をする。承子はそういう相手のひとりであった。が、承子の生活をみて知ったことが、次第に範宴の心の中で承子を正確に印象づけることになった。

範宴が書き写しをやっているとき、大業がはいって来た。何か話がありそうな表情であった。範宴は筆をおいて、大業の方に向きなおった。

「女が山に上ってくるのだ」

大業がいい交わした女であるのが、範宴にすぐ理解された。

「お山にはいろんな参詣《さんけい》者がくる」

「そうではないのだ。ひそかに私に会いにくるのだ。そして、夜の山を下りていく」

「それはあぶない。途中でどんな災難が待っているか知れないではないか。荒法師どもが、仲間と組んで、夜のお山を上下しているのだ」

「女はそれを知っている。大丈夫だというのだが、私は心配でならない」

「お山にくるなととめられないのか」

「そんなことをすなおにきくような女ではない」

「大業房はそんなにはげしい思いをかけられているのか」

「笑いごとではない。私が山を下りるのは、そんなことからも早くなりそうだ。私は困っている」

「どうして大業房は、そのひとと知合いになったのか」

「そのひとの危急を救ってやったのが、縁となった」

「危急を救う？」

「霊験あらたかで評判の鳥部山のお賓頭盧《びんずる》さまにおまいりしたときのことだ。ひろい寺の中には、人影もなかった。あそこは、範宴房も知ってるように野原の中にぽつんと立っている寺だ。あでやかな着物をきた女が、女童《めのわらわ》をひとりつれてやってきた。私は何ということなしに柱のかげにかくれた。すると、その女のあとから屈強な雑色《ぞうしき》男がついてきた。女のつれとは思われなかった。男はしきりと女のようすをうかがっていた。私は何となく危険なものを感じた。案の定、男がいきなり女童の手をつかんだ。女の子は怯えて、泣き出した。追剝《おいはぎ》だったのだ。野原の中でもあり、たすけを呼ぶにもひとはいない。女はふるえていた。その内に男が刀を抜いて、女童をおどしはじめた。女童は声も出なくなっていた。きている着物を脱ぎはじめた。女主人は、その場を逃げ出したくとも、足がすくんだのだろう、ふるえているばかりだ。その内、男が女主人の手をつかんで、須弥壇《しゅみだん》のうしろの方へ連れこんだ。私には武器がない。しかし、だまって見ているわけにいかなかった。そっと仏さまのうしろにまわった。都合のよいことに、刀がそこにすてられていた。女主人は逃げられないので、観念したらしい。男もほかに人間がいるとは思ってなかったのだろう。私が刀をふりあげ、ものもいわず、うしろから男の右肩に叩きつけた。峰打ちをくらわしたんだ。男は痛さとおどろきで、悲鳴をあげて、とびのいた。すんでのことで、女主人は辱《はずか》しめをうけるところだった。男は私が刀をふりあげていたので、敵《かな》わないと思ったのか、女童からはぎとった着物もそこにすてて、東の山の方へ逃げていった」

大業は女主人と女童を送って、京にかえった。途中、賀茂の河原で迎えの車に出会った。女は大業を自分の家につれていった。

「どうしてあんな淋しい寺におまいりにいくのですか」

女は物詣《ものもう》でが何よりも好きだと答えた。以前は、八条院につかえていたこともあるといった。町屋の中で、女の家は相当なくらしようにみうけられた。

その後、大業は山を下りると、女のもとに通った。女は一つ年上であった。大業が女のもとに通うのは、大っぴらであった。適当なころに女の家に同居するのが、町屋の結婚のならわしであったが、女の両親は大業が僧であることにこだわった。娘のもとに通ってくることには、何もいわなかったが、婿取婚《むことりこん》となると、ためらった。

貴族のあいだでは、父や兄弟の出世のため、天皇や貴人の子を生む道具として、女は婚姻をさせられたが、庶民のあいだでは平等であった。男が女のもとにしばらく通い、結婚後、適当なときに女の家に同居する、いわゆる招婿婚《しょうせいこん》が一般的であった。最終的に両親が娘の良人《おっと》をきめるのが、普通であった。

「相手の両親に歓迎されないので、大業房は女と別れようと考えているのではないか」

と、範宴がいった。

「二の足をふまれているとわかれば、こちらだって、あんまりいい気はしないだろう」

「それを、そのひとは知っているのだね」

「だから、お山にまで押しかけてくるのだ」

女童をつれて、女は山に上ってきた。境内のどこかで、暗くなるのを待っていた。

「範宴は、暗くなってからも、経典をよんだり、書写をしているから、気がついていただろうが、この建物に小石が投げこまれる音をきいたろう?」

そんな音を範宴はきいたことがあった。範宴は、小石が投げられたとは思わなかった。木の実が落ちることがある。枯枝が落ちてくることもあった。

「それが合図なんだ」

「それで大業房が出向いていくのか」

「女童を見張りにたてて、私と女は身をかくすのだ。このことは、晦堂房も以心房も知っている」

「そのひとは、大業房と別れては生きられないのだね」

「女の一念ほど、おそろしいものはない。夜のお山を下りることを、おそろしいとも思っていないのだ」

「愛欲とは、それほどひとを盲《めしい》にするものだろうか。大業房と添いとげることが出来るのなら、両親にそむいてもよいと思っているのだろう。物詣での好きな、殊勝な心がけのひとが、ひとたび愛欲につかれると、別人のようになるものか」

「鎌倉殿の妻女のことを聞いているか。父親は平氏をはばかって、娘と頼朝の仲をさこうとして、前検非違使《けびいし》の兼隆に嫁がせたが、政子は政治の道具になることを嫌って、深夜、はげしい雨の中を伊豆山の頼朝のもとに走ったというではないか。政子は頼朝と生死をともにする覚悟で、鎌倉にはいったというではないか」

範宴は、愛欲にしずむ人間の罪業の例を目の前にみた。その相手にしろ、大業にしろ、人間の根本悪の罪業からはのがれられないのである。根本悪とか、罪業感といえば、ひどく抹香《まっこう》くさくなるが、仏教的な用語のせいであった。大業も、そう感じているにちがいなかった。しかしそれが、大業とその相手を生き生きと動かしているのである。妙にちかごろ大業の態度に大人びた落着きが出来ていた。それが、大業の告白でわかった。

あるとき、範宴は五郎七の家を出て、お山にかえる途中、陽も高かったので、清水《きよみず》詣でを思いたった。その途中で、はなやかな着物をきた美しい女が徒歩《かち》歩きしているのに出会った。範宴は注目した。町屋の娘とは思われなかった。しのんで物詣でに来た、どこかの姫君であろうと思った。女には、年かさの女がついていた。ふと、女が範宴の方をみた。二十にはまだなっていないであろう、清らかな顔立であった。家柄のよさがその顔にあらわれていた。範宴は今日まで、これほど美しいひとをみかけたことがないと思った。範宴は、清水詣でをすませた。

戻ってくると、年かさの女が待ちかまえていて、範宴に話しかけた。

「お手間をとらせませんから、どうぞ私といっしょにおいで下さい」

「何か用ですか」

うかつなことであった。範宴はさきほど美しい女に出会ったが、その女のお供をしていたこの女を記憶にとどめていなかった。がすぐ、思い出した。あたりを見まわしたが、美しい女はそこらに見あたらなかった。

「是非ともご供養をお願いしたいのです」

「しかし、私は」と、範宴は唐突な女の申出にためらった。供養を頼むなら、知合いの僧がいくらもあるのではないか。自分はただの通りすがりの僧にすぎない。

「お姫さまが、是非あなたさまにお願いしてほしいと申されましたので、失礼をかえりみず、お願い申すのでございます」

「それで、さきほどのお方は？」

「供のものと一ト足先にお邸におかえりになりました」

「何か、ひとちがいではございませんか。私はお山の堂僧です」

「仔細はお姫さまの口から申し上げることになります。お手間はとらせませんから、まげておいでを願います」

こういうことも僧である以上は、ときどきあることであった。たまに範宴がそれにえらばれたにすぎなかった。範宴は、年かさの女といっしょに歩きはじめたが、身の危険は感じなかった。

案内される方向は、京の中でなく、清水の南の阿弥陀の峰の北の方であった。

ようやく大きな邸の、裕福そうな家に着いた。

「どうぞ、こちらへ」

年かさの女が先に立った。邸の周囲には、厳重に土塀《どべい》がめぐらされ、門は高く、庭には深い堀がほられていた。そこには橋があった。範宴はあたりを見わたした。部屋数も多く、客間のようなところがみえた。

客間の妻戸をあけてはいると、中はきれいにととのえられて、屏風や几帳《きちょう》もしかるべく立てられ、畳が敷いてあり、母屋には簾《すだれ》がかかっていた。

——こういう山里にゆかしげに住んでいるひとは、いったい何者だろうか。

女童が、お茶をはこんできた。範宴は姿勢を正して、やがてあらわれるだろう美しい女性《によしよう》を待った。範宴は頭をまるめているが、凜々《りり》しい顔立であった。五郎七やその家族が範宴を大切にするのは、その容貌の凜々しさもいくらか原因になっているようであった。幼いころの範宴に、五郎七は自分らとは人間のちがいを感じていた。幼いころから範宴は気品のある顔をしていた。それは家柄から来るもののようであった。何代もつづいた、蒸溜《じようりゆう》されたような血の純粋さを感じさせた。頭をまるめてから、その感じがいっそう強く感じられた。それでいて、範宴はひよわそうな印象をあたえなかった。以心や大業や晦堂の眸をくらべると、範宴の眸はふかい色をしていた。それは、ものを考える眼であった。

時が経った。範宴はわすられているようであった。供養の支度がされているようには思えなかった。

——この調子では、お山にかえれなくなってしまう?

その内に、夜になった。女童が、高燈台をはこんできた。そのあとから高坏に食物を盛りあわせてはこんだ。飯は高坏にじかに盛ってあった。唐箸《からばし》がついていた。鮒《ふな》の包焼、煮つけた鮑《あわび》、蟹《かに》の大爪といった生ぐさものであった。範宴は、ためされるような気がした。が、ためらわず唐箸をもった。範宴は五郎七の家で、いつも生ぐさものを食した。そのことにこだわっていなかった。夜もふけたころ、主の女があらわれた。清水詣でで出会った、美しい女であった。女は几帳のかげに坐った。

「遠慮なくご馳走になりました」

範宴は頭を下げた。

「生ぐさものばかりで、もしお断わりになればどうしようかと思ってました」

以心たちの話によると、夜もふけて、女がわざわざ几帳のかげに坐れば、そのことは女が心をゆるしている証拠だというのであった。遠慮なくこちらも几帳の内にはいってよいのである。以心なら、そうしたのであろう。が、範宴はそういうことを知らなかった。範宴は、妙に女がもの思いに沈んでいるように感じられて、話しかけるのが躊躇《ちゆうちよ》された。自分を招いたのには、ふかいわけがありそうであった。

「ご供養とうけたまわりました。私でお役にたてばと思い……」

女はいっそう悲しそうなふうをした。

「どうしてそんなに悲しそうにしておいでですか」

「自分のしていることがおそろしく、悲しくなるのでございます」

供養とそのことが関係があるのだと、範宴は察した。

「はじめてお目にかかりましたが、お招きをうけた以上、何なりとお話になっていただきたいと思います。苦しいことがおありなら、私に話をなさるだけでも、お心が休まるのです」

「かたく口どめをされていることですけど、いつまでもかくしていることもならず、わが身がおそろしくてなりません。私は、すでに何人かの男の方のいのちを奪っております」

「あなたがひとを殺した？」と、範宴には信じられなかった。ひとが殺せるような人柄ではなかった。しかも、男を殺したという。

女が首をふった。

「あなたが直接、ひとを殺したのですか」

「私は、京で名の知れたものの娘でございました。両親が亡くなりまして、淋しくくらしておりましたが、ここの主人が私を京からぬすみ出して、ここに移したのでございます。この邸の主は、もと義仲殿につかえていた武士であったといいます。鎌倉どのの時代になりましたので、身分をひたかくしにかくしております。ときどき私をきれいに着かざらせて、清水におまいりをさせます。そこでお会いしたひとが私に懸想《けそう》しますと、あなたとおなじように邸に呼びよせて、寝ているところを不意に襲って、殺してしまうのです。私が声をあげるのが合図になっております。そして、着物をはぎ取り、そのひとの供のものは、堀の外の小屋で殺され、その着物も奪い、乗物も奪ってしまいます。すこしでも名のある方は、軽率に呼びよせるわけにまいりません。そういうときは、私の供をしていた年かさの女の働きで、私とその方が手紙のやりとりをするように持ちかけるのです。手紙の交換が重なりますと、相手の方も安心して、供もすくなく、日暮れ方にこっそりと通っておいでになります。この邸のものは、その方のお留守のお邸にしのびこんで、財宝をぬすみ出すしかけになっております。几帳のかげからなりとお会いいたしましょうと書いた私の返事を信用しておいでになる方は、先ほど申し上げましたように、あえない最期をとげられるのでございます。はじめのころは、六波羅の鎌倉方の方にきまっておりましたけれど、このごろでは、相手をえらばなくなりました。立派な太刀をはいた、身分のあるらしい方に目をつけます。今日まで一度もそのやり方にしくじったことがございません。これからも私をおとりにして、何人の方が殺されるのか。こういうむごいことを、私にさせるつもりでございます。いいつけに従わなければ、私が殺されてしまいます。でも、これから先も何人かの方を殺すことになるのかと思いますと……」

「しかし、私はごらんのようにお山の堂僧にすぎません。私を殺したところで、こんな法衣や袈《け》裟《さ》では、何のお役にもたちません」

範宴は、殺されるとは思わなかっだ。

「いいえ、あなたはちがいます。あなたは私に懸想して、この邸に誘いこまれた方ではありません。私がお招きしたのです。邸の主は、おこりました。私が泣いてたのみました。でも、自分のしていることがおそろしく、気の休まるときがございません。あなたをお招きして、供養をおねがいしたいのだとたのみました。はじめの内は、主はとりあげてくれませんでしたが、あまり私がしつこくたのむものですから、仕方なしに今夜だけは仕事は休みだといって、承知してくれました。そのためすぐここにまいることが出来なかったのでございます。主は休む前になって、やっと許しをくれました。あなたをながらくお待たせしたわけでございます」

「ここから抜け出たひとは、ひとりもいないのですか」

「もしもそんなことをしましたら、私が代りに殺されてしまいます。そして、主はこの邸に火を放ちます」

「私は無事にかえれるでしょうか」

「主が承知しましても、家来のものの考えはわかりません」

そういって、女はにわかに身をふるわせた。

「私もうかつでございました。やっと主の許可はうけたのですけど、あなたがこの邸の外にお出になることの意味を考えてはいなかったのです。主はいっとき私のねがいをきき入れてくれましたけど、供養がすめば、あなたを生きてはこの邸からかえさないかも知れません。私は自分のおろかさから、とりかえしのつかないことをいたしました。でも、私にも考えがございます」

範宴は、目の前が暗くなった。が、この女がそれを知っていて、自分をはかったとは思えなかった。女はしんから供養がしたいのである。何人かの男のいのちを奪った女の顔を、改めてみた。清らかな、可愛いくらいの顔立であった。この女が徒歩あるきをしているのなら、大ていの男の目をとらえるにちがいなかった。

「私はかえれるのですね」と、念を押した。

「その手段を私が知っております」

女は自信をもって答えた。範宴は女に任せるよりほかはなかった。

「私のからだは汚れております。でも、私はせめてそうすることで、やがて殺される男の方におゆるしをねがっていたのでございます。主は、ただ男に油断をさせてくれればよいといいますけれど」

五条あたりの遊女を、範宴も見かけたことがある。が、それらの女とこの女は、ちがっていた。汚れを知らない清浄な感じであった。範宴には信じられなかった。いっそうおそろしいと思った。

懸想する男の気持が、わからないではなかった。そして、男たちは殺された。が、人殺しの手伝いをくりかえしているこの女を憎むことは出来なかった。この女は、そのため苦しんでいるのだ。

女が文箱をもってきて、蓋をとった。中に何がはいっているのか、範宴にはすぐわからなかった。が、よくみると、紐《ひも》の切れはしがあった。破れた扇子があった。元結のような切れたのもあった。もみ皮の足袋の片方があった。髪もまじっていた。血のついた布もあった。女は悲しげに、文箱の中に手をかざし、生きたひとを撫《な》でるようにゆっくりその手を動かした。殺された男たちの形見のようであった。

範宴は、文箱を蓋して、その前で数珠を鳴らして手を合わせた。女も手を合わせた。範宴は経文を唱えはじめた。それから、常行三昧堂の不断念仏のように、引声念仏にうつった。女は合掌の形を崩さなかった。が、殺されるかも知れない範宴が、流暢《りゆうちよう》な節まわしで念仏を唱えはじめると、女は信じられないように範宴をみつめた。念仏の最中、範宴は、おのれのおかれている運命をわすれているようであった。ひろい邸の中で、念仏の声が異様にひびいた。

念仏の声は、つづいた。ようやくそれがやんだとき、

「私はどうしてもこの邸から抜け出さなければなりません。それが世のためになります。これ以上罪を重ねさせないためには、私が逃げ出さなければなりません。そうすればこの邸のおそろし

いいわれが世間に知れることになります。この邸の主も、それを考えるでしょう。逃げ出せる方法を教えて下さい」

「堀にかかった橋は、あなたがおわたりになったあとで外してあります。堀はわたれません。ですから、向うの遣戸《やりど》から出て、堀の横側のせまい岸をわたって下さい。土塀のせまい水門にいきあたります。そこから這《は》い出て下さい」

女は低い声でいった。家の中は静かであった。範宴はどこかから自分らが見守られているのを感じた。

「二度とお顔が見られなくなると思います。それだけが心残りでございます」

「まさかあなたのいのちまで奪うことはないでしょう」

範宴は教えられた遣戸から逃げ出した。せまい岸をからだを横にして歩き、水門から這い出した。あとは夢中で、駆け出した。駆けるのをやめて、あとの気配をうかがったが、追手のあるようすはなかった。

範宴は京の町にはいる橋をわたった。やっと人心地がついた。五条大橋であった。そこでおそろしかったことをふりかえる思いで、逃げてきた方向をながめていると、闇の中に突如火の手があがった。火事は物音をさせず、焰《ほのお》を空にふきあげていた。火の粉がみえた。あの邸のあった方向であった。僧が逃げ出したのを知り、主は危険を感じて、邸に火を放ったにちがいなかった。女のことばのとおりになった。女は死を覚悟していた。範宴は念仏を唱えながら、夜の町を歩いた。

範宴が九死に一生の思いで、闇の道を急いだその道の一部を通って、弟子三人をつれた法然が、月に一度九条兼実の邸に通っていた。権勢の座を追われた兼実の邸は、ひっそりとしていた。あるとき、法然は大原の竜禅寺に籠居《ろうきょ》したので、九条邸にいくことが出来なかった。

「兼実どのはお待ちになっていられるであろう。竜禅寺籠居のことを申し上げて、私の代りに兼実どのの受戒をたのむ」

門弟の証空に依頼した。

証空は九条邸に出向いて、その由を話し、師に代って、受戒を行なった。

「しょっ中法然房に会って、法門を談じるというわけにはいかない。しかし、そのため、疑いのこころが生じて、迷うばかりだ。それで証空房におねがいをしたいのだが、往生の要道を疑いなく得るように、迷いが生じたならば、それを読めばというような、念仏の要文を書きしるしては下さるまいか。師の房にお願いして、是非書いてもらいたいのだ」

「かえりましたら、ただちに師の房にお話申し上げます」

「たよりない兼実とお思いになるだろうが、法然房のことばの代りに、いつもそれを左右に置いておきたいのだ」

法然はそのため、真観、証空、安楽の三人とともに「選択本願念仏集《せんじやく》」の著述をはじめることになった。八万四千もあるといわれる仏教の教えの中から、ただひとつ称名念仏だけをえらびとり、あとはすべて捨て去ってしまうがよいという信念をのべることになった。真観は法門の義を談じ、証空は経釈の要文をひき、安楽が執筆することになった。

法然はかつて、曇鸞、道綽、善導、懐感《えかん》、少康の五師をえらび出して、一宗の相承をたてた。重源が入宋するとき、五祖の影像をもって来てくれと頼んだ。一宗を定立したものの、公にはそれはみとめられなかった。後宇多天皇が顕密の教法をよまれた長歌の中に、

「ななの宗までわかるれど」

というのがあった。奈良六宗の内、倶舎《くしや》と成実《じようじつ》は付属として、他の四宗は、法相、三論、華厳、律であった。それに天台と真言が加わって六宗となる。あとの一つは禅のようである。法然のたてた一宗は、ただの念仏義というにとどまっていた。

一宗としてはみとめられなかったが、法然に対する崇拝は、上下の階級を通じてひろくわたっ

ていた。

「選択本願念仏集」の撰述が進行して、第一章が出来上った。第二章に移ったとき、執筆者の安楽がふと筆をやめた。安楽は師の顔から、証空、真観に視線をうつした。

安楽は、美男の僧であった。声もきれいであった。感動を顔にあらわして、

「安楽、この文の撰作の座に召されて、執筆するということは、生涯の面目でございます」

すると、法然がおだやかな顔を静かに左右にふった。

「安楽房は、後世に名をのこそうというつもりか。それはよろしくない。そういう心で筆を持つものではない」

安楽の顔が、苦しげにゆがんだ。

「安楽房は、その第二章が終るまで、つづけるがよい。あとは、真観に執筆させる」

そして、「選択本願念仏集」が出来上った。建久九年（一一九八）三月であった。

「選択集」が、すらすらと出来上ったわけではなかった。抹殺《まっさつ》をしたり、書き加えたりして、一度清書したものをまた訂正をしたりした。そういうことをくりかえした。九条兼実におくる「選択集」は、別に書かれた。

この「選択本願念仏集」が完成したときが、浄土宗の宗名の確立ということにもなった。法然

の気持もそうであった。

法然が吉水に居をかまえてから、さまざまなひとが訪れた。

建久六年（一一九五）四月五日のことであった。吉水の門弟たちが、しきりと洛中の方を気にしていた。

「火事ではないか」

その方向に、煙塵がさかんに動いていた。そのとき、法然がいった。

「火事ではない。どなたか名のあるひとが来るのであろう。その気配が感じられる」

門弟たちが半信半疑でいると、武士の一団があらわれた。畠山次郎重忠と、その従者であった。

重忠は法然に会うと、浄土宗の法門を談じ、出離の要道をきいた。

宜秋門院（後鳥羽天皇中宮、九条兼実の第一女任子）が法然に帰依したのは、父兼実の感化によるものであった。宜秋門院はのち、法然によって出家もした。

女院の中で、法然に授戒されるものもいく人かあった。兼実が出家したとき、法然がその戒師となった。兼実の室も、戒を法然から受けた。

公卿の中には、後に藤原実宗が出家して、法然を戒師とした。また兵部卿従三位平基親も出家して、法然の弟子となった。藤原範光、花山院兼雅、野宮公継、藤原隆信らも法然に帰依した。

宇都宮頼綱は、幕府の御家人であったが、謀反《むほん》をはかると噂をたてられた。幕府は小山朝政をして、宇都宮頼綱を糺問《きゅうもん》させたが、頼綱は無実を弁じ、起請文を書いた。そして、剃髪《ていはつ》して、摂津勝尾寺におもむき、法然の門にはいった。実信房蓮生と称した。このとき、主人に従って出家するもの六十余人であった。

そのころの一般の宗教は、宗教が人間を救うのでなく、宗教によって人間性が左右された。それほどまだ宗教的呪術性《じゆじゆつ》がはばを利かせていた。

鎌倉中期になると、武士のあいだに、道理にかなった生き方をすれば、神も仏もともに加護してくれるという自信が生れるようになった。北条重時の考え方が、それであった。

北条重時は、今生（現世）と後生をはっきり割りきって、後生は西方極楽を願うべきであるが、今生は主君に仕える身を修めれば、武士の道を全うすることが出来ると考えた。そして後生のために、伽藍《がらん》や仏の奉納に努力した。頼朝の一周忌には、五部大乗経が摺写《しょうしゃ》された。政子は、鎌倉に寿福寺を建立した。

神仏をあがめるにも、一定の資格と財産が必要であった。貧しい庶民には、後生の安楽の保障がされなかった。が、救われねばならない庶民の数は、圧倒的に多かった。かれらのための宗教が生れなければならない時期になっていた。そして、その宗教は、これまでのように権力の庇護《ひご》をうけず、庶民のあいだから生れてくるものでなければならなかった。

法然がそれであった。が、法然の浄土教はまだそれほどひろがっているとはいえない。延暦寺や興福寺が神経質になるほど、新興宗教としてのびていなかった。

おのれの勢力をのばすには、宗教家もときの権威と結びつく必要があった。法然は、それをしなかった。が、栄西は、京で新宗をひらくことが出来ないと判断すると、鎌倉にいって幕府に頼り、その地歩を固めようとした。栄西は、叡山の衆徒と争うことを避けた。

栄西は政子にとり入り、寿福寺を任せられた。栄西は、政子からふかい帰依をうけた。政子がかねて京に注文していた十六羅漢の像が到来すると、これを寿福寺に寄進して、栄西に導師をつとめてもらった。

鎌倉地方にようやく勢力を扶植した栄西は、再び京に上って、建仁寺を建てることになった。敷地は頼家が寄進したものであった。五条以北賀茂河原以東であった。

建仁寺創立のあとも、しばしば禅宗に対する非難が起った。畿内に大風が吹いた。すると、京のひとびとが噂をした。

「近ごろ栄西が新たに禅宗を唱えて、その連中のきている服が、はなはだ異様である。直綴《じきとつ》をきて大きな袖をつけている。それで道を歩くとき風をふくむ。大風が吹くのも、そのせいだ」

そのことが、朝廷に聞えた。栄西を都から駆逐しようとして、その使者が栄西のところに来た。

「風は天地の気にして、人の為《な》す所に非ざるなり。豈《あに》栄西の能《よ》くするところならんや。若し人あつて風を作《な》さば、その人はもつとも霊にして凡に非ず」

官使がかえってこのことを奏上すると、土御門天皇は、よろしいと許可をあたえ、さらに希望はないかと問うた。栄西は、建仁寺の造営を申し上げた。そのため建仁寺が官寺ということになった。

法然は吉水の庵室で、あつまってくるひとびとにひたすら選択本願念仏を説いていた。資格も財力もなくとも、仏は救ってくれるというのである。

栄西は建仁寺を造ってからも、京と鎌倉のあいだを往復した。実朝《さねとも》が永福寺で宋版一切経を供養し、曼荼羅供《まんだらく》を修したときも、栄西が導師をつとめた。実朝が病気になったとき、栄西が良薬と称して茶を勧めた。法華経を転読して、雨を祈ったり、重源が死んだとき、栄西は東大寺幹事即大勧進職となって、四年間に大殿層塔を備足した。法勝寺の九重塔の慶讃供養をつとめたこともあったが、栄西は供養に与《あずか》った証誠以下衆僧の布施を法親王に献じて、自分はとらなかった。

このことを藤原定家が、「明月記」の中で、

「当世之儀只以貢献為善」
栄西がその布施を法親王に献じて、権門に賄賂《わいろ》したことを非難した。
しかし、それは栄西がのぞむところであって、下心があってのことであった。はたせるかな、
栄西は大師号宣下を申請した。朝廷ではそれを許そうとしたが、叡山衆徒が騒ぎ出し、慈円もま
たそれをはばんだので、沙汰やみとなった。因《ちなみ》に、慈円は九条兼実の失脚と同時に天台座主を退
いたが、のち建仁元年（一二〇一）、再び天台座主に重補されていた。
定家は、
「内構賄賂、外為懇望、先非上人之行」
「明月記」で罵倒《ばとう》した。慈円も「愚管抄」の中に誌《しる》した。
「大師号なんど云《いふ》さまあしき事さたありけるは、慈円僧正申とどめてけり。猶《なほ》僧正には成にける
なり」
僧正に任じたことを後鳥羽上皇は後悔して、あるまじきことと仰せられたという。
栄西は、当時すこぶる評判が悪かった。
「明恵上人伝記」によると、あるとき明恵が栄西の寺を訪ねたとき、折柄栄西が参内してかえる
途中で出会った。栄西は、新しい車にのっていた。まことに美々しいようすであった。明恵は、

やつれた墨染に草履をはいていたので、このすがたでは会うわけにもいかないと、かえろうとした。すると、栄西が呼びとめて、車から下りて対面をした。

栄西には識見もあり、才幹もあり、政治的な手腕もあった。大師号をほしがったり、僧正になったりしたのは、何かの手段のためであったろう。まったく名利をはなれていたとはいいがたい。よほど覇気《はき》に富んだひとのようであった。

建保三年（一二一五）栄西は痢病《りびょう》によって寿福寺で亡くなった。実朝は、中原親広をつかわして弔った。

（お断り）

本書は１９８１年に新潮社より発刊された文庫を底本としております。
あきらかに間違いと思われるものについては訂正いたしましたが、
基本的には底本にしたがっております。
また、底本にある人種・身分・職業・身体等に関する表現で、現在からみれば、
不当、不適切と思われる箇所がありますが、著者に差別的意図のないこと、
時代背景と作品価値とを鑑み、著者が故人でもあるため、原文のままにしております。

P+D BOOKS

ピー プラス ディー ブックス

P+Dとはペーパーバックとデジタルの略称です。
後世に受け継がれるべき名作でありながら、現在入手困難となっている作品を、
B6判ペーパーバック書籍と電子書籍で、同時かつ同価格にて発売・発信する、
小学館のまったく新しいスタイルのブックレーベルです。

親鸞（1）叡山の巻

2015年5月25日　初版第1刷発行
2023年8月9日　第4刷発行

著者　丹羽文雄
発行人　石川和男
発行所　株式会社　小学館
〒101-8001
東京都千代田区一ツ橋2-3-1
電話　編集　03-3230-9355
販売　03-5281-3555
印刷所　大日本印刷株式会社
製本所　大日本印刷株式会社
装丁　おうちおさむ（ナノナノグラフィックス）

ISBN978-4-09-352209-0

P+D BOOKS